二見文庫

この愛は心に秘めて

ヴァレリー・ボウマン／山田香里＝訳

The Unexpected Duchess
by
Valerie Bowman

Japanese translation published by arrangement with
St.Martin's Press through
The English Agency (Japan) Ltd.

本書を、姉のジャネット・カルキンに。
彼女は半裸の男性が表紙に描かれた本を職場に吊るし、
ＩＴ業界の男性たちを相手にその理由を弁明してくれるのです。
大好きよ、ジャニー。

この愛は心に秘めて

登　場　人　物　紹　介

ルーシー・アプトン	伯爵令嬢
デレク・ハント	クラリントン公爵。元軍人
カサンドラ・モンロー(キャス)	ルーシーの親友
ジュリアン・スウィフト	デレクの親友
ジェーン	ルーシーの友人
ギャレット	ルーシーのいとこ
メアリ	ルーシーのおば。ギャレットの母親
クリスチャン・バークレイ	ギャレットの友人
オーウェン・モンロー	キャスの兄
レディ・モアランド	キャスの母親
コリン・ハント	デレクの弟
アダム・ハント	デレクの弟
ドナルド・スウィフト	ジュリアンの兄。スウィフドン伯爵
ラファティ・キャベンディッシュ(レイフ)	陸軍大尉
ペネロペ	キャスのいとこ

一八一五年　六月下旬
ロンドン

1

レディ・ルーシー・アプトンは唇にくっついた葉っぱをふっと吹き飛ばした。枝が目に入りそうだし、口も葉っぱでふさがれそうだけれど、生け垣に顔を突っこんでいるのだから不本意でもしかたがない。日が暮れて、外が少し肌寒くなっているのは言うまでもなかった。でもこうしようと言いだしたのは自分なのだから、最後まで見届けなくては。

ルーシーはチェンバース家の庭の生け垣に身を隠していた。少し離れたところに親友のカサンドラ・モンロー——キャスがいる。瀟洒《しょうしゃ》なタウンハウスのなかでは舞踏会が開かれているけれど、外の庭にはふたりだけ……いまのところは。ルーシーはできるだけ生け垣に顔を突っこみ、首を伸ばすようにしてキャスを見た。

キャスは生け垣の向こう側にいて、震える青白い腕を震える手でさすっていた。

「あなたの言うことが聞こえなかったらどうするの、ルーシー？」カサンドラがひそひそ声で言った。

「心配しないで、キャス。こんなに近くにいるんだから」

キャスがごくりとつばを飲みこんでうなずく。

「ほら、聞こえたでしょう？」とルーシーが言う。

またキャスが震えながらうなずく。

「ほらね、だいじょうぶよ」ルーシーは少し大きく声をかけた。

庭のあちこちでちらちらと揺れるろうそくが、キャスのいる丸石敷きの小道にあたたかな光を投げかけている。「彼が来なかったらどうすればいいの？」キャスは手袋を引っ張りながら言った。緊張しているときの彼女の癖だ。

「来るわよ。来ると言ったのでしょう？　それに、ジェーンがなかに残って目を光らせてくれているからだいじょうぶ。とくに、あなたのお母さまには」

「そうね、彼は来るとおっしゃったわ。でも、恥ずかしくて死んでしまうかもしれない。それに、庭で殿方と会っているなんてお母さまに知れたら、親子の縁を切られるんじゃないかしら」

ルーシーは、うめくような声で言った。「その殿方がクラリントン公爵となれば問題ないわよ」

「彼の求愛をお断りしようとしているなんて母が知ったら、ものすごく怒られるわ」

キャスは唇を噛《か》んだ。

ルーシーは生け垣の後ろで立ち位置を微調整した。「そう、そこよ。だから、あなたのお母さまにはぜったいに知られないようにしなくちゃね」

キャスがまた手袋を引っ張る。「あなたがいることに公爵さまが気づいて、お怒りになったら？」

「あなたは心配しかできないの、キャス？　知られっこないわよ。よしんば知られたとしても、怒る筋合いなんかないわ。戦場での武勇伝はご尊敬申しあげるけれど、だからっていい結婚相手になるとは限らないんだから」

「だれかにとっては申し分のない結婚相手になることはまちがいないわ。ただ……」

キャスが目をそらす。

ああ、わかるわ――親友を思ってルーシーの胸は痛んだ。報われない恋心というのはつらいものだ。「彼はジュリアンじゃないものね」

キャスがうなだれる。「いとこのペネロペが、ジュリアンはもういつ帰ってきてもいいころだと言っていたわ。でも、わたしは……」

「無理に話してくれなくていいのよ、キャス。あなたの気持ちはわかるわ。いえ、恋心は経験したことがないからよくわからないけど、でも心配しないで。まずは公爵さまにしっかりとお引き取り願いましょう。そのあとで、あなたとジュリアンがどうにかなるようにしてあげるから」

キャスはまたごしごしと腕をこすった。「ばかみたいよね、わかっているの。ジュリアンはペネロぺと結婚するのに」

「それはどうでもいいことよ」ルーシーは言った。「大事なのは、あなたはクラリントン公爵と結婚したくないから、しないということ。あなたのお母さまがなにを望もうとね。まあ、わたしがどうこう言えることじゃないんだけど。わたしは人が無理やりなにかをさせられるのががまんならないだけ。だからもちろん、あなたにもそんなことはさせられないの。たとえ相手があなたのお母さまや公爵さまであってもね。それに、自分の気持ちに正直に、心のままに行動すれば、けっして悪いようにはならないわ」

「ああ、ルーシー、あなたはいつもそう言うわね。そんなあなたが大好きよ、ほんとうに、心から。わたしがジュリアンとどうにかなるようになんて、どうすればできるのかわからないけれど、前向きなあなたにはほんとうに救われるわ」

「大事なことから先にすませていくのよ。差し当たっての問題は、公爵さまね」

庭に面した両開きのドアからもれる光が人の影でさえぎられ、ふたりは口をつぐんだ。小石を踏むブーツの音が耳に届く。

「公爵さまだわ」キャスのささやき声が揺れている。

「こわがらないで、キャス。勇気を出して。気持ちを強く持つの！」

次の瞬間、キャスのいる少し開けた場所は、クラリントン公爵の存在感でいっぱいになった。キャスの姿を認めるや、彼は足を止めた。生け垣に身を隠したルーシーのところからは彼の胸から下しか見えない。信じられないほど広い胸だ。ルーシーはごくりとつばを飲みこんだ。

「レディ・カサンドラ」公爵が歌うように言っておじぎをした。

キャスは小さくひっと声をあげてひざを折った。「いらしてくださってありがとうございます、閣下」おびえてうわずった声。ああ、枝の合間から手を伸ばしてキャスの手を握り、励ましてあげたい。勇気を出して、キャス。しっかり！

「じつを言えば、こんなところで会いたいというお申し出には少し驚きました」公爵が言った。

「驚かせようと思ったわけではありませんわ、閣下。わたしはただ……ただ……」

ルーシーは、はっとわれに返った。そうだった。もうしゃべらないと。キャスは早くも言葉に詰まっている。ルーシーは咳払《せきばら》いをした。「ふたりきりでお話がしたかっただけです、閣下」大きめの声でささやく。

キャスは声を震わせながら、そのとおりくり返した。

「なるほど」公爵から返事が返ってくる。彼が一歩前に踏みだし、ルーシーは息をのんだ。

「閣下、どうか近づかないでください。だれかに見とがめられて、ここでよからぬことをしていると思われたくありません」ルーシーは、公爵には聞こえないだろうと思うくらいの小さな声で言った。

キャスがそのとおりにくり返す。

公爵は声をあげて笑った。「庭でぼくといっしょにいるのが、よからぬことだとおっしゃるのですか、レディ・カサンドラ?」

ルーシーは眉をひそめた。細かいことをごちゃごちゃ言う人ね。「わたしはただ、少しお時間をちょうだいして、自分の気持ちをお話ししておこうと思っただけです」

キャスがあわてて同じことをくり返す。

「そうですか。それではどうぞ」と公爵が言う。

ルーシーは大きく息を吸った。「あなたさまからお声をかけられてうれしく思う令嬢が大勢いることはわかっています、閣下。でも、残念ながら、わたしはそうではないのです」

同じ言葉をくり返すキャスが、顔をゆがめているのが目に見えるようだった。話しながら、やたらと手袋を引っ張っている。

ルーシーは公爵の反応を見ようと頭を動かした。少し前に舞踏室で目にしていたとおり、彼はハンサムだった。ハンサムすぎるくらい。

「そうですか、レディ・カサンドラ。それで、どうしてそのように思われるのか、うかがってもよろしいですか」

ルーシーは肩をすくめた。あらあら。理由を言えですって？　なんなの？　自分に言い寄られてうれしくない女がいるとは思えないってこと？　さっきまでは公爵のことを少し気の毒に思っていたけれど、キャスを守らなければという衝動のほうが強くなった。言葉でこの人をやりこめてやりたい。ちょうどよいことに、口には自信がある。

「ひょっとしたら、あなたに心を奪われない女性にはまだお会いになったことがないのかもしれませんね、閣下。でもそういう人間もほんとうにいるのです」ルーシーはキャスにささやきながら、背の高い男性を見て目を細めた。

キャスはまた小さく悲鳴のような声をもらし、さっと顔を横に向けた。「ルーシー、そんなこと言えないわ」小声でこそこそと話す。

ルーシーはあやうく生け垣から転げそうになった。このお芝居は、キャスがちゃんとだれもいないふりをしてくれないと成立しないのだ。とにかくわたしの言ったことをくり返して！　心のなかで必死に願いながら、ルーシーはもう一度早口でくり返した。

キャスの視線が横に泳ぐ。ルーシーは息を詰めて、自分の言った言葉を親友がくり返してくれるのを待った。

「言えないんです、閣下」キャスはそう口にした。「わたしはただ……」

ルーシーはうめいた。キャスは言わないつもりだ。ああ、自分が出ていって言えたらいいのに。一瞬、ばかげた光景が目に浮かんだ。さっとキャスを生け垣の後ろに引きずりこんで、自分が代わりにさっと飛びだす。そう、ばかげている。そんなのはうまくいくわけがない。残念だけどしかたがない。キャスを助けるためには、もう少しやわらかい言い回しにしないと。やわらかい言い回し……やわらかい……彼女は少し考えて、大きく息を吸った。

「そうですね。はっきり申しあげます。わたしは未来のクラリントン公爵夫人になることにはまったく興味がありません」ルーシーはそう言った。「とくに、公爵さまがこんなにも傲慢で尊大なかたとなると」

キャスが息をのんだ。「ルーシー!」

そのとき、公爵が目を細めて生け垣をにらんだ。反射的にルーシーは生け垣から頭を抜いたものの、そのときにはもう公爵は生け垣に向かって歩きだしていた。彼は生け垣をまわりこみ、彼女を勢いよく自分の側に引っ張った。飛びだしたルーシーのくずれた髪には枝が刺さり、大きくあいた襟もとには葉っぱが何枚か引っかかっていた。頰には枝でできたと思われる引っかき傷。ルーシーは傷をこすりながら、公爵をにらんだ。

公爵は尊大な様子で頭をかしげて彼女を見た。「なにやら声が二重に聞こえると思っていたんだ、レディ・カサンドラ。もうひとつの声にはちゃんと名前があったというわけだな。ごきげんよう、ミス・アプトン」

2

デレク・ハントは生け垣から引っ張りだした令嬢に目をすがめた。あちこちにろうそくが灯《とも》っているので、彼女の容貌はじゅうぶんに見てとれた。ふんわりとした黒髪に、あざやかな青い瞳――いや、片方は青だが、もう片方はハシバミ色か？　そして、あごをつんと上げた顔にはいかにもむっとした表情。胸が上下しているのは、どう考えても怒っているせいだろう。表情で人に危害を加えられるとしたら、いまごろ彼はぼろぼろになっているはずだ。

レディ・ルーシー・アプトン。

舞踏室でも彼女には目を留めていた。あそこにいた紳士のだれもがそうだったろう。はっとするような美しさだ。たとえ髪に葉っぱがついていても、黒髪の巻き毛に枝がぶらさがっていても。なにやら尋常ではない容貌の持ち主だという噂《うわさ》は聞いていたが、遠くからではよくわからなかった。だが、きっとこの瞳のことだろう。左右の色がちがっているが、やはり彼女は美しい。

彼はチェンバース卿《きょう》に彼女のことを尋ねていた。

「売れ残り確定ですよ」チェンバース卿はそう言った。「求婚者もおりません」

「どうしてでしょう?」デレクは無関心そうに尋ねた。「容姿はそれなりに整っているかと思いますが」

どうやらこのレディは、舌鋒《ぜっぽう》が鋭すぎるらしい。言葉を剣のごとく使い、突いてはかわし、かわしては突き返す。なんとも達者に言葉を操るそうだ。どこでだれに聞いても、そういう返事が返ってくるのだとか。かしましい社交界の人々でさえ、ものの数秒で粉砕する勢いだと。チェンバース卿によると、社交界のめぼしい独身男性たち――つまり戦争に行っていない者たち――は、すぐにレディ・ルーシーとは関わりを持たないようになるとのことだった。

黒髪の美女を、デレクはまじまじと見た。彼は三十歳になったばかりだ。そして戦地から戻ったばかり。銃弾の飛び交う場所で何年も過ごし、大陸の戦場で命を落としかけたことも何度かある。これからは平穏に暮らしたい。

レディ・カサンドラのことは人からすすめられた。物静かでひかえめな女性だと。

「妻にするには理想的な女性だ」とスウィフトは言った。平和に暮らしたい男にとっては従順な妻は最高の選択だろう。

レディ・ルーシー・アプトンは真逆の女性だ。

「閣下」レディ・カサンドラが口を開いた。あきらかに、この尋常ならざる状況を説明しようと言葉を探している。「わたしたちはただ……」

デレクは腕を組み、ふたりの令嬢を見つめた。レディ・カサンドラは見るからに恥じいっていた。愛らしい顔はピンク色に染まり、このとんでもない大失態の場から逃げだしたいと思っているのだろう。いっぽうレディ・ルーシーは、まだまだこれからよとでも言いたげだ。

「どういうことか、だいたい想像はついている」デレクはふたりを上から見おろした。

「わたしの推測が正しければ、ミス・アプトンが生け垣の後ろから、わたしに言うことをあなたに指南していたんだろう」そう言いながらも彼の視線はレディ・ルーシーに据えられていた。そのレディ・ルーシーは、彼をひっぱたいてやりたいという顔だ。

「そうだろう、ミス・アプトン？　レディ・カサンドラにうまく伝わらなかったのかな？」

舌鋒鋭い美貌の令嬢が口を開いた。彼に対する敵愾心《てきがいしん》に身を震わせて。ああ、彼女がなにを言うつもりなのか、聞くのが待ちきれない。

「矛先を向けるのは、対等にやりあえる相手になさったらいかがでしょうか」レディ・ルーシーは鋭い口調で言い放った。

デレクが片方の眉をつりあげる。「たとえば、きみとか？」

レディ・ルーシーの瞳に炎が燃えあがった。「そう、わたしよ。背丈や体重や傲慢さではあなたにかなわないかもしれないけれど、はっきり言って、わたしはあなたなんかこわくないの。さっきからお話をさせていただいてますけど、閣下、ちょっと申しあげますと、わたしは伯爵家の娘レディ・ルーシーであり、ミス・アプトンではありません」

デレクは顔がゆるみそうになるのを、頰の内側を嚙んでこらえた。彼女がレディだということなど重々承知している。しかしこの国の貴族は、貴い称号を誤って使われることをもっともきらう。デレク自身は、軍人である父親のもと三兄弟の長兄として生まれた。貴族でもなんでもない平民で、いまの地位には純粋に軍での功績のみでたどりついた。そう、いまや彼は公爵であり――戦闘における類まれなる意思決定の能力(と人は言う)によって、国王より爵位を賜った――そしてだれもが彼と関わりを持ちたがる。もう辟易《へきえき》していた。そういう輩《やから》につきあってやるつもりもない。しかしおもしろいことに、このレディ・カサンドラとレディ・ルーシーは、いまのところ彼の栄えある称号にはまったく興味もないようじゃないか？

デレクはルーシー・アプトンをよくよく眺めた。この数年間、彼は声を張りあげて命令をくだす生活を送っていた。その命令はただちに遂行されるのが当然だったが、この華奢《きゃしゃ》な女性はこちらの言うことなど聞かないばかりか、みずから彼を敵にまわしているように思える。なんとも不本意なはずなのに、なぜか彼にはそれが楽しかった。

軍人だった彼にとって、レディ・ルーシーの率直な物言いは好ましく思えた。それに、友人のために立ちあがって力になっているのも感心なことだ。しかし、だからと言って、彼のじゃまをさせるわけにはいかないが。

「これは申し訳なかった、マイ・レディ」ちゃかしぎみにおじぎをした。

ふん、とはねつけるような表情を彼女が浮かべたのは見逃さない。

「あなたをだますようなまねをして、ほんとうにすみませんでした、閣下」レディ・カサンドラが言ったが、やはりその声は震えていた。最悪の罪を告白したかのように、丸石敷きの道で落ち着きなく室内履きの足を動かしている。

「いいえ、そんなことはないわ！」レディ・ルーシーは大声とも言えそうな声で言い、腕を組んで両ひじを指先でたたいた。

レディ・カサンドラの天使のような青い瞳が大きく見開かれた。「ルーシー！」

デレクが片手を上げる。「いや、いや、レディ・カサンドラ。レディ・ルーシーにしゃべらせてあげてください。彼女の説明を聞きたい」

レディ・ルーシーは腰に両手を当て、二歩前に出た。片手を上げて髪にくっついた枝をつまみとる。「あなたに説明する義理はありません、閣下。でもとにかく真実を申しあげますと、レディ・カサンドラはあなたの求婚には興味がないんです。単純明快なことです」

「ほんとうに？」デレクはにやにやと笑っていた。

「ええ」

「それはきみの意見なのかな、レディ・ルーシー。それともレディ・カサンドラの？」

レディ・ルーシーが奥歯を噛みしめたのがわかった。「本人にお尋ねください」レディ・ルーシーが言う。

「そうしたいところだが、マイ・レディ、やはりきみが代わりに答えるんじゃないのか？」デレクはつくりものめいた笑いを浮かべた。

レディ・カサンドラが、窒息しているかのような声をたてた。「あの、もうなかに入りませんか――」

しかしレディ・カサンドラの発言などなかったかのように、レディ・ルーシーはつづけてデレクに話した。「レディの言うことが信じられないとおっしゃるの?」

デレクは落ち着きはらった目で彼女を見返した。「ほら、そうやってきみが代わりにしゃべるだろう」

レディ・ルーシーの瞳は、心のありようでその色を変えるらしい。いま、片方の瞳は深いサファイヤブルーに、もうひとつはやわらかなグリーンになっていた。「閣下、紳士たるもの、求婚をお受けしたくないというレディ・カサンドラの気持ちを疑うようなことをしてはいけませんわ」

彼はレディ・ルーシーの顔を見たまま言った。「レディ・カサンドラ、あなたはどなたかと婚約されているのですか?」

「い……いえ」レディ・カサンドラがごくりとつばを飲む。

「それなら、まだぼくにも望みはあるというわけだ」そう言いながらもレディ・ルーシーから目をはずさない。

レディ・ルーシーはこわい顔でにらんだ。「人の話を聞かないんですね、閣下」歯を食いしばって言う。

「まさか。それどころか、きみの話は完璧に理解している。だが、これでも若いときには分の悪い戦いを何度も経験していてね。それでも戦って勝利してきた。ぼくはあきらめの悪い男なんだ」

なぜこうしてまだふたりと話をつづけているのか、デレクには自分でもわからなかった。レディへの求愛のしかたなど彼は知らない。軍ではそのような訓練は受けてこなかった。しかし、こうしてふたりから追い払われようとするうち、なにやら戦闘魂に火がついてしまった。完全に望みがなくならないうちに、求愛の技巧を習得してやりたいという気持ちも湧いてきた。レディ・カサンドラはすでに社交シーズンも六年目らしいが、じつを言うとそれは大歓迎だった。若い娘と結婚したいとは思っていない。それに、レディ・カサンドラに興味を示していると、レディ・ルーシーの頭の血管が切れそうになるらしいという、愉快なことがついてくる。じつに楽しい。それに、スウィフトと約束したのだ。

「でも、キャスは結婚したくないんです」レディ・ルーシーはなおも言った。「それははっきり申しあげたと思いますけど」

「ああ、はっきり聞いたよ、マイ・レディ。悪かったね」そう言い、デレクはもう一度レディ・ルーシーを上から見すえた。

少し表情をやわらげた彼女はあごを上げ、おでこ近くの巻き毛についた葉っぱを取った。「悪かったねというのは、レディ・カサンドラを困らせたこと？」

デレクは口もとを大きくゆるめた。「いや、きみの思いを汲んでやれる人間でなくて悪かったということだ、ミス・アプトン」

3

二時間前

デレク・ハントはにぎわう舞踏室に視線をめぐらせた。流行のドレスに身を包んだまばゆいばかりのレディたち。首の高い位置まで襟巻き《クラヴァット》を締めてレディをかいがいしくエスコートする紳士たち。笑い声、シャンパン、ダンス。広い舞踏室は飲めや歌えの大騒ぎだ。デレクは自分のクラヴァットを直し、ポケットに手を入れて、ごくりとつばを飲みこんだ。ブリュッセル郊外の血塗《ちまみ》れの戦場で、死にそうな戦友の肩に手をかけていたのは、ほんとうにわずか二週間前のことだったのか？　スウィフトは死んではいなかった。まだ生きている。だが、いつ訃報が届くかと気が気ではない。それなのに自分はこんなところにいる。ロンドンに戻ったデレクは国王から公爵の称号を賜り、あまつさえこうして結婚市場に出て、適当な妻を得ようとしている。将来、彼の息子を産んでくれる女性を。スウィフトから、ぜったいにそうしろと言われた。デレクには断ることができなかった。陸軍省からもお達しが出ていた。それでも、こうしているのが自分でもいやになる。

二週間前には、デレク自身が今夜生きているかどうかもわからない身だった。しかしいまは、最高級の仕着せをまとった給仕の光り輝く銀の盆から、シャンパンのフルートグラスを取っている。まるで戦場にいたことなどなかったかのように。自国の兵士たちが目の前で倒れ、死にゆく戦友が苦悶《くもん》の叫びをあげるところなど見なかったかのように。ロンドンでは、ナポレオンを打ち破った祝賀パレードやパーティだらけだ。今夜もここで、彼は英雄としてもてはやされ、みなとともに勝利を祝っている。戦争の、真の凄惨さなど知らないかのように。

そんな自分が公爵？　なにが公爵だ？　いまだに実感が湧かない。ほかの兵士たちを差し置いて、なぜ自分だけが公爵になった？　彼らもみな同じように使命を果たし、命を賭して勇猛果敢に戦った。そして多くが死んだ。

デレクはナポレオンが敷いた布陣をまわりこんだ。そのとき好機を見つけて即時に決断をくだし、敵のすきを突いて攻めこんだのだ。あれはまったくの僥倖《ぎょうこう》にすぎなかったが、勝敗を決するきっかけとなった。戦況の知らせがロンドンに届くと、人は彼を〝英断の公爵〟と呼びはじめた。英断か。まあ、決定をくだす教育を受けてきたのだから当たり前ではあるのだが。

デレクはシャンパンのグラスに口をつけ、ぐっとあおった。いいシャンパンだ。フランス産か。その皮肉に思わず口もとがゆるんだが、すぐに目をすがめてまた舞踏室を見まわした。ここは戦場ではないが、やはり成し遂げなければならないことはある。レディ・カサンドラ・モンロー。デレクが叙勲を受けるためには、国王に認められるような妻を娶《めと》らなければならない。レディ・カサンドラ・モンローならば、評判も家柄も申し分なかった。しかも偶然ながら、彼女は背が高く、金髪で、美人でもある。さらにスウィフト大尉の言うとおりなら、物静かでひかえめだ。この数年、激動の戦場に身を置いていた男には、ぴったりの相手。レディ・カサンドラ・モンローのような女性とであれば、残りの人生を平和に、心安らかに送れるだろう。まさしく彼の望むとおりに。

しかしもっとも重要なのは、スウィフトに約束したということだった。ワーテルロー郊外の固い地面の上で、痛みに奥歯を噛みしめて悶《もだ》え苦しんでいた友との約束。デレクはレディ・カサンドラを見つけて、結婚すると約束したのだ。

デレク・ハントは中将であろうと公爵であろうと、けっして友との約束を反故《ほご》にするような人間ではない。

レディ・ルーシー・アプトンは舞踏室の端で、音楽に合わせて室内履きを履いた足で拍子を取っていた。お芝居ほど楽しくはない――お芝居よりおもしろいものなんてない――けれど、音楽やダンスも彼女は好きだった。はあ、とため息をつく。ダンスのお誘いなんて、いつから受けていないだろう。でもだからと言って、音楽を楽しめないわけでもない。

「どうしてあんなふうにわたしをじっと見ているのかしら」キャスがおびえたように、なりたてほやほやのクラリントン公爵がいる方向に目をやった。

ルーシーは足で拍子を取るのをやめて、キャスの視線の先を追った。「さあ、わからないわ。でも、あなたを視線で留めつけようかという勢いね。あれじゃ紳士とは――公爵とは言えないわ」

キャスは思いきってもう一度見やった。「確かにハンサムなかたではあるけれど。でもジュリアンのような金髪ではないわ」そう言ってため息をつく。

ルーシーも公爵をちらりと見た。彼は人がひしめきあう舞踏室の中央、ギリシア風の柱のそばに立っていた。目を細めてさらによく見る。そうね、キャスの言うとおりだわ。クラリントン公爵は確かにハンサム。いいえ、ただのハンサムじゃない。ものすごいハンサム。それに体格もいい。そびえるような長身で、たくましくて、オリュンポス山から降りてきた戦の神のよう。ゆうに百八十センチ以上はある。夜の闇を思わせる黒髪に、翡翠《ひすい》のような緑の瞳。がっしりとした肩から平らなおなかにかけてきゅっと引きしまり、全身が筋肉のかたまりだ。おまけに戦争の英雄。決断力で知られる中将。この数年で彼はさまざまな武勲をたて、ワーテルローの戦いの直前にはブリュッセルでウェリントン将軍にも目通りがかなったという。そしていまでは〝英断の公爵〟と呼ばれる身。

しかし傲慢で、高圧的だとも噂されている。戦場ではそういうところも強みなのだろうが、いまはおかげでカサンドラが心おだやかでいられなくなっている。

そのことがルーシーにはがまんならなかった。大胆不敵で、遠慮がなくて、ひかえめのひの字もないルーシーには、世界で友人がふたりしか――いや、ギャレットを入れれば三人だけど――いなかったが、キャスはそのうちのひとりだった。上品で慎ましやかなキャスは、人がよくて心やさしくて、だれかを袖にすることなどできない。そう、キャスはおとなしいながらも、いつもルーシーを大切にしてくれる。同じようにキャスを大切にしてあげなくてどうするの？　キャスがクラリントン公爵の求愛を受けたくないのなら、手の限りを尽くして阻止してあげなくては。

「黄金色に光るあんな肌をしていらっしゃるなんて、どうしてかしら?」キャスはふたたび公爵をこっそり見やった。

ルーシーは鼻にしわを寄せて肩をすくめた。「戦争に招集される直前にはイタリアで休暇を過ごされていたそうよ。きっと前の愛人がイタリア人だったのよ」彼女もまた公爵を見やった。

ああ、公爵はたくましくて、あり得ないほどハンサムだ。戦争の英雄うんぬんの話で魅力も倍増だけれど、家柄は取り立ててよいわけではない。とにかく、なにより大事なのは、キャスを困らせるようなことはぜったいにさせてはならないということだった。ルーシーはなんとなく、公爵はキャスに目をつけているのではないかと感じていた。

それがいけないわけじゃない。キャスに好意を寄せない人などいない。事実、彼女はこれまで数えきれないほどの求愛を受けてきて、そしてことごとく断っていた。そう、これまでに五回の社交シーズンを、キャスはだれのものにもならずになんとかやりすごし、大切なジュリアンが戦争から帰ってくるのを待っているのだ。なんて立派なことだろう。唯一の問題は、ジュリアンはキャスのいとこのペネロペと婚約しているも同然ということだった。ジュリアンが大陸から戻ってくれば、すぐにでもペネロぺとの婚約を公に告知し、結婚することになっている。

「さっき、レディ・チェンバースが来て彼に紹介されたの」レディ・チェンバースというのは今夜のパーティの主催者夫人だ。「公爵がとくにわたしに会いたいとおっしゃったって、お母さまに話していらしたわ」

ルーシーは両方の眉をつりあげた。「紹介されたとき、彼からなにを言われたの?」

「とくに変わったことはなにも」キャスは言った。「ただ、わたしを見る目が……まるで品定めしているかのようで。すごくいやだった。だからお母さまにもそう言ったの」

ルーシーは鼻を鳴らしたが、すぐに口を手で覆ってレディにあるまじき音を隠した。

「それで、あなたのお母さまはなんて?」

「ありがたく思いなさいって」キャスが唇を噛む。

ルーシーはくるりと目をまわし、また音楽に合わせて足で拍子を取りはじめた。

「そうでしょうね。公爵ですもの。あなたのお母さまにしてみれば、これ以上の相手はいないわ。彼がどんな家の出であってもね。彼があなたのほうを見ただけで、嫁入り道具を一式そろえだすかも」

「あのかた、こわいの」キャスがひそひそ言った。「とにかくものすごく大きいし、素手で人の息の根を止められそうじゃない？」

ルーシーはキャスの肩をたたいた。「わかるわ」公爵を振り返る。ほんとうに素手で人の息の根を――しかも何人も――止めたことがあるかもしれないわよ、などと言ったらもっと厄介なことになりそうなので、やめておく。しかしそういう人なのはまちがいない。でもわたしは彼などこわくないわ。これっぽっちも。

キャスが手袋を引っ張った。「彼に見られると、壁までさがって貼りつきたくなるの」

いたわりの言葉をさらにかけようとルーシーが口を開いたとき、彼女のもうひとりの友人、ジェーンが足早にやってきた。ジェーンは栗色《くりいろ》の髪で大きな茶色の瞳に銀縁めがねをかけ、愛らしい顔をたいてい本に埋もれさせている。ジェーン本人には結婚する意思などさらさらないのだが、彼女の母親がどのシーズンのどの舞踏会にも、それが自分の仕事だとばかりに娘を飾りたて、せっせと送りだしていた。学問かぶれの本の虫である娘が、なんとかどこかの紳士の目に留まることを願って――しかしそんなことは現実には一度も起こらなかった。まさしくジェーンの望みどおりに。

ジェーンがしぶしぶながらもこういう場に出て、うまくできないながらも楽しんでいるふりをして、将来の執筆活動のために小説のねたを書き留めているのは有名な話だった。そうしてなんとか時間をやりすごし、母親があきらめて娘をおとなしく家にいさせてくれる年齢になるのをジェーンは待っている。

そういうわけで、適齢期を過ぎた二十三歳のキャス、ルーシー、ジェーンの三人娘は、全員しっかりと売れ残っていた。

「どう？」ジェーンがするりとふたりの横に並んだ。

ルーシーは足で拍子を取りながら肩をすくめた。「わたしは音楽を楽しんでいて、キャスは公爵から隠れているわ」

ジェーンが勢いよく隣りを見る。「公爵？」

「クラリントン公爵よ」キャスがひそひそと返事した。「わたしを見ているの」

ジェーンは、こっそり公爵を見やった。「あら、ほんとうだわ。あんなに大きな人だったの？　それにすごいハンサム。もっと傷だらけなのかと思ってたわ。耳が片方なくなってるとか」

キャスはジェーンの水色の袖を軽くはたいた。「やめて、そんなおそろしいこと。物書きさんの想像することってこわいのね」

ルーシーは公爵に目をやって腕を組んだ。「なにもなくなってるようには見えないけど」体を揺する。「でも、大事なのはそんなことじゃないわ。キャスが結婚したく

「だいじょうぶ」ジェーンがキャスに向かって言った。「彼にはっきりそう言えばいいわ。すぐに撤退するわよ。彼のような男性ってものすごい自信家だけれど、自信がしぼむのも早いものよ」

ルーシーが公爵を見やると、彼は優勝馬を見るような目でまだキャスを見つめていた。「なんとなく、そんな単純なことではないように思うけど。あの公爵さまはつねに自分の目的を果たしてきた人のようだもの」

キャスはうつむいてせっせとスカートを直した。「ルーシーの言うとおりね。でも、結婚したくないと思っていても、わたしには断りの言葉が言えないの。あなたのようにはいかないのよ、ルーシー。こわくなると、言葉が出てこなくなってしまうの。少しでもあなたみたいに軽妙なやりとりができればいいのに」

ルーシーはまた鼻を鳴らした。ああ、レディらしくふるまうのはもう完全にあきらめたほうがいいのかもしれない。とにかく自分にはレディの素質がない。「わたしのほうこそ、口を閉じていなければならないときに閉じていられる、あなたみたいな能力があればいいのに」

「そんなの簡単よ。とにかく——まあ、どうしましょう。彼がやってくるわ」キャスの声は、ルーシーが聞いたことがないほどうわずっていた。

「きっとダンスのお誘いよ」ルーシーはそう言いながら、公爵の迷いのない足取りを見ていた。

「とりあえずお礼を言って、いまは踊る気分じゃないって言えばいいのよ。それで解決するわ」ジェーンがきっぱりとうなずく。

「勇気を出して」ルーシーはいつもの助言を小声でささやいた。

「言うのは簡単だけど」キャスがか細い声で答える。

ルーシーはキャスの肩を軽くつかんだ。「わたしたちがここにいるから」そう言って、ジェーンとともに壁際まで静かにさがった。

キャスは震えながらも、勇気を出して、公爵のほうに二歩踏みだした。しばらくふたりが言葉を交わすのを、ルーシーとジェーンは見守った。やがてルーシーが目にしたものは——公爵にダンスフロアへと連れだされるキャスの姿だった。ああ、キャス、だめよ。ルーシーは両手を振りあげてジェーンのほうを向いた。「あれはもう、〝だれにもノーとは言えない病気〟ね」

キャスと公爵がダンスフロアをくるくるまわるのを、ルーシーはしばらく眺めていた。ハニーブロンドが美しいキャスと、見事な黒髪の公爵。

「かわいそうなキャス」ジェーンがぽつりと言った。「あんなにジュリアンが好きでなければ、公爵さまと美男美女のすてきな夫婦になれそうなのに」

「クラリントン公爵と結婚しても、つらいだけよ」ルーシーはそっけなく言った。「わたしとしては、ジュリアンが大陸から戻ってきたらどうにかできると思ってるんだけど」

ジェーンは片方の眉をつりあげ、かなり疑わしげな顔でルーシーを見た。「男性なんていくらでも選べるじゃない。どうしてあれほどキャスがジュリアンに固執するのかわからないわ」

「キャスは彼を愛してるの。だからわたしは、彼女がジュリアンとどうにかなるまで、このシーズンも婚約せずにいられるように手助けするつもりよ」

「まあ、ルース、あなたがそんなにロマンチストだったなんて知らなかったわ」

ジェーンはちゃかすようにまつげをぱちぱちさせた。

「ロマンチストなわけじゃないの、ただ心にそう決めてるだけ」ルーシーは決然とうなずいた。

数分後、キャスがひとりでダンスから戻ってくると、ルーシーは彼女を自分たちと同じ隅にさっと連れていった。

「彼になにを言われたの？」今度はルーシーの声もうわずっている。

キャスはあざやかなピンク色に上気した顔で、頭を振った。「耳に心地いいお世辞と、明日うちを訪問したいということを言われたわ。ああ、どうすればいいの？　お断りしたいけれど、言葉が出てこないの。話しかけられると、ばかみたいに笑うしかできなくて。もちろん、お母さまからはお受けしなさいと言われたわ。お母さまはずっと様子を見ていたから」

ルーシーとキャスはいっせいに振り向き、キャスの母親レディ・モアランドを見た。ふっくらとした顔でにこやかな笑みを返してくる。彼女の頭のなかでは、公爵家と縁続きになる場面がすでに躍っているにちがいない。

ジェーンは手提《レティキュール》げから本を引っ張りだして熱心に読みはじめた。もう友人のばかげた行動につきあってはいられないと思ったのだろう。めがねを押しあげ、ルーシーとキャスのほうにうわの空でうなずく。「あなたたちが今日だけ体を取り替えっこできればいいのにね。ルーシーだったら、ものの数秒で公爵をあきれさせられるでしょうに」

ルーシーが両手をぱんと打ち鳴らし、ジェーンが本から勢いよく顔を上げた。

「それよ！」ルーシーが大声を出す。

「なに？」キャスは目を見開いた。

ルーシーは手袋をはめた手を、うれしそうにこすりあわせた。「まさしくジェーンの言うとおりだわ。わたしたち、それぞれに得意なことがあるでしょう？」

ジェーンが興味津々の表情でルーシーを見つめる。「あなたの言ってること、いまひとつよくわからないんだけど」

ルーシーは友の手を握った。「わたしは自分の気持ちを口にしたり、はっきりものを言うのが得意でしょう？　それが短所なのもわかってるけど。どうにも口を閉じておけないの。母からはさんざん注意されたわ。そのせいでほら、社交界デビューのときに王妃さまとの一件もあったし」

キャスは唇を噛んだ。「そうね、あれは運が悪かったわね」

「くよくよ考えることでもないけれどね。まあ、自分の評判や、あけすけにものを言ってしまう性格については、とうの昔にあきらめがついてるわ」

「ええ、あなたは自分の気持ちを口に出すのがとても上手ね」キャスがうなずく。「あなたは紳士の心を惹《ひ》きつけるし、とてもきれいで、会う人だれとでも仲良くなれるわよね、キャス」

そんなことを言われてキャスは笑顔になった。「そうかしら」

ルーシーがつづける。「そしてジェーンが得意なのは――」

「ああ、待ちきれないわ、早く言って」ジェーンは作りものめいたにやにや笑いを浮かべている。

「ちょっと、やめてよ」ルーシーが返す。「あなたはものすごく頭がよくて、わたしたちが知らないことを知ってるわ。あなたが議員になれるのだったら、何年も前に和平交渉ができたでしょうにね。しかも同時に、税金のこともきちんとして」

「それ、わたしの母に言ってやってちょうだい」ジェーンは笑った。「わたしが本を読んだりものを書いたりしてることの意義をぜんぜん理解してくれないんだもの」

「まだよくわからないわ、ルーシー」キャスの青い瞳は困惑したようにくもっている。

「わからない？」ルーシーは言った。「わたしたちみんなで助けあわなくちゃならないってことよ。お互いに助けあって、自分の望むものを手に入れるの。それぞれがほかの人にはできないことをやって、相手を助けるのよ」

「どういうこと？」ジェーンがだんだん乗り気な表情に変わってきた。

ルーシーはにっこりと笑った。「わたしはいい結婚がしたいわ。愛情だとか、そういうばかげたことはどうでもいいけれど、まともな相手と結婚したいの。なんとかがまんできるくらいの紳士が見つかればだけど――」そこで息を吸う。「つまり、これまでのところ惨憺《さんたん》たる結果ばかりなのよね。なぜか紳士がおそれをなしてわたしの前から逃げちゃうの。だからキャスに──コホン──男性の惹きつけ方を教えてもらいたいわ。少なくとも逃げだされることがないように」

「それで？」キャスはいまやぱちぱちとまばたきしながら先をうながした。

「そしてジェイニー、あなたはぜったいに結婚したくないのよね？」ルーシーが尋ねた。

「そのとおりよ！」ジェーンが答える。「ぜったいに、永遠に」

「紳士を寄せつけないのはわたしの得意技よ。ものすごく力になれると思うわ」ルーシーは笑った。

その言葉にジェーンが微笑《ほほえ》む。「こういういまいましい社交の場に娘を出すのはもうやめようって、わたしの母に思わせてちょうだい」

「わかったわ」ルーシーが言う。

「それで、キャスは？」ジェーンが訊く。

ルーシーはふたりを引きよせた。「もう計画は考えてあるの。キャスはジュリアンとどうにかなりたいのよね？　真実の愛とか、そういうこと。でも、あなたのお母さまがクラリントン公爵の味方をして、彼の求婚を受けなさいと言いだしたら、それはかなわなくなる。だから、わたしがあなたの声になるわ、キャス。公爵さまの求愛をやめさせるためにはどんなことを言えばいいか、実際に言う言葉を教えてあげる」

「ほんとうに？」キャスが目を丸くする。

「ええ」ルーシーは答えた。「わたしが助けてあげる。これから彼に手紙を書いてちょうだい。この舞踏室から連れだすの、あなたのお母さまの監視の目が届かないところに」ふたたび三人がレディ・モアランドをちらりと見やると、彼女は相変わらず監視の目つきだった。「今晩、庭の生け垣のそばで会ってほしいって書くのよ。そしたらわたしが生け垣の後ろに隠れて、あなたが彼に言うことを小声で教えるから、そのとおりにくり返せばいいわ」

ジェーンの顔がゆるんで大きな笑みが浮かんだ。「それ、うまくいくかどうかかぎりぎりのトンデモ計画ね。ウィッチャリーの『田舎女房』みたい。あんなにきわどくはないけど」ジェーンはお気に入りの戯曲の話をしょっちゅう持ちだすのだ。

キャスは首を振った。愛らしい顔に不安げな表情がよぎる。「いいえ、だめよ。そんなのうまくいかないわ。きっと彼に聞こえてしまうもの、ルーシー」

「少し離れたところにいてもらえばいいのよ」ルーシーが答えた。「そばに来ないでって言えばいいわ。そうしないと、礼儀にかなってないからって。完璧よ」

キャスの大きな青い瞳がジェーンに向いた。「ジェーン、どう思う?」

レティキュールに戻した本のことなど忘れ、ジェーンは腕を組んだ。「わたしもルーシーといっしょに生け垣に隠れて、ひとつ残らずこの目で見ていたいわね」

キャスは両手を握りあわせた。「でも、もしうまくいかなかったら?」

ジェーンが友の肩をたたく。「ルーシーはいつもなんて言ってる? 勇気を出して、でしょ? いまのところ、あなたには失うものはなにもないわ。こんなすごいことをやってのけられる人間がいるとしたら、ここにいるわれらがレディ・ルーシーだけよ」

キャスは大きく息をのんだ。ふたりの友人を不安げに見ていたが、ひと息ついて口を開いた。「そうね。あなたたちがそう言うのなら、やってみるわ」

ルーシーは満面の笑みを浮かべて両手を握りあわせた。「よかった。ぜんぶわたしにまかせて。わたしたちの大好きなドタバタ劇みたいになるわよ。あの偉そうな公爵さまの度肝を抜いてやりましょう。生け垣で会う約束を取りつけなくちゃ」

4

翌朝、ルーシーはいとこのタウンハウスにある〈朝食の間〉でゆっくり時間をとり、次にクラリントン公爵に会ったらぶつけてやろうと思う言葉をあれこれと考えていた。まったく、なんて失礼な人だったんだろう。わたしをミス・アプトンと呼ぶなんて。そしてキャスの思いを疑うなんて。あげくわたしの思いを汲むことはしないと言いきった。国王さまから称号はいただいたとしても、あきらかに血筋や礼儀作法まではいただけなかったのでしょうね。

公爵にひざをつかせるような言葉をたんまりと列挙したところで召使いがやってきて、ご友人が客間でお待ちですと告げられた。

ルーシーは自分から望んで、おばと彼女の息子であるいとこのギャレットのところで厄介になっていた。ギャレットとは小さいころからの仲良しだ。ルーシー自身の両親は、彼女が男子でなかったことがどうしても許せずにいる。最初から縁を切られていたも同然で、ほぼいないものとされていた。それに両親は田舎暮らしのほうが性に合っているようだし、ルーシーはギャレットの母親であるおばのメアリが大好きだった。ロンドンにいるあいだは、そのおばが付き添い夫人《シャペロン》をしてくれていた。

　ルーシーは急いで客間に行った。ジェーンとキャスが来たのなら、ギャレットも客間にいるはずだ。このところ、ギャレットはキャスのいるところにかならず出没しているように思う。美しい金髪の友人にのぼせているんじゃないかとルーシーは思っていた。

「これは陛下、お目にかかれて恐悦至極に存じます」ギャレットがいつものいやみっぽい口調で言った。ルーシーは顔がゆるみそうになるのをこらえた。やっぱりギャレットはここにいた。〝陛下〟なんて敬称を使うのは、ふたりのあいだのおふざけのようなものだ。彼女が社交界デビューをして間もなく、めぼしい独身男性がみな寄りつかなくなって以来、彼はルーシーをそう呼びはじめた。どうやら紳士のひとりが、口うるさくてお高く止まった女には食指が動かないと言ったらしいのだ。

「あの態度ときたら、まるで公爵夫人だね」とはウィドミア卿の弁だった。ルーシーは傷ついたが、それも最初の一度きりだ。自分が傷ついたり屈辱を感じたりしているところを、だれにも見せたくなかった。彼女は生まれたときからずっと、両親が持ち得なかった息子になろうとして、女の子っぽいものや女性らしいものをすべて遠ざけてきた。自分の思うことを口に出したり、愚かな人たちに容赦がないのは、悪いことなのだろうか？　率直にものを言っていたら、じゃじゃ馬だと言われるようになった。でも昨夜のように、高圧的なクラリントン公爵がキャスを困らせているような状況で役に立つのなら、いつだっておとなしい令嬢よりいわゆるガミガミ女でいたいと思う。

彼女の公爵夫人みたいにお高く止まった態度というのは、紳士に振り向いてもらえず傷ついたことをだれにも気づかれたくなかったところから生まれた、哀《かな》しい副産物だった。ルーシーはあごを上げ、肩をいからせ、社交界の人たちによく思われなくたっていいと自分に言い聞かせた。彼らにどう思われようと関係ないでしょう、と。

というわけで、ウィドミア卿の言葉をギャレットから聞いたルーシーは、ギャレットといっしょにそれをおふざけのねたにしたのだった。思いだすといまでも少し胸は痛むけれど、いとこのことは大好きだ。ルーシーの父親からは毛ぎらいされているいとこだけれど。いや、父親が毛ぎらいしているから大好きなのかもしれない。父親がギャレットをきらいな理由はただひとつ、自分の血を分けていない彼が、将来自分の称号と財産を受け継ぐことが許せないのだ。ああ、わたしたちはなんてすてきな一族なんだろう。

ルーシーはギャレットに笑みを返し、かしこまって会釈した。「苦しゅうない」そう言ってにっこり笑う。

ギャレットはキャスの隣りに座っていた——彼はいつもキャスの隣りに座っている。襟につくくらい長めの黒髪、ルーシーの片方の目と同じハシバミ色の瞳。その目が楽しそうに輝く。

「起こしちゃった?」ギャレットが尋ねた。

「まさか」ルーシーはすみれ色のスカートを片手でさっとひるがえし、彼が座っている長椅子まで行ってキャスとのあいだに割りこんだ。ひらりと羊皮紙を振る。「今朝は太陽とともに起きて、クラリントン公爵が訪ねてきたときにキャスがどういうことを言えばいいか、いろいろ書き留めていたのよ」

ジェーンは彼らの向かいの椅子に座り、一心に本を読んでいる。

「公爵がすぐ目の前にいるのに、カサンドラはどうやって読めばいいのさ?」ギャレットが訊いた。

「もうちょっとましなことを考えられないの、アプトン?」ジェーンがめがねを静かに押しあげ、ページをめくる。

ギャレットが口を開いた。きっと痛烈な言葉を返すのだろう。ギャレットとジェーンは最初に会ったときからうまくいかなかった。五年前にみんなが同じお芝居を見に行ったのが始まりだったが、それからというものふたりは顔を合わせれば言葉でやりあっている。始まる前にやめさせるのがいちばんだということが、ルーシーにはずっと前からわかっていた。

「なにを隠そう――」ギャレットが言いかける。

「暗記してもらえばいいのよ、それでだいじょうぶ」ルーシーが割って入った。

キャスが両手を頬に当てた。「暗記？　そんな、だめよ、無理だわ」紙をルーシーの手から取り、最初の数行に目を走らせる。「ルーシー、これをぜんぶ覚えるなんてできないわ――もしできたとしても、口にする勇気が……」

ギャレットはそれ見たことかという顔でルーシーを見つめた。「ほらね。カサンドラには言えないよ」

ルーシーは、さっと紙を奪い返した。「これのどこが悪いの？」コホンと咳払いをして最初の段落を読みあげる。「公爵さまがほんの少し人さし指を曲げられただけで、その身を投げだすおばかさんがたくさんいることは存じていますが、わたしはそのひとりではありません。その点につきましてはおおいにはっきりさせたと思うのですが、さまざまな才能をお持ちの公爵さまが――といってもどんな才能かは存じませんが

——英国英語をご理解なさらないようなので、士官学校でいったいなにを学ばれたのか不思議でなりません」

 ギャレットがまじまじとルーシーを見すえる。「本気なのか? それのどこが悪いかほんとうにわからないって?」

「わたしはけっこういいと思うけど」ジェーンが本から目を離すことなく言った。

「わたしの好みで言うとちょっと長すぎるけど」ギャレットがジェーンに向かって目を細めた。「もちろん、きみはいいと思うんだろうね。羽根ペンがあれば、もっとひどいのを書くんだろう?」

 ジェーンが鼻息を荒くした。「もっとひどいのを書く? それはいったいどういう意味?」

「ぼくがけなすものをきみはいいと思うってことだよ。ぼくが地球は丸いと言えば、それに反論するためだけに、きみは平らだって言うんだ」

「ずいぶんな自信家ね、アプトン。そんなだから——」

 ギャレットが口を開く。今度はキャスが割って入った。

「ああ、ルーシー、とてもそんなことは公爵さまに言えないわ」キャスは真っ赤に上気した顔で言った。

「どうして?」ルーシーが訊く。

「まず、ものすごく失礼よ」キャスは答えた。

「言うまでもなく、たとえカサンドラがぜんぶ暗記できたとしても、公爵はそんなことをカサンドラが自分で考えたとは思わないだろうよ」ギャレットが言い添えた。

「そんなのをぜんぶは覚えきれないわ」キャスが紙を指さして言った。

「どうしてよ」ルーシーは言った。「わたしたちの大好きなお芝居だと思えばいいのよ。女優になったつもりで」

キャスが目を丸くした。「女優! こんなことを考えているなんてお母さまに知れたら、一週間は部屋に閉じこめられるわ」

ルーシーはうんざりしたように片手を振りあげた。「あなたのお母さまなんかどうだって――」

「もっと読んでみて、ルーシー」ジェーンが言った。「もう少し短くて覚えやすいのを」

「いいわよ」ルーシーは背筋を伸ばして紙に目を走らせた。一枚めくって次の紙に移る。「これなんかどう? 〝公爵さま、残念ながら、明日と明後日と明々後日はほかの予定がございます。いつ予定が空いているか、あなたがお尋ねになる日はどの日も埋まっております。じつを言いますといまも少し気分がすぐれませんので、どうかすぐに帽子と手袋をお受け取りになり、馬ともどもここからお引き取りくださいませんでしょうか」しっかりとうなずいて締めくくった。

ジェーンは片方の眉をつりあげた。「それが短いの？」

「失礼なのもまったく変わらないな」ギャレットも言い、頭を振った。

「ルーシー、そんなことはぜったいに言えないわ」キャスが手袋を引っ張る。「とにかく意地悪すぎるわ」

ルーシーは、また片手を振りあげた。「意地悪？　意地悪ですって？　キャス、あのかたは求婚しようとして、ノーの返事は受けつけないなんておっしゃってるのよ？　そんな人に対して、意地悪じゃないかというの？」

ギャレットが疑わしげにルーシーを見た。「ノーの返事は受けつけないってどうしてわかるのさ？　彼とは何年か前に軍でいっしょになったことがある。もちろん中将になるずっと前のことだけど。そんなに話のわからない男じゃなかったと思うな」

ルーシーはいとこのほうを憤然とした面持ちで見た。「昨夜、あの場にあなたはいなかったでしょ、ギャレット。言ってやってちょうだい、キャス」

キャスはごくりと息をのみ、ルーシーの顔色をうかがってからギャレットに言った。

「相当お心を決めていらしたようだったわ」

ジェーンもうなずいた。「わたしもそう思ったわ。有無を言わさぬ感じだったわね。もっと強く出たほうがいいわよ、キャス」

ギャレットが取り澄ました顔でジェーンを見る。「きみならそんな台詞も完全に暗記して、立て板に水のごとくまくしたてられるんだろうけどね」

ジェーンは本に意識を戻した。「わたしはなにも暗記する必要なんかないわ。厄介な紳士を追い払う技術は、何年もあなたの相手をするうちに鍛えられたから、アプトン」

その舌鋒にギャレットが対抗する間もなく、キャスがルーシーの手をつかんだ。

「ああ、ルーシー。そんな言葉、覚えられないわ」

「そんなことないわ、できるわよ、キャス」ルーシーが言う。

キャスは唇を嚙んだ。まなじりが切れそうなほど目を見開いてルーシーを見る。

「お願いだから、午後はぜったいにうちに来て。彼がいらしたときにいっしょにいてちょうだい」

ルーシーは腕を組み、室内履きの足でじゅうたんをとんとんたたいた。「ええ、行きますとも。公爵さまがなんと言おうとね」

5

デレクは両手で髪をくしゃくしゃとかきまわして後ろにかきあげ、新しいタウンハウスの書斎にある大きなオーク材のデスクから立ちあがった。通りに面した大きな窓まで行き、壁に片手をつく。くそっ。今朝、陸軍省から届いた報告書の内容にはいらだちが募るばかりだ。まったくひどい。

スウィフトの状況についてなにも記載がなかったばかりか――ブリュッセル郊外の野戦病院に収容されたというところまでは聞いていたが――スウィフドンやレイフについての情報もなかった。スウィフドンというのは、スウィフトの兄であるスウィフドン伯爵ドナルド・スウィフトだ。彼は国王直下の諜報員《ちょうほういん》でもあり、最後の戦いの直前にはブリュッセルにいた。彼とレイフ、つまりラファティ・キャベンディッシュ大尉は、フランス軍のブリュッセル進軍の状況を探るべく、極秘の危険な任務を受けていた。しかしそれ以来、ふたりともまったく連絡が途絶えている。今朝の報告書によれば、両名とも死亡したとみられるとされていた。

デレクは壁についた手を握りしめた。くそっ。くそっ。くそっ。メイフェアの派手に飾りたてられたこんなタウンハウスでのうのうとして、なにもできずにいるとは。せめて大陸での状況は欠かさず追って友人たちの情報を集め、スウィフトの様子を注視し、彼の最期が少しでも安らかであるようにできるだけのことをしたかった。しかしデレクには厳命がくだされていた。ただちにロンドンへ戻り、貴族の仲間入りをして勝利の象徴たれ、というものだ。国は勝利に沸かなければならない。ロンドンの舞踏会にデレクがいれば、英雄という存在を演出することができる。

しかし彼自身は、なにもかもにうんざりしていた。このタウンハウスにも。この生活にも。こんなのは自分の人生じゃない。公爵になりたいと思ったことなど一度もない。公爵になる準備などまったくできていなかった。〝ロンドンに戻れ、おまえはもう公爵だ〟というところまでが、ウェリントン将軍の命令だったはずだ。

たとえロンドンに縛りつけられていようと、一流と言われた決断力で友人のためにできることをしよう。デレクはデスクに戻り、羊皮紙を一枚出して、インク瓶から羽根ペンを取った。少し思うところがあった。もしスウィフドンやレイフが負傷しているか身をひそめなければならない状況だったら、隠れる可能性のある場所。陸軍省の人間に話を通さなくては。

なにがあろうとスウィフドンとレイフを見つけだす。それだけは譲れない。たとえスウィフトの命が消えようとしているとしても、スウィフドンやレイフまで死なせるわけにはいかなかった。だめだ。そんなことは許せない。

陸軍省に出す手紙を書き終えると、署名をして巻き、封蠟《ふうろう》を近くのろうそくで熱して新しい公爵印を押し、合わせ目を留めた。そしてベルを鳴らして召使いを呼ぶと、大至急、手紙を陸軍省に届けるよう言いつけた。

いまの段階で友のためにできることはすべてやった。あとはとにかくレディ・カサンドラのことに手を尽くそう。それがスウィフトのためだ。戦争の悲惨さや友の安否がわからない苦しみに比べれば、ちょっと求愛するくらいどうということもない。

6

レディ・カサンドラ宅の客間に通されたとき、デレクは屋敷じゅうが見るからに落ち着きを失っているなと感じた。執事は言葉につっかえ、召使いの娘たちはぶつかりあい、従僕がふたりも廊下で彼と衝突しそうになった。どうやら公爵というのは、中将とはだいぶちがった水準の扱いを受けるようだ。彼自身、まだ新しい称号には慣れていないのだが、それでも摂政王太子《プリンス・リージェント》がおでましになられたかのように屋敷全体が浮足立ってしまうのはしかたのないことらしい。

「クラリントン公爵閣下でございます」執事が節まわしも豊かに言い、客間にデレクを通した。

デレクは顔をしかめた。いったいいつになったら、この称号を聞いて自分のことだと実感するようになるのだろう？

「名前は？」デレクは執事に尋ねた。

「シェイクスピエールでございます」いかにもかしこまった顔で執事が答える。

デレクは思わず聞き返した。「シェイクスピア？」

「いえ、シェイクスピエールです、閣下。フランスの名前でございます」

執事は出ていき、デレクは頭を振った。フランス名とは思えないが。まあ、非常に変わった家名にちがいない。彼は部屋全体に目を戻した。

レディ・カサンドラは愛らしい人形のように、クリーム色の長椅子にちょこんと腰かけていた。金髪を頭頂部に結いあげ、ピンクのドレスがあざやかな青い瞳を引きたてている。その瞳は彼を注意深く見つめていた。おびえていると言ってもいいくらいに。なんということだ、彼女はわたしにおびえている。求婚する前に、まずはそれをなんとかしなくては。

そのとき、部屋をさっと横切るものが視界をかすめた。ひらめいたものは淡い黄色のスカート……レディ・ルーシー・アプトンのドレスだった。

「閣下」デレクがレディ・カサンドラに挨拶するひまもないうちに、レディ・ルーシーの声が響いた。「あなたさまがいらしてくださるなんて光栄の極みですわ」

いやみたっぷりの口調だった。デレクは美しい令嬢の頭のてっぺんから足先まで視線を走らせた。こんな美女がとんでもなく口やかましいとは残念だ。少し垂れ目なのが異国情緒を醸して魅力的だし、つややかな黒髪、高い頬骨、ふっくらとした唇はキスを誘うかのようだ。しかし口づけたら咬《か》みつかれて血を流すことになるかもな、と苦笑する。どうしてレディ・カサンドラはレディ・ルーシーについていてほしいのか、彼には理解できなかったが、レディ・カサンドラと時間を過ごすためにはレディ・ルーシーをがまんしなければならないということか。それならそれでいい。甘ったれた社交界の令嬢ひとりうまく扱えないようでは、無能ということだ。

「レディ・カサンドラにお会いしにまいりました」こわばった笑みを浮かべる。

「どうぞ、おかけになって」レディ・ルーシーが部屋の奥にある椅子を手で示し、長く濃いまつげをしばたたかせた。

「そ……そうですわ」レディ・カサンドラが小さな声で賛同する。かわいそうに、彼女のほうは、配給の食糧をくすねているところを見つかった兵士みたいにびくびくしている。

デレクはレディ・カサンドラが座っている長椅子に近い椅子へすたすたと向かった。そして取り澄ましたレディ・ルーシーがぞんざいに腰をおろすのを待って、彼も腰をおろした。ああ、これまた貴族の好みそうな、小さくてこじゃれた椅子だ。彼のような体格の男が座れば、粉々に砕けてしまいそうな椅子。彼は収まりが悪そうに身じろぎし、努めてレディ・ルーシーを見ないようにした。

「今日はお元気そうですね、レディ・カサンドラ」

レディ・カサンドラはうなずいた。「はい、とても。あなたはいかがですか」そこで咳払いをする。「閣下?」

「申しぶんありません。あなたのご両親はいかがですか?」

「ふたりとも元気ですわ、ありがとうございます。母は午後の訪問へ、父はクラブに出かけております」

デレクはうなずいた。レディ・ルーシーは彼の背後になる位置に座っていて顔が見えないが、レディ・カサンドラが何度もそちらに視線を送っているところから察するに、なにやらレディ・ルーシーから情報をもらっているのはまちがいなかった。まったく、レディ・ルーシーは陸軍省の諜報員のようだ。

「昨夜の浮かれ騒ぎでお疲れでは?」デレクが尋ねる。

レディ・カサンドラの視線がレディ・ルーシーのほうに飛んだ。「いえ、ぜんぜん」

デレクは奥歯を噛みしめ、ばかばかしいほど小さな椅子の上で身じろぎした。「今日の午後のご予定は?」

またしてもレディ・ルーシーのほうに視線が飛んでいく。「えっ……あの、それは、

「わたしたち、買い物に行くんです」彼の背後からレディ・ルーシーの声が響いた。その……」

「今日は忙しいですわ。とても」

自分で答えなくてすんだせいか、レディ・カサンドラが少しほっとしたように見えた。

「では、明日の午後は？」彼はレディ・カサンドラに尋ねたが、意識は背後のじゃじゃ馬に集中していた。

そしてふたたび、レディ・カサンドラは言葉をもらおうとレディ・ルーシーを見た。

「わたしは……わたしたちは……」

「明日の午後もとても忙しいんです」レディ・ルーシーが口をはさんだ。

それで堪忍袋の緒が切れた。デレクは立ちあがって軽々と椅子を持ちあげると、ふたりともの顔がしっかりと見える位置に据え直した。「どうやら、わたしはべつのかたに向かって話をしているようです」

レディ・カサンドラが、さっとのどを押さえた。レディ・ルーシーはめずらしい色の瞳を燃えあがらせ、ばかにするように彼を見た。「なにをおっしゃっているのかわかりません」無邪気そうにまばたきをする。

「そうですか？」デレクは片方の眉をつりあげた。

レディ・ルーシーは肩をすくめた。「予定をお訊きになられたから、答えただけですわ」

デレクは奥歯を食いしばった。「わたしが訊いたのはレディ・カサンドラの予定なのに、なぜ答えたのは彼女ではなくきみなんだ」

レディ・ルーシーは腕を組んで彼を見すえた。「わたしは彼女のシャペロンなんです」

「えっ、ほんとうに？　未婚の女性がシャペロンを？」デレクが切り返す。

「ええ。わたしはまさにうってつけなの」ルーシーも受けて立つ。

「それはどうかな」またこわばった笑みが浮かんだ。

レディ・ルーシーがあやうく立ちあがりかけた。「なんですって？」

「いくらでも言ってあげよう、マイ・レディ。なんとも理解しがたいよ、どうしてきみはそんなに――」

そのとき、いかにもレディらしい小さなコホンという咳払いが聞こえた。レディ・カサンドラがふたりの言い争いを止めようとしたのだ。デレクは彼女のほうを見た。

「申し訳ない、マイ・レディ」

「あなたは午後になにをされる予定なのですか、閣下?」レディ・カサンドラが思いきったように尋ねた。

「あなたはもうお忙しいようですから、ハンティントンまで遠乗りに出かけて、自分の新しい領地でも見てこようかと」

「爵位とともに賜ったご領地ですか?」レディ・カサンドラが訊く。

「そうです。いまやわたしも領主らしい」デレクは答えた。

「それではすぐに出発なさりたいのではありませんか」レディ・ルーシーがすすめた。

「ここからだとかなりの長旅ですものね?」

「わたしはもういとまごいをしたほうがいいということでしょうか、マイ・レディ?」疑わしげな顔でデレクが彼女を見る。

レディ・ルーシーは、またもや無邪気そうに長いまつげをぱちぱちさせた。「そのようなこと、思ってもおりません。それは失礼ですもの」

「ああ、そうですね、あなたはそのような方面のことはしたこともないのでしょうね?」デレクはそっけなく答えた。

レディ・カサンドラが音もなく息をのみ、レディ・ルーシーはこわい顔で彼をにらんだ。「あなたはおありのようですね、閣下」

デレクは歯のすきまからいらだたしげに息を吐いた。「レディ・ルーシー、わたしたちは少しふたりきりで話したほうがよさそうだ」

ルーシーが眉を片方つりあげる。「わたしたちが？」

「ええ」

「ふたりきりで？」

「そうだ」

「席をはずしましょうか？」レディ・カサンドラが、ずいぶんほっとしたような表情で言いだした。

デレクはかぶりを振った。「いえ。レディ・ルーシーさえよければ、廊下で手短に話してまいります」

レディ・ルーシーは即座に立ちあがってドアを示した。「いいですとも」

レディ・カサンドラはOの字に小さく口を開け、青く美しい瞳をしきりにしばたたかせてふたりを見ていた。デレクはレディ・ルーシーに手を差しだしたが、彼女はこわばった笑みで即座に断り、先にすたすたと客間から出ていった。彼もつづいて出ていき、後ろ手にドアを閉めた。

レディ・ルーシーがしっかりと腕を組んだまま勢いよく振り返った。「なんでしょうか、閣下？」顔に作り笑いが貼りついている。そして、あのどきりとさせられるまつげがまたひらめく――ぱち、ぱち、ぱち。

デレクは咳払いをした。「マイ・レディ、きみとわたしは最初の始まり方が悪かったようだ。やり直そうじゃないか」

彼女は腕をほどいておろした。「そうですか。ではキャスへの求婚をおやめになると？」

「それはない」

「じゃあ、あいにくですがやり直しはできません」

デレクは鼻から大きく息を吸った。「どうしてぼくはそんなにだめなんだろうか？」

「まず、横暴だわ。それに高圧的ね」ルーシーが客間のほうを手で示す。「キャスはとにかくやさしいの。虫一匹殺せないし、だれにでも親切よ。だからだれかがついていて、彼女にとっていちばんいいことを考えてあげなきゃならないの」

デレクは眉を片方つりあげた。「それがきみだと？　彼女の父親ではなく？」

レディ・ルーシーは彼を刺し貫きそうな視線を向けた。「この場合は、そうよ」

デレクが口をすぼめる。「つまり、ぼくたちのあいだで休戦は無理だということか」

ルーシーはまた腕を組んだ。「あなたがキャスに求婚すると言いつづけているかぎりはね」

デレクはうなずいた。「それなら、しかたがない」

レディ・ルーシーはドアノブに手をかけた。すぐにもドアを開けてレディ・カサンドラのところに戻るそぶりだ。「わたしの忠告を聞きいれて、彼女のことはそっとしておいたほうがいいと思うわ。時間の無駄よ」

彼は目を細め、毅然としたルーシーの背中を見つめた。「きみこそ口出しするのはやめたまえ。時間の無駄だ」

ルーシーがわずかに振り向き、彼の全身にすばやく視線を走らせた。「やめるつもりはないわ、閣下」

デレクが少し首をかしげる。「ぼくもだ、マイ・レディ」

ルーシーは眉を片方つりあげ、今度は挑発するように彼を見た。「そう。それなら、強いほうが勝つということね」

7

ミルトン家の舞踏会はなかなかの盛況ぶりだった。社交シーズン終盤の恒例行事となっており、みながロンドンを離れて領地内の邸宅や休暇に向かう数日前に開催される。

キャスは見事なピーチ色の夜会服をまとっていた。髪は結いあげ、エメラルドが首に輝いている。ルーシーは自分の装いを見おろした。輝きを放つキャスの隣りにいると、銀色の刺繍《ししゅう》入りドレスとダイヤモンドのイヤリングではぱっとしない。ジェーンはお気に入りの青いドレスだ。ジェーンはいつだってきれいだけれど、自分ではそう思っていない。今夜、娘のレティキュールから本が覗《のぞ》いているのを見つけた母親に本を没収されたので、ジェーンはふだんよりはるかにまわりに目を向けていたし、いらだってもいた。

「ギャレットもあとから来るんですって」ジェーンの両親の馬車から三人そろって降

りると、ルーシーが言った。今夜はジェーンの母親が三人のシャペロンを務めている。父親はその頭脳で叙爵を受けた人物だが息子はおらず、代わりに娘が男子顔負けの学問好きになってしまって、ジェーンの母親はすっかり気落ちしていた。

「ミスター・アプトンはとてもすてきなかたよね」ミセス・ラウンズは言った。

ジェーンはルーシーに身を寄せて耳打ちした。「あなたのお父さまが亡くなったら、アプトンが伯爵になるという事実がすてきってことよ」ジェーンが目をくるりとまわす。

「ええ、ギャレットは気のいい人ですわ」ルーシーがジェーンをひじでつつきながら、彼女の母親に答えた。「夏じゅうずっと、わたしたちについていてくれて」

キャスがすぐに同意してうなずいた。「ええ、わたしもギャレットは大好きよ。ほんとうにやさしいわよね」

ルーシーは顔をしかめたくなった。ギャレットの前で同じようなことを言わなければいいのだけれど。ギャレットとはすぐにでも話をしたほうがいいと、すでに思っていたところだった。キャスがそのうち彼に親しみ以上の気持ちを抱いてくれるようになるなんて望みは、まず捨てたほうがいいと釘《くぎ》を刺しておかなければ。キャスがジュリアンを愛していることはギャレットもよくわかっている。美しいキャスに恋せずにいられないだけなのだろうけど。そう、クラリントン公爵と同じように。

クラリントン公爵といえば、彼も今夜、舞踏会に来るのだろうか？　そう思うと、どうしてわずかに胸が騒ぐのだろう？　また舌戦をくり広げられるから？

昨日、公爵がキャスの家を訪れたとき、彼女の母親が留守にしていて助かった。ルーシーが公爵に対してあきれるような言動をしていたのをあの立派なご婦人が見ていたら、もう二度とキャスには会わせてもらえなかっただろう。まちがいない。レディ・モアランドはルーシーのことを最初からあまりよく思っていなかった。いまだにキャスと友人でいられるのは、ルーシーが伯爵の娘であり、田舎でもお隣り同士であるからにすぎない。けれどルーシーがなにか画策しているのではないかとレディ・モアランドが疑えば、もうぜったいにキャスとは会えなくなるだろう。

二時間以上が過ぎて、ようやくクラリントン公爵がミルトン家の舞踏会にお出ましになったと告げられると、三人ともそちらに注目した。

キャスは落ち着きをなくして手袋を引っ張った。

「心配ないわ」ルーシーが言う。

「生け垣の一件があったんだから、もう放っておいてくれるわよ」ジェーンも言った。

「そう思わない？」

「でも廊下でルーシーに言ったことを考えると」キャスが答える。

「彼は廊下でルーシーになんて言ったの？」ジェーンは聞きたがったが、話ができないうちに、公爵がまっすぐ彼女たちのほうにやってきた。

「レディ・カサンドラ」よどみのない、よく通る声で公爵は言い、キャスが出した手の上に身をかがめた。「ごきげんよう。ダンスはいかがでしょうか？」

ルーシーが口を開いて容赦のない断りを告げようとしたそのとき、すかさずキャスの母親がやってきた。「閣下、今夜はお目にかかれて光栄でございます」レディ・モアランドがひざを折って挨拶した。

公爵もおじぎを返す。「いいえ、こちらこそ光栄です。たったいまレディ・カサンドラをダンスにお誘いしたところなのですが」レディ・モアランドの金髪越しに、彼はルーシーに得意げな顔をしてみせた。

「まあ、もちろんお受けいたしますわ」レディ・モアランドが答え、キャスを公爵のほうにひじで押しやった。

キャスはルーシーにちらりと視線を送ったものの公爵の腕に手をかけ、ダンスフロアへと連れられていった。

レディ・モアランドは自分の務めは果たしたとばかりに人混みにまぎれ、ルーシーとジェーンは周囲からダンスを眺めることになった。ルーシーは、今度は少し腹立たしげに足で音楽の拍子を取っている。「まったく、キャスの声になれたらどんなにいいか」ルーシーがぼやく。

「でもこのあいだは効果がなかったみたいじゃない」ジェーンが言う。

ルーシーは腕を組み、ふんと息を吐いた。「わたしの言ったことをキャスがくり返してくれなくて、わたしがいるのがばれちゃったのよ。ほんの少し人にそっけなくするだけのことが、彼女にはできないのよね。でも公爵さまは、はっきり言わなきゃ伝わらない人なの」

「求愛している相手があなたならよかったのにね」ジェーンが眉をつりあげる。

「彼女の代わりにしゃべることさえできればいいんだけど」

ジェーンが唇を引き結んだ。「ルーシー？　なにを考えてるの？」

ルーシーは指先で頬をとんとんたたいた。「うーん……うまくいくと思うんだけど」

「ほんとうにうまくいくの？」ジェーンが訊く。

ルーシーは満面の笑みを浮かべ、人さし指をまっすぐ上に突きたてた。「なにか考えるわ。いつも言ってるでしょう？　〝勇気を出して〟って」

ジェーンが返事をしようとしたところへ、ギャレットが両手をポケットに入れてぶらぶらと近づいてきた。「カサンドラと公爵が踊っているということは、カサンドラ対公爵戦線はあまりうまくいってないんだな」くだんのふたりのほうにあごをしゃくる。

ルーシーはいとこの袖を軽くはたいた。「しいっ。あのふたりがダンスをしながらなにを話しているのか聞こうとしてるんだから、黙ってて」

ギャレットは笑った。「じゃあぼくと踊ろうよ、聞きに行こう」

「それならわたしが行くわ」ジェーンがいきなり言った。

ルーシーとギャレットがびっくりして顔を見合わせる。

「なに？」ジェーンは肩をすくめた。「母に本を取りあげられちゃったのよ。だからすごく退屈で。とにかく足は踏まないでね、アプトン」

「有無を言わさずだな」ギャレットは鼻を鳴らした。「いいとも。踊ろう、ミス・ラウンズ」

ふたりは勢いよくまわりながらダンスフロアに飛びだし、ルーシーは四人全員を視界に収めようと脇に寄って、いつものように音楽に合わせて足で拍子を取りはじめた。いつもこうなるのよね。久々にまともなダンスのお誘いがあったと思ったら、いとこからだった。しかも実際に踊れもしないなんて。

しばらく経《た》って音楽がやみ、ギャレットとジェーンがルーシーのところへ戻ってきた。

「あまり聞こえなかったよ」ギャレットが知らせる。

「そうね、残念だわ」ジェーンも言いながら手袋を引っ張った。「でも、すばらしいことを思いついたわよ」

「なに？」ルーシーは期待をこめて訊いた。

ジェーンは大きな秘密を明かすかのように身を乗りだした。「彼がなにを言ったか、キャス本人に訊けばいいのよ」

全員が振り向くと、キャスがちょうどダンスフロアから戻ってきていた。うつむいて床を見つめ、室内履きの足をこするように歩いている。

「どうしたの、キャス？」ルーシーが尋ねた。「なにを言われたの？」

「テラスに出て、飲み物でもいかがですか、って」キャスが答えた。

ミルトン家は外階段の下に軽食のテーブルを用意しており、開いたフレンチドアから外のテラスへ客がひっきりなしに出入りしていた。

「それで、行くって答えたの？」ルーシーは責めるような顔で女友だちを見た。

キャスが申し訳なさそうにうなずく。「失礼をしたくなかったのよ。それに、お母さまがずっとにらんでいたし。それはもう落ち着かなくて」

ルーシーは片手を振りあげた。「カサンドラ・モンロー。まったくわけがわからないわ。これまで数えきれないほどの男性を袖にしてきたくせに、どうして今回はそんなにうまくいかないの？」

キャスは両手で顔を覆った。「わかってる。わかっているわ。でも、これまではだれに対してもとても丁重にお断りしてきたのよ。だけど同じようにしても、公爵さまは受けいれてくださらないんだもの」

ルーシーはうなずいた。「彼はノーの返事を受けつけないものね。あのかたは公爵かもしれないけれど、紳士じゃないわ」

「がんばってる男に冷たくできないよね」ギャレットがキャスを見てにっこり笑い、キャスは愛らしいピンク色に頰を染めた。

「心配しないで、ルーシー。あなたはもうじゅうぶん手を尽くしてくれたわ。今度はついてきてなんて言わないから」キャスが言った。「自分でできるだけのことをしてみるわ」

ルーシーは頭を振った。「ついていくに決まってるじゃないの。ついていって、ひとこと言ってやるわ。いいことを思いついたし」彼女はキャスの手をつかみ、大またで出ていった。

ギャレットとジェーンがそんなふたりを見守る。

「やりすぎちゃだめよ、ルース。彼はたんなる戦争の英雄よ。あなたの無情な戦術にかかったことがないんだから」ジェーンはルーシーの背中に声をかけた。

ルーシーは振り返り、肩越しに目くばせした。


ルーシーは人さし指で頰をとんとんたたきながら、フレンチドア越しにミルトン家のテラスを見ていた。彼がいる。クラリントン公爵。キャスを待っている彼は、いまいましいくらいハンサムだった。

「外に出ないの？」キャスがルーシーの隣りで止まって尋ねた。

「まだね」ルーシーは頰をたたきつづけている。

「どうして？」キャスが眉根を寄せた。

「それは……考えてるから……」

キャスが目を見張った。「まあ、だめよ、ルーシー、なにをするつもりなの？」

フレンチドアの前でルーシーは行ったり来たりした。「キャス。昨夜はわたしの言葉をくり返せていなかったわね。あなたはやさしすぎて……よくないわ」

キャスもうなずいた。「わかっているの。自分でもいやになるわ」

「だいじょうぶ。わたしがついてるわ。でも、本気で公爵を思いとどまらせたいのなら、もっと強く言わないとだめよ。思いをそのまま、はっきりと、率直に」ルーシーがうなずく。

「それはわかっているの、ルーシー。本気でそうしようとしているのよ、でも――」ルーシーが身をひるがえし、シルバーのスカートが足首をかすめた。「こうしたらどうかしら。テラスの上にバルコニーがあるのよ。庭の上に張りだしていて、建物の側面のほうまでつながっているわ。そこに上がりましょう。わたしがあなたの後ろに隠れていれば彼には見えないから、今度はあなたの代わりにわたしがしゃべるわ」

キャスは首を振った。「代わりにしゃべる？　どういうことかしら」

「あなたはそこに立っていればいいの。彼はあなたがしゃべっていると思うわ。でも実際にしゃべっているのはわたしというわけ」

キャスの顔から血の気が引いた。「まあ、だめよ、ルーシー。そんなこと――」

「だいじょうぶよ、キャス。あなたの声は完璧にまねできるから」ルーシーはやってみせた。声を高くして、やわらかくひかえめな口調で話す。

キャスは唇に指先を当てて、くすくす笑った。「ほんとうね、わたしそっくり。でも、彼が気づいたらどうするの？　このあいだの夜のことがあるのに、また同じようなことをしているってばれたら、恥ずかしくてどうしたらいいか」

ルーシーはフレンチドアの外を覗いた。「気づかないわよ。もし気づいても、それで怒れば、あなたに求婚しようという気がなくなるんじゃないかしら」

「ほんとうにそう思う？」希望で表情が明るくなったが、すぐに消えた。「でも、もしお母さまが――」

ルーシーは振り返ってキャスと向かいあった。「キャス、本気で公爵さまを追い払いたいと思っていないの？　そうしないとジュリアンが帰ってきたときに、自由の身でいられないのよ？」

キャスはうなずいた。「自由の身でいても、ジュリアンが帰ってきたときにうまくいく保証はないけれど――そうね、やっぱりそうしたいわ」

「それならやってみましょうよ。わたしならあなたが言えないことも言えるわ。ねえ、キャス、わたしにやらせて。バルコニーに上がって、あなたの声になりたいの」

キャスは唇を嚙み、外でこちらに背を向けて立っている公爵を見やった。「バルコニーへの上がり方はわかっているの？」ため息混じりに言う。

「まだだけど、すぐに調べるわ」ルーシーはにっこりと笑った。

8

「閣下」レディ・カサンドラのやさしい声がどこかからふわりと聞こえた。

デレクはひとりでテラスに立っていた。振り向いて後ろを見る。だれもいない。

「閣下」また声がした。今度は声が聞こえてきた方向をたどっていって角を曲がると、そこはミルトン家の庭のひっそりとした小さな場所だった。バラが格子垣に美しくからまって伸び、小さなバルコニーの下であでやかな花房をつくっている。ああ、あそこだ。バルコニーの上にレディ・カサンドラが立っている。彼女の足もとで咲いている花のように美しい。

「レディ・カサンドラ」デレクは声をかけた。「そんなところでなにをしているのです？　いっしょに庭を散歩していただけると思っていたのですが」庭の小道のほうへ、誘うように腕を振った。このあたりはろうそくの明かりも小さく、レディ・カサンドラの姿形はぼんやりとわかるものの、顔を含めて大半は影になっていて暗い。

「閣下、わたしはここで失礼いたします。あなたに申しあげたいことがあるのです」

しっかりとして落ち着いた声だ。いやほんとうに、こんなにしっかりと落ち着いた声だったことがあっただろうか。

デレクはうなずいた。「ええ、それで？」

「求婚をやめてください」

彼は眉根を寄せた。「なんですって？」

「時間の無駄です」

デレクの顔がかっと熱くなった。時間の無駄？　それはレディ・カサンドラではなくレディ・ルーシーが言っていた言葉じゃないか。デレクは、ぴんときた。弱々しいろうそくの光、バルコニー、少しちがって聞こえる声。この状況の裏にはレディ・ルーシーがいる。いや、文字どおり、彼女はレディ・カサンドラの裏に立って、代わりにしゃべっているのだろう。姿は見えないが、ぜったいにいるはずだ。腹が立って当然の状況なのに、正直なところ、デレクは少なからず愉快になっていた。

「そうなのですか？」笑いを噛み殺す。「それは残念だ」

「ええ、ですからもうおいでにならないでください、永遠に」

デレクは唇をゆがめた。愉快な気分もどこかへ消えた。こんなおふざけにはそろそろうんざりだ。自分はスウィフトと約束したのだ。結婚相手として、自分はなかなかのものだということは自負している。もしレディ・カサンドラをあの小生意気な友人から引き離せたなら、レディ・カサンドラを説得して彼とのことを考えてもらえそうだということは心の奥底で感じている。ところがいつの間にか、公爵というのは理想の結婚相手だということをこのうら若きレディにわからせなくてはならないという、おかしな状況になってしまった。なんとばかばかしい。もしスウィフトとの約束がなければ、さっさと切りあげておさらばしているところだ。しかしスウィフトと約束してしまった。まったく厄介なことになった。それに、ルーシー・アプトンのような女性に自分の意向を曲げさせられるなんて気に入らない。そんな思いがふくらんできて、彼は思わずこんな言葉を投げかけていた。「もし、いやだと言ったら?」

これでいい。生意気なレディ・ルーシーは、自分の意見を否定されると頭にくるはずだ。

少し憤慨したような声が返ってくる。「どうしていやなのですか?」

デレクは背中で手を組んだ。「あなたのお気持ちを変えさせるつもりだからです」

今度はあきらかにふきげんな声が返ってきた。「閣下、失礼なことを申しあげるつもりはないのですが――」

「ほんとうに？」あえて対抗する。

「もちろんです。なんてばかなことをお聞きになるのでしょう」

「ルーシー！」これはあきらかに、ほんもののレディ・カサンドラの声だろう。

「キャス、だめよ」レディ・ルーシーのひそめた声。

「わざわざ失礼なことをしようなんて思うわけがないでしょう」にせもののレディ・カサンドラがなんとか立て直した。「でも、あなたがあまりにもしゃくにさわるので、どうしてもそうなってしまうんです」

「ルーシー！」半ば息が詰まったようなレディ・カサンドラの声がした。

デレクは平然と、大きな笑みを浮かべてふたりを見あげた。「もうやめませんか？レディ・ルーシー、失礼でもなんでも、わたしに言いたいことがあるのなら直接ぼくに言うといい」

レディ・カサンドラがか細い悲鳴をあげて暗がりに引っこみ、レディ・ルーシーの愛らしくも反抗的な顔があらわれた。彼女はバルコニーから身を乗りだし、稀有《けう》な瞳で射抜くかのように彼に向かって目をしばたたいた。手すりを両手でつかんで体を突きだし、真っ向から彼に食ってかかる。「わかりました、閣下。はっきり申しあげます。キャスはだめなんです。手を出さないでください」

レディ・カサンドラは隣りでうなだれている。

デレクはレディ・カサンドラをちらりと見た。「そうなのですか、マイ・レディ？　だめなのですか？　昨日お尋ねしたときは、だれとも婚約なさっていないということでしたが？」

「それは……そうですが」消えいりそうな声で言い、手袋を引っ張るレディ・カサンドラは、とんでもなくばつが悪そうだ。

「それなら、どうしてなのかわかりません」デレクが返す。

レディ・ルーシーは肩をいからせて彼をにらんだ。「わからなくていいんです。こちらがそう言ってるんですから」

顔が真っ赤になりつつあるレディ・ルーシーを無視して、デレクはもうひとりのレディのほうを見た。「ほんとうですか、レディ・カサンドラ？」

「はい」レディ・カサンドラは震える声で答えた。「それと、あなたが少しこわいのです、閣下」

「わかります、レディ・カサンドラ」デレクはできるだけやさしく言った。「ですから、あなたのお気持ちを変える機会を与えていただきたい。ぼくのことをもう少し知ってくだされば――」

レディ・ルーシーがバルコニーから飛び降りそうな勢いで身を乗りだした。彼女のしなやかな体を抱きとめたときのことまでデレクは思い浮かべてしまった。実際、彼女なら彼に飛びかかるくらいのことはやりかねない。「なんですって、なんてあきらめの悪い人なの」

デレクは片方の眉をつりあげた。「まあね。レディ・カサンドラの気が進まないのは理解できるが、もう少しぼくのことを知ってもらえば考え直してくれるという自信もあるんだ」

ルーシーは彼をにらみ、挑発的にあごを突きだして瞳をきらりと光らせた。「それがあなたの悪いところよ。自信過剰だわ」

キャスがますます暗がりに引っこむ。

「自信があってこそ戦いに勝利できる」デレクはにやりと笑って言い返した。

「これは戦いじゃないわ」ルーシーもやり返す。

また彼が眉をつりあげる。「そうかな?」

ルーシーは鼻の穴をふくらませて彼をにらんだ。まとめた髪から愛らしい巻き毛がいく筋かほつれ、頬の横で軽やかに揺れている。「人生で手に入れる価値のあるものというのは、戦ってでも手に入れる価値があるということを、ぼくは何度も経験しているからね、マイ・レディ」

レディ・ルーシーは両手を握りしめた。「キャスは戦利品じゃないわ」

だんだん彼も腹が立ってきた。あきらめが悪いのは、いったいどっちだ？「そうとも、彼女は自分で立派にものが言えて、並み居る求婚者を友人に追い払ってもらわなくても自分のことは自分で決められるレディだ」

ルーシーが激しく息をのんだ。百七十センチに満たない体をまっすぐにして、背筋を伸ばす。「いったいなにをおっしゃっているのかしら。わたしはキャスの人生に首を突っこもうなんて思ってないわ。キャスに助けてほしいと言われたからやっているだけよ」奥歯を嚙み、後ろを振り返ることなく友人に話しかける。「キャス、閣下に言ってあげて。あなたがわたしにここにいるよう頼んだんだって」

レディ・カサンドラは咳払いをした。か細く震える声で言う。「そうです。そのとおりです」

「わたしに手を貸してほしかったのよね？」レディ・ルーシーがつづける。

「ええ」レディ・カサンドラがさらに同意する。

デレクは注意をキャスに戻した。「ぼくのことをよくご存じないのはわかります、マイ・レディ。そしてぼくが……こわいということも。しかしぼくは心からあなたのためを思って行動しているし、あなたをもっとよく知りたいと思っている。それはほんとうなんです」

「彼女のほうはあなたのことを知りたいなんて思っていないわ」レディ・ルーシーは叫ぶような声になっていた。「彼女はほかに好きな人がいるのよ」

デレクが弾《はじ》かれたように顔を上げた。「それはほんとうですか、レディ・カサンドラ？」

薄暗いなかでも、レディ・カサンドラの顔が真っ赤なのは見て取れた。「は……はい」ゆっくりとうなずく。

デレクは眉を寄せた。「それで、その男はあなたに求婚したのですか？」

「いえ、そんな」彼女が激しくかぶりを振る。

「だが、いずれ求婚されると？」

「いえ、そういうわけではありません、閣下。それはないと思います」

デレクの口もとが大きくゆるんだ。「ああ、それなら。競いあうのは得意ですから」

レディ・ルーシーが鼻を鳴らした。「どこかおかしいんじゃないのかしら？　自分にまるきり関心のないレディをそこまで追いかけるなんて」

デレクは肩をすくめた。「いや、その相手の男は求婚しないと聞いたものでね。ところで、そのばかなやつはいったいだれなんだ?」

「そんなことはあなたに関係ないでしょう!」レディ・ルーシーは叫んだ。

ふたつの顔が、まるでナポレオンとウェリントンのようににらみあう。正直、デレクは自分でもかなり驚いたが、この状況を楽しんでいた。

「さて、レディ・ルーシー、きみと何度もこんなふうに同じやりとりをするのはいささか疲れてきた。ひとつだけ言わせてもらおう。レディ・カサンドラにも聞こえているだろうし——」デレクは二歩さがって彼女の姿を見ようとしたが見えなかった。

「レディ・カサンドラ?」

レディ・ルーシーもあたりを見まわす。「キャス?」

さらに、ぐるりとひとまわり。「いなくなっちゃったわ」

9

ルーシーは眠れずにいた。上掛けをさっとはがし、ガウンをはおって、開いた窓の前をゆっくり行ったり来たりする。夏のそよ風が入り、コオロギが下の庭で鳴いている。彼女はあることを考えていた。そのことしか考えられなかった。クラリントン公爵、デレク・ハント。生まれてこのかた、あれほど……あれほど……感情を揺さぶられる人に会ったことはない。

思わずのどに手をかける。バルコニーから身を乗りだしたとき、彼が向けたあの顔。まるで一糸まとわぬ姿を見られたかのような、すべてを暴かれたような気がした。公爵の大胆な視線は品定めするかのように挑発的で、探るような目つきがなんでもお見通しに思えて落ち着かなかった。まるで考えを読まれていて、彼女がなにかを企《たくら》んでいるのはわかっているぞとでも言いたげな。まあ、確かに企んでいたのだけれど。ふむ。おそらく公爵は、ルーシーが思っていたより手強《てごわ》い相手なのかもしれない。

いったいどういう人なのだろう、クラリントン公爵という人は？　とても頭が切れるように思える。それは認めよう。それに、いやみのつもりで話しているときは、はっきりそれとわかっているらしい。彼女の知るたいていの紳士にはまったく通じなかったのに。まあ、言葉でさんざんやりこめたときには、さすがにわかっていたようだけど。それでもほとんどの人は、ルーシーがほんとうにあきれているのは彼女と張りあうだけの機転がないところだということに気づいていなかった――ほんとうにわからないらしいのだ。

けれど公爵はわかっていた。まるで胸の内を覗かれたかのようだった。彼女がやろうとしていることなど見透かされていた。正直言って、自分と同じくらい頭のまわる紳士には会ったことがなかったのに……。ルーシーは深呼吸した。どうして彼にかかると、こんなに簡単に頭に血がのぼってしまうのだろう。確かに彼には腹を立てているけれど、自分自身にも腹が立っていた。キャスの人生に首を突っこんでいると言われたとき、自慢の頭がまったく働かなくなったのだから。

〝いったいなにをおっしゃっているのかしら〟なんて苦しいその場しのぎの言葉しか出てこなかった。あんなのはまったくいつもの彼女らしくない。社交界に知られた機転も、辛辣な言葉も、まったく出てこなかった。いちばん必要なときに出てこないなんて。

あのときルーシーは、容赦のない言葉を浴びせようと口を開けた。ところがなにも出てこなかった。これほど激しい怒りを感じたのは人生で初めてだった。社交界の紳士にきつい言葉を向けると、たいてい彼らは尻込みしてそれ以降は彼女と距離をとるようになる。しかしデレク・ハントはそれを楽しみ、また次のかけあいをしようとするのだ。とんでもなく腹が立つ。

あの男性は、完全に、決定的に、自分が正しいと思っている。あまりにも自信過剰だ。たまたまものすごいハンサムでもあるせいで、よけいに傲慢になっている。キャスが彼に興味を示していないのはあきらかなのに、どうしてあれほど熱心に求愛するのだろう？　もちろんキャスはきれいでやさしくて賢くて愛らしいけれど。そう、彼がキャスにご執心なのはしかたがない。彼女はひかえめで、物静かで、結婚相手としてすばらしい。実際、キャスが公爵に関心を持ってさえいれば、まったく申し分のない縁組なのだ。でも、キャスはどうしようもなくジュリアンに恋している。彼女が小さいころから。

それをいちばんよく知っているのはルーシーだった。ジュリアンがどんなにハンサムで勇ましくて高潔か、耳にたこができるほどキャスから聞かされてきた。けっして手に入ることのない男性を、キャスは好きでたまらないのだ。確かに哀しいことだけれど、それが現実。ギャレットの気持ちを傷つけるようなことは言わないようにしてきたけれど、ジュリアンのことを話すキャスを目にした人なら、彼女がまだ心のどこかで運命が変わってジュリアンが自分のものになるのではという望みを捨てていないことはわかるだろう。そしてルーシーも、そうなるように手助けしたいと思っている。ところがいまのところ、あの頑固者公爵と膠着状態に陥ってしまったような気がする。だからキャス自身が彼にはっきりと、どんなに待ってくれても自分の心は変わらないと言わなければならないのだ。とにかくそれしかない。

あるいは……。

ルーシーはごくりとつばを飲みこんだ。もし、ほんとうにキャスが心変わりしたら？　あの人はハンサムだし、英雄だし、公爵だもの。でも、そう思うとなぜか——もしキャスが、あの傲慢で、無遠慮な人を——ああ、だめ。よくないわ。彼の悪口を言ったってなんにもならない。本人が目の前にいるわけでもないのだし。

ルーシーはベッドに戻り、ひざを抱えて座った。もしかしたら、キャスはもう心変わりしているかもしれない。自分から前に出て、彼にはっきり放っておいてくださいとは言わなかったわよね？　今夜だって、最初はひとりで庭に行けると言っていた。

ひょっとして、クラリントン公爵のことを考え直したのでは？

ルーシーは顔をくしゃりとゆがませた。どうしてこんなに不安な気持ちになるのだろう？　頭を振る。真実を確かめる方法はただひとつ。キャス本人に尋ねることだ。クラリントン公爵の求愛をまんざらでもないと思っているのかどうかを、率直に尋ねること。そしてもしキャスがそうだと言ったら――ああ、そんなことあり得ないわよね？――とにかく、もしキャスがそう言ったら、わたしは手を引こう。もうなにも手出しをせずに、ふたりの行く末を見守るしかない。それだけのこと。ルーシーはガウンを脱いでふたたびベッドに入った。どうするかが決まれば、あとはもうぐっすり眠れるはずだ。

けれど一時間後も、彼女はまだ寝返りを打ちながら何度も枕をへこませていた。もうすっきり解決したはずなのに、どうして眠れないの？

デレクは羽根ペンを台帳の上に投げた。こんな夜中に、どうして同じ数字の羅列を八回も読んでいなきゃならないんだ？　とにかく眠れず、書斎に降りてくるのがいい案だと一時間前には思えたのだ。ところがいまは、まったくなにも手につかない状態でいる。今夜の舞踏会でのいまいましい出来事に、何度でも思考が戻っていく。とくに、〝いらいらレディ〟ことルーシー・アプトンに。

あのレディはいったいなんなんだ？　いっときたりとも心おだやかでいられない。レディ・カサンドラとふたりきりになろうとすると、かならず影のようにすうっとあらわれる。なにか、友情をはきちがえての行動に思えるが。友情のことならデレクにはよくわかっている。どうやらレディ・ルーシーはレディ・カサンドラの親友として動かなくてはならないと思っているらしいが、あの姉御肌のじゃじゃ馬娘が少し冷静になって自分の行動を考えてみれば、若く健康な独身の公爵――しかも自分で言うのもなんだが、見てくれも悪くない男――からの求愛をじゃまするのは、レディ・カサンドラのためにならないとわかるだろうに。しかしレディ・ルーシーはすさまじくかたくなで、自分は正しいと思いこんでいるようだ。少しでもちがったものの見方をしようとは思わないらしい。まったく腹が立つ。

デレクはいっそレディ・カサンドラの両親に近づき、レディ・ルーシーが横槍《よこやり》を入れていることを知らせようかとさえ思った。伯爵夫妻は当然のことながら、自分たちの娘が公爵と結婚するのをレディ・ルーシーにじゃまされていると知れば不愉快だろう。だが、そんなことをするのはやはり不本意でもある。社交界の甘ったれた令嬢ひとりあしらえないようでは、公爵の名をいただくわけにはいかないのでは――というようなことを百回は考えていた。

今夜言われたように、レディ・カサンドラはほんとうにべつの男に恋をしているのかもしれないが、それは問題に思えなかった。彼女に求婚するだけの財力がその男にないのなら、彼女を手に入れられる可能性はほぼないだろう。そう、実際にたいへんな脅威となっているのはレディ・ルーシーなのだ。デレクは立ちあがってサイドボードまで行き、ウイスキーを指二本分《ツーフィンガー》ついだ。

だが状況がさらに厄介になっているのは、レディ・ルーシーが美しすぎるせいだった。あれで容姿が平凡だったり、鼻に大きなイボでもあれば、すべてはずっと簡単なのに。デレクが彼女と言いあっているときに考えるのは、彼女をどこかに追い払いたいということではなく、どちらかと言えば、自分の大きなベッドで彼女とふたり、裸で転がりたいというような願望で、それがまたとんでもなくいらいらさせられる。不適切でもあるのは言うまでもない。くそっ。

デレクはウイスキーをあおって飲み干し、腹の奥に液体が流れていくのを感じた。凍えそうな夜、戦場の野外のテントで眠らなければならないときには何度となくこうしたものだ。そうやって生き延びた。何千という仲間が命を失った戦いだった。しかし自分は部下を率いて生還させたのだ。そんな自分が、頑固な小娘ひとりに立ち往生させられるわけにはいかない。そんなことはぜったいに許さない。たとえ、彼女を見るたびに血がたぎるような思いを味わうとしても。

デレクの専門は戦略を練ることだ。戦うときは、敵をできるだけ知らなければならない。レディ・ルーシーが彼のどこにそれほど難を感じているのか、はっきりさせなくては。いままでは彼女の手の内で戦わされていたようなものだったが、ここから反撃開始だ。レディ・ルーシーを突破しなければ、レディ・カサンドラは手に入らないのだから。

どう戦えばいいかは、もうわかっている。

10

翌日、ルーシーはキャスとジェーンに会うため階下の客間に降りていった。ドアの前まで来ると、ふたりの会話が自然と耳に入ってきた。

「お願い、ジェイニー、助けて」キャスの声。

「それはうまくいかないと思うわ」ジェーンが答える。

「でも、ひとりでなんて無理よ。ただでさえ、なにも考えていない娘みたいに思われているのに」

ジェーンが鼻を鳴らした。「そうね。わたしですらそう思いはじめてるわ」

「これをどこまでつづけられるか――」

ルーシーはドアを押し開け、勢いよく入っていった。「なにをつづけるの、キャス?」

ルーシーの声にキャスはびくりとし、顔を赤く染めた。ジェーンは顔をそらす。

「ああ、ルーシー、来たのね」キャスは手袋を引っ張りながら言った。

「どうしたの?」ルーシーは尋ねた。「公爵さまの話をしていたんでしょう?」

「まあね」ジェーンは外の通りで世界一おもしろいことが起きているかのように、窓の向こうを見すえている。

キャスはジェーンをこわい顔でにらんだあとルーシーを見た。「そうよ、公爵さまのことを話していたの。とんでもないことになってしまったのよ」

ルーシーは椅子まで行ってキャスを抱きしめた。いつもどおり、キャスの身だしなみは完璧だった。すっきりとした水色の昼用ドレスとおそろいの毛皮付き外套《がいとう》、白いボンネット帽、白い小ヤギ革の手袋。「なにがあったの、キャス? どうしてそんなにあわてているの?」

キャスは手袋をはめた両手で色白の頬を抱えた。赤く染まった頬の色が際立つ。

「どうすればいいのかわからないわ。ほんとうに、どうすればいいの?」

ジェーンが目をくるりとまわす。

ルーシーはキャスの隣りに腰をおろして彼女の手を軽くたたいた。「ほら、落ち着いて。なにがあったのか話してちょうだい」

キャスは両手をひざにおろし、唇を噛んで窓の外を見つめた。

「そんなにたいへんなことなの？　いったいなに？」ルーシーがうながす。

キャスは美しいブルーの目をぎゅっと閉じた。と、堰《せき》が切れたように口から言葉がこぼれだした。「お母さまが公爵さまに、今日の午後は彼といっしょに公園まで乗馬に行くと約束をしてしまったの」

ルーシーがキャスの手をさっと取った。「なんてこと！」

キャスが手袋を引っ張る。「そうなの、そうなのよ。公爵さまがいらしたと思ったらものすごく早口でお話しされて、お母さまはもう彼にうっとりしてしまって……あ、ルーシー、彼が帰られたときにはもう、六時にわたしとお付きの者を迎えに来ることになってしまっていたのよ。いったいどうすればいいの？」

ジェーンがキャスにまつげをしばたたいて見せた。「だから、あなたから彼に――」

「黙って」キャスは不満げな顔をジェーンに向けた。「わたしはルーシーに助けてもらいたいの」

ジェーンはふうっと息を吐いてレティキュールから本を引っ張りだした。「わかったわ。そうしたいならどうぞ」

ルーシーは腕を組み、指先で腕をとんとんたたきながら、公爵の行動について考えた。それほど意外なことではなかった。彼の意志は固いようだったし、それはレディ・モアランドも同じこと。だから公爵はこれ幸いと、ルーシーがいないときを見計らってキャスを誘いだそうとしたのだ。

不本意ながら、ルーシーは苦笑してしまった。ふむ。彼もなかなかやるわね。すでに経験から学んだということかしら？　彼がまたキャスを訪問するのではないかとルーシーかキャスが少しでも警戒していたら、ルーシーはキャスの隣りに張りついて彼を待ちかまえていただろう。彼は予告していたのだから準備をしておくべきだったのに、うっかり気をゆるめてしまった。でも、いまや敵がいかに狡猾《こうかつ》かわかったからには、もう同じ失敗はしない。

でも、まずはキャスにほんとうの気持ちを訊いておかなくてはならなかった。ルーシーは身を乗りだし、ひざに両手をついてキャスと向きあった。「あなたに訊かなくちゃならないことがあるの」

キャスがひざをびくりと跳ねさせ、まばたきをした。「なにかしら、ルーシー？」

ルーシーはキャスを真正面から見すえた。「少しでも気持ちは変わっていない？　つまり、公爵さまのこと」

またキャスがまばたきする。「どういうことかわからないわ」

ルーシーは片手をさっと振った。「ひょっとして、やっぱり公爵さまの求愛を考えてみようという気になったんじゃないかと思って。もしそうなら、それでなんの問題も——」

唖然《あぜん》として、おののきまでにじんだキャスの瞳を見れば、答えはあきらかだった。

「まあ、ルーシー、そんな。公爵さまの前では口もきけなくなるくらいなのに……彼ってとにかく、とにかく……」

「威圧的？」ルーシーは言ってみた。

「とにかく……」

「偉そう？」

「とにかく……」

「腹が立つほど自信家？」いまやルーシーは彼の欠点を指折り数えていた。一日じゅうでも言いつづけられそうだ。

「とにかく大きいの！」やっとキャスが言った。

それを聞いて、ジェーンがまたくるりと目をまわした。ルーシーは鼻にしわを寄せ、ふんと鼻から息を吐いた。「そうかもね。まるで雄牛だもの」

キャスは身を震わせたが、ルーシーと目を合わせることはなかった。「戦場で彼と戦った人は、きっと彼を見ただけで震えあがったにちがいないわ。腕なんか大鎌みたいで、胸板は厚いし、肩幅も広すぎて――」

ルーシーは襟をつまんで引っ張った。今朝はこの客間がやたらと暑いわ。小間使いは窓を開けに来ないのかしら。「確かに、大きな人ね。無骨な大男だわ」ぼそぼそと言う。

キャスは身を乗りだしてルーシーの手をつかんだ。「あの人に向かって、あなたはよく平気であれこれ言えるわね。どうしてそんなことができるの？」

「そうよ、ルーシー、どうしてそんなことができるの？」ジェーンが片方のひじを椅子のひじ掛けにつき、手にあごを乗せて訊いた。キャスが彼女をにらむ。

ルーシーは片手を振った。「彼のほうこそ、よくもわたしに平気であれこれ言えたものだと思うわ。まだまだ言ってやりたいことはたくさんあるんだから」

「ああ、ルース、あなたのそういうところが大好きよ。あなたはぜんぜんこわがらずに自分の思っていることを口にできるのね」キャスは唇を噛んだ。「でも、ほんとうにどうすればいいの？　彼といっしょに公園に行くなんて」

ルーシーは体を起こした。「昨日、公爵さまから、あなたの人生に首を突っこんでいると言われたの。もしそうなっているのならいやだわ」

「まさか。そんなことはぜんぜんないわ。わたしにはあなたの助けが必要なの、ルーシー」キャスははっきりと言った。

　今度はジェーンがわざとらしく咳払いをする。

　ルーシーはうなずいた。「わかったわ。まだわたしが手を貸していいものかどうか確かめたかったの。でもあなたがほんとうに困って――いいえ、わたしがいっしょにいてもいいと言ってくれるなら、わたしの気持ちは固まったわ」大切な友だちが横暴なクラリントン公爵に押さえつけられるなんて許せない。「心配しないで、キャス。うまくいくから」

「ああ、ルーシー。あなたに助けてもらわないとどうしようもないの」キャスは鼻にしわを寄せた。「どうすればいいの？」

　ルーシーはひざで手を組んだ。「わたしがいっしょに行くわ。それでだいじょうぶよ。シャペロンが必要だものね？」

「完璧だわ」ジェーンが言う。

　キャスはジェーンの言葉を聞かなかったことにした。「でもルーシー、昨日も公爵さまがおっしゃったとおり、あなたじゃシャペロンとしては認められないわ」

　ルーシーが肩をすくめる。「そんなことかまいやしないわよ。とにかく、あなたの従僕もお供するのでしょう？　あなたのお母さまはいらっしゃらないのよね？」

キャスはぎこちなくうなずいた。「来ないわ。お母さまは、わたしたちがふたりだけで出かけるほうがうれしいみたい。ほんとうに恥知らずよね」

ルーシーは腕を組んでひとり笑みを浮かべた。「公爵閣下は、この前わたしが言ったことなんかなにも気にしていないみたいね。今度はそうはいかないわ。この勝負でわたしに勝てると思ってるなら、相手を知らなさすぎるわよ」

ジェーンが片眉をつりあげた。「あなたたち、ほんとうにだいじょうぶなの？ ルーシー、あなたがついていったら公爵さまはいい顔をしないと思うけど」

夏場にパンにのせたジャムがとろけるように、ルーシーの顔に大きな笑みが広がった。「そんなことはわかってるわ。だからこそ行くんじゃない」

11

コリン・ハントがゆったりとした足取りでデレクの書斎にやってきた。年下の青年の顔が少しほころんでいるのがデレクにはすぐにわかった。

「公爵閣下」コリンは歌うように言っておじぎをした。

デレクは立ちあがり、目をくるりとまわした。「そういうのはもういい」

「おや、あなたの輝かしい称号にふさわしい敬意を払っているのに」コリンが声をあげて笑った。

デレクは大またで二歩ほど近づき、弟の肩をたたいた。「ぼくとおまえともうひとり、三人で小さな部屋を使っていた者同士、そんな堅苦しい挨拶はなしだ」

コリンの笑みがさらに大きくなる。「それならそうしましょう、公爵閣下」

公爵が頭を振る。「だから、それはもういいって」

デレクは弟に椅子をすすめ、コリンはデスク前の革張りの椅子に腰をおろした。そして真顔になる。「悪い知らせだよ、デレク」

デレクはデスクの椅子に戻っていたが、弾かれたように顔をあげて弟を見た。「どんな知らせだ？」

「アダムのこと」

デレクはデスクの上で手を組んだ。「アダムがどうした？」

「彼もいっしょだったらしいんだ、デレク」

デレクが目を細める。「いっしょ？」

「そう、作戦に加わっていたんだ。初めての任務で」

デレクはデスクにこぶしをたたきつけた。「いったいだれがそんな命令を？」

「マーカム将軍らしい。レイフとスウィフドンの支援として同行させたようだ」

「ばかな」

「ぼくもそう思わないでもないけど、ほら、アダムのやつは口がうまいから」

そう、いちばん下の弟の口のうまさは、ふたりともが知るところだった。アダムは、生まれてこのかた人に断られたことがない。彼はずっと諜報員になる訓練を受けていたが、デレクの見るかぎり、まだ実戦で使えるところまではいっていなかった。しかしマーカムはちがう意見を持っていたか、あるいはアダムに言いくるめられたかしたのだろう。

「全員、行方不明なのか？　三人とも？　そうなのか？」デレクが訊いた。

「ああ。彼らはナポレオン軍の基地を探る任務を受けていた。戦闘の前から行方がわからなくなっていたらしい」

デレクは奥歯を噛んでうなずいた。「ぼくは明日、彼らの捜索に出発することになってる」

コリンもうなずき返した。「わかるよ、デレク。でも、あなたにも命令がくだっているから」

「大陸行きをウェリントンに嘆願しようかと思ったんだが」

「うちの兄弟全員が危険にさらされるのは許されないだろうね。それじゃあ母さんもまいっちまうよ」

デレクは厳しい顔でうなずいた。「気をつけて行けよ、コリン」

「ああ。かならずアダムを連れて帰ってくる。母さんのために」

「頼む」デレクの声が小さくなった。

コリンは首を振って話題を変えた。「母さんといえば、もうすぐ喜ばせてあげられそうじゃないか。兄さんがとあるレディに求婚してるという話を聞いたよ。近々結婚して子どももできるってわけか」

デレクは乾いた笑い声をたてて窓の外に目を向けた。「ああ、ぼくの求婚か。残念ながら、スウィフドンとレイフの捜索と似たり寄ったりの状況だ」

コリンが片眉をつりあげた。「そうなの？　求婚は苦手分野のようだね、公爵閣下」

デレクが戒めるようににらんだ。「だからその呼び方はやめろ」

コリンは大笑いした。「そんな華々しい称号をいただけば、花嫁が簡単に寄ってくるものと思っていたけど」

デレクは椅子の背にもたれて長々とため息をついた。「ぼくも同じように考えていたさ……レディ・ルーシーに会うまでは」

「ルーシー？　カサンドラとかそういう名前じゃなかったかな？」

「いや、求婚しようとしているレディの名前はカサンドラだ。ルーシーというのは、求婚の件でとにかく迷惑ばかりかけられているレディの名前だよ」

コリンは口をすぼめた。「ルーシーねえ？　気をつけて、公爵閣下。その迷惑が楽しくてしようがないという口ぶりに聞こえるよ」

12

　五月祭に向かう令嬢に付き添うおじゃま虫の未婚のおばよろしく、ルーシーは、馬車の後部座席についていた。ハイドパークをゴトゴト走る馬車に揺られながら、馬車の後部にしがみついた従僕にときおり同情の笑みを送る。今回はキャスから事前に厳重注意を受けていた。「お願いだから、あまり失礼なことは言わないでちょうだいね。今日はわたしが自分で自分の気持ちを伝えようと思っているの」キャスは心を決めたようにうなずいた。

　ルーシーは約束した。「ええ、気をつけるわ。できるだけのことはするから。あなたなら公爵さま相手でもしっかり話ができるはずだものね」

「あなたは話さないでいてくれたほうがいいと思うの」キャスが唇を嚙む。「なにかほかにもいっしょにやりましょうと誘われたら、きっぱり断るから」

　ルーシーはうなずいた。「わかったわ」

キャスは明るく笑い、友をぎゅっと抱きしめた。「ああ、ルース。あなたがいてくれなかったら、どうなっていたか」

「公爵と結婚していたかもね」

ふたりして笑い声をあげたが、そのとき当の公爵があらわれてぴたりとやんだ。客間に入ってきた彼は相変わらずハンサムだった。キャスが「ルーシーもいてくれたら、ずっと楽しくなるかと思いまして」と言ったときも、笑顔を崩すことはなかった。

ルーシーはルーシーで、平然とした表情をどうにか保った。デレクは公爵として持ちうる最大限の威厳を発揮し、キャスの言葉を受けとめたのだった。「どうぞ、お好きなように」

ルーシーと公爵はおざなりに笑みを交わし、ルーシーはフェートン馬車の後ろの席についた。馬丁が自分の持ち場に飛び乗ると、ルーシーがあごの下でボンネット帽の幅広リボンを結び終わらないうちに出発した。

馬車が泥道をガタゴトと進むなか、公爵とキャスは天気、社交シーズン、社交界、ボクスホール公園の最近のお楽しみについておしゃべりしていたが、ルーシーはずっと口をつぐんでいた。とくにおしゃべりの中身には興味もなかったけれど、話題が戦争のことに移った。

「戦争ではたくさんのご友人を亡くされたのですか?」馬車がハイドパークの立派な鉄の門を通りすぎたころ、キャスがおそるおそる公爵に尋ねた。彼らと背中合わせに座っていたルーシーは、腰を浅くして危なっかしくなりながらも振り向いて話を聞こうとした。

公爵が一度うなずいて答える。「ええ。多すぎるくらいの友人を」

「わたしが……思いを寄せるかたも——彼も戦場に行ったんです」キャスが話す。

ルーシーはキャスの気持ちを思って胸が痛んだ。

「それはお気の毒に」公爵はつづけた。「無事に帰国されたのですか?」

キャスは首を振った。「まだです。まだ知らせがなくて。もう、いつ知らせが届いてもいいころなのに」

「戦争はむごいものです」公爵の真剣な声が答える。

ルーシーは眉根を寄せた。彼の言葉を少し考える。もちろん、彼女もつねづね戦争はむごいと思っていた。でも、熟達した軍人が、中将が、同じように思うのだろうか? 彼らは戦争を楽しんでいるのだと思っていた。心待ちにしているとさえ。だって戦争のおかげで名誉を得たり、武勲をたてたり、勝利する機会ができるのだから。

「国を守るための必要悪ではあります」彼は言い添えた。「だが、ぼくは戦うのが楽しいわけじゃない」

ルーシーは首をひねった。この人がこんなことを言うなんて。

キャスが、ルーシーも聞いたことのないような大声をあげた。「戦争なんて大きらいです。そのせいで何年も友人に会えないなんて」

公爵が低い声で答えた。「残念ながら多くの人間が、何年も国を離れていなければなりませんでした、レディ・カサンドラ。戦争が終わって、ぼくもうれしい」

キャスはうなずいた。

「教えてください。どうしてそのご友人は帰国してもあなたに求婚しないと考えているのですか？」公爵が尋ねた。

キャスがうなだれる。「しませんわ……できないんです」

「すでに結婚しているから？」

「そのようなものです」

「報われない恋というのはつらいですね」

ルーシーは弾かれたように顔を上げた。報われない恋？　公爵が報われない恋について話しているの？　驚いた、そんなやわな感情を持つ人だとは思っていなかった。

「報われない恋について、どんなことをご存じなの？」止める間もなく、ルーシーの口から言葉が飛びだしていた。

「ルーシー！」キャスがとがめるような声を出す。

公爵はルーシーのほうに顔を向けた。「いや、いいんです、レディ・カサンドラ。正直言って、いままでレディ・ルーシーが黙っていたことに驚いていたんですよ」

ルーシーが彼をにらむ。「どうなんです？」

「恋というのは、なんとも心乱されるものです。しかし結婚はまったく別物だ」

「詩人のようなことをおっしゃるのね」ルーシーが言い返す。

「ルーシー、お願い」懇願するキャス。

公爵は片方の眉をルーシーに向かってつりあげた。「どうやらきみの世界では、詩人はひどい扱いを受けているようだね、マイ・レディ」

ルーシーは彼に目を細めた。「それはいったいどういう意味かしら」

「きみの言葉攻撃に応戦したくない男は、さっさと逃げだすという意味だが？　だからきみはぼくのことが気に食わないんだろう？　ぼくがちょっときついことを言われたくらいでは逃げださないから」

ルーシーはスカートをぎゅっと握りしめた。どうしてこの人は物事の核心にこうもやすやすとたどりつけるのかしら。彼女の人格を見通す窓でも持っているみたい。それに、ほんとうに、彼が逃げださないからこんなにも気に入らないのかしら？　ルーシーは黙りこんだ。これ以上彼に爆弾を投げても、また投げ返されるだけで意味がない。どうして……ああ、どうして彼にはこれほど感情を乱されるのだろう。「逃げだしたほうが賢明だと思いますけど」

「きみは感情の機微についてはよくわかっているようだが」公爵が言う。「戦争についてはどうかな？　もう戻ってこない人でもいるんだろうか？」

ルーシーは殴られたかのようにびくりとした。人生で傷ついたことがあるのか、むごいものを見たことがあるのかと、彼は問うているのだ。愛する者を失ったことがあるのかと。「人を失ったことならあります。大切な人を」

驚いたような、憐《あわ》れむような表情が、彼の顔をよぎった。「男か？」

ルーシーが顔をそむける。「ええ」

そのあとの道中は無言で進んだ。キャスの両親のタウンハウス前で馬車が止まったとき、公爵は馬車を降りてキャスに手を貸した。ルーシーのことは従僕にまかせた。

「明日の夜、ハバティ家の晩餐会《ばんさんかい》でお会いできますか、レディ・カサンドラ？」公爵が尋ねた。

キャスがうなずく。「はい、うかがいますが――」

いまよ。もうお会いすることはありませんとキャスが言えば、そうすれば彼もやっとあきらめて――。

しかしルーシーは、傲慢で無遠慮な公爵にもっと身のほどを思い知らせる機会がほしい、これで終わりにしたくないと思ってしまった。彼女は公爵の横をすりぬけ、キャスを屋敷のなかに引っ張りこんだ。「またお会いしましょう、閣下」

「楽しみだ」

「でしょうね。賭けてもいいわ」

「ぼくはきみの毒舌におそれをなして逃げたりはしないよ、マイ・レディ」

「それはどうかしら、閣下」ルーシーが答える。

ドアが閉まらないうちに、公爵の自信に満ちた力強い声が背後で聞こえた。「それはぼくへの挑戦かな？」

ルーシーは前を向いたまま言った。「あら、閣下、挑戦かどうかはおわかりかと思いますが」

「なるほど」公爵はひとつ間を置いた。「〝毒舌〟と〝賭け〟という言葉が折よく出たところで、きみにひとつ挑戦することにしよう、レディ・ルーシー」

ルーシーは彫像のように固まった。それからゆっくりと振り返り、目を細めて彼の顔を見た。

首をかしげて尋ねる。「どんな挑戦ですか？　賭けるのですか？」

「そうだ」公爵がにっこりと笑って答える。

「賭けですって？」キャスが息をのんだ。

「どんな賭けなの？」正直言って、ルーシーは乗り気になっていた。しかも、とても。

「言葉の戦いだ。明日の夜、ハバティ家の晩餐会で」

「言葉の戦い？」ルーシーは鼻で笑った。「このわたしと？」

キャスが人さし指を突きたてた。「あの、閣下、ご存じないかもしれませんが……」

公爵は手を振って忠告をあしらった。「いや、よくわかっているよ。このレディ・ルーシーが口達者で有名なことは」

キャスがうなずく。

にんまりと公爵は笑った。「だが、ぼくは勝つつもりでいる」

ルーシーはスカートを持ちあげて玄関をくぐり、なかに入った。唇に浮かんだ小さな笑みを彼に見られないようにする。戦いを挑まれるなんて、いつ以来だろう。「今夜はぐっすりおやすみになるといいわ、閣下。明日に備えて、ね」

13

「この二十四時間、〈ホワイツ紳士クラブ〉の賭け台帳への書きこみは休むひまもないくらいだって」ギャレットはひざに手袋を打ちつけていた。いま四人は馬車に乗り、ハバティ家の晩餐会に向かっているところだ。「街のだれもが、公爵ときみの戦いに注目してるぞ」

ルーシーは肩をいからせ、いとこをじろりと見た。「まず、街のみんながどうやってそのことを知ったのかしら？　次に、あなたは〈ホワイツ紳士クラブ〉の会員じゃなかったと思うけど？」

ギャレットは笑った。「ああ、まあね。だけど〈ブルックス紳士クラブ〉でもその噂でもちきりさ。ものすごい賭け金になってるのもあるんだぞ」

「最初の質問に答えていないわよ？」ルーシーが指摘する。

ギャレットは肩をすくめた。「まあ、確かに二、三人には話したかもしれない」

「賭け事なんかして、この放蕩者《ほうとう》」ジェーンが鼻先から本を少し遠ざけてぼそりと言い、本の縁越しにギャレットを見た。「あくまで好奇心から訊くけれど、その賭け金っていくらなの？」

ギャレットは口笛を吹いた。「新しい馬車が買えるくらいさ。さっき放蕩者と言われたことは聞かなかったことにしてやる」

ジェーンがふふんと笑う。

キャスは両手をもみあわせた。「もうおしまいよ、破滅だわ」

ルーシーは手を伸ばしてキャスのひざを軽くたたいた。「心配しないで、キャス。かならず勝つから」

「それは信じているのよ、ルーシー。ただ、あなたの評判に傷がつくんじゃないかと心配なの……公爵を相手に賭けだなんて――事もあろうにクラリントン公爵だなんて、あなたの評判にとっていいわけがないわ。ぜったいに」

「わたしに言わせれば、みんな評判、評判って気にしすぎよ」ジェーンが本の後ろから言った。

ギャレットの眉がつりあがる。「そうかな？」いやみたっぷりの口調だ。

ジェーンは本を鼻の先あたりまでさげて縁越しに彼をにらんだ。「わたしがそんなふうに考えているなんてびっくりした？　アプトン？」

　ギャレットは肩をすくめた。「いや、べつに。ただ、きみがはっきり口にしたから驚いただけだ」

「わたしは学問かぶれなのよ、アプトン。自分の評判を少しでも気にしていたら、こんなに勉強せずに髪のリボンやドレスのことばかり考えていたでしょうね」

　彼は無邪気そうな顔で訊いた。「学問かぶれは髪にリボンをつけないのかい、ミス・ラウンズ？」

　ジェーンはまた本を上げて顔を隠した。「つけるのはつけるわ、アプトン。ただリボンのことなんか気にしないだけ」

「今夜はほんとうにルーシーが心配だわ」キャスが割って入って話をつづけた。

　ジェーンがふたたび本をさげる。「わたしは心配してないわ。それどころか楽しみにしているくらい。明日の〈タイムズ〉には〝レディ・ルーシー、クラリントン公爵に圧勝〟なんて見出しが躍るわよ」

　ルーシーはあごを上げて微笑んだ。「わたしを信じてくれてありがとう、ジェイニー」

「できれば最前列であなたと公爵の勝負を見たいわね」ジェーンはちゃめっけのある

笑顔で答えた。

キャスが手を振る。「わたしは心配だわ。見出しが〝クラリントン公爵またもや勝利〟になったらどうするの？」

「われらのルーシーが、ほんとうに彼に勝たせてやると思うかい？」ギャレットが訊く。

「ありがとう、ギャレット」ルーシーが答える。

「とにかく公爵はとても頭がいいと思うわ。それに世慣れているでしょうし」キャスが言った。「あなたが恥をかかされたらいやだわ、ルーシー」

ルーシーは友だちをじっと見つめ返した。「心配しないで、キャス。わたしならだいじょうぶ。信じてて」正直言うと、ルーシー自身、昨日の夜中に一抹の不安を感じなかったわけではない。公衆の面前で公爵と勝負？　まあ、少しも不安にならない人間なんていないだろう。あの傲慢な公爵は、一瞬でも自分が負けることを考えただろうか？　それでもルーシーは、すぐにその不安を乗り越えた。

自分にはこれといった才能もない。人づきあい、ダンス、ピアノ――そういう能力は生まれてこのかたまったく持てなかったけれど、口で人をやりこめる能力ならどうだろう？　彼女に与える力としてはこれがふさわしいと、神さまもお考えになったにちがいない。まあ、昨夜はほんの一分間ほどそう思えなかったときもあったけれど、最後には自分が勝てると信じられた。いや、勝たなければならないのだ。

ルーシーたちが舞踏室に入っていったとき、会場は緊張感で張り詰めていた。まるで百対のまなざしが一瞬にして向けられたような気がした。

「公爵さまはもういらしているのかしら」キャスがささやき声で言う。

その答えは、主催者夫人のレディ・ハバティがすぐに運んできた。彼女はいたずらっぽい笑みを浮かべ、床の上をすべるようにして彼らのところへやってきた。「レディ・ルーシー、ようこそ。クラリントン公爵はまだいらしていないの」

ルーシーはふうっと息をついた。勝負まで猶予ができて、少しほっとしているなんてどうしてだろう？

「今夜はお招きありがとうございます」ルーシーは答えた。ほかのみんなも、主催者夫人ににこやかに挨拶をする。

「いいのよ、そんなことは」レディ・ハバティは言った。社交シーズンの晩餐会でももっとも話題の会のひとつを主催しているという自負が、夫人からははっきりと感じられた。

「あの、公爵さまがいらしたら教えてくださいさりげない口調に聞こえてほしいと思いながらルーシーは言った。

それほど長く待つことはなかった。ほんの数分しか経っていないと思えるころ、ドアの付近がざわついて、だれもが顔を上げた。執事がクラリントン公爵の名前を呼ばわる。

「お出ましか」ギャレットがぼそりと言い、しっかりやれよという顔つきで励ますように笑いながらルーシーを見た。

ルーシーは肩をすくめた。「彼がいつ来ても、わたしは準備万端よ」

ものの数分で、ふたりは騒ぎたてる人々に舞踏室の中央へと押しやられ、ルーシーは不敵でハンサムなクラリントン公爵の顔を見あげた。

ルーシーがひざを折って挨拶する。「ごきげんよう、閣下」

「マイ・レディ」彼もおじぎをし、手袋をはめたルーシーのこぶしに唇をかすめさせた。ルーシーの体に震えが走る。こんなのはずるい。彼女は手をやけどしたかのように、さっと引っこめた。

あっという間に人々がふたりのまわりに集まった。

「ずいぶん観客が集まったものだな」公爵はポケットに両手を入れてルーシーのまわりをまわった。「さて、なにを話そうか？」挑発的に眉を片方つりあげる。

ルーシーは最高のつくり笑いをしてみせた。「あなたはとても賢くていらっしゃるわ、閣下。話題を決めるのは、知識豊富なあなたにおまかせします」

彼は警戒するように彼女を見た。「きみはいやみが似合うな、マイ・レディ」

ルーシーはふふんと笑った。「よくそう言われます」

「まずはいっしょにダンスでも踊って、そのあいだに考えるというのはどうかな？」

彼女は鼻で笑いそうになった。「あなたとダンス？　いいえ、けっこうです」

公爵の片方の眉がつりあがった。「おや、これは驚きだ」

ルーシーが見くだすような目つきで彼を見る。「なにがですか？」

「いや、口達者の誉れ高ききみのことだから、いっしょに踊りたくない紳士に対してもっとすばらしく見事な返答をするものと思っていたんだ――〝いいえ、けっこうです〟などではなく」

ばかにされている。ルーシーの顔がカッと熱くなった。耳も赤くなっているにちがいない。「ご自分はもっとよい返答ができると？」

公爵はそうだと言うように首をかしげ、くっきりと形のよい唇に悪魔的な笑みを浮かべた。「もちろん」

ルーシーは腕を組んで彼をにらんだ。

デレクはにやりと笑い、観衆に聞こえるように声を大きくした。「それでは、賭けるとしよう。ダンスを断るのに〝いいえ、けっこうです〟よりももっと独創的な言い方を、ぼくがたくさん考えるということで」

「いくつ？」ルーシーはまだおなかのあたりで騒ぎたてる感情を懸命に抑えようとしながら言った。

公爵が向きを変え、観衆に呼びかける。「カードをお持ちのかたはいらっしゃいますか？」

「はい！」レディ・ハバティが声をあげ、従僕に大至急カードを持ってこさせた。

従僕がそそくさとカードを持って戻り、舞踏室全体の意識がふたりの立つせまい場所に集中する。キャスとジェーンも励ますようにルーシーに笑いかけると、ほかのみんなといっしょに観客にまぎれた。

公爵は従僕からカードを受けとり、ルーシーに向けてさっと差しだした。「マイ・レディ、よろしければ一枚お引きください」

「なんのために？」ルーシーは焦りが声に出そうになるのを必死にこらえていた。彼はなにをしようとしているの？

「きみが引いたカードの数のぶんだけ、返答を考えよう」

ルーシーは片眉をつりあげた。「絵札を引いたら？」

「十九だ」あっさりと彼は答えた。まるで、こんなことなど日常茶飯事であるかのように。

彼女は警戒するように彼を見ながらカードの上に手をさまよわせ、まんなかあたりから一枚引いた。それを裏返す。「ハートのキングよ」満足そうに笑顔で言う。

おお、とくぐもったざわめきが観衆からあがった。

「三回勝負でなくてもいいのかな？」公爵が気さくな笑みを見せる。

ルーシーは首を振り、笑みを返した。「十九通りでかまいません」

公爵がウインクする。「そう言うと思った」

彼女は肩をすくめた。「まぐれ当たりね」

「まあね」公爵は認めた。「では、きみの〝いいえ、けっこうです〟よりもうまいダンスの断り方を十九通り考えることとしよう」

ルーシーは寄せ木張りの床に室内履きの足をとんとんと打ちつけた。しかたがない。挑戦を受けることになってしまったのだから、最後まで見届けるしかなかった。それにしても、彼女のほうに言葉を操らせないようにするとは、彼もなかなかやる。じつに賢いじゃないの。「わかりました、そうしましょう。あなたのご返答を聞かせてください」

「ああ、ちょっと待って。まずは決めておこう。戦利品をなににするか」なにげなく象牙のカフスボタンをいじりながら彼は言った。

ルーシーが片方の眉をつりあげる。「戦利品？」

「そう。勝ったほうがなにを得るか」

彼女は鼻にしわを寄せたが、観衆に声が聞こえないように彼に近づいた。「わたしが勝ったら、もうキャスを放っておいて」

彼は少し考える様子を見せた。「わかった」ひそひそと返す。「ただし、かならずぼくが勝つけどね」

「あなたはなにをご所望なの？」ルーシーが尋ねる。

そこで彼はもう一度おじぎをした。「では、ぜひきみとダンスを、マイ・レディ」今度は観衆の全員に聞こえるような大声で言った。

ルーシーは口がぽかんと開きそうになるのをこらえなければならなかった。この人ったら、本気でわたしと踊りたいみたいなことを言って。もちろん、ばかげたことだけれど、こちらにそれほど負担があることとは思えない。それに彼女だって、ぜったいに勝つつもりなのだ。

「わかりました、閣下。それでは早く終わらせましょう」

観衆は経過を見逃すまいと、いっせいに前のめりになった。「これはお芝居よりおもしろいかも」大勢の人々のどこかからジェーンの声が聞こえた。

「ぼくに勝つのは確実だという口ぶりだね、レディ・ルーシー」公爵が言う。

「口ぶりだけじゃありませんわ、閣下」これから勝負だと思うと、体がぞくぞくした。だってダンスを申しこまれたのなんて久々だし、勝負となるともっと久しぶりなのだ。しかも、こんな真剣勝負は。求婚しようとする紳士を口でこてんぱんにやっつけ、自分の道を歩んでいくのが彼女の常だった。でもこの人は——ああ、彼が求婚しようとしているのはわたしではなくキャスだけれど——少なくとも勝負を仕掛けてきてくれた。傷ついた動物みたいに頭を垂れて、こそこそ引きさがったりはしなかった。そう、こういうのを待っていたの。正直、焦がれすぎていたほどに。

公爵は後ろで手を組み、円形に空いた場所をまわりはじめた。「わかりやすいものからにしよう。〝あなたのように魅力的なかたと踊ると気が遠くなってしまうのです、閣下〟」

ルーシーは目をくるりとまわした。

「〝あなたのような貴いかたにダンスカードを埋めてもらいたいレディはここには大

勢いらっしゃいますから、あなたのお誘いをお受けするのは心苦しいのです〟」

ルーシーの口もとににやにや笑いが浮かんだ。公爵が彼女のまわりをまわりつづける。

「〝わたしのダンスの腕前ではあなたまでけなされることになるだけですので、あなたと踊るのは失礼になってしまいます〟」

「それ、いいわね」ルーシーも認める。

「〝わたしのドレスの色が公爵さまの立派なお召し物の色と合っておりませんので、あなたさまとダンスフロアに出るのはあまりにおこがましく存じます〟」

「あり得ないわ」ルーシーは室内履きを見つめるふりをしている。

「〝申し訳ありません、閣下、小間使いがコルセットをきつく締めすぎてしまったもので、踊りたくとも踊れません〟」

「それもばかみたいだわ」ルーシーが応酬した。「それに、きっとあなたがこれまでに聞いたことがあるものをおっしゃっているんでしょう?」

「いくつかはね」彼は笑って認めた。

「正直申しあげて、がっかりしたわ」ルーシーは言った。「もう少し想像力がおありなのかと思っていました、閣下」大勢の観客に見つめられているものの、緊張や気恥ずかしさを感じるよりも注目されているのがルーシーにはうれしかった。社交の場で少しでも人から目を向けられるのは、ほんとうに久しぶりだ。しかも立派なクラリントン公爵に言葉の決闘を挑まれているという状況で。なにより最高なのは、キャスが心配したようにルーシーの評判がずたずたになるのではなく、逆に高まっているらしいということだった。彼女に向けられているどの視線にも、畏怖と羨望が入り混じっているのだ。

「まだ終わっていないぞ」公爵はつづけた。「〝申し訳ありませんが、閣下、ダンスをごいっしょすることはできません。かつらを洗濯中ですので〟」

それにはさすがのルーシーも鼻を鳴らした。「わたしはかつらなんてかぶっていません」

「そういう問題じゃない」公爵がにやりとする。「いくつ言ったかな？」

「六つです」観衆から教えてくれる声がかかった。

「そうだった。ええと、次は政治的なやつにしよう。〝申し訳ありませんが、閣下、アイルランドの生きた家畜をイングランドに輸入することを禁ずる法律が廃止になるまでダンスはしないと誓いましたので、お断りしなければなりません〟」

「なに、それ」ルーシーは冷笑した。

彼は矢継ぎ早につづけた。「〝申し訳ありませんが、閣下、今夜アメリカ行きの船に無賃乗車するつもりですので、時間がありません〟」

「もはや意味がわからなくなってきたわ」それでもルーシーの口もとはほころんでいた。

「まあね、でもおもしろいだろう？」公爵はいたずらっぽく笑った。

観衆もそうだそうだと盛りあがる。ルーシーは肩をすくめた。

「〝あなたさまのような高貴なおかたのそばに行くとあわててしまって、おみ足を踏んでしまいます〟」公爵がさらに言う。

「それはないわね」ルーシーは鼻で笑った。

「〝もしあなたと踊ってしまったら、壁の花として名を馳せたわたしの輝かしい地位が危機に陥ります〟」

ジェーンが観衆のなかからあらわれ、指を一本立てた。「正確に申しあげますと、いま壁の花として名を馳せ輝かしい地位にいるのは、このわたしです」

「じゅうぶん存じていますよ」公爵はにんまりと笑った。

ルーシーは友人に向かって頭を振った。ジェーンがうなずき、また観衆にまぎれる。

いまや公爵は観衆に向かって演じていた。これみよがしな笑みを浮かべ、見るからに楽しそうだ。「〝あなたと踊るくらいなら、ナポレオンを撃ちにまいります〟」

ルーシーは頭をかたむけた。「わたしの銃の腕前はなかなかのものよ」

「〝気付け薬を探さなくてはいけないので、踊れません〟」

ルーシーはうんざりしたような顔で彼を見つめた。「そんなこと、あるかしら」

「〝踊るよりも軍用食をいただくほうがいいですわ〟」公爵はそう言ってから、さらに言い添えた。「〝ターバンを買いに行くほうが楽しそうです〟」

「ターバン?」ルーシーはあきれたように彼を見た。

「〝ダンスをするには暑すぎます〟」なおも公爵はつづける。

ルーシーはため息をついた。「それは確かにあると思うけれど」

公爵は自分の襟をくいっと引っ張った。「〝ダンスを踊るのは、わたしの道徳観念に反します〟」

それにはルーシーもくすりと笑った。

「〝踊りたいのはやまやまですが、あなたまで下手に見えては申し訳ありません〟」

「ほぼ同じようなものが、さっきあったわね」ルーシーが嘲笑する。

「これで十七個!」周囲から声があがった。きっとギャレットにちがいない。

ルーシーは挑むように公爵を見やった。「あとふたつです。だいじょうぶですか、公爵さま?」

彼は曲がってもいないクラヴァットを直した。「〝今夜あなたと踊りたくて競っている山ほどのレディたちをはねのけるのは、気が進みません〟」

「十八個!」観衆が声を張りあげる。

ルーシーは大きく息を吸った。あとひとつ。たったひとつ。きっと彼はやり遂げるだろう。勝つだろう。つまり……彼とダンスを踊らなければならなくなる。

公爵は咳払いをした。「いちばんの自信作を最後に取っておいたんだ」そう言っていたずらっぽく笑う。「〝残念ですが、閣下、わたしがあなたと踊ったら、あなたの魅力にすっかり参って、身も世もないほどあなたに恋してしまいそうです〟」

「十九個!」だれかが叫んだ。わあっと歓声があがり、すぐに静まり返る。部屋には緊張感がみなぎっていた。ルーシーは息を詰めた。だれもが彼女を見ている。ああ、この人はやってのけた。彼女の〝いいえ、けっこうです〟のひとことよりもよい返事を十九通り考えたのだ。このわたしが人前で負かされた。恥ずかしくて、くやしいはずなのに――彼女の頭には、彼とダンスを踊る約束をしたということしか浮かんでこなかった。

公爵はゆっくりと時間をとった。空いた場所の端までゆっくりと歩いていって、戻ってくる。そして彼女を見てにやりと笑った。「まだあとひとつある。おまけだ。さっき十七個目の返答に不服そうだったから」

観衆がまた沸いた。ルーシーが警戒するように彼を見る。「あとひとつ？」

「ああ」公爵が答える。

「不安だわ」彼女は退屈そうな声を出そうとした。どうか声が震えていませんように。

公爵は咳払いをした。「〝まあ、閣下、次の曲でなら、喜んで〟」

ルーシーは手袋の後ろで笑いを噛み殺した。

「このほうが〝いいえ、けっこうです〟よりずっといいと思わないか？」公爵が尋ねた。「ぼくは思う」

観衆もふたたび割れんばかりの歓声をあげた。

ルーシーは頭を上げてつばを飲みこんだ。たいしたものだと言わなければならない。彼は勝ったのだ。それを合図とばかりに、ワルツが始まった。

公爵は彼女の前に進みでて手を差しだした。「マイ・レディ、踊っていただけますね」

14

公爵に手を差しだされた瞬間、ルーシーはもんどり打つ胃のあたりを必死で鎮めようとした。往生際の悪い女だなんてぜったいに言わせてはならない。彼女はひざを折って挨拶し、手袋をはめた手を彼の手に乗せた。

潮が引くように人々が離れ、男女の組がそれぞれできていくなか、それでも小さなざわめきは消えなかった。きっとルーシーたちのことを話しているにちがいない。なんとなく腹だたしかったがしかたがない。〝いいえ、けっこうです〟などという返事は、機転がきいているとはとても言えなかったのだから。彼は好機を逃さなかった。見事だったと言うほかない。

でも彼に負けたとはいえ、ルーシーが彼とのダンスを楽しまなければならないわけではない。冷静に考えてみれば、ワルツを踊るのが腹だたしいのではない。そう、彼が勝ってルーシーがおもしろくないのは、彼がキャスへの求婚をやめないからだ。でも、そんなことで気落ちするのもおかしい。彼がキャスへの求婚をやめる望みなど、もともとほとんどなかったのだ。賭けなんて始まる前から負けていたも同然だった。彼が恥をかけばいいのにと、それだけをルーシーは望んでいたはずだった。でも彼女は、彼がこれからもキャスに求婚をつづけるのだと考えて落ちこんでいる。とりあえず彼はルーシーと踊る――きっとダンスも上手なのだろう――けれど、すぐにキャスのもとに戻ってしまう。そう思ったら、どうしてこんなに憂鬱な気持ちになるのだろう？

「怒っているね」彼はルーシーをターンさせながら言った。

ルーシーの視界の隅に、こちらを見ているギャレットとジェーンとキャスが映った。

「いいえ」と首を振る。「べつに怒ってなんかいないわ」

「そうは思えないんだが」公爵が言う。

ルーシーは肩をすくめた。「あなたが勝って、わたしが負けた。それだけのことでしょう」

いたずらっぽい笑みが公爵の顔に浮かんだ。「わたしと踊らなければならなくなって、後悔しているかい？」

彼女は笑った。「不本意ではあるけれど、とてもダンスがお上手なのは認めます、閣下」

公爵は、ははっと笑った。「驚いたか？」

ルーシーは口をとがらせた。「軍人として腕の立つかただとは思っていましたけど」

「まあ、舞踏室よりは戦場にいるほうがずっと力を発揮できるな」

「それなら、戦場ではさぞやご立派なのでしょうね」いやだ、こんなことを言ってしまうなんて。ルーシーは頬が熱くなった。

公爵はまぶたを伏せぎみに彼女を見おろした。「赤くなったきみは、とてもかわいらしいな」

ルーシーは頭を振って目をそらした。「うっかりしていたわ、あなたをほめるなんて。ただでさえ偉そうなのにつけあがらせてしまうわね」

公爵が手をぎゅっと握り、ルーシーの全身に小さな衝撃が走った。「少しくらい、ほめてくれてもいいと思うが」

そんなことを言われてルーシーは笑いそうになった。彼はわたしの気を引こうとしているの？　物事をわきまえていない小娘だったら、そう思ってしまうだろう。それに、彼女を不憫《ふびん》に思った痛風持ちの父親の旧友以外、だれかがダンスを申しこんでくれたことなどほんとうに久しぶりなのだ。ああ、ほかにはギャレットもいたけれど。いずれにせよ、わびしいダンスだった。でも、こんなにハンサムですてきな若い相手のようなダンスフロアに出るなんて……自分が美しくなって、ほんとうに求愛されているかのような気分になるなんて……刺激が強すぎる。自分には無理なことでも、望んでしまいそうになる。でも現実には求愛されているわけじゃない。そう、ちがうのだ。それを忘れてはだめ。この人はキャスの相手なのよ、キャスが望んでいようといまいと。それだけはしっかりと覚えていなければ。彼女とキャスとジェーンは、三人で決めたのだ。まずはキャスを公爵の手から解放し、次はジェーンの母親に娘をかまうことをやめて学問をやらせてもいいと思わせ、それができたら、ルーシーに夫を見つけると。愛はなくてもいい。とにかく夫を見つける。彼女をこわがらず、まともに扱ってくれる、よい人を。それくらいなら高望みではないだろう。キャスが手を貸してくれる。キャスはだれにでも好かれる秘訣《ひけつ》を知っているから。

そしてキャスの求婚の件は、ルーシーが何度だって公爵にわからせてやろう、がんばっても無駄だということを。そう、無意味な幻想にふけってうっとりしていないで、建設的なことに時間を使わなくちゃ。

ルーシーは大きく息を吸った。「賭けには負けたけれど、キャスに求婚するのは時間の無駄だとわたしが言ったことは、冗談抜きで聞きいれてくださったほうがいいと思います」

公爵は頭を振った。瞳の輝きがわずかながら失《う》せている。彼は真剣な口調で言った。

「ルーシー、それは無理なんだ」

クリスチャンネームで呼ばれて、ルーシーは鋭く息をのんだ。「キャスが相手の男性をどれほど愛しているか、まだわかっていただけないのね」

「彼女に求婚もしない男なのに？」

「込みいった話なんです」

「だろうね。だが、わたしは約束したんだ。だから——」

ルーシーは頭を振った。「約束？　いったいなんの話？」

「なんでもない。とにかくわたしは心を決めている。わたしはいったん心を決めたら変えない。伊達《だて》に〝英断の公爵〟と呼ばれているわけじゃないんだ」

ルーシーは彼の腕を振り払いたくなった。またとんでもない彼の傲慢が顔を出したものだ。「女性の一生がかかっているのよ。戦術の話じゃないんだから」

「それくらいわかっている。だが、わたしの人生だってかかっているんだ。レディ・カサンドラがだれかと婚約しているとか、これからするとでも言うなら、もう少し前向きに考えてもいい。しかし、それはないと彼女自身が一度ならずも言っているのだから」

ルーシーは歯ぎしりをした。「でも、ほんとうは婚約したいと思っているの。願っているのよ」

「思うのも願うのも、現実とはまたべつの話だ」彼はあっさり言った。

ルーシーはダンスをやめ、彼の手を振り払った。「そんなこともわからないと思ってるの？」緑のスカートをひるがえし、彼女はその場をあとにした。

デレクはルーシーが去るのを見ていた。賭けで彼女を負かして、舞踏室の人々の面前で恥をかかせたのだから、ひとりダンスフロアに取り残されてもしかたがないだろう。踊りはじめたときに怒っている様子がなかったから、驚いたくらいだった。彼の小芝居に感心しているようにすら見えた。自分をダンスに連れだす男は勇気があると思っていたのだろうか。今夜の彼女はちがっていた。彼らのあいだでなにかがちがっていたように思えた。事実、あえて指摘はしなかったが、彼女がダンスフロアから出ていくときには目に光るものがあったように思う。

まったく、ルーシー・アプトンは理解不能だ。賭けで彼に負けたあと、ごねたりしなかったことには驚いた。不本意だがそれは認めよう。彼女は負けをすんなりと受けいれた。どうしてそうじゃないなんて思っていたのだろう。彼女は敵としてあっぱれだ。レディ・ルーシーは、正々堂々と勝負して負けたなら、潔くふるまう女性なのだ。そこは彼も賞賛せずにはいられなかった。

〝あなたが勝って、わたしが負けた。それだけのことでしょう〟と彼女は当然のように言った。同情を買おうとしたり、自分を憐れもうとするようなそぶりはまったく見せなかった。そういうところは気持ちがよかった。じつにいい。

彼女とダンスを踊り、話し、言葉でやりあうことさえもが、ロンドンに戻ってきて以来いちばん楽しいことだった。手応えがあるし、おもしろい。正直に言えば、彼女と会うのが楽しみだった。しかしレディ・カサンドラと結婚するつもりだという事実に変わりはない。これまで彼は、正しい決断をして生きてきた。最初の決断を貫く。後知恵を働かせることはしない。実際、ルーシーが話題を変えてレディ・カサンドラのことを持ちだしてからは、ルーシーとおしゃべりしたいという気持ちも薄らいだ。カサンドラのことはまったくの別件だ。土地所有の話をしていて、急に戦術の話をするようなものだ。両者はほとんど相容《あいい》れない。

ルーシーは、レディ・カサンドラがべつの男に恋をしているということを必死にわからせようとしているようだ。それはわかる。だが、そんなことはどうでもいいのだ。その男がだれであれ、やつはレディ・カサンドラに求婚することができず、する気もない——デレクにとってはいっそう好都合だった。人生のほかの大きな決断と同じように、結婚も現実と合理的な思考にもとづいて決めるのがいちばんだ。愛情がからむとややこしいことになる。カサンドラは自分ではその男に恋していると思っているのだろうが、あきらかにその男は現実の結婚相手にはならないのだ。それにデレクは、カサンドラが結婚後に妻の務めを果たして男子を産んでくれれば、だれといっしょにいようとかまわなかった。もちろん、それなりの用心をすることは大前提だが。

いったいルーシーは、どうして友人の結婚の行く末にあれほど必死になっているのだろう。カサンドラに頼まれたからかもしれないが、カサンドラはあまり率直に話をするほうではないようだ。そのほうが妻にするにはいいと思うが、少しいらだつことは否めない。いっぽうルーシーは、これ以上ないというくらい率直だ。いや、もしかしたら、友人に求婚する男を舌鋒でずたずたにするのを楽しんでいるだけなのだろうか。まあ彼女の事情はどうあれ、デレクはルーシーに自分の行動を止めさせるつもりはなかった。今日はスウィフトから手紙を受けとった。容態が悪くなっているという内容だった。死にゆく友に手紙を書いて、まだカサンドラと婚約もできていないと知らせなければならないと思うと、壁をこぶしでぶち破ってしまいたくなる。

確かにまだ婚約はできていない。だが、すぐにでも実現させてやる。

15

デレクは執事が銀の盆に乗せて運んできたばかりの手紙の束から、いちばん上のものを取った。銀の盆？　本気か？　手紙がこんなふうに運ばれてくることに、いつか慣れる日がくるのだろうか？　この執事はウェリントン将軍じきじきの紹介でやってきた。名前はヒューという。雇って以降、極めてよくやってくれている。ほかの使用人の雇い入れと立派なタウンハウスの内装を整えるのは彼にまかせたのだが、公爵にふさわしい住まいにするべく奮闘してくれた。いや、じつにすべてが整然として、いかにもそれらしい。唯一、デレク本人だけが、まがい物のように感じている。

ペーパーナイフをすべらせて手紙を開封し、広げた。コリンが出発してまだ数日だったが、早くも手紙をよこしてくれた。いい知らせであることを祈るばかりだ。

公爵閣下

お元気ですか。わが国の小隊が最後に目撃された場所について、手がかりを得ることができました。フランスの小さな町です。これから数日かけて、そこまで行ってみるつもりです。彼らを見つけて、よい知らせを届けられますように。ブリュッセルのスウィフトも訪ねました。容態はよくありません。かなり悪いようです。閣下がレディ・カサンドラと婚約したかどうか尋ねられました。まさにこれからだと伝えておきました。スウィフドンとレイフとアダムが行方不明になったことは伝えていません。死の床についている男の心を乱してもしかたがないでしょうから。またお便りします。

敬具
コリン

デレクは手紙を握りつぶした。先日もウェリントンに手紙を書き、ロンドンを離れて同胞の者たちを探しに行きたいとふたたび願いでてみた。しかし返事は同じだった。あくまでもおだやかだが、きっぱりとした否の返事。デレクはここにいなければならない。妻を選び、身を固めなければならない。それにはレディ・カサンドラ・モンローがぴったりなのだろう?

いらだちでうめきそうになったが、命令はぜったいだ。軍に身を置く者なら当然のこと。デレクにできるのは、ここに座ってコリンからの知らせを待つことだけだ。弟が状況を知らせてくれる。弟を信じてまかせよう。

16

翌朝、行儀が悪いことを承知で、ルーシーはキャスの部屋へ一目散に急いだ。手袋とボンネット帽を脱ぐ手間すら惜しみ、まっすぐ階段を上がってキャスの部屋に入る。飛ぶようにベッド脇まで行ってキャスの髪をなでた。「どうしたの、なにがあったの?」

キャスはベッドに横になり、片腕で目もとを覆っていた。涙がこめかみを伝ってシーツに流れ落ち、心が壊れてしまったかのような嗚咽《おえつ》をもらしている。いったいなにがあったのか、ルーシーには見当もつかなかった。一時間前にキャスの母親から、キャスが慰めようもないほど哀しんでいる、すぐに来てほしいと連絡があったのだ。

ルーシーは隣りに腰をおろしてキャスの腕をさすった。「公爵さまなの? なにか言われたとか、されたとか——」

キャスはルーシーのほうに顔を向けて目をしばたたいた。きれいな青い目は充血し、涙があふれていた。握りしめたハンカチで鼻をかみ、彼女は首を振った。「いいえ、ちがうの。公爵さまには関係ないわ」

ルーシーは息を吐いた。そうよね、わかっていたことなのに。あの公爵はキャスをこんなふうに泣かせる人じゃない。でもますますわけがわからなかった。このところルーシーは公爵のことにすっかり気を取られ、キャスが哀しむような原因が思い当たらない。

彼女はキャスの肩に手を置いて、顔を覗きこんだ。「まさか……そんな、キャス」ルーシーは息もできなくなった。おそろしい思いが胸を駆けめぐる。「ジュリアンのこと？」

キャスが哀しげに小さくうなずきながら嗚咽をもらし、すでにわかっていたことが決定的になった。やはりジュリアンのことなのだ。

「まさか……？」ルーシーはのどがふさがれたように苦しかったが、つばを飲みこんだ。〝死〟という言葉を口にすることはできなかった。

今度はキャスが急いで首を振る。「いいえ、生きているわ。いまのところは。でも――」また嗚咽をもらしてハンカチで目を押さえる。「ああ、ルーシー、命が危ないそうなの」

「そんな」ルーシーの声がかすれる。

キャスはうなずき、今度はハンカチを鼻に当てた。「今日、いとこのペネロペから手紙をもらったの。ジュリアンはベルギーの仮設病院にいるんですって。戦闘で深手を負っているって」

ルーシーは目を閉じ、友だちの慰めになりそうな言葉を懸命に探した。思ったよりも悲惨な知らせではなかった。ジュリアンはまだ生きている。それはなによりだが、命が危ういのではよい知らせとも言えない。「ああ、キャス。なんて哀しいことかしら」

キャスはうなだれた。「彼がひとりぼっちで死んでしまうかもしれないと思うと、耐えられなくて」

ルーシーの瞳にも涙があふれてきた。「ひとりじゃないわ。お医者さまもいるし、親身になって手当てしてくれる女性もきっといるでしょうし」

「でも、彼を愛する人はだれもそばにいないわ」キャスが泣きじゃくる。

ルーシーも泣きそうになるのをぐっとこらえた。自分が泣いても少しもキャスの力にはならないし、もっと哀しくさせるだけだ。そう、わたしがしっかりしなくては。

「ペネロペはなんて？　会えるうちに……向こうに行くかもしれないと書いていた？」

キャスはすばやく首を振った。「いいえ、そういうことはなにも。行くつもりはないんじゃないかと思うわ」

「正確にはなんて書いていたの？」

キャスは少しばつが悪そうだった。「〝これじゃあ、わたしはだれと結婚すればいいのかしら？　もう何年もジュリアンを待っていたのに。行き遅れだわ〟って」

ルーシーは眉根を寄せた。なんてひどい言い草。でも、彼女の知るペネロペなら言いそうなことだった。キャスのいとこは、哀れな婚約者が死ぬことよりも自分が結婚できるかどうかのほうが大事なのだ。

「ああ、ルーシー、ジュリアンはほんとうに勇敢で立派な人なの。こんなのはひどすぎるわ。それに、わたし……一度も彼に伝えられなくて……」キャスの声はしぼんでいき、小さくしゃくりあげるだけになった。ルーシーは彼女に腕をまわした。

「キャス」友だちの肩をぎゅっと抱きしめる。「なにかしなくちゃ。彼はまだ生きているんでしょう。すぐにジュリアンに手紙を書いて。彼をどう思っているか、伝えるの。どんなに彼を愛しているか。彼がお墓に入ってしまう前に、彼がどんなに大切な存在だったかを知らせないと」

キャスは涙の止まらない目を押さえた。「そうしたいわ、ルーシー。ほんとうに。どんなにそうしたいか、言葉では言い尽くせないくらいよ。でも……」ひくっと息を吸って、また頭を振る。「どうしよう」

ルーシーはキャスの肩をきつく抱いたまま言った。「そうしましょうよ、キャス。いまさらなにをおそれることがあるの？　あなたの気持ちを伝えないまま彼が死んでしまってもいいの？」

キャスは女性らしいしぐさでハンカチに鼻をかんだ。思わずルーシーの口もとがほころぶ。彼女の女友だちは、哀しみに深く沈んでいるときでさえもひかえめで愛らしい。ルーシーだったら、こんなに泣いたら溺れたネコみたいに見えるだろうし、鼻をかむ音はクリスマスに料理されるガチョウの鳴き声みたいだろう。

キャスは大きく息を吸った。「まず、彼の状態がどれくらい悪いのかわからないわ。彼は手紙でペネロペに、もう長くないと書いたようなんだけれど、それがどれくらいなのかお医者さまもわからないらしいの。ああ、ルーシー、彼がもう亡くなっていたらどうしよう？」

ルーシーはキャスの肩から腕をほどいて正面から向きあい、ひざ立ちになって友に両手をかけ、懇願するように言った。「そんなことわからないじゃない。まだわからないわ。亡くなってるかもしれないけど、生きているかもしれない。そしてしばらくは生きて、あなたの手紙を受けとるくらいはできるかも。そうでしょう？　やってみなくちゃ」

キャスは身を震わせてうなだれた。少しのあいだ考えているようだった。「死の間際にあって、彼はほんとうにそんなことを聞かされたいかしら？」

ルーシーは両手を引いて戻し、うわの空で自分の両腕をこすりながら、どうやったらこの決断がいかに大切かキャスにわからせることができるだろうと考えた。「聞きたいかもしれないわよ、キャス。あなたが彼を好きなのと同じくらい、彼もあなたが好きかもしれない。何年も手紙の返事を書いてくれていたのでしょう？」

いまはひざの上にあるハンカチを、キャスはつかんだ。「手紙のなかで、好きだなんて言葉が出たことはないわ。それに、ここしばらくは手紙ももらっていないし。戦争が始まってからは。手紙はペネロペのところに届いて、わたしのところにはないわ。そのことにはなにか意味があるのよ」

ルーシーは友人の顔を探るように見た。「好きって言葉はまだなかったかもしれない。でも、彼もあなたと同じように考えていた可能性はあるでしょう、キャス？　彼に言うべきよ。そうでしょう？　いちばん大切な人に、亡くなる前にさよならも言わないなんておかしいわ」

キャスは唇を嚙んだ。あきらかに考えている。ルーシーはいまだとばかりにベッドから飛びおり、書き物机に駆けよって、羊皮紙を二枚と羽根ペンをつかんだ。急いでキャスのもとへ戻ってきたが、その前にちゃんと下敷きになる大型本も抱えていた。

「ほら、これを使って。手紙を書いて。彼に伝えるの」

キャスが口を開けた。あきらかに、できない言い訳をするつもりで。

ルーシーは羽根ペンをキャスの手に押しつけた。「だめよ、キャス。言い訳はなし。書いて。書かなきゃだめ」

17

マウントバンク家の晩餐会は音楽と笑い声とおしゃべりでにぎやかだった。見事な料理が次から次へと一品ずつ出されるなか、ルーシーは右側をクラマー卿、左はペンブローク卿にはさまれてぎこちなく会話をしつつ、ジェーンとギャレットに恨みがましい視線を送っていた。ふたりは隣り同士に座り、いつものお遊び感覚のからかいあいにいそしんでいて楽しそうだ。ふたりがうらやましい。きっとあのふたりがぶつけあっているであろう辛辣な言葉の数々も、ペンブローク卿とのあいだではまりこんでしまった拷問まがいの退屈な会話に比べたらましだろう。〝霧〟を表現するのにふさわしい言葉を、いったいこの人はいくつ口にするつもりなのだろう。もうそろそろ尽きてくるころなんじゃないの？

食事のあと、レディたちはマウントバンク家の客間の一室でカードに興じながら、紳士たちが合流するのを待っていた。

「キャスのことが心配だわ」ルーシーはカード遊びの合間の休憩でジェーンと部屋の中央でふたりになり、ひそひそと話した。

「わたしもよ」ジェーンがささやき返す。「今夜はいっしょに来られなかったの？」

「ええ。いまはジュリアンのことしか考えられないみたい。やつれきってるわ」

「ほんとうに、なんてつらいことかしら」ジェーンが言った。「それにペネロペのとんでもない態度にも心を痛めてるでしょうね」

「でも、あのキャスだから。だれのこともいいようにしか考えないの。ペネロペの態度も、ショックを受けたせいだとか現実を認めたくないだけだとか言ってかばってたわ」

「ペネロペがひどい子なだけなのに」ジェーンはめがねの上で眉毛をぴくぴく動かした。

レディ・マウントバンクから、カード遊びを再開する声がかかった。

ジェーンの視線がドアのほうに飛ぶ。「いまだわ。ねえ、マウントバンク卿の図書室がどこにあるか知らない？」

ルーシーは片眉をつりあげた。ジェーンはなにかに出席するとかならず図書室を探すのだ。

「なに？」ジェーンは悪びれずに肩をすくめた。「たとえ貧弱な蔵書でも、レディ・ホートンにどうしていつもホイストでは同じマークばかり出さなきゃならないのかを説明するより、マウントバンク卿の朽ち果てそうな本を漁《あさ》るほうが楽しいじゃない」

ルーシーは笑った。「そこは否定できないわね」さきほど自分と同じテーブルを囲んでいたレディたちをよくよく観察していたが、レディ・クランダルの手さばきのよさときたら。彼女はレティキュールからよぶんなエースの札をこっそりまぎれさせ、年のせいでもうろくしたと言い訳するという噂だが……。

ルーシーの頭のなかを読んだかのように、ジェーンはレディ・クランダルのほうに頭をかたむけた。「わたしとしてはレディ・Cみたいに、もうそんな年かとロンドンじゅうに思われるくらいまで頭がゆるくなったふりをするのを待っていられないわ。頭にターバンを巻いて、杖《つえ》をついて人にぶつかりまくっていれば許されるんだったら、いまからでもそうするけど。そうね、オウムを飼ってもいいかもね」

ルーシーは鼻を鳴らした。口を開け、同じくらい辛口の意見を言おうとしたとき、客間のドアが開いて紳士たちがぞろぞろと入ってきた。

「わっ、もう行かなくちゃ」ジェーンはそそくさとドアのほうに向かった。紳士たちが入ってきたすきを狙って、気づかれないように部屋から抜けだすつもりなのだ。

紳士たちが部屋に入ってくると、ルーシーはいやでもクラリントン公爵の存在に気づかされた。ゆったりとした足取りで入ってきた彼は、赤ワイン色の夜会服にダークグレーのズボン、完璧に結った真っ白なクラヴァットという出《い》で立ちだった。とても格好いい。格好よすぎる。彼の少し後ろにギャレットもいた。

いとこは近づいてくる途中、ジェーンと憤慨したように顔を見合わせていた。そしてルーシーのところまでやってくると、振り返ってジェーンが出ていくのを見ていた。

「また図書室に逃げたんじゃないだろうな?」ギャレットがため息をつく。

「でも、当然のことでしょ」ルーシーが笑いながら答えた。

ギャレットは頭を振った。「やっぱり」

「ジェーンと会うたびにやりあうのはやめたらどうかしら。少しは仲良くできないか考えてみたら? わたしにとってはすばらしい友人なんだけど」

ギャレットは疑わしげな顔をしてポケットに両手を突っこんだ。「ぼくだって好きで仲良くしないわけじゃない。最初に会ったときから彼女のほうが失礼だったんだ。それに、ばかにするような態度をとられて喜ぶ趣味はないしね。きみは舌鋒が鋭いことで有名だけど、ぼくにしてみたら、ミス・ラウンズが隠し持った新月刀はきみの舌鋒の比じゃないね」

「いったんジェーンの懐に入れば、すごくいい子だってわかるのに」

ギャレットは眉間にしわを寄せた。「懐？　そんなものがあるようにはとても見えないね。もしあったとしても、それが見えてくるのは、サラブレット種の適切な飼育方法を講釈されて、そのあとストーンヘンジの厳密な寸法を教えられて、穀物法を廃止するとなにがいいのかを列挙されたあとになるだろうな」

ルーシーは肩をすくめた。「彼女は頭がよくて本をよく読んでいるから。そんなことでおののく必要はないわよ」

「おののいたりはしてない」ギャレットはすぐさま言い返した。「ぼくはただ、辛辣な物言いで攻撃してこないレディとおしゃべりしたいだけだ」

「わたしとはずっと友だちでいてくれてるじゃない」ルーシーがにんまりする。

ギャレットも笑みを返した。「ジェーンに比べたら、きみの言うことはまだ耳にやさしいからね、いとこどの。憎まれ口をたたくにしてもユーモアがきいていて、楽しい気分にしかならない」

ルーシーは大きく吹きだし、いちばん近いカードテーブルのご婦人たちから眉をひそめられて口を手で覆った。「あなたに対するわたしの態度が悪くないのは、いつかあなたが父の財産をすべて相続するからという理由でしかないわ。路頭に迷わされたくないもの」

ギャレットはにやりと笑い返した。「知ってる」

ルーシーも思わず顔をほころばせた。いとこのことは無条件で大好きだ。こういうばかげたからかい混じりのやりとりは、昔からずっとつづいている。ギャレットはルーシーのためならきっとなんでもしてくれるだろうし、彼女のほうもそれは同じだった。互いに相手がつらい思いをしているのは見たくない。

だからこそ、ルーシーはこの質問をしておかなければならなかった。

深呼吸をする。いましかない。こんな機会はもう二度とないだろう。「ということは、あなたはジェーンよりもキャスのようなレディが好みなの？」

ルーシーは息を詰めた。キャスのことをギャレットにこういう言い方で持ちだしたのは初めてだった。でも知っておかなければならない。ギャレットは本気でキャスのことが好きなの？　どうなの？

「カサンドラといえば」たちまちギャレットの顔が真剣になった。「彼女はどうしてる？　今日は話をしたのかい？」

ルーシーは詰めていた息を吐きだした。いとこにうまく話題をそらされてしまった。

しかしふたりともキャスを心配しているのは同じだ。「とても動揺していたわ、ギャレット。どうやって慰めたらいいかわからないくらい」

　ギャレットは険しい顔でうなずいた。

　そのとき少し顔の向きを変えたルーシーは、声をあげそうになった。公爵がほんの数歩しか離れていないところにいたのだ。彼はマウントバンク卿と話し、子爵の言ったことに笑っている。惑わされる笑い声。低くて、よく響いて――。

「キャスがどういう気持ちでいるのか想像もつかないな」ギャレットが言い、あらぬ方向に心がそれたルーシーを引き戻した。

　ルーシーは咳払いをして、公爵が近くにいることはできるだけ気にしないようにした。「ジェーンもキャスに会いに行ったんですって。さっき話してくれたわ。でも、なにもできなかったって」公爵がさらにちょっと近づいたかしら？

　ギャレットは小さく悪態をついた。「なにをしても、なんにもならないと思う。恋に破れた心はなかなか癒せないよ。ときが解決してくれるのを待つしかないんじゃないかな」

　ルーシーは考えずにはいられなかった。ギャレットはあきらかにキャスを心配しているが、内心、ジュリアンが亡くなって時間が経てば、自分を好きになってくれるかもしれないと期待しているんじゃないだろうか。自分のいとこと親友がいっしょになったらと思うとそれはうれしいけれど——でも、ギャレットにはありのままの真実を話さなければならない。これまでもずっとそうしてきた。ルーシーは大きく息を吸い、よけいなことを考えさせる後ろの公爵のことはいったん心から追いやった。

「ギャレット、あなたに話があるの」

ギャレットはうなずき、目を細めた。「なに？」

「わたしはキャスに、ジュリアンに手紙を書いてほんとうのことを伝えなさいって言ったの」

ギャレットは少し頭をかしげ、警戒するように彼女を見た。「どういうこと？」

ルーシーが懇願するように片手を伸ばす。「ジュリアンが亡くなる前に、どんなに彼を愛しているかを知らせなさいってこと」

ギャレットは髪をかきあげた。「冗談だろ？　死にかけている男にそんなことを伝えて、なんになるって言うんだ？」

ルーシーは目をしばたたいた。声を落としてかすれた声でささやく。「あなたがそんなことを言うなんて信じられないわ。気持ちを伝えたほうがいいと思わないの？いいえ、それよりも、キャスが自分の気持ちを伝えられなかったと思いながら残りの人生を過ごすなんてよくないとは思わないの？」

ギャレットは両手を腰に当てた。「正直、思わないよ、ルーシー。そうは思わない。それどころか、驚異的にろくでもない考えだと思うね」

ルーシーはいらだちのあまりうなりそうになった。ギャレットの考え方が信じられない。彼女はとくにロマンチストではないけれど、そんなルーシーでも、もしキャスがジュリアンを愛しているのと同じくらいだれかを好きだったら、伝えないまま相手を死なせてはいけないと思う。「自分の気持ちに正直になって行動すれば、けっして悪い結果にはならないわ」ぼそぼそと言う。

「それで、すべてが片づくとでも言うのか？」ギャレットはあごをひくつかせながら答えた。

「もしあなたが死にそうになっているとき、だれかが自分を愛してくれているって知りたくないの？」そう言うなり、ルーシーは口を手で覆った。ふたりとも、ギャレットが死にかけたことがあるのを知っていた。スペインの砂漠で、彼は胸を撃たれた。出血多量で死にかけた。しかしルーシーも、楽しいことが好きな彼女のいとこも、その件にふれることはほとんどなかった。自分が死ねばよかったとギャレットが思いながら生きていることも、ルーシーが同じような負い目を持っていることも（負い目を感じている理由はまったくちがうけれど）、もちろん話したことはない。そう、それはけっして口にしてはならないことなのだ。だが、いつでもそれが心の片隅にあることも、ふたりにはわかっていた。

ギャレットは咳払いをした。真剣な口調で言う。「心から正直に言うけど、自分がそのことについてなにもできないのなら、ぼくは知りたくない」

ルーシーは彼の表情を探るように見た。「あなた、本気でそんな——」

「レディ・ルーシー、四人目に入ってちょうだい」レディ・クランダルが自分のカードテーブルに来るよう手招きしている。紳士がすっかり客間に落ち着いたので、レディたちもまたカードゲーム再開というわけだ。そしてなぜだかルーシーの人気は、公爵と勝負をして以来うなぎのぼりなのだった。社交界の人々というのはほんとうにわけがわからない。

気の進まないルーシーは葛藤した。手癖の悪いレディ・クランダルと、もうひと勝負するなんて……。

「行ってきなよ」ギャレットがレディ・クランダルのほうにあごをしゃくった。「ぼくはマウントバンク卿の図書室を見つけて、ブランデーがあったら一杯いただくよ」

ルーシーはため息をついた。「わたしを見捨てるの？　まあ、いいわ。カードをやればいいんでしょ」スカートを持ちあげてレディ・クランダルのテーブルに行こうとしたとき、クラリントン公爵が立ちはだかった。

「レディ・ルーシー」彼が言った。「少し話をしても？」

ルーシーはとっさに一歩、後ずさった。彼の近さに、なぜか少し動揺してしまった。この二日間は彼とじかに接することもあったのに、それでもやはり彼のとてつもない格好よさとクラクラしそうなにおいにどきりとしてしまう。まるでスパイスと石鹸《せっけん》のような香り……。

「少しだけよ、閣下。四人目にならなくてはいけないから」ルーシーはカードテーブルのほうにあごをしゃくった。

肩越しに振り返った公爵は、レディ・クランダルに目を留めた。彼女があからさまにあだっぽい視線を彼に送る。公爵はルーシーに顔を戻し、片方の眉をつりあげた。あたかも〝なるほど、そんなにレディ・クランダルとホイストがやりたいのか〟とでも言うような、疑わしげな様子で。

ルーシーは唇をすぼめた。「閣下？」最後に彼と会ったときには、おびえて怒った子どもみたいに彼の前から逃げだしてしまった。もうあんなふうに怒ったりはしない。彼にはこれっぽっちも影響を受けていないという顔でいなければ。

彼の眉がもとの位置に戻った。「レディ・カサンドラは、今夜はどちらに？」

ルーシーはぎこちない笑みを返した。「ここにはいません」

公爵が石のように表情をなくす。「それは見ればわかる」

またぎこちなく笑う。「それなら、お尋ねになる必要もなかったのでは？」

彼のあごに力が入った。「なぜレディ・カサンドラが今夜きみといっしょに来なかったか、理由を聞かせてくれ」

ルーシーはまたスカートを持ちあげて彼をぐるりとまわりこんだ。「べつにあなたにお話しするようなことはありません、閣下」

流れるような動作で椅子まで行って腰をおろし、用意されたカードを手に取った。ルーシーは笑みを顔に貼りつけながらも、内心、自分のふるまいに顔をしかめていた。公爵に挨拶さえしなかった。われながら、信じられないほど無礼な行動だ。

どうして彼が相手だと、最悪の自分が顔を出してしまうのだろう？　キャスはつらい思いをしているんですと言えば、それでよかったのに。大切な友人が――彼女の愛している人が――死にそうになっているのだと。けれどルーシーが教えて当然だと言わんばかりの、公爵のどこかおごった感じに、どうしても話したくなくなった。とにかく……とにかく……彼は偉そうなのだ。自信がありすぎる。ハンサムすぎる。ルーシーは彼を見やった。すでに彼はまたマウントバンク卿と話をしていて、キャスのことなどもう忘れたように見えた。どうしてキャスを心配しているような行動をとるの？　キャスは彼にとって、たんなる新たな成功の証《あかし》、戦利品にすぎないのでしょう？　自分でもそう言っていたじゃないの。キャスを勝ちとることはやりがいのある戦いであり、競争だと。そんな傲慢な考えの人に、大切な友人は渡さない。

「さあ始めましょう、レディ・クランダル」ルーシーは手にしたカードを見て、縁越しににっこり笑った。「ひとり勝ちを狙っちゃおうかしら」

きっかり一時間後、デレクはレディたちがカードをしている客間の外の廊下で待っていた。とりあえずやるべきことはやった。晩餐会の主催者やほかの紳士たちと、ひととおりおしゃべりした。そしてジェーン・ラウンズを探しに行くということまでした。しかし彼女は見つからなかった。ルーシーにレディ・カサンドラの居所を聞くことはしたくなかったのだが、しかたがなかった。社交界の晩餐会というのは苦手だ。とにかく、ワーテルローの戦いがいかにおぞましいものだったかということしか訊かれない。みな血みどろの話、きわどい話ばかり聞きたがるが、自分がなにを尋ねているのかおぼろげながらでも理解していれば、口に出すことさえできないだろうに。そんなものは自分の頭からできるだけ遠ざけておこうとするはずだ。そう、ほんとうに戦争を目の当たりにした人間は、思いだしたくもないものなのだ。彼が今夜ここへ来た目的はただひとつ、レディ・カサンドラに会うためだった。彼女と少しでも知りあうこと。スウィフトとの約束を果たすためには、少しでも前進しなければならない。だが、彼女はここに来てもいなかった。時間を無駄にしたと思うと腹立たしい。だが、それでさっさと帰るわけにもいかず、まわりに関心のあるふりをしていなければならなかった。そしてさらに腹立たしいのが、あの手に負えないレディ・ルーシーだ。

彼女といると、頭がおかしくなりそうだった。戦争では将軍たちを相手に奮闘したというのに、あの年若いレディにはそれができない。なんということだ。自分は敵を押さえこみ、戦いを掌握し、血塗れの戦場にユニオンジャックを掲げ、友の遺体に土をかけた。そんな彼が、あの口やかましい女性の鎧《よろい》をどうやっても打ち破ることができずにいる。デレクは奥歯を噛んだ。いったい彼女にはどう対処すればいいのだろう?

客間のドアが開き、ルーシーが出てきた。思ったとおりだ。夜のあいだじゅう、彼女がじっと座ってカードで遊んでいられるわけがない。カード遊びに興味のあるふりはしていたが、目の表情や、落ち着かなげに貧乏ゆすりをしていたところを見れば、ほんとうはやりたくないことはわかっていた。彼と同じように、彼女もただ時間をつぶしているだけであり、終わればすぐに友人のジェーンとギャレットを探しに行っていとまごいするにちがいないと思っていた。

だからデレクは、廊下で彼女を待っていたのだ。好機を逃さないために。

ルーシーが目の前を通りすぎた瞬間、彼は暗がりから出て彼女の前に立った。「マイ・レディ」

彼女が悲鳴をあげなかったのは立派だったと言えよう。悲鳴どころか、彼がいるのに気づいて足を止めた、という事実以上のことはなかったかのように見えた。ただ、のどもとに手を当て、彼の上から下まで視線を走らせてはいたが。「これは公爵閣下、また隅っこでかくれんぼですか?」

デレクは歯ぎしりしたいのをぐっとこらえた。〝公爵閣下〟と呼ばれるのに少しは慣れてきたものの、いかにも敬意をこめましたという彼女独特の言い方にはぜんぜん慣れない。まるでガラスを歯で嚙み砕いているように聞こえないか?

「レディ・ルーシー、ここでもう少しきみと話がしたいと思ってね」彼女に断るすきを与えず、さっと手を出して彼女の手首をつかむと、デレクは廊下の反対側の客間に彼女を引きずりこんだ。レディ・ルーシーのような女性はこうでもしなければつかまえられない。容赦は禁物だ。

彼女を引っ張りこんでドアを閉め、彼女に向き直った。もちろん彼女は楽しそうな顔などしていない。取っ手付きの燭台《しょくだい》に灯ったろうそくの明かりが、稀有な色合いの彼女の瞳を照らしている。

「今夜、レディ・カサンドラはどこにいる？」公爵は尋ねた。

ルーシーはうんざりしたようなため息をついた。「言ったでしょう。ここにはいないって。いないという事実を見れば、それは推測できることじゃないのかしら」いつものいやみったらしさは、とどまることを知らなかった。

デレクは歯を食いしばって話した。「彼女はどこにいるのかと訊いているんだ」

ルーシーは腕を組み、目を細めて彼をにらんだ。「あなたに話すつもりはないと言ったら？」

彼は少しのあいだ目を閉じ、舌先で頬の内側をつついて、口からこぼれだしそうになる言葉を嚙み殺していた。言いたくてたまらない言葉。言わないほうがいい言葉を。

「ほかの言い方をしよう、マイ・レディ。どうしてきみは、わたしのやることをそんなに引っかきまわす？」

ルーシーの口がぽかんと開いた。「あなたのやることを引っかきまわす？　あら、おかしいわ。だまされているのかしら。確かいま、廊下でわたしを捕まえてここに引っ張りこんで、まるでわたしがフランスのスパイかなにかみたいに質問したのはあなたじゃなかったかしら？　それなのに、わたしがあなたのやることを引っかきまわしていると？」いやみったらしい顔つきに加え、彼女は長く黒いまつげをしばたたかせた。その表情をデレクはぬぐい去ってやりたくなった。なにせ彼女から、ぞくぞくさせられるような石鹼の香りがして――股間を直撃する。

デレクはあごに力を入れ、なすべきことをしようとした。「じゃあ、きみはぼくがレディ・カサンドラに求婚するのをじゃましていないと言うのか？」

ルーシーの口もとに薄ら笑いが浮かぶ。「そんなつもりはないわ」

彼女の頰が上気し、いつもよりさらに美しく見える。デレクは一歩後ろにさがった。

「理由を聞かせてくれ。どうしてそんなにしつこくじゃまをする？」

「どうしてあなたに説明しなきゃならないのかしら？　あなたの傲慢さときたら、がまんの限界を超えているわ。いくら戦争の英雄である公爵さまであってもね」

「そうかな？」デレクは怒鳴らんばかりの声になっていた。

「ええ、そうよ。では、もう失礼するわ」ルーシーが彼をまわりこもうとしたが、彼は行く手をふさいだ。

彼女は両手を腰に当て、首をかしげて彼を見あげ、火花を散らしそうなまなざしを向けた。「体が大きくてたくましいからって、わたしをこわがらせようとしても無駄よ、公爵閣下。キャスには通用したかもしれないけど、わたしはこわくないわ」

デレクの体はいらだちに震えた。彼女をつかんで揺さぶってやりたかった。どうしてこの女性はこんなに思いどおりにならないんだ。敵の将軍が相手でもこれほど腹は立たなかったし、大奮闘すれば勝利への最善策を見出《みいだ》すこともできたのに。彼は同じように腰に両手を当て、鼻で荒っぽく息をしながら彼女をにらんだ。

次にルーシーが口にした言葉は、彼を嘲笑《あざわら》うものだった。「返す言葉がないようね、公爵閣下。初めてのことじゃないかしら？」

またしても立派なまつげをしばたたく。そのまばたきを見るごとに、デレクの心臓は大きく打った。もうだめだ。まばたきの回数が多すぎる。

「そうだな、そのとおりだ」デレクはうなるや、彼女を抱きよせて唇をぶつけた。

18

公爵の唇が重ねられたとたん、ルーシーの頭のなかはぐるぐると渦を巻いて混乱した。びっくりして声も出ない。息が止まり、ぜったいに健康によくないと思うような速さで思考が暴走する。キスされている。クラリントン公爵に。戦争の英雄に。これからキャスに求婚しようとしている人が、わたしにキスしている。そんなふうに頭のなかはめちゃくちゃなのに、体のほうはそれ自体が意志を持っているかのように彼の体にぴたりと合わさっていた。

押しのけなくてはならない。そんな考えがアスコット競馬場の優勝馬みたいに流れこんでくるけれど、ルーシーにできることは熱く湿った舌を感じることと、唇が重なる直前に見えた彼の小さなえくぼを思いだすことと、のど仏のちょうど下で脈打っている彼の拍動を感じることだけだった。彼女の心臓は何度も何度も肋骨《ろっこつ》にぶつかる勢いで、痛いくらいに打っている。でも公爵に向きを変えられて荒々しく抱きしめられ、舌が口のなかに侵入してきて暴れまわると、彼女はなにも考えられなくなった。

　彼はブランデーのような味わいだった。特別な日に父の書斎から秘蔵のブランデーを少し失敬したことがあるけれど、公爵はまったくそれと同じ味がした。いや、もっとよかった。この人には情熱的な激しさまで備わっているのだから。しかもルーシーが狂おしいほどに心惹かれている人。彼のことなど少しも好きじゃないのに、それでもやっぱり彼はすてきで、渋くて、ハンサムで、たくましくて……ルーシーの体に震えが走った。彼女の意志など関係なく、判断力などなおさら関係なく、彼女の手が上がって公爵の首にからみついた。ものすごく背が高いから、彼が身をかがめていてもつま先立ちにならなくてはいけなかった。彼がのどの奥でうめき、さらにきつく彼女を抱きよせた。彼の舌は熱くて、湿っていて、動きが巧みで、激しくて、奪っていくだけではなく与えてもくれる。いままで存在することも知らなかった感覚と感情が押しよせて、ルーシーはいっきに高ぶった。

　ぼんやりと、うめき声が聞こえてくる。これは、自分の声……？　そう気づいて、ルーシーははっと体を引いた。いつの間にか力いっぱい彼の広い胸に体を押しつけてしまっていた。彼もさがって離れ、少し息を切らしながら、まぶたの重たげなあの緑の瞳で彼女を見つめている。まるで目の前にいるのが血肉を持った女性ではなくて、謎の生命体ででもあるかのように。彼女の唇は、激しい口づけで真っ赤に腫れているにちがいなかった。

ルーシーは声も出せず突っ立っていた。肩で息をして、おなかのあたりを片手で押さえる。コルセットがこれほどきつく感じられたことはない。体がこんなに熱くなったことも、これほど頭が混乱したことも。いったいこれはどういうこと？　彼女は手の甲を唇に押しつけた。まるで焼かれたように唇が熱い。もう片方の手でソファの背につかまって体を支え、なんとか息をした。

いったい自分はなにをしたの？

不愉快なクラリントン公爵と、キスをした。まさにそういうこと。不適切なふるまい。はれんちな行為。両手の指では足りないくらい、してはいけない理由が存在する。彼のことは好きでさえない。そういう感情はなにもないのだ。どんな感情も、まったくなにも。

それに、彼はいったいどうしてあんな話をしている途中でわたしにキスをしたの？まったくわけがわからない。

ルーシーは二度、深呼吸をして、肺に空気を取り戻した。筋の通った説明を懸命に考える。ありがたいことに、公爵は顔をそむけて窓の前を行ったり来たりしていた。

わけのわからないことに説明をつけようとしているときに、じっと見おろされていなくてありがたかった。

まずは大事なことから片づけないと。ルーシーは胸を張った。だいじょうぶ、うまくやれるわ。筋道を立てて考えて。論理的に。まずいちばん大事なのは、キャスになんと言うかということ。彼女に話せるだろうか？　話したほうがいい？　いいえ、だめ。キャスには話せない。たとえ彼にキスされたことをなんとか説明できるとしても、キャスはきっと哀しむわ。親友に裏切られるなんて、そんなことがあっていいはずがない。でも、これは裏切りなの？　キャスは公爵のことを好きではないけれど……いいえ、だめ、だめ、だめ。キャスに話すのは問題外よ。ややこしすぎる。

ルーシーは公爵の広い背中を見やった。大きな体に夜会服がしっくり似合っている。それはまちがいない。平らなおなかがいっそう引き立って――ああ、なにを考えているの。なんて恥知らずな。しかしふとルーシーは口もとをほころばせ、まだ熱い唇にふれた。クラリントン公爵とキスするなんてとんでもないことだったけれど、でもすてきだった。とてもとても、すてきだった。認めるのはくやしいけれど、彼は戦場でも戦場以外でも相当のやり手らしい。それに、いまさら取り返しがつかない。起きたことはもうごまかしようもないのだから。

彼女がぐっとあごを上げたとき、公爵もこちらを向いた。

デレクはルーシーのほうに向き、口を開いて、閉じて、かかとでくるりとまわって また窓に向いた。なんたることだ、くそっ。なにを言えばいいかはわかっていると思ったのに、髪が少し乱れてキスで唇が腫れぼったくなっている彼女を見たら、頭が真っ白になってしまった。そしていま、さらに差し迫って問題なのは、彼女とのキスがどれほど自分に影響を及ぼしたかという証拠がだれの目にもあきらかであることだった。ズボンを見れば一目瞭然。だめだ、彼女に向きあうことはできない。まったくよろしくない。

彼は髪を手でかきあげ、高ぶったものを鎮めるなにかひどいことを考えようとした。

レディ・クランダルのおぞましい笑い声。

ウエストウッド伯爵の汚らしい歯。

死にそうになっているスウィフト。

これは効いた。

いったい自分になにが起こった？　どうしてルーシーにキスをした？　いや、まあ、彼女は美しく、腹だたしくて、手強くて、頭がいい。だが、彼女には好意さえ持っていないはずだ。そうだろう？　そうだとも。だが……あの独特の頑固さに気を引かれたのか？　くそっ。好きでもない女性に近づいてキスをしたというだけでなく、その女性はこの数日、求婚しようと実際に働きかけていた女性の親友でもあるのだ。ひどい有り様だ。もしレディ・ルーシーがこのことをレディ・カサンドラに話したらどうなる？　いや、もちろん話すだろう。女性というのはなんでも打ち明けあうものじゃないか？　いや、ほんのキスひとつのことではあるが、若い未婚の女性にとって、キスひとつは非常に大きなものだ。レディ・カサンドラが二度と口をきいてくれなくてもしかたがない。

デレクは三回、深呼吸した。その昔、軍で身につけた方法だった。冷静になれる。決断力が高まる。

とにかく。起きたことはしかたがない。悔やんでも無駄だ。決定はなされ、もう行われてしまった。あとはもう、いまのはいっときの過ちであり、張り詰めた空気に思わず反応してしまっただけだとレディ・ルーシーにわかってもらうしかない。将来につながるものでもなければ、たんなる刺激への反応以外の何物でもなかったのだと。他言無用、口を閉ざしておくよう言い含めておかなければならない。口を。閉ざす。いや閉じていなかったな、ついさっき彼の舌が入っていたときは。うっ、なんということだ、また固くなってきた。くそっ。くそっ。くそっ。どうしてあんなによく、よくなければならなかったんだ？　薄っぺらく冷たい唇だとか、息がくさいだとかならよかったのに。そうすればすべてがもっと簡単だっただろうに。だが彼女は、強く唇を押しつけているとＨなたに置いたバターみたいにとろけてきて、彼のほうもあやうくそうなりかけた。

ああ、もうたくさんだ。ルーシー・アプトンを相手にこんなふうになったのは、女性にキスしたのがずいぶん久しぶりだったからにすぎない。まあ、あれは確かに――ゴホン――心揺さぶられるキスだった。ああ、くそったれ。それに彼女を抱きよせたときの、心底びっくりしたあの顔。あれは、あの瞬間は――あれを見られただけでもよかったかもしれない。いや、もっとよかったのは、彼女が情熱的にキスに応えてきたことだ。そのことはふたりとも、はっきりとわかっているはずだ。あの自信たっぷりのお嬢さんも、そのことでおおいに悩めばいい――。

また公爵がルーシーのほうに向いたとき、彼女は冷静な――自分はなにも悪いことはしていませんと言うような――表情を顔に貼りつけていた。腕を組み、鼻を少し上げて、涼しげな顔をしようと努める。それらしく見えていてほしい、と彼女は願っていた。内心、うまくいっているようにはぜんぜん思えなかったけれど。

公爵は咳払いをした。「さっきのは……ただのキスだ。まちがいだ。なにもなかったことにしておこう」

ルーシーは信じられないという顔で首をかしげた。「謝罪もないの、閣下？」

彼が反対側に首をかしげる。「謝罪してほしいのか？」

「紳士ならするでしょう」ルーシーが目をくるりとまわす。

デレクは髪をかきあげた。「なんでもないことだし」

「そりゃあなんでもないことでしょう、あなたにとっては」彼の言葉に少し胸が痛んだが、それを認めるくらいなら死んだほうがましだった。「でも、キャスにはどう説明するつもりなの？」

反発するような光がグリーンの瞳に灯った。「レディ・カサンドラには話さない」

「あなたはそのつもりかもしれないけれど、わたしは――」

彼は目を細めた。「きみも話すな」

ルーシーは片手を振りあげた。「どうしてそんなことになるのかしら？」ふん、と冷笑する。「早く聞かせてちょうだい」

「なぜなら、きみが話せば、きみもどうしてキスに応えたかを説明しなければならなくなるからだ」

ルーシーは目を細めて彼をにらんだ。いったい彼はどういうつもりなの？「それがなんだと言うの？　キャスの友人のだれもかれもに好き勝手をするつもり？　次はジェーンかしら？」さっきルーシーにしたようなキスをされたら、キャスなら失神しそうだ。

公爵は、疑わしげな顔をしていた。「ばかを言うな。ぼくはきみたちのだれといっしょにいたって自分を律することができる」

「いまのところ、とびきりすばらしくそうなさっているようなので」目を細めたまま、ルーシーは彼をじっと見すえた。「説明していただけますか、どうしてキャスにそれほどご執心なのか？　彼女への求愛をあきらめるつもりはないとはっきりおっしゃっていましたわね？　でも、まったく関心を示さない相手にどうしてそれほど執着するのか、きちんと理由を聞いていないわ。なにせ今夜この晩餐会に出席して、わたしに手を出しているんですもの」

彼はルーシーから離れ、小さく毒づいた。「レディ・カサンドラは……」

ルーシーが無邪気そうにまばたきする。「レディ・カサンドラは？」

うなるように彼が言った。「人からすすめられたと言っておこう」

ルーシーは一歩さがり、開いた胸もとの上のほうに手を当てた。「すすめられた？それはいったいどういうことなの？」

公爵は空を切るように片手を振った。「そんなことはどうでもいい。ぼくはきみにキスするつもりはなかった。ちょっとした判断ミスだ。謝罪してほしいならしよう。だが、これ以上騒ぎたてるようなことでもない」

彼女はまた鼻をつんと上げた。「謝罪を求めるなんて、そんなことあり得ません、公爵閣下。紳士なら、言われる前に謝罪するものだわ」

彼はポケットに両手を突っこみ、半目で彼女を見やった。ゆっくりと口もとに笑みが浮かぶ。「紳士なら、マイ・レディ、さきほどのようなキスはしないだろう」

ルーシーは子どもみたいに地団駄を踏みたくなった。やられた。おかげでもっとわけがわからなくなった。どうして彼はわたしにキスしたの？ ルーシーは慎重に彼を見た。どうしてこんなにハンサムなのかしら。ふむ。まただわ、こんなことを考えてもろくなことはひとつもないのに。

まあいいわ。こんな恥ずかしい小さな出来事は、キャスに知らせるまでもないでしょう。知らせてもキャスにはなんの得にもならないし、いまはジュリアンのことで哀しみの真っ只中《ただなか》なのだから。そうよ、こんなことを知らせてキャスを悩ませることはないわ。それに、友人としての務めを果たしてキャスに約束したとおりにすれば、この偉そうな公爵はいなくなるのだから。

ルーシーは大きく息を吸った。「いいわ、キャスには言わないけれど、ふたつ条件があるの」

公爵は腰に両手を当ててまた首をかしげた。「ふたつだけか?」

ルーシーはにっこり笑った。「お望みなら、もっと増やすけれど?」

彼が目を細める。「そのふたつはなんだ?」

「まず、もう二度とさっきのような勝手なまねは――」

「わかった!」ほっとしたような彼の顔がくやしい。

あまりの返事の早さに、ルーシーは歯ぎしりをした。そんなにうれしそうな顔をしなくてもいいじゃない。「ふたつめは、キャスへの求婚を最終的にはあきらめること」

彼は両脇に手をおろした。「だめだ、それは約束できない」

ルーシーの手が空を切った。「どうして?」

「なぜなら、今夜のこの小さな事故にかかわらず、レディ・カサンドラを妻にするつもりなのは変わらないからだ。あんなことはもう二度と起きないと約束する」

「そんなこと、わからないじゃない」

否定の色が彼の顔にくっきりとあらわれた。「きみのまわりには自制のきかない男たちばかりいたのだろうが、ミス・アプトン、ぼくはまったくそのようなことはない」

「ミス・アプトンと呼ぶのはやめてちょうだい。それに、ほんの少し前にはあなただって自制がきいていなかったようだわ」ルーシーは腕を組み、ひじを指先でとんとんたたいた。

「だから言っただろう、ちょっとした判断ミスだと」

「でも、あなたがまた若い女性を図書室で見つけたときに、その不都合なちょっとした判断ミスとやらをしないとは限らないじゃない」

彼は長々と深いため息をついた。「きみと話しているとおかしくなるな」

ルーシーは鼻で笑った。「それはお互いさまよ」

公爵は向きを変え、ルーシーを通りすぎてドアを開けた。「もういい。今夜、彼女が来なかった理由をきみは話すつもりがないようだから、明日レディ・カサンドラを訪問して自分で確かめることにする」

19

「ぼくがすべて手配するよ」

翌日の午後、キャスの両親のタウンハウスでギャレットが言った。仲良し四人組は、モンロー家の料理人がキャスに少しでも食べてもらおうと腕をふるったお茶とお菓子を楽しんでいた。

キャスはしぶしぶ客間に降りてきて友人たちを出迎えたが、皿に乗ったものにはまったく興味を示さなかった。キャスの両親は社交訪問で出かけていて、いま家には四人と使用人しかいない。

キャスがため息をついた。「それがいいことかどうかわからないわ」ひじをテーブルについて片手にあごを乗せ、皿のビスケットとスコーンをつつきまわしている。ずっとそうしているのだが、ひと口も食べていなかった。

「あら、そんなことないわ。すばらしい考えじゃないの。そうよね、ジェーン?」

ルーシーが長椅子で隣りに座っているジェーンを足でつついた。

ジェーンは読んでいる新聞から顔も上げずに言った。「えっ？　ああ、そうね。すばらしいわね！」鼻先のめがねを押しあげ、自分のビスケットを大きくひと口かじった。

ルーシーがうなずく。「ほらね、みんな賛成してるのよ」

キャスは思いのあふれた青い瞳をギャレットに向けた。「バースにあるあなたのおうちの別宅を使わせてくれるのはほんとうにありがたいけれど、いまロンドンを離れてもいいものかどうかわからないの。ペネロペのところにまたジュリアンから手紙が届いたら、そのときはわたしもすぐに知りたいし。それに、いつわたしにも手紙を書いてくれるかわからないもの」

ルーシーはキャスの背中を軽くたたいた。「でもね、ペネロペと彼女のお母さまは、もうすぐ田舎のお屋敷に戻って残りの夏を過ごす予定だって、あなたが自分で言っていたじゃない。八月になったらだれもロンドンにはいないわ。だからわたしたちもバースに行かなきゃ。手紙はロンドンと同じくらい確実に届くし。ペネロペのお屋敷はロンドンにいるより少し近いくらいじゃなかった？」

キャスの瞳が少し明るくなった。「そうだったかも」

「そうよ」ルーシーはうなずいた。

ギャレットもすぐさま同意する。

「わたしとしては大歓迎よ。うっとうしい母の目から逃れられるなら、なんだっていいわ」ジェーンが言った。「前にルーシーが言ってたように、これでうちの両親がわたしを無理やり結婚させる気をなくしてくれればいいんだけど」

ギャレットが手のひらをテーブルに打ちつけた。「なんだって？　ご両親に無理やり結婚させられる？　初耳だ」

「理屈上の話よ」ジェーンが答えた。「親はだれでも娘を無理やり結婚させるものでしょう？」

「きみがまるでギロチンに送りこまれるみたいな言い方をするから」ギャレットは目をくるりとまわした。

「気分的には同じことよ」ジェーンがにっこり笑みを返す。

「ご両親がそのつもりだとすると、きみの場合はあきらかにいまのところうまくいってないんだな」ギャレットが言い添える。

ジェーンは目を閉じて鼻をつんと上げた。「両親の裏をかくのがうまくなってきたもの。それと、だれも学問かぶれの女となんか結婚したがらないから。まあ、その点は実際、運まかせだけど」ジェーンは自分の冗談に自分で笑った。「学問かぶれをそんなに誇らしげに言う女性には会ったことがないよ」ギャレットも新聞を目の前に広げた。

「放蕩息子でそんなに誇らしげにしている人も見たことがないけど。ああ、それに賭け事にお金をつぎこんでることも忘れるところだったわ」

ギャレットは新聞の端が折れて垂れるにまかせ、そこからジェーンをにらんだ。「賭け事はたまにしかしていないし、放蕩息子でもないぞ」

「そういうことにしておきましょ」ジェーンはギャレットよりもスコーンに意識を戻した。「このバース旅行はわたしにはおあつらえ向きだわ」話をつづける。「それに、あそこの貸し本屋に行くのが待ちきれないわ。国でいちばんの貸し本屋だもの」

ギャレットは椅子の背にもたれ、足首を交差させた。長々とため息を吐く。「ああ、そうだろうともさ。保養地に行くっていうのに、きみが興味あるのは貸し本屋だけとはね」

ジェーンは新聞紙を指先でつついた。「ちょっと、アプトン、貸し本屋をそんなふうに言うなんて、発言を疑うわ。でもまあ、本の読める人なら、そういうものの価値もわかるんでしょうけどね」

ギャレットはやれやれといった感じでゆっくりと頭を振った。「バースの貸し本屋なら何度も行ったことがあるよ、ミス・ラウンズ。はっきり言って、熱心な常連のひとりだぞ」

今度はジェーンは顔を上げもしなかった。「そう。カードとお酒をやりすぎた翌日の頭痛の治し方を調べに通ってくれて、貸し本屋もありがたがってるでしょうね」

ルーシーは警告するようにふたりをにらんだ。「ふたりともやめて。これはキャスのためにやってることよ、忘れてない？」

「ああ、もちろん」ギャレットは向き直った。「カサンドラ、とにかくうんと言ってくれたら、ばっちりやるから」

「お母さまはだいじょうぶだと思うけれど」キャスはためらいがちに言って、ジュースをひと口飲んだ。

ルーシーはキャスの手に手を重ねた。「だいじょうぶよ。メアリおばさまが向こうにいるから、シャペロンの問題はないわ。サロン《ポンプルーム》でお茶みたいに温泉水を飲んで、ロイヤル・クレセントを毎日お散歩しましょう。ね？　すぐに気分もよくなるわ」

キャスは弱々しく微笑んだ。

「そして最高なのは」ルーシーは唇をぎゅっと結んでつけ加えた。「あの憎たらしいクラリントン公爵と顔を合わせなくてすむってことよ」

ジェーンが片眉をつりあげた。「あの公爵さまを目の敵にするのはもう終わりにしたんだと思っていたけど、ルーシー？」

「なにを言ってるの」ルーシーの視線はテーブルクロスに落ちた。ごくりとつばを飲みこむ。公爵とキスしたことは、キャスには話していない。でも不可解なのは――ジェーンにも、ギャレットにも話していないことだった。彼らとはお互いにどんなことでも話してきた。しかし内心、なんとなく、心の奥のひそかな部分で、ルーシーは恥ずかしいような気がしていたのだ。おびえていると言ってもいい。そんなことは初めてで、とても落ち着かなかった。おびえるなんてこれまでの人生で一日たりともなかったことだし、あの自信家のクラリントン公爵が関わることでおびえるなんてことはあってはならない。だったら、どうしてふたりに話さなかったのだろう？

いいわ。話そう。バースに着いて、あの人から無事に離れることができたらすぐに。ジェーンとギャレットに話し、彼を思いとどまらせる方法をみんなでしっかり考えよう。バースに行って距離を置けば……彼のキャスへの熱も冷めるだろう。彼だって当然ロンドンを離れ、叙爵の一部として賜った領地に向かうのだろうから。

キャスは唇を噛んだ。「公爵さまに関心を持っていただいて、ありがたく思うべきなのはわかっているの。でも、どうしてもだめなの」

「当たり前よ、ありがたく思う必要なんかないわよ」ルーシーはキャスの手をやさしくたたいた。「好きになれない人はどうしてもなれないわ」そう、彼が好きじゃないのに、どうして彼とキスしたの？

キャスはまたビスケットをつついた。「きらいなわけではないの。ただ……」彼女がなにを言いたいか、全員がよくわかっていた。彼はジュリアンじゃない。結局、いつもそこに戻ってしまう。

「ああ、ルーシー。昨夜の晩餐会で、彼が今日またわたしを訪問するつもりだと言ったんですってね？」キャスが尋ねた。

ルーシーが息をのむ。「ええ、そうよ」しかしそれ以外の会話の内容と……そのほかのことは、キャスには話していなかった。

「今日はわたしといっしょにいるって約束して。彼がやってきたとき、あなたがいてくれないと困るわ」

「もちろんいるわ」彼と同じ部屋にいると考えるといい気分ではないけれど、キャスひとりであの悪人に立ち向かわせるわけにもいかない。

「じゃあ、ぼくはいますぐ帰ってバース旅行の計画をたててくるよ」ギャレットが立ちあがり、女性たち全員に向けてさっとおじぎをした。
ルーシーは明るく笑った。「さあ、バースへ行くわよ！」

20

「わたしたち、バースに行きます」二時間後、ルーシーはまたもや明るく笑って宣言していた。今度の相手はクラリントン公爵だ。彼はモンロー家の客間でキャスと向かいあって座っていた。

公爵は極力ルーシーと目を合わせないようにしているらしく、それでよけいにルーシーの明るさに拍車がかかっていく。彼はルーシーを見もせずに言った。「バースですか？」椅子にもたれ、ブーツを履いた足を足首で交差させる。

「ええ、バースよ」ルーシーは今度ははっきり発音し、しっかりうなずいた。あのキスのせいで彼とは少し顔が合わせづらいのではと彼女のほうも思っていた。ところが実際に会ってみると、このちょっとしたニュースを伝えるのが楽しくなっていた。彼がルーシーの意に反して彼女を見ないようにすればするほど、ルーシーは前のめりになって彼を見すえた。

「決まったばかりですか？」彼はなおも尋ねながら、のんきそうに真っ白な袖口を引っ張った。

ルーシーは両手をひざにかけて彼を見た。してやったり。彼はまったくおもしろくなさそうだ。しかしもちろん、はいそうですか、では元気でいってらっしゃい、とはならない。詳しいことを根掘り葉掘り訊かずにはいられないのだろう。ルーシーは鼻にしわを寄せた。彼がほんの少しでも騎士道精神を持ちあわせていたら、彼女たちが西へ逃げだすのは彼をけむたがっているからでもあるとわかるだろうに。まあ、なんとなく感じているにはちがいない。ああ、いやだ。だから尋ねているんだわ。

「あちらの水が、わたしの体によいのではと父に言われまして」キャスは言い添え、繊細なティーカップを公爵に渡した。もちろんキャスの母親が大反対したことはないしょだ。娘が公爵と距離を置くことになる旅行など、とんでもないと思っているのだ。しかしキャスの父親があいだに入り、ぜひ行ってきなさいととりなしてくれた。彼は娘がジュリアンの知らせでどれほど心を痛めているかわかっていて、環境を変えることが娘のためになると考えたのだ。ああ、キャスのお父さま、ありがとう！

公爵は身を乗りだして、キャスの差しだしたカップを受けとった。ルーシーはそのやりとりを、うっすら笑みを浮かべて見ていた。彼はこれまでお茶を飲んでいないし、今後もきっと飲まないだろう。そのことを、ルーシーは彼の最初の訪問で気づいたけれど、キャスはわれらが貴いお客さまに関するそんな小さな特徴にはぜんぜん気づかないようだった。彼が急に心境を変える（あるいは人格も？）とでも思っているかのように、キャスはお茶を出すことをやめなかった。ルーシーは自分のカップを口に持っていった。彼にはブランデーをすすめるほうがいいと思うけど。それならきっと飲むでしょう。ルーシーは自分のカップで口もとの笑みを隠した。

「ぼくはバースには行ったことがありません」公爵が答え、あまり好みでない飲み物をサイドテーブルに置いてまた脚を伸ばした。

ルーシーははっと息をのんで視線をずらした。ああ、ほんとうに長い脚だわ。長いうえに引き締まっている。その脚はダークグレーのひざ丈ズボン《ブリーチズ》に包まれていて、ベストは瞳の色を引き立てるエメラルドグリーン。彼女がまた目をそらす。彼の瞳？今度は彼の瞳まで気になっている。ああ、こんなことはすぐにやめなくちゃ。ルーシーはカップを置いて、ひざで両手を組んだ。「バースにいらしたことがない？ そんな話は聞いたことがないわ」

彼の視線がわずかにルーシーをかすめた。「ああ、まあ、軍にいると保養地に行く機会はあまりないもので」

こわばった笑みが彼女に向く。ルーシーは、彼とのキスを思いだしてしまうのを必死でごまかそうとした。赤くなっちゃいけない。ああ、もう。だめだめ。赤くなるなんて柄でもないのに。

「ええ、そうですわよね、閣下」キャスがあわてて話に入った。「バースはとてもすてきなところですわ。丘が広がって、緑がたくさんあってきれいです。それに社交場《アセンブリールーム》やポンプルームやローマ遺跡もあって。ほんとうにすばらしいんです」そんなキャスを見て、ルーシーの心は痛んだ。公爵の前ではほんとうに明るく楽しそうにふるまっている。昨夜はひと晩じゅう泣いていたはずなのに。見た目も花のようにみずみずしい。もしルーシーがひと晩じゅう泣いたら、むくんだハトみたいになるだろうに。

そのとき客間のドアが開き、キャスの母親があわただしく入ってきた。「ああ、お許しくださいませ、公爵閣下。あなたさまがいらしているのにご挨拶が遅れました。ついさきほど知ったものですから」彼女はルーシーをにらみつけるように目を細めた。ひょっとしたら、レディ・モアランドにできるだけ知らせがいかないように従僕に袖の下を渡したことがばれたのかもしれない。あのいまいましいシェイクスピエールが口を割ったにちがいなかった。

公爵はお決まりの挨拶をレディ・モアランドと交わしたあと、また腰をおろした。モンロー家の客間にある小ぶりなローズウッド材の椅子では、毎度なんとか体を収めようと苦労している巨人のようだ。「いまちょうどお嬢さまに、バースはぜひ行ったほうがよさそうですねと言おうとしていたんです」彼がレディ・モアランドに言った。ルーシーの頭の片隅で警鐘が鳴り響いた。ゆっくりと肝が冷えていくのを感じながら黙って見ていると、レディ・モアランドの口が開いて甲高い声がこぼれでた。「まあ、行かれるとよろしいのに。ぜひともいらっしゃらなくては」

「では、そうしましょう」公爵はルーシーやキャスにしゃべるすきを与えず、即答した。「ぼくもバースに行こう。世間がこうも騒いでいるものを見てみたい。あちらに土地を買ってもいいな、たいへんすばらしいところのようだから」

キャスは口を小さくOの字にし、唖然として目をしばたたいた。だが、公爵に笑顔でうなずくと、顔をそむけて震えながらお茶をひと口飲んだ。

レディ・モアランドは耳から反対の耳まで届きそうな笑みを浮かべた。「すばらしいですわ。あなたがた若いかた同士で、きっとすてきな時間を過ごせますわね」

ルーシーはカップを置き、両手を腰に当てて公爵に目を細めた。「バースに行くなんて予定はなかったでしょう！」

公爵はゆっくりと彼女のほうに向き、憤懣《ふんまん》やるかたないという顔をした。「まず、そんなことはきみにわからなかっただろう、レディ・ルーシー？　次に、バースのよいところをこちらのレディ・カサンドラがずいぶんほめたたえておられたから、行きたくなったんだよ」

「でもあなたは――わたしたちは――」ルーシーはなにも考えられなくなった。たったの十五分で、またしても彼にしてやられるなんて。しかも彼女が目を光らせている目の前で。そう、ほぼ目を光らせていたはずだった。そのすきを突いて彼はやってきて、彼女の目の前で作戦を遂行してのけた。彼は、〝英断の公爵〟と呼ばれているけれど、〝巧妙な公爵〟とでも呼んだほうがいいのでは？

「レディ・ルーシー、おやめなさい」レディ・モアランドはそっけなくうなずいた。「公爵閣下はもうお決めになったのですから」

「ええ、そうです、マダム」公爵が答えた。「なにか異論はありますか、レディ・カサンドラ？」

キャスはルーシーを見やり、そして母親を見た。母親から厳しい顔が返ってくる。

「いいえ、もちろんありませんわ、公爵閣下」彼女は小さな声で言い、ドレスの襟を引っ張った。

それからの三十分間はにぎやかなことこのうえなく、公爵はもてなし過剰のレディ・モアランドをうまく操って旅行に関するあらゆる情報を聞きだした。彼から弾幕射撃のごとく質問が飛びだし、レディ・モアランドがいちいち陽気に答えるのを見るうち、ルーシーはいらだちと完全なる無力感が積もり積もって震えそうだった。どちらにお泊まりですか？ どなたとごいっしょに？ そのお宅があるのはなんという通りでしょう？ どれくらい滞在なさるのですか？ まったくもってばかげている。そしてルーシーが答えをなんとかごまかそうとするたび公爵は真っ向から同じ質問をくり返し、キャスか彼女の母親が答えずにはいられなくなるのだった。

会話が終わるころには、ルーシーは怒りで煮えたぎっていた。キャスの目は戸惑いでどんよりしている。そして公爵とレディ・モアランドは、満腹になったネコのように満足げだった。

やっとのこと、公爵が腰を上げていとまごいをするときになった。流れるような動きでおじぎをする。「ではバースでお目にかかれるのを楽しみにしております、レディ・カサンドラ」

キャスは弱々しくうなずき、なんとかうっすらと笑みを浮かべた。

「ええ、公爵閣下」レディ・モアランドがにこやかに言い、娘の肩を軽くたたいた。

「きみもね、レディ・ルーシー」公爵はいたずらっぽく目配せしながらつけ足し、悠然とドアを出ていった。

21

バースへの道中はでこぼこ道に揺られ、暑く、正直言って少し窮屈だった。ジェーン、ルーシー、キャス、おばのメアリ、そしてギャレットの五人が、ギャレットの馬車一台に詰めこまれたからだ。すばらしい乗り物ではあったが、街の中心部に建つギャレットの立派なタウンハウスの前に停《と》まるころには、ルーシーは自分でも存在を意識していなかった場所にできたあざをさすっていた。

タウンハウスのドアが勢いよく開き、召使いたちがわらわらと階段を降りてきて、彼らが馬車から降りるのを手伝いはじめた。おばのメアリは有能な主人に早変わりして召使いにてきぱきと指示を出し、全員にそれぞれの部屋をあてがった。ルーシーのおばでありギャレットの母親であるメアリも、自身の母親からはずっと疎まれた存在だった。「がさつで気安すぎるのよ」とルーシーの母親は義理のきょうだいのことをそう言い、口をへの字に固く結んでいた。しかしルーシーは、おばのそういうところこそが大好きだった。おばのメアリはいつも笑顔で、だれに対してもあたたかく世話を焼いてくれる。

従僕があわただしく行き来し、彼らの乗ってきた馬車や、乗りきらないトランクを積んで追走していた馬車から荷物をおろした。立派な屋敷に全員が入り、すみやかに客間のひとつに通されると、そこでお茶と軽食が出された。

「あなたたちみんながいっしょに来られてよかったわ」おばのメアリの声は興奮で甲高くなっていた。「今年はきっとすばらしい夏になるわよ。見てらっしゃい」

「泊めてくださってありがとうございます、おばさま」ルーシーが言った。

「あら、もうわたしの家ではなくてギャレットの家よ」メアリの顔に哀しみの影がよぎった。おじのチャールズが二年前に亡くなり、おばは未亡人になってしまったのだ。

ギャレットはちょうどお茶をひと口飲みこんだところだった。「母さん、ぼくの家ではあるけど同じくらい母さんの家でもあるんだよ」

メアリは息子の手を軽くたたいた。「あなたはいい子ね。あなたのような息子を持ってわたしは幸せ者だわ」

ルーシーの顔がほころんだ。自分も母親とこんな関係だったらどんなによかったか。あるいは父親でもいい。ルーシーの両親は娘にまともな結婚をさせることをとうの昔にあきらめ、ほとんど田舎に引っこんだまま、いつかギャレットが自分の土地も称号も持っていってしまうことを嘆いて暮らしている。なんて哀しいことだろう。大所帯の楽しい一族になれる可能性だってあるはずなのに。まあ、現実に大所帯の楽しい一族なんてお目にかかったことはないけれど。

メアリが両手をたたき、ルーシーの意識は客間に戻った。「あとたったの二日で、大舞踏会がアセンブリールームで開かれるわ。きっととても楽しいわよ」

「いや、すばらしいな」ギャレットが言う。

「楽しみね」ルーシーも答える。

「わたしも」ジェーンも言ったが、だれも本気にはしていなかった。

キャスはぜんぜん行きたそうではなかったが、それでもメアリに参加して楽しんでいらっしゃいと言われると、小さく微笑んだ。

「それからミセス・ペリウィンクルに聞いたのだけれど、クラリントン公爵がアップヒル・ドライブの家を借りられたそうよ」

キャスが少しおびえた目をした。ルーシーが腕を組む。「ええ、彼もこちらへ来るんですってね」

「まあ、どうして知ってるの？」メアリが尋ねる。彼女にとっては公爵の動きがいちばん重要な話だとでも言わんばかりに、椅子の座り方が浅くなった。

ルーシーがお茶をひと口飲む。「本人がそう言っていたもの」

メアリは椅子から転げ落ちそうになった。「あなた、公爵さまとお話ししたの？」

「ええ」ルーシーは答えた。「彼はずっとキャスに求婚しようとしてるのよ」

おばのメアリはいまにもティーカップを宙に放り投げそうに見えた。ソーサーくらい目を大きく見開いている。彼女は自分の椅子をつかんだ。「クラリントン公爵が、わたしたちのカサンドラに求婚？」

キャスが懸命に首を振った。「そんな、そういうことではないの。そんな――」

「彼はそうしようとしてるのよ」ルーシーがくり返す。「でも、キャスは興味がなくて」

メアリが卒中の発作を起こしやすい体質だったら、いままさに起こしかけているところだっただろう。なんとかスカートのひだのあいだから扇を取りだし、ルーシーがおばの手首を――いや、腕全体を心配するくらいの速さであおぎはじめた。「なんですって？　クラリントン公爵に興味がない？　そんなことがあり得るの？」おばはキャスのことを、まるでおとぎ話の本の窓から飛びだしたばかりの架空の生き物であるかのように見つめた。

キャスの顔がピンクに染まった。「一度か二度ご訪問いただいただけよ」「公園で乗馬もしたじゃない」ジェーンがあいづちを打ち、二枚目のビスケットを口に押しこんだ。

キャスがうなずく。「そうね、公園に乗馬にも行ったわ」

「じつはわたしたちは、ずっと彼を追い払おうとしているのだけど」ルーシーが言い添えたが、憤慨したような口調になるのをうまく抑えられなかった。「バースまでついてくるってしつこくて」

「彼がここまで来たのはあなたのためですって！」ああ、だめだ。やはりメアリは卒中を起こしてしまうかもしれない。キャスは気付け薬を持ってきているだろうかとルーシーは心配した。ほんとうに、いまにもおばは失神しそうだ。

「いいえ、ちがうの。彼はバースを見てみたくなったのよ。一度も来たことがないそうだから」キャスがもじもじしながら言う。

「カサンドラ、それは謙遜だよ」ギャレットの声は落ち着いて冷静だった。「公爵はきみにとてもご執心のように見えたよ」

キャスはバター色のドレスのひだをつまんだ。ギャレットと目を合わせようともしない。

「ねえ、わたしはこう思うんだけど」ジェーンが話に入った。彼女はちょうど最後のビスケットを食べ終わり、ナプキンで唇の端を押さえていた。

「なんだい？」ギャレットがにやにやしながら訊く。

ジェーンは完全に彼を無視した。「わたしは、キャスよりルーシーのほうが公爵に合うと思うの」

みなで公爵の話を始めてから初めて、キャスの表情が明るくなった。「ええ、わたしもそう思うわ」

「それに、ルーシーのほうもじつは少し彼に関心があるんじゃないかって気がするんだけど」ジェーンの口もとが少しゆるんでいる。

ルーシーは暑くなったり寒くなったりした。勢いよく顔を上げ、目をしばたたく。

「公爵さまとわたし？　わたしが公爵さまに関心がある？　それはぜったいにないわ」

ジェーンは口笛を吹くみたいに口をすぼめ、紅茶をちょっぴり飲んだ。「ほんとうに？」

キャスがうなずく。「じつを言うと、わたしも一度か二度、同じように思ったことがあるの」

ギャレットは腕を組んで椅子にもたれた。あっはっは、と大笑いがつづく。「ルーシーと公爵か。それ、いいなあ。どうだい、公爵夫人？」

ルーシーは音をたててティーカップを置いた。両手をどうしたらいいのかわからない。結局、組んでひざに置いた。「あなたたちみんな、まったくどうかしてるわ。クラリントン公爵ほど好きになれない人なんて、ほかにいないくらいなのよ」

「ええ、そうよね。彼はただのハンサムで、お金持ちで、戦争の英雄で、公爵にすぎないもの」ジェーンが片手をひらひらと振った。「どういう人ならあなたは好きになれるの？」

ルーシーは友人に向って目を細めた。「彼がそんなにすばらしいなら、あなたが狙ったらどう？」

ジェーンは一笑に付した。「尊大で支配したがりの軍人さんを？　わたし好みじゃないわ。でも、あなたの好みではあるわ」

ルーシーの口がぽかんと開いた。「なにをばかなこと。わたしに好みなんかないわ」

「そう？　彼ときみはよく似てるよ」ギャレットも賛同する。

ルーシーは頭のなかで、次に大好きなおばが目の届かないところに行ったらいいところを蹴りあげよう、と覚え書きをした。いまのところは十を数えてこらえ、ふたたびティーカップを手にした。もうこれ以上、みんなにからかわれるわけにはいかない。

どうせみんなおもしろがっているだけなのだけれど、さすがに少し腹が立った。それでもお茶を飲みながら、ルーシーはジェーンやギャレットの言ったことを考えずにはいられなかった。公爵がわたしによく似ている？　そうかしら？

22

ルーシーはアセンブリールームに足を踏みいれ、息をのんだ。ここに来るといつもそうだ。十八歳で初めてこの堂々たる社交場を目にしたときからずっと。格式高く、大きな広がりを感じさせる高い天井やフレスコの壁、まばゆいばかりのシャンデリアが見事だ。バースは保養地のせいか、娯楽の場としてはちょっと退屈と言う人もいるけれど、ルーシーはこのおやだかであたたかみのある街が好きだった。彼女とギャレットはここで楽しい日々をたくさん過ごした。ロイヤル・クレセントの芝生で転がり、ポンプルームでお茶を飲み、ローマ遺跡を探検し、周辺の丘で馬を駆けさせた。バースはほんとうにすてきな街だ。それにアセンブリールームでの舞踏会はいつでも楽しい。ただし、クラリントン公爵があらわれるとなるとべつだけれど。

キャスもいっしょに来ていた。みんなで彼女をなだめすかして連れだしたのだ。厳密に言えば、喪に服しているわけでもないのだし。ジュリアンと縁を結んでいたのでもない。ましてやルーシーの知るかぎり、彼はまだ亡くなってもいないのだし。それでもキャスが打ちのめされているのはまちがいなく、彼女を連れだすのはなかなかたいへんだった。社交の場では明るい顔をして、楽しんでいるふりをしなくてはならないのだから。それでもダンスの誘いは断っていた。公爵に申しこまれたときもそれは変わらなかった。

ルーシーはサファイヤブルーの美しいドレスに真珠の首飾りを合わせ、ジェーンは水色でハイウエストのドレスに、それによく似合う金のペンダントをつけていた。キャスもラベンダー色のドレスでいつもどおり美しく、ダイヤモンドを首に巻きつけるだけでなく髪にも編みこんでいる。

「彼も来てるわ」アセンブリールームをひとめぐりして出席者の顔ぶれを見てきたジェーンが声をひそめて言いながら、部屋の反対側をあごで示した。そこでは公爵が、あきらかに新しい街でできた崇拝者たちに囲まれ、ちやほやされているところだった。

「正直言うと、今夜ここで本人を目にするまで、彼がほんとうに来るとは思っていなかったわ」ルーシーが頭を振る。

「でも、来るって言ったんでしょう?」ジェーンが訊く。

「そうよ、でも――」ルーシーは人さし指の爪を嚙んだ。「厚かましいったら。驚くようなことでもないのかもしれないけど、それでもやっぱり驚くわ」

ギャレットが手にした飲み物を口にふくんだ。「ぼくとしては感服するけどな」

ルーシーはいとこをにらんだ。「本気で言ってるんじゃないでしょうね？」

ギャレットが微笑む。「いいや、本気さ。彼は自分の望みがはっきりわかっていて、それを勝ちとるために突き進んでいるんだ」

ジェーンがくるりと目をまわした。「狙われているのはわれらがキャスなのよ、どこかの戦利品でもあるまいし」

ギャレットはもうひと口飲んだ。「あの粘り強さは賞賛に値すると言ってるだけだ」

「わたしはぞっとするだけだと思うけど」ルーシーが言った。「キャスは望んでもいないのに、こんなところまでついてくるなんて。とくにジュリアンの知らせを受けてすぐなのよ」

「彼がこっちに来るわ」ジェーンがささやいた。

ルーシーがため息をつく。「そりゃ来るでしょうね」

「ミス・ラウンズ、いまがちょうどきみにダンスを申しこむ頃合いかな」ギャレットが言い、空になったグラスを通りかかった従僕に渡した。

「それはお誘いなの、それとも説明？」ジェーンがかわいらしく尋ねる。

「場合による」ギャレットは答えた。

「場合？」

「きみが受けるかどうかで変わるってこと」

ジェーンは首をかしげた。「お受けするけど、でもそれは、ルーシーと公爵がここで火花を散らしてやりあっている最中にそばにいたくないからというだけよ。いまにもドンパチ始まりそうだもの」

「それはどうも」ギャレットはいやみったらしい口調で言った。

「ありがたいでしょ？　それに、公爵がルーシーにダンスを申しこんだときの彼女の反応よりはましでしょ？」ジェーンは、ふふんと鼻を鳴らした。

ルーシーはふたりに向かって鼻にしわを寄せた。ふたりがダンスに行ってしまったところへ、ちょうど公爵がゆったりとした足取りでやってきた。片手にブランデーグラスを持ち、もう片方の手はなんとなくポケットに入れ、ひと夜の楽しみを求めて外に出てきた礼儀正しい貴族といった風情で。

彼はルーシーとキャスの前で足を止めた。キャスはメアリとの話を終えたばかりで、メアリはふたりの隣りで落ち着きなく、高名な貴族への紹介をいまかいまかと待っている。公爵は三人全員に向かって、慇懃《いんぎん》におじぎをした。

「レディ・カサンドラ。レディ・ルーシー」そこでまっすぐに体を起こし、ブランデーをひと口飲む。「そしてこちらは……お姉さまですか？」おばのメアリにうなずいた。

ルーシーは片眉をつりあげた。「わたしのおば、ミセス・アプトンです。メアリおばさま、クラリントン公爵さまよ」

「光栄です、奥さま」公爵はメアリの手の上にかがんだ。メアリの顔が一面ピンクに染まる。

「お目にかかれてうれしゅうございます、公爵閣下」メアリがさえずった。

キャスはひざを折って完璧なおじぎをしたが、ルーシーは彼をにらんだだけだった。

「閣下、無事にバースに着かれたのですね」なんとかそれだけ絞りだしたが、それはキャスに〝行儀よくする〟と約束していたからにすぎなかった。

「きみにとっては残念だろうけどね、ミス・アプトン」公爵がいつもの尊大な物言いで答える。

ルーシーは辛辣な言葉を返そうと口を開けたが、キャスにひじ鉄を食らったので、彼に会えてうれしいとかなんとかどうでもいいような心にもないことを口にした。

「レディ・カサンドラ、ごいっしょしていただけませんか？」公爵がダンスフロアへと腕を振った。

キャスは首を振った。「たいへん申し訳ありませんが、今夜は踊る気分になれないのです、公爵閣下」

「それは残念だ」彼は首をかしげて承知し、もうひと口ブランデーを飲んだ。「お気持ちは変わりませんか？」

キャスは、今度はうなずいた。「ええ」

「もし、お考えが変わ——」

もうたくさん。ルーシーは鋭い口調で切りだした。「興味がないって言ってるでしょう」彼がバースまで追いかけてきたことで、ルーシーはすでに怒り狂っていた。そこへ来て、キャスが今夜は踊りたくないとはっきり言っているのにしつこくして困らせて。

「ルーシー！」メアリが諫《いさ》めるような口調で注意したが、たとえ大好きなおばでもルーシーは止まらなかった。

公爵の口角が、くいっと上がった。「きみにダンスを踊りたいと思わせることは無理なんだろうね、レディ・ルーシー？」

彼はからかっているのだ。グリーンの瞳の光り具合を見ればわかる。けれど、まんまと怒ってやるわけにはいかない。考えうるかぎり独創的な言い方で断ってやろうと口を開けたそのとき、ふとルーシーは思いたった。言ってやりたいことがあるのだから、踊りながらというのは話をするのに格好の場かもしれないと。

「喜んでお受けします」まったく言葉にそぐわない口調でルーシーは答えた。「かつらは洗いましたし、今夜はもう壁の花の女王の称号はジェーンがいただいていますから」

公爵はすかさず動いた。キャスとメアリに挨拶のおじぎをすると、近くのテーブルにブランデーのグラスを置き、ルーシーをダンスフロアに連れだした。ふたりのレディはそれを黙って見ていた。

一度目のターンをするが早いか、ルーシーは言った。「バースはいかが、公爵閣下？　もう家を買うことにしたの？」

「ああ、じつはそうなんだ。この街がとても気に入ってね」

「まあ、すばらしいわ、将来はみんないっしょにここで休暇を楽しめるのかしら。そうなったら楽しいでしょうねえ？　わたしたちのいきさつを考えると」無邪気そうにぱちぱちとまつげをひらめかせる。

公爵はまっすぐにルーシーの目を見た。「やめたまえ。きみはぼくがここにいるのがまったく気に食わないんだろう？　だが、ぼくらのあいだに起こったことはまちがいであって、もう過去のことで、どうしようもないことだ。ぼくは――」

ルーシーはつんのめりそうになった。口がぽかんと開く。「あなたがここにいるのが気に入らないのはあのキスのせいだと、本気で思っているの？」

ルーシーはまわりに聞こえないように声を小さくし、あたりを見まわした。だいじょうぶそうだ。

公爵が片眉をつりあげる。「ちがうのか？」

「ええ。あのこととはまったく関係ないわ。あのキスのことなんか忘れていたわよ」

ほんとうは忘れていなかったが、あのことが頭から離れないなどと言ってよけいにうぬぼれさせたくなかった。

「つまり、きみがぼくをきらっているのは、最初の理由のままってことなのか？　といっても、最初の理由もよくわからないんだが」

ルーシーは奥歯を噛んだ。「キャスが動揺しているのがわからないの？」

彼は言葉に困ったようだった。「動揺？」

「そうよ。とても悪い知らせを受けとったばかりなの。彼女の大切な友人のこと。軍人で、大尉の男性よ。彼が傷を負って、まだ帰国していないのよ。そして今週、もう彼は戻ってこないという知らせが届いたの。その人のことをキャスは愛しているの」

「亡くなったのか？」公爵の声はやさしく、敬意に満ちていた。

ルーシーは一度だけうなずいた。「もう長くはないって。いつ訃報が届くかわからないわ」

公爵の表情は険しくなった。「大切な友人を戦争で亡くすのがどういうことかはぼくもよくわかっている。ぼく自身、もっとも親しい友が深刻な深手を負った。彼女もさぞやつらいだろう」

「それなら、彼女の気持ちを思いやって、そっとしておいてあげて」

「きみがぼくをどう思っているかわからないが、マイ・レディ、ぼくはけっして自分に興味のない女性を追いまわすようなことはしない」

ルーシーは彼と目を合わせなかった。「またそんなごまかしを」

「ほんとうだ」歯ぎしりするように彼は言った。

「じゃあ、キャスを追いかけるのはやめると言うの？」

「彼女がそう願っているのなら、もちろんそうする」

「当然、そう願っているわよ。彼女はおかしくなりそうなほどジュリアンを愛しているのに、彼がもうすぐ死ぬなんて。そんなときにほかの男性から求婚されたいはずがないじゃないの」

公爵は、ぎょっとしたように眉根を寄せた。「ちょっと待ってくれ、ジュリアンだって？　それはジュリアン・スウィフトのことか？　彼はレディ・カサンドラのいとこと婚約しているんじゃなかったのか？」

23

ルーシーの口は開いたままふさがらなくなった。呆然《ぼうぜん》と公爵を見つめる。踊るのもやめてしまい、彼があわててルーシーの背に手を当てて部屋の隅へと連れていった。「どうしてあなたがジュリアンのことを知ってるの？」壁際まで来るや、ルーシーは彼に尋ねた。

公爵は部屋を見まわした。「人のいないところで話したほうがいいな」

ルーシーは気が抜けたような状態で、彼にうながされるままアセンブリールームを出て長い廊下を進み、石敷きの通りまで出た。ちらほらと客が行き来しているが、月明かりのもとにいるのは、ほぼふたりだけだ。

ひと気のない場所まで行くと、ルーシーは腕を引いて彼の手をほどき、面と向かった。「もう一度訊くけれど、どうしてあなたがジュリアンのことを知っているの？」

公爵は足早に少し距離を取った。「ジュリアン・スウィフト大尉は、わたしの腹心の友だ」

ルーシーはまったく動けなくなった。凍りついた。聞いたことが信じられない。ジュリアンと公爵が顔見知りという可能性はあるかもしれないと思っていた。ふたりとも軍隊にいてブリュッセルにいたのだから。でも腹心の友？　そんなことがあり得るの？　もしそれがほんとうなら……。

「もしかしてジュリアンから話を……」ああ、ようやくパズルのピースがはまっていく。「未来の妻候補としてキャスを人からすすめられたと言っていたわね。ジュリアンからすすめられたの？」

「そのとおりだ。ただ、実際はもう少し複雑な話になる。わたしはスウィフトに、彼女と結婚すると約束したんだ。死の床についている彼に」

ルーシーは両手を頰に押し当てた。「なんて言えばいいのか」しかしこれで、ようやくわかった。公爵はずっとキャスにつきまとい、求婚しようとしてはうまくいかず、しかし断られてもあきらめることなく、憤慨したルーシーにじゃまをされても耐えてきた。それもこれも、すべて友であるジュリアンのためだったのだ。死を迎えようとしているジュリアン、キャスを彼にすすめたジュリアン――いいえ、彼女と結婚することを約束させたジュリアンのため。死にゆく男に彼女と結婚することを約束させられた……。ルーシーは頭を振った。両手で自分の体を抱き、彼と同じようにうろうろしはじめた。

「彼女がスウィフトに好意を持っているとは知らなかった」公爵はつづけた。「スウィフトから聞いた話では、彼は彼女のいとこのペネロペなんとかという女性と婚約しているも同然だということだったが」

ルーシーは少し離れたところに行ったが、かすかに吐き気までもよおしていた。

「ええ、そうよ」消えそうな声でささやく。「ずいぶん若いうちから、そういうことになっていたわ」

公爵は建物の壁に片手をついた。「しかしレディ・カサンドラはスウィフトを愛していると、きみは言ったな？」

「ええ。彼女は子どものころからずっと彼が好きなの」

「スウィフトは知っているのか？」

「いまは知っているかもね。彼の命が危ないとわかってすぐ、キャスは彼に手紙を書いたの。でもそれ以前には一度も彼に告げたことはないわ。そんなことをしたってなんにもならないでしょう？」

公爵はもぎ取るように壁から手を離し、もう片方の手を腰に当てて髪をかきあげた。

「なんてことだ。彼女がスウィフトのことを愛しているとは思ってもいなかった。だが、それでいろいろなことに説明がつく」

ルーシーは思わず鼻を鳴らした。「なんですって？　女性の心がすでにだれかのものになっているのでもなければ、自分に関心を示さない女性がいるなんて想像できなかったと言うの？」

肩をすくめた彼を見れば、おのずと答えはわかった。

「あなたってとんでもない自信家ね」そう言ったものの、なぜかルーシーは口もとがほころぶのを抑えられなかった。もう散々だ。これまで自分は、ひなを守る親鳥よろしく彼を追い払おうとがんばり、いっぽう彼は、命が消えそうな親友のために求婚をぜったいに成功させると誓っていたなんて。そんな求婚を、必死でじゃましようとしていたなんて。こんなに哀しい話でなければ、いっそ笑いたいくらいだった。

口を開いた公爵の声はやさしかった。「ほんとうだ、ルーシー。ぼくは彼女がスウィフトを愛していることは知らなかった」

ルーシーと呼ばれ、彼女は一瞬、息が止まった。ああ、そんなに親しげなことをしないでと言うべきかもしれない。でもいまは、これ以上言いあいをしたくなかった。せっかくふたりの関係の行き詰まりを打開したところなのだ。彼はやっと、キャスがほかの男性を愛していることを納得した。しかもただの男性ではなく、ジュリアンその人だ。そしてルーシーのほうもやっと、どうして彼があきらめないのかを理解した。それに、この前の夜には、まつげを焦がしそうなほどのキスをされたのだ。クリスチャンネームで呼ばれるくらい、あのキスに比べればそれほど騒ぐことでもないだろう。彼女も〝デレク〟と呼んだっていいかもしれない。

彼がにこりと笑い、ルーシーの心臓はとくんと跳ねた。

「これでわかったかしら？　どうしてキャスを放っておいてほしいのか」ルーシーはやさしい口調で言ったが、自分の言葉になぜか哀しくなった。もしほんとうに彼がキャスに近寄らなくなったら、ルーシーにも二度と会わなくなるだろう。でもそれこそが、彼女がずっと望んできたはずのこと。そうでしょう？

「それはできない」公爵が言った。

ルーシーは弾かれたように頭を上げた。「どういうこと？　どうして？」

公爵は振り返り、彼女と目を合わせた。「友に約束したから」

「でも、キャスはあなたを愛していないわ」

彼がうめく。「それはわかっている。彼女を追いかけまわすのは楽しいものじゃなかった。しかしレディ・カサンドラは、スウィフト以外だれも愛せないようじゃないか。スウィフトは彼女のことをほんとうに大切に思っている。それは確かだ。だが、たとえスウィフトが生きながらえたとしても、帰国すれば彼女のいとこと結婚するのだろう？　彼はそのつもりのようだった。本人からそう聞いたからまちがいない。ぼくはスウィフトにレディ・カサンドラと結婚すると約束した。だからその約束を果たすつもりだ。ぼくはよい夫になると思う。跡継ぎを産んでもらえば、あとはたっぷりと手当てを渡すし、どこへ行ってなにをしようとかまわない。彼女のやることをじゃまはしないよ」

ルーシーはこぶしを握りしめた。いったいどういうことだろう。これだけ話をしたというのに、彼はキャスを追いかけるのをやめないと言っている。この男性には道理が通じないのだろうか。それに、結婚に対してあまりにも冷めている……計算ずくだ。まあ、それも当然かもしれない。社交界ではもっと中身のない結婚だってざらにある。それでも彼の口から聞くと、なぜか腹が立ってしようがなかった。彼は社交界の人間ではない。これは彼の住む世界の話じゃない。少なくとも、いままではそうだったはず。どうしてこんなに味もそっけもない考え方ができるのだろう？

ルーシーはいらだちのあまり、腕を爪で引っかきそうになった。「どうしてあなたは、自分を求めてもいない女性をほしいなんて思えるの？」

「そういうことじゃない。ぼくを愛してはいない女性と結婚したいというだけだ。きみの言うようなことは、彼女がぼくの求婚を受けてくれるかどうかとは別次元の話だ。結婚と愛とを混同してはいけない」

まるで平手打ちされたかのように、ルーシーは衝撃を受けた。結婚と愛とを混同してはいけない……。なんて……なんておそろしいことを言うのだろう。でも、まさにそれと同じことを自分の結婚にも考えていたのではないの？　それなら、どうしていま、こんなに腹が立つのかしら？　わけがわからない。彼女は話そうと口を開けたが、言葉が出てこなかった。このわたしが？　言葉が出てこない？　どんなことにも初めてというのはあるものなのね。

公爵は重々しい顔でうなずいた。「レディ・カサンドラには、心の整理をつける時間を与えることにしよう。だが、ぼくはかならず彼女と結婚する」

24

「親愛なるいとこどの、いい知らせがあるよ」二日後の夜、またもやアセンブリールームの舞踏会に出かけようとしているとき、ギャレットがルーシーに言った。ふたりはいっしょに階段を降りているところだった。

ルーシーは疑わしげにいとこを見た。「いい知らせ？　いったいどういう意味？」

この二日間というもの、ルーシーは懸命に——それはもう懸命に——友人のあれこれに首を突っこまないでいようとがんばっていた。少なくとも、キャスのことには。前回、あの頭のおかしなクラリントン公爵と話をして腹を立て、がっくりと気落ちしてから、自分はいっさい手を引こうと決心したのだ。自分にできることはすべてやった。キャスが彼を止めたいなら、自分で相手にそう伝えるべきだ。彼はルーシーの言うことには耳を貸さない。彼は死に直面した友のために、とんでもない使命を背負っているのだから。そう、クラリントン公爵は、ルーシーがいくら懇願しようと意にも介さない。これまでも、これからも。負けを認めるのはくやしいけれど、もう潮時だった。引き際がわからないのは愚か者だけだ。

ギャレットは黒の夜会服と雪のように真っ白なクラヴァットをまとい、颯爽《さっそう》として見えた。「友人のバークレイがバースに来ているってさっきわかったんだ。今夜は彼も舞踏会に出席するらしい。きみに会うのがすごく楽しみだと言ってたぞ」

ルーシーは眉根を寄せ、いとこの友人を思いだそうとした。「バークレイ？　バークレイねえ？　名前は聞いたことがあるように思うけど」

「イートン校でいっしょだった。優秀なやつだ。子爵で。知らないかな？」ギャレットはルーシーが最後の段を降りるのに手を貸し、自分もつづいて階段を離れた。

ルーシーが首をかしげる。「どうして彼に会ってないのかしら？」

「それはつまり、〝彼はハンサムなの？〟って訊きたいのよね」玄関ホールからジェーンの声がした。彼女はひと足先に、毛皮で裏打ちをした外套《ペリース》を身につけている。

「そういうことじゃないわ」ルーシーも足早に玄関ホールに行って自分のペリースを手にした。

「ルーシーが訊きたくなくても、わたしは訊きたいわ」美しい緑のドレスをまとったキャスが、重い足取りで階段を静かに降りてきた。この二日、彼女は泣くのをやめようと精いっぱい努力し、ジュリアンのことを聞かされても気丈にふるまっていた。ルーシーに関心を寄せる新たな紳士の登場で彼女の哀しみがまぎれるなら、ルーシーは喜んで協力したいとは思うのだが。

ジェーンは銀色のペリースの前をきれいに締め、三人に向き直った。「わたしもよ」

ギャレットは三人全員に向かって眉を片方つりあげてみせた。「三人とも興味があるなんて言わないでくれよ。彼はひとりしかいないんだから」

ジェーンがくるりと目をまわす。「わたしの興味はそういうのじゃないわ。ルーシーのために知りたいだけよ」

「わたしもよ」キャスが同意する。

ルーシーはペリースを肩にかけた。「なんだか胡散《うさん》くさいわね。ギャレット、これまで一度もわたしに友だちを紹介したことなんかないくせに。とうとうわたしをどこかへやろうというわけ？」

「ぼくには曲げられない決め事がある。友人同士の縁結びはしないことにしてるんだ。友だちがいまでも友だちでいてくれているのは、それが理由のひとつだと思ってる。でも今回は、バークレイがきみに会いたいって具体的に言ってきたから例外さ。というわけで、いまきみには彼に会いたいかどうかを訊いてるんだ。この件でぼくが関わるのはここまでだよ」

ルーシーは鼻を鳴らした。「わたしの質問にまったく答えてないわよ。どうしてわたしはこれまで彼に会ったことがないのかしら?」

ギャレットは肩をすくめた。「彼は北部に住んでいて、めったにロンドンに来ないからさ」

ルーシーが取り澄ました顔でうなずく。「なるほど、彼はわたしの評判を耳にしたことがないわけね」

「あなたが美人だっていう評判は耳にしたんじゃないの」ジェーンが言った。「だから会いたがってるのよ、ルーシー」

「まあ、やさしいことを言ってくれるのね、ジェイニー。そうよね、いままでずっと、ロンドンには来ない紳士を待っていればよかっただけなのかもしれないわ」ルーシーは答えた。「そんなに簡単なことだったのね」

「あるいは戦争から帰ってきた人か」ジェーンが言い、ルーシーとジェーンは顔を見合わせた。

「首に腫れ物があるとか、足がゆがんでるとか、そういうのはないでしょうね、ギャレット?」ジェーンが尋ねる。

ギャレットは革の手袋をはめた。「ないよ。どうしてそんなことを訊くんだ？」

「ルーシーが本気で彼に会いたいと思えるように、と思っただけ」ジェーンが答える。

ルーシーは鼻であしらった。「わたしはそんなに選《え》り好みが激しくないわよ。だいたいわたしの結婚運からすると、首に腫れ物がある人や足のゆがんだ人が運命の相手かもしれないじゃない。いまのところ、そのどちらでもべつに悪くないように思うけど」

「そのどっちでもないよ」ギャレットが言い、頭を振った。「まったく、きみたちレディのおしゃべりを聞いていると、この国で一件でも縁組が成立してるのが不思議に思えるよ」

「わたしたち三人は、まだだれも片づいていないわよ」ジェーンが笑ってつけ加えた。

「偶然か？」すぐさまギャレットが返す。

キャスが自分のペリースを着終わった。「腫れ物も足のゆがみもない。とても希望が持てそうね、ルーシー」

「でも、このわれらの友ルーシーが、いつもどおり気の毒なその紳士を追い払ってしまわないとは限らないけどね」ジェーンが笑う。

「彼女のいとこが推薦しているんだから、悪い人であるはずがないわ」キャスはうなずいた。

ルーシーが声をあげて笑う。「彼に会うのはやぶさかではないけど、まだわたしの結婚式は計画しないでちょうだい。わたしが口を慎まないといけなくなったら助けてね、キャス」

「喜んで」キャスがひざを折っておじぎする。

ルーシーはいとこににっこり笑いかけた。「ねえ、ギャレット、あなたのお友だちのバークレイ卿にもなにか欠点はあるんでしょ？　なんなの？」

「なにもないよ」ギャレットはむきになった。「ハンサムだし。レディたちにはいつもそう言われてる。颯爽としてて、おしゃれで、裕福で、教育もしっかり受けてるよ。ただ少し……いや、自分で見てくれ」

「少し、なんなの？」ジェーンが訊いた。「痛風なの？　年を取ってるとか？　くさいとか？」

ギャレットはまた目をくるりとまわした。「どれでもない。この話はもう終わりだ。持ちださなきゃよかったとすでに思ってるよ」

「だれが痛風で年を取っていてくさいの？」おばのメアリがばたばたと出てきて彼らに加わった。

「だれでもないよ、母さん」ギャレットは言い、ほかの三人を警告するようににらんだ。

三人のレディたちが顔を見合わせて笑ったところで、執事が彼女たちのために玄関ドアを開けた。みな軽やかに階段を降り、ギャレットの馬車に乗りこんだ。

アセンブリールームに着くと、彼らは四方に散らばった。クラリントン公爵が来ていることに気づいてルーシーはむっとしたものの、彼を意識しないよう、彼のそばに近づかないよう——もし彼がキャスと話しているならキャスのそばに行かないようにした。なんとしても。キャスと公爵の問題には関わるまいと自分で決めたのだから、今夜はその決意が実際に試される最初の機会だ。ぜったいに守ってみせる。

音楽に合わせて室内履きの足で拍子を取り、パンチを飲みながら、ミセス・ペリウィンクルとロイヤル・クレセントの庭の花について慎ましやかにおしゃべりをしていると、ギャレットに肩をたたかれた。

「ルーシー」

いとこの声に足の動きを止め、ルーシーは振り返った。「はい?」

ギャレットの横に立っていた紳士は、格好いい、としか表現のしようがなかった。金髪で、澄んだブルーの瞳で、世の男性ならだれもがうらやみそうな体格。長身でたくましく、あごにうっすらと縦の線が入り、笑うときれいに並んだ真っ白な歯がきらめいた。まあすごい、腫れ物や足のゆがみがないだけでなく、バークレイ卿は驚くほどすてきだった。ルーシーが少しくらりとしてしまうほどに。

「ルーシー、友人のバークレイ卿クリスチャンを紹介するよ」次にバークレイ卿に向かって言う。「クリスチャン、ぼくのいとこのレディ・ルーシー・アプトンだ」

ルーシーはひざを折って挨拶した。これはまちがいなく、今後が期待できそうだ。突飛なことや失礼なことを言って、この機会を台無しにしないようにしないと。「お目にかかれて光栄ですわ、閣下」なんとか言った。なかなか上出来じゃない？　突飛でもなく、失礼でもない。快調なすべりだし。

バークレイ卿は彼女の手の上に雄々しく身をかがめた。「マイ・レディ、こちらこそ光栄です」

部屋の反対側で、キャスとジェーンが熱心にこちらを見ているのがわかった。ふたりと目が合うと、ふたりは激しく扇をはためかせ、バークレイ卿が格好よくていいじゃないと伝えてきた。すぐにバークレイ卿がルーシーの視線を追う。彼がそちらを見るや、キャスとジェーンはさっと天井を見あげたり、ドレスの後ろを確かめるふりをしたり、とにかくなにかに注意をそらして、見ていることがばれないようにした。

バークレイ卿は、必死で笑いをこらえているルーシーに目を戻した。子爵の顔にも笑みが浮かぶ。「ご友人ですか?」

「ええ」ルーシーは答えた。「でも、いまは友人と言うのが少しばかりためらわれますけど」

その返事にバークレイ卿は微笑んだ。「ダ……ダンスをいかがですか、レディ・ルーシー?」

ああ、ミス・アプトンではなくレディ・ルーシーと呼んでくれる人だ。きちんとしてくれるとなんて気分がいいのかしら。でも、彼の声に少しためらいが感じられなかった? わたしが期待どおりではなかったということなの? まあ、バークレイ卿みたいにハンサムで格好いい人が興味を持つのは……ほんとうはキャスみたいな令嬢かもしれない。ああ、そんなどうしようもないことを考えてはだめ。ルーシーは明るい笑みをつくった。「ええ、閣下、ぜひお願いします」

バークレイ卿はすばらしくダンスがうまいことが、すぐにわかった。ただ、それほどおしゃべりする人ではないようだ。少なくともダンスのあいだは。ステップに集中したいのだろう。実際、すばらしい足さばきを見せている。とても背が高いのに、驚くほどやすやすと優雅にルーシーをリードしていた。そう、公爵も背が高くてダンスがうまかったけれど――いけない、公爵のことは考えないと決めたはず。今夜は考えない。頭からきっちりと締めだすの。

ダンスのあと、バークレイ卿はルーシーを軽食のテーブルへと連れていった。「レディ・ルーシー、これまであなたにお会いしていなかったとは、なんと残念なことでしょう」

さあ、バークレイ卿が少しどうだとかいう、ギャレットが言いよどんでいた話が、これからあきらかになるかもしれない。ダンスのあいだルーシーはずっと彼を観察していたが、気になるところはなにもなかった。彼女はにこやかに笑った。「わたしも同じことを、さっきギャレットに訊きました、閣下。あなたはめったにロンドンへいらっしゃらないからだと言っていましたけど」

「そうなんです。この数年、大きな集まりには何度か出席したのですが、ぼくは田舎のほうが好きで。あなたはいかがですか?」

ルーシーはその質問について少し考えた。田舎と言うと、彼女にとっては〝両親〟と同じ意味になる。だから田舎はあまり好きじゃない。「田舎のほうが好きとは言えませんわ、閣下。バースのような保養地はとても好きですけれど。あなたはどうしてこちらへ?」

「今週、いとこがここで結婚式を挙げることになっていまして」バークレイ卿は言った。

結婚。さっきルーシーは友人たちに、まだ彼女の結婚式のことは考えないよう言ったけれど、バークレイ卿と夫婦になったらどんな生活を送るのだろうかと考えずにはいられなかった。

「まあ、それではいとこのかたによろしくお伝えくださいね。バースを楽しんでいらっしゃいますか？」

「ええ、とても」バークレイ卿は輝くばかりの笑みを見せた。

ルーシーも微笑み返した。子爵は長身で、ハンサムで、ダンスもうまい。けれど、あまり物欲しそうにしてはいけない。それに彼のそばに長くいればいるほど、失礼でおかしなことを言ってしまう可能性も高くなる。言葉にはとにかく気をつけなければ。

「楽しいダンスをありがとうございました、バークレイ卿」

「どういたしまして、マイ・レディ」

ルーシーは会話をつづけようと口を開いたが、ほかの客がバークレイ卿に挨拶しようとやってきて、子爵はそちらに行かなければならなくなった。ルーシーはため息をつき、ごきげんようと挨拶をして別れた。

二十分後、ルーシーと友人たちはアセンブリールームの端に椅子を寄せ集めて座り、果実酒を飲みながら笑っていた。「ギャレットがあのハンサムで格好いいお友だちを紹介してくれなかったら、時間を持て余していたと思うわ」ルーシーが言った。

「具体的に言うとバークレイ卿でしょ」ジェーンが言い添えた。「あの人は完璧なように思えたけど」

「ねえ、あなたが社交デビューした年にバークレイ卿が顔を出してくださっていたら、だいぶちがうことになっていたかもしれないのにね、ルーシー」キャスが言う。

ルーシーはくすりと笑った。「売れ残りの棚に乗って、あっという間にオールドミスへの道をたどってはいなかったってこと?」しかし試しに考えみても、そうなっていたかどうかは疑問だった。バークレイ卿の容姿や礼儀正しさを五年前にすてきと思えただろうか? よくわからない。でも今夜は。今夜はとても楽しかった。彼女が関心を持つべきなのは、バークレイ卿のような紳士だろう。申し分のないふるまいと血筋。社交界の人々のやり方や社交界のことをなにも知らない、たまたま公爵になったどこかのだれかさんとは大ちがいだ。そう、バークレイ卿こそ理想の結婚相手だわ。そう思いながらも、ルーシーは新登場した相手と自分がいっしょにいることにデレクが気づいたかどうか、ときどき目をやらずにはいられなかった。

ああいやだ。どうしてそんなことが気になるの？　おかしいのは、デレクが今夜はキャスと距離を取っていることだった。ジュリアンとのことを知ったからだろうか？この前の夜はあんなことを言っていたけれど、キャスへの求婚を考え直すことにしたのだろうか？　それとも、今夜はルーシーにべつの用事があってキャスと彼にかまっていないから？　ふむ、それはおもしろい考えだ。あの公爵は、ルーシーがキャスの近くにいて、彼を見つけるなり母鳥よろしく飛びかかったりつついたりできるようにしているときだけ、キャスに関心を持つのかも？

いやいやいや。そんなことはどうでもいい。彼女が考えるべきなのは公爵のことではなく、バークレイ卿のことだ。デレクのほうなんか、ぜったいに見ないんだから。

25

「ぼくと踊っていただけますか？」その声で、ルーシーの背筋に熱い震えが走った。相手のあたたかな吐息が彼女のうなじに鳥肌をたてる。

ルーシーは振り返ったが、その前から相手がだれだかわかっていた。デレクだ。黒の夜会服に身を包み、片手をポケットに入れ、もう片方の手を彼女に差しだしている。ああ、ものすごく格好よくてすてき。

ルーシーはノーと言いたかった。彼のことなど突っぱねたかった。まわりを見る。バークレイ卿は飲み物のおかわりを取りに行っていて、あきらかにデレクはそのすきを狙って彼女に声をかけたのだ。

断ろうと口を開けたものの、なぜか言葉は出てこなかった。そして当然、〝いいえ、けっこうです〟と返事するのは問題外だった。

ルーシーは彼に面と向かって片眉をつりあげ、ひとことも発しないまま、差しだされた彼の手に手を乗せた。

公爵は彼女をダンスフロアへと連れだし、腕に抱いて、彼女をターンさせていく。

「バークレイか?」

ルーシーはできるだけ無表情を保つことに集中していた。「なにが言いたいの?」

彼も同じく無表情だった。なにを考えているのかまったく読みとれない。「べつになにも」

「それなら、どうして訊くの?」ルーシーがやり返す。

デレクはまた彼女をターンさせた。「これまできみがあの男に特別な関心を寄せているところは見たことがなかったものでね」

彼女はわずかに頭をかしげた。「それは、今日初めて彼に会ったからよ」

「なるほど」

「あなたはどうなの? これほどキャスに関心を寄せていないあなたは初めて見たわ」ルーシーは反撃した。

「ぼくを見ていたのか?」

ルーシーが目を細めてにらむ。

「それについてはきみにも同じことが言えると思うが」デレクはつづけた。「きみだってレディ・カサンドラにあまり関心を寄せていないじゃないか」

「わたしはもうあなたとキャスのことに——」そこで咳払いをする。「もうわたしの出る幕じゃないと思って。それは最初からそうだったんだけれど」いま、彼の顔に落胆の色がよぎらなかったかしら？

「へえ、そんなに簡単にあきらめるのか？」

傍若無人な挑発。そんなものに乗るつもりはルーシーにはなかった。「あきらめる、あきらめないの問題じゃないわ。前はあなたにはっきり言ってほしいとキャスに頼まれたから、そうしただけ。そしてあなたは耳を貸さなかった。それだけのことよ。キャスはあなたとは結婚しないわ。ぜったいにね。でも、この問題はもうキャス自身に対応してもらうわ」

デレクはなにも言わず、ただルーシーを見ていた。やがてルーシーが座っていたところに、バークレイ卿がシャンパンをふたつ持って戻ってきた。彼は不可解な表情を浮かべてルーシーとデレクが踊るのを眺めている。

デレクは彼のほうにあごをしゃくった。「バークレイは、きみがぼくとここにいるのが気に入らないようだな」

ルーシーもそちらに視線をめぐらせた。「飲み物を取りに行ってくださっていたのよ。戻らなきゃ」

デレクは片方の眉をつりあげた。「今夜はあいつがきみを独り占めしていないか?」

「そんなことないわ」ルーシーは語気を強くした。「彼といっしょにいると楽しいだけよ」

「ぼくとはちがって?」彼のかすれたささやき声に、ルーシーのおなかのあたりはなにやら落ち着かなくなった。

「そんなことは言っていないわ、あなたが勝手に思ってるだけでしょ」どうして急に動揺するの?

デレクは色濃くなった瞳をすがめた。「きみのことはよくわからないな」

その言い草に、ルーシーは笑いそうになった。「それがわたしたちよ、公爵閣下。わたしにもあなたのことはまったくわからないわ。でも、あなたとジュリアンが親友だということがわかったから、いまではあなたのしたことすべてが前よりは納得できるわ」

「それでも、レディ・カサンドラとぼくが結婚するとは思わないのか?」

ルーシーは首を振った。彼の腕を振りほどき、遠くへ逃げてしまいたくなる。どうしてなのかはわからない。「どう思ったらいいのか、もうわからないわ」

デレクはバークレイ卿のほうを見やった。「きみを返したほうがよさそうだな。あの子爵のようなやつに決闘を申しこまれたくはない」

子爵をばかにしてるんだわ。デレクの戦闘能力があれば、バークレイ卿との決闘など片手間ですませてしまえるだろうに。子爵は見るからに頭脳派だから。

ふいにルーシーは、子爵をかばわなければという気持ちになった。「あなたはバークレイ卿に、作法やふるまいを教えてもらったらいいんじゃないかしら」いやみが効きますようにと思いながら言った。

効いたのかどうか、デレクの表情からはわからなかった。しかし彼はルーシーをバークレイ卿のところまで連れて戻り、バークレイ卿に渡した。「ではごきげんよう、マイ・レディ」デレクが彼女の手の甲にキスをする。唇がふれたところから燃えるように熱くなった。

バークレイ卿はデレクを見て、ルーシーにシャンパンを渡した。彼女はかわいらしくお礼を言った。デレクは人混みにまぎれていったが、その後ろ姿をルーシーは目で追わずにいられなかった。

「お友だちですか？」バークレイ卿が尋ねる。

「友だちとは言えませんわ」ルーシーはシャンパンをひと口飲んだ。「どちらかと言えば、舌鋒鋭くやりあう相手というところかしら」

「あなたはロンドンの晩餐会で、彼から〝言葉の挑戦〟を受けたそうですね」

ルーシーは飲み物をのどに詰まらせるところだった。穴があったら入りたい気分だ。

「あの、それはまあ。彼が……頭の良さをひけらかしたかったようで」

「そしてマイ・レディ、あなたも負けず劣らず口が達者だとか？」

ルーシーはもうひと口がぶりと飲んだ。にっこり笑う。「わたしはできる限りのことをしているだけですわ、閣下」

バークレイ卿からもう一曲ダンスを申しこまれたおかげで、ありがたいことにデレクのことをそれ以上訊かれずにすんだ。今度も踊っているあいだの会話は少なかったけれど、ダンスはやはり上手だった。それに、人と言葉でやりあわずにすむ時間が持てるのはほっとする。ほんの少しだけれど。

デレクはその晩三杯目のブランデーをあおった。通りかかった従僕の盆に、大きな音をたててブランデーグラスを置き、手の甲で口をぬぐいたくなるのをぐっとこらえた。軍にいたときにはふつうにそうしていたものだが、バースの舞踏会でそんなことをするのははしたない。

ダンスフロアにいるルーシー・アプトンに目をやった。笑顔でバークレイと踊っていて、いかにも楽しそうだ。しかし彼女が子爵と楽しくやっていることのなにが、デレクをこんなにもいらつかせるのだろう？　これまでだったらこういうときは、彼がレディ・カサンドラに求婚しようとしているところにルーシーがやってきて、彼とやりあうことになって、それですべてがうまくいっていたのに。デレクはうめいた。いったいなにが悪いんだ？　今夜のルーシーはなにも気にしておらず、レディ・カサンドラもたいてい体が空いているのだが、デレクは彼女のところへ行ってダンスを申しこむ気にならなかった。どうも今夜はだめだ。なぜなんだ？　レディ・カサンドラがスウィフトに恋しているとわかったからなのか？

デレクはそうだと思いたかったが、ちがうことはわかっていた。この二日間、スウィフトに対するレディ・カサンドラの気持ちを考えてみても、まったく気にならなかった。デレク自身もレディ・カサンドラのことを愛してるわけではないのだから、スウィフトに対する彼女の気持ちをねたましいとも思わない。くそっ。だったらなぜ、足を片方ずつ前に出してレディ・カサンドラにダンスを申しこみに行けないんだ？　求婚の次なる段階へ進めないんだ？　彼女とふたりきりになり、監視の目やルーシーの舌鋒の届かないところへ行く。今夜はその絶好の機会だというのに。ルーシーは

——まだバークレイと踊っている彼女に目をやる——いまは自分のことで手いっぱいのようだ。そう考えると、なぜか胸が焼けるように熱い。バークレイの貴族然とした小ぎれいな顔を殴りつけてやりたくなる。

くそっ。ルーシーやレディ・カサンドラがいっしょになるのは、バークレイのような男なのだ。申し分のない名前を持つ申し分のない家柄で、王家にも昔から仕えている血筋。ああいう男は、正しい称号やら礼儀やらなにやらをすべて心得ている。デレクが逆立ちしてもぜったいになれないような人種だ。しかし、ああいう男は見まわせばどこにでもいる。これからもそれは同じだろう。だったらどうして、ルーシーといっしょにいるバークレイのことだけがこれほど気になるのだろう。

デレクは小さくうなり、従僕を呼んでブランデーのおかわりを言いつけた。

26

ルーシーは窓になにかが当たる音でびっくりして目を覚ました。こつん。沈黙。また、こつん。

「いったいなにごと？」眠い目をこすって上掛けを跳ねのけ、ガウンをはおったところで、また窓ガラスになにかが当たった。急いで窓辺に行って窓を押し開け、身を乗りだした。

ろうそくを手にしたデレクが裏庭に立っていた。ぼんやりとした明かりなので彼の顔もはっきり見えない。「なにをしているの？」声を張りあげたいのをこらえ、ささやくような声で尋ねた。

デレクが少しだけふらついた。「きみの部屋の窓に小石を投げてるんだ、どう思う？」陽気に声をかけてくる。ちょっと大きすぎるくらいの音量で。

ルーシーは警戒するような目で彼を見た。「まず、窓をまちがえてるわ。キャスの部屋は家の表側よ」

「知ってる」

「しいっ」ルーシーは手を振った。「だめよ、家じゅうの人が起きてしまうわ」

「だめ、だめ、だーめ」なんとなく歌うように彼が言う。

ルーシーは彼にもっとよく聞こえるように、さらに身を乗りだした。「わたしの部屋の窓の位置を――ましてやキャスの窓の位置をどうやって知ったかなんて、訊かないでおくわ。知りたくもないから」

「ぼくはものすごく悪知恵が働くんだよ、マイ・レディ」彼はのたまい、ありもしない帽子を取るふりをして――いったいどこに帽子があると言うの？――もう一度おじぎをした。

またふらついたかしら？

ルーシーは目を細めて彼を見た。「あきれた、酔っ払ってるのね！」

「ちがう！」デレクはむっとしたとしか言いようのない顔で叫び返した。

「いいえ、酔ってるわ」唇がほころぶのを抑えられない。「酔ってる。へべれけよ」

デレクが両手を腰に当てた。「降りてこい」

ルーシーは吹きだした。「行かないわよ。もう寝巻きとガウン姿だし、夜中なのよ。

そんな不作法なことできないわ。あなたはこんな時間に、ここでいったいなにをしてるの？」

「降りてこい」デレクはくり返した。「寝巻き姿のきみが見たい。不作法だってかまわない」

いま、眉をぴくぴくさせたかしら？　なんてこと、やはり彼はべろべろに酔っ払っている。見ものにはちがいない。思いも寄らない光景だわ。クラリントン公爵が酔っ払って、ろれつが怪しくなって……ああ、どうしたの、クラヴァットまではずそうとしているの？　ルーシーは窓枠にもたれて彼を見ていた。ちょっとうっとりしてしまう。彼ってけっこう楽しい酔っ払いなのね、と少し皮肉っぽく考えた。どうして彼が酔うとふきげんになりそうだなんて思ったのかしら？　酔っ払ったところを想像したわけではないけれど。そのときいきなり彼が歌いだし、酒が入ると陽気になるらしいという印象は当たっていたことがわかった。

「しいっ」ルーシーは声をかけた。「ギャレットが起きてしまうわ。そうなったら夜警を呼ばれるかも」

「いや、呼ばない。あいつはいいやつだ、アプトンは。スペインでいっしょだった。いいやつ、いいやーつ」

ルーシーは口もとがゆるんだのを指先で隠した。「あなたはそこでなにをしているの？　どうして今夜ここへ来たの？」

「どうして？　バークレイのほうがよかったか？」

ルーシーは息をのんだ。そんな。まさかあのデレクがやきもち？　あらまあ、これはおもしろくなってきた。ほんとうにおもしろくなってきたわ。

「なんとなく、バークレイ卿ならこういうことはしないと思って」そう言ってみる。

「そのとおりだ、あいつはつまらないやつだから」デレクは言った。「それにあいつは、あの完璧でお上品な髪を乱したくないんだ」なんとデレクはクラヴァットを首からほどき、手早く自分の手に巻きつけた。

「お上品な髪ってどういうこと？」ルーシーは目を細めた。「クラヴァットでなにをしているの？」

「止血帯代わりだ」デレクが答えた。「ご覧のとおり、必要なのでね」

ルーシーはぎょっとして身を乗りだし、もっとよく見ようとした。「けがをしてるの？」

クラヴァットを巻いた手を彼が高く掲げる。「手から血が出てる」

「どうして？」

伊だ。それほどひどいけ

「木を殴った」

ルーシーは眉根を寄せた。「なんですって？　なぜ？」

デレクが流し目を送る。「降りてきてくれたら話す」

彼女はまた笑いを噛み殺した。こんなにすねてるくらいだから、それほどひどいけがでもなさそうだ。「できないわ」

「じゃあ、ぼくが行く！」彼は草地になにかを置いた。あれは飲み物かしら？

ルーシーは窓から後ずさった。「だめよ！」

しかし彼は聞いていなかった。すでに彼女の窓の前にある木によじ登りはじめていた。下のほうの枝をつかみ、そこを起点にして体を持ちあげる。シャツの裾がズボンから出ていて、暗いけれどすてきな胴体がルーシーの目に映った。褐色の肌に腹筋がくっきりと浮きでている。ルーシーは唇を引き結んだ。「ああ、あんなもの見なければよかった。忘れられそうにないじゃないの」と身を震わせながらつぶやいた。

「死んじゃうわよ」彼に声をかける。

デレクはすでにもうひとつ上の枝まで上がっていた。「いいや、死なない。だいじょうぶ。戦争でも死ななかったんだ、こんな木で命を終わりにするものか」

その言葉にもルーシーは口もとをゆるめずにいられなかった。それに、彼が酔っていてけがもしていることを考えると、かなり木登りがうまいらしいということは認めざるを得ない。

三段目の枝に移った彼は、体を振ってさらにいちばん高い枝へ——彼女の部屋の窓にもっとも近い枝へと移った。

ルーシーが息をのむ。「気をつけて!」

デレクはさらに枝をつかみ、勢いをつけて足のほうから彼女の窓へと飛びこんだ。ルーシーは後ろにさがって場所を空けたものの、すぐに身を乗りだして彼のウエストをつかまえた。彼が勢いをつけた反動で引き戻されないように、しっかり彼を抱えて力いっぱい引っ張った。彼女にしっかりつかまれたことがわかるや彼は枝を放し、ルーシーの力を借りて部屋に入った。

無事に入ったことがわかるとルーシーはすぐに手を放し、よろけながら後ろにさがった。唇を指先で押さえ、彼が窓枠に腰かけるのを見守る。不敵な笑みを浮かべたデレクは、カナリアを飲みこんだネコみたいに満足げに見えた。

「こんなこと、危ないし、ばかげてるわ」ルーシーはそう言いながらも、クラヴァットが巻かれていた胸もとから大きくV字に覗く肌にどうしても目が引かれてしまう。ごくりとつばを飲みこんだ。

「いいや、楽しかった」デレクは笑ったまま、はっきりと言った。「まあ、ジョーヒンではなかったが」まるで〝上品〟という言葉をきらってでもいるかのように、ぞんざいに言う。今夜はどうしてこうも上品さにこだわっているのだろう？

「死んでいたかもしれないのよ。いまだって危ないわ。窓から離れてちょうだい」

ルーシーは言った。

デレクは立ちあがり、彼女のほうにかしいだ。「髪をおろしているんだな」感銘を受けたかのようにささやく。

ルーシーは急に意識して髪に手をやった。ああ、こんな状況。よろしくない理由を挙げたら軽く二十は超えるんじゃないかしら。

「きれいだ」彼がまたささやく。ルーシーのおなかのあたりが跳ねた。きれい？　彼がルーシーの髪にふれようと手を上げたとき、真っ赤に染まった場所に彼女の目は釘付けになった。急ごしらえの止血帯に血がにじんでいる。

「手が。見せて」

デレクは彼女から目をそらし、デスクのそばの椅子のほうへ二歩ほど行ったが、そこで急にひざを折った。ルーシーが駆けよって彼のウエストに腕をまわす。彼はルーシーにぐったりと寄りかかって彼女の肩につかまった。ブランデーと、すがすがしい草と、なにかほかの――半ば開いたシャツに顔をうずめたくなるようなにおいがした。そんな無用な考えを振り払いながらルーシーが彼を椅子まで連れていくと、ほとんど倒れこむように彼は座った。

　ルーシーは彼の前にひざをつき、けがをした手から急いでクラヴァットをはずした。

「いてっ」デレクが顔をしかめる。「痛いよ」

「もう、まるで大きな赤ちゃんね。それでどうやって戦争から生きて帰ったの？」血に染まったクラヴァットを取って傷の具合を見たルーシーは、息をのんだ。「まあ！皮膚がすりむけて、しかも泥だらけじゃないの」

「どうってことはない。かすり傷だ」デレクはにやりと笑った。

「かすり傷でも、膿《う》んでしまうかもしれないでしょう。ここにいて。動かないで。そしてお願いだから静かにしててね」

　危なっかしく椅子に座るデレクを残してルーシーは部屋を飛びだし、廊下を走り抜けて階段を一階分降り、台所の続きの間に行った。手早く清潔な布を何枚か取り、きれいな水を鉢に入れ、湿布薬の材料になる香辛料などを集める。そして急いで部屋に戻った。

　部屋に入ると、詰めていた息を吐きだした。ありがたいことにデレクは眠っていた。

椅子にだらりと全身をあずけ、大きないびきをかいている。

すくなくとも歌いながら屋敷の二階を歩きまわったり、いかがわしい冗談を言ったり、そういうことをするよりはましだ。

ルーシーは急いで彼のところに行き、また手のクラヴァットをほどいた。どうやら彼女がいないあいだにまた手に巻いたようだ。水を入れた鉢に彼の手を浸《つ》けたとたん、彼が目を覚ましてわめきかけた。あわててその口を手で押さえる。熱い息を手のひらに感じて、ルーシーはおなかのあたりに力が入らなくなった。彼がいまの状況を思いだしてうなずいたのを見て、ようやく手をはずした。

「傷口をきれいに洗って、湿布薬をつくるわ」ルーシーは言いながらも、すでにせっせと作業を始めていた。

デレクが眉をつりあげた。「きみのようなレディが湿布薬の作り方を知っているのか？」

「わたしはいろいろなことを知ってるの」彼女が答える。「子どものころにあれこれ動物を飼っていてね。上手にお世話したんだから。この湿布薬は馬のためにつくったものよ」

「馬の湿布薬をぼくに？」彼の声が大きくなる。

ルーシーはまた彼の口を手でふさいだ。「しいっ。そうよ、人間にも効くの。前にギャレットがお隣りの男の子とけんかしたときにもつくってあげたわ」

デレクが彼女の手のひら越しに微笑み、またしても彼女のおなかはもんどり打った。さっと手を引っこめる。「どっちが勝った?」デレクが訊いた。

「どっちが勝ったか?」ルーシーは頭を振った。「そんなことどうでもいいでしょう。もう十年は前のことよ」

「アプトンはどっちが勝ったか覚えているだろうな」

ルーシーはくすりと笑った。「まったく男の人っていうのは。わかったわ、じつは覚えてるわ。勝ったのはギャレットよ。でもその後、何日も手がひどい状態で、この湿布薬のおかげで助かったのよ」

「なんとでも言ってくれ、マイ・レディ」デレクは横目で彼女を見た。

ルーシーは手早く湿布薬をこしらえた。残りの水を鉢に入れて材料を加え、なめらかなペースト状になるまでよくかき混ぜる。それができると彼女はデレクの手首をつかんだ。

「しみると思うけど」と予告する。

「撃たれたことだってあるんだぞ、それくらい——ううっ!」

ルーシーは笑わないように必死で唇を引き結んだ。動物相手には、いつもこの湿布薬を使う前に鎮痛用の膏薬《こうやく》を少し塗ってやっていた。でもデレクには、夜中にこんなところへ来て、酔っ払って騒ごうとしたお仕置きを少しばかりしてやらなくちゃ。しかも彼は木を登って枝から窓へ飛び移ったりして、ほんとうにこわい思いをさせられたんだから。裏庭に公爵の死体が転がっているような事態になっていたら、どう言い訳すればよかったの？

デレクは歯を食いしばった。「効くんだろうな」

「子どもみたいなこと言わないで」ルーシーは湿布をもう少し強く押し当てた。「さあ、そろそろ教えて。どうして動きもしないものを相手にけんかなんかしたの？」

デレクは食いしばった歯のあいだから息を吸い、痛みをこらえた。「べつに木とけんかをするつもりはなかったんだ」

ルーシーが唇を引き結ぶ。「あら、そんなつもりの人はだれもいないと思うわ。木が飛びかかってきたの？　あなたをこわがらせでもした？」

デレクはうんざりしたような顔で彼女を見た。「いや、べつに。木が男に思えた」

「男？　どんな人？」

「バークレイ」

ルーシーは彼の手を放し、両手を腰に当てた。「いったいなにを言ってるの?」

「すこぶる単純な話だ。家に帰る途中、バークレイのことを考えていたら腹が立ってきて、それで木を殴った」

彼女はため息をついた。「それじゃあ、ほんとうに木をバークレイ卿だと思っていたわけではないのね」

「ああ、だがあいつだったらよかったのに」デレクはぼやいた。「あのお上品な口を殴りつけてやったのに」

ルーシーはくるりと目をまわした。「もしそうだったら、手はもっとましな状態だったでしょうけど。どうしてバークレイ卿を殴りたくなったの?」また彼の手を取り、湿布薬を押しつける。

彼は暗い窓の外をにらんだ。「きみは知りたくないと思う」

彼女は鼻にしわを寄せ、押しつける力をさらに強くした。デレクがびくりとし、ルーシーは笑みを浮かべた。「わかったわ、じゃあ聞かない」

デレクはもう片方の腕のひじを、ひざについた。「バークレイとはいつからの知りあいだ? きみが彼といっしょにいるところなど見たことがなかったが」

「だから言ったでしょう。彼と会ったのは今日が初めてよ。ギャレットに紹介されたの。けっこう楽しい人のように思うけれど」

デレクは、ふんと鼻で笑った。「確かにきみは楽しそうだったな」またぼやく。「あの男はそのお上品な人生で、きっと一日たりとも誠意を持って仕事をしたことなんかないさ。至近距離からでもゾウすら撃てない。きっと――」

ルーシーはまた湿布薬を押しつけた。「もうそれくらいでいいかしら？」

彼は酔っ払いらしく半ば流し目をくれながら笑った。「ああ」

ルーシーは片眉をくいっと上げた。「どうしてキャスのところではなく、わたしのところにやってきたの？」

「それは、きみに会いたかったからだ」〝きみに〟のところで、彼はルーシーの鼻を人さし指でちょんとつついた。

その言葉にぞくりと走った背筋の震えを、ルーシーはなかったことにしようとする。

「どうして？」

「わからない」デレクは彼女のうなじに手をかけ、彼女の唇を自分の唇のすぐそばまで引きよせた。「もう一度きみにキスしたかったからかもしれない。きみはどう思う？」

ルーシーの心臓がすさまじい激しさで打ちはじめ、彼にも聞こえているんじゃないかと思うほどになった。むきだしのうなじの肌に感じる彼の手の熱さや力で、彼女まで少し酔っているような気がしてくる。彼の唇を見つめることしかできない。ほんとうにもう一度キスするつもりなの？

いえ、待って。彼に意見を訊かれたんだったわ。

ルーシーは乾いた唇をゆっくりと舌で湿らせた。〝きみはどう思う？〟と彼は訊いた。言葉が出てこなくなってしまったのは、これが人生で二度目、しかも同じ男性が相手だ。

勇気を出して！　彼女の頭のなかでそんな声が響いた。デレクはすっかり酔っている。今夜ここでふたりのあいだに起きたことを、明日になれば彼はまったく覚えていないんじゃないかしら。大胆になって、勇気を出して。

「そうね、じゃあ、キスして」ルーシーは吐息混じりにささやいた。

それだけでデレクにはじゅうぶんだった。反対の手を彼女の肩にまわし、彼女を引きよせながら唇を重ねた。長く、熱く、すばらしい口づけ。ルーシーは息もできなかった。考えることもできない。考えることなどしたくない。

彼の指がルーシーの髪を梳《す》き、それから彼女の首、肩、腰へと移っていった。彼女を抱えて自分のひざの上に乗せる。まるで人形みたいに軽々と彼女を持ちあげた。彼はとても大きい。大きいのに、それでいてとてもやさしい。彼の唇の動きは執拗《しつよう》で、巧みで、ひどく酔っ払っていたように見えたのはまちがいだったとわかった。泥酔している人がするような、ぞんざいなキスではなかった。残念ながら、ルーシーにはそういう経験は一度か二度しかなく、もちろんきつい言葉でやりこめて終了した。でも、このキスは……これまでとはぜんぜんちがう終わり方をしそうだった。

ようやくデレクの唇が離れたとき、ルーシーは息苦しくて、しばらく彼と額を合わせていた。これまで感じたこともないような場所に感覚がみなぎっている。熱くて、うるおって、ほてっているような。これがうずいているということ。「あなた、キスが上手なのね」ルーシーは彼の唇にささやきかけた。

恥ずかしそうに顔をそむけて彼のひざの上から降りると、部屋の隅から椅子を引っ張ってきてデレクの前に置いた。

デレクは首をかたむけて彼女を見た。「キスがうまいのはいいとして、今日きみは、ようやく、ぼくがカサンドラに求婚してもかまわないと言ったな」

ルーシーは息をのんで目をそらした。「そうよ」

彼が目を細める。「そう決めたのは、バークレイ卿となにか関係があるのか？」

「なんですって？　いいえ、関係ないわ。どうして？」

「いや、なんでも。もう手当ては終わったかな？」

「あと少しよ」ルーシーは清潔な布を机から取ってきて傷に当て、きつく縛った。湿布薬がしっかりとくっついてはがれないように注意する。「さあ、できた」

彼はルーシーの手を振りほどいた。

「明日、お医者さまに診せて。ばい菌に感染していないかよく診ていただいてね」

「だいじょうぶだ」デレクは立ちあがり、階段のほうに手を振った。「よければ、玄関から出ていってもかまわないだろうか？」

ルーシーはにこりと笑った。「それがいちばんいいと思うわ」

「じゃまをして悪かった、マイ・レディ」

「気をつけて帰ってちょうだい」

デレクは部屋のドアまで行って開けたところで、彼女を振り返った。「きみのお上品なバークレイ卿に、よろしく伝えてくれ」

27

ルーシーはキャスの部屋のドアを小さくノックした。「入ってもいいかしら?」

「ルーシー、あなたなの?」キャスも小さな声で返事をした。

「そうよ」

「もちろん入っていいわ」キャスが言った。

ルーシーは足音をたてないように部屋に入った。まだ寝巻きの上に夏用のやわらかな麻のガウンという格好だった。デレクと顔を合わせたあと、眠れなくなってしまったのだ。デレク。いったいデレクはなんなの? わたしはデレクをどう思っているの? わからない。あんなにわけのわからない人は初めてだ。夜中に木を登って、彼女の部屋に飛びこんでくるなんて。首の骨を折ってしまうとか、彼女の評判をめちゃくちゃにするとか、屋敷じゅうの人間がなんの騒ぎかと駆けつけてくるとか、あるいはその三つすべてが重なるとか、考えないのだろうか。今夜の彼は無鉄砲で、自制が利かず——あんな彼は見たことがなかった。分をわきまえずに言ってしまえば、彼はバークレイ卿にひどく妬いていたように思う。妬くようなことがあったわけではないけれど。とにかくバークレイ卿は久々にルーシーに興味を示してくれた男性だった。ハンサムで、ダンスが上手で。でもまだ出会ったばかり。ほんとうの彼がどういう性格かはわからない。ギャレットが友人づきあいをしているくらいだから、そんなに悪い人ではないのだろうけれど、だからと言ってルーシーとよい夫婦になれるとは限らない。それでも望みがないわけじゃない。ルーシーは彼にもう一度会ってみるつもりだった。舞踏会から帰る前に、彼の訪問を受ける返事をしていた。

けれども彼女がバークレイ卿とダンスをしたのと同じ夜にデレクが彼女の部屋にやってきたことは、なぜだか偶然とは思えなかった。そうでしょう？　ああ、どうしてこんなになにもかもが手に負えなくなっているの？　いつからこんなことになってしまったのだろう？　だからルーシーは、こうしてキャスのところへやってきたのだ。デレクとジュリアンが友人同士であることをキャスに話さなくてはならない。今夜まで、それを話すのはキャスにとって負担が大きすぎると思っていたけれど、やはりキャスだってすべてを知る権利があると思い直したのだった。

ルーシーは深呼吸した。デレクのことをどう考えればいいかわからないのと同じように、キャスになんと言えばいいのかもわからなかった。そして、血のついた紳士物のクラヴァットが折りたたまれて抽斗《ひきだし》のいちばん下に入っていることも、ぜったいに説明できない……しかもルーシーはそれを抽斗にしまう前、そのにおいを何度か嗅いでしまったのだ――血のついていないところをだけれど。

ルーシーはキャスのベッド脇まで行くと、マットレスの端に腰をおろした。「起こしてごめんなさい」

キャスがあくびをして腕を頭上に伸ばした。「だいじょうぶよ、ルーシー。でも、どうしたの？　なにかあったの？」枕に頬をすりつける。

ルーシーはガウンのしわを直した。「この前の夜はごめんなさい、キャス」

キャスが眉根を寄せる。「なにを謝っているの、ルーシー？」

「舞踏会で、あなたの前で公爵とけんかしてしまったこと。あなたの力になりたかっただけなのに。どうしてなのか、彼ってすごく……腹が立つの。理由はわからないんだけど」

キャスはやさしく微笑んだ。「あなたは感情が高ぶりやすいから、ルース。だから頑固で強いのよね。わたしみたいなおばかさんじゃない。あなたのそういうところ、いつもすごいと思っているの」

「あなたはおばかさんなんかじゃないわ、キャス」

「そうかしら？」

「ええ。あなたはきれいで、やさしくて、だれのこともいちばんいいように考えてあげるでしょう」

「そんなもの、なんの役にも立たないわ」キャスが弱々しく笑う。

「あなたはきれいよ、キャス。デレクは……公爵さまはあなたに夢中なの」

キャスはまたあくびをし、眠そうな笑みを浮かべた。「バークレイ卿は、あなたに夢中みたい」

ルーシーは白いガウンの上で組んだ手を見おろした。「だからあなたのところに来たの、キャス」

「どういうこと？」

「まず、二日前の夜に公爵さまから聞いたことを伝えたくて」キャスの前で、彼のことをデレクとは呼べなかった。

キャスの青い目が大きく見開かれた。「どんなこと？」

ルーシーは大きく息を吸った。「どうか怒らないでほしいんだけど、わたしは公爵さまに、あなたが心を寄せている相手はジュリアン・スウィフト大尉だと話してしまったの」

キャスは沈んだ表情で暗い窓を見やった。「怒ったりしないわ、ルーシー。彼には知ってもらったほうがいいのよ。名前を知られたからってどうということはないでしょう?」

「キャス、公爵さまはジュリアンと知りあいだったの。親しい間柄なんですって。そして、イングランドへ戻ってあなたに求婚しろと公爵さまにすすめたのは、ジュリアンだって言うのよ」

キャスが顔色をなくした。「そうなの?」

ルーシーはうなずいた。「ええ。あなたへの求婚をやめることはできないとも言っていたわ、キャス」

キャスはすんなりと細く長い指で上掛けの模様をなぞった。「今夜はずっと、あらゆることをいろいろと考えていたの」そう言って目を閉じる。「公爵さまのおっしゃることに、なんの意味もないとは言いきれないわよね」

ルーシーはキャスの顔をまじまじと見た。「どういうこと?」

キャスが長々とため息をついた。「ジュリアンは帰ってこないかもしれないということ。たとえ帰ってきても、ペネロペと婚約しているわ」顔を上げ、ルーシーと目を合わせた。「わたしは愚かなのよ、ルーシー」

ルーシーは息もできなかった。部屋の空気がなくなってしまったかのようだ。

「キャス？　なにを言ってるの？　あなた、デレクのことが好きになったの？」

28

レディ・ホッピントンのベネチア式朝食の席で、ルーシーはふざけあっている友人たちの会話に集中できなかった。ジェーンとギャレットの言いあいはたいてい楽しめるのだが、今夜はほかの雑音と混ざってしまって頭に入ってこない。彼女はこめかみを指先で押さえた。いま考えられるのは、昨夜キャスと交わした会話のことだけだった。

あのときキャスは、しばらくしてから答えてくれた。自分の気持ちがよくわからない、なにもかもよく考えなくちゃいけないわ、と。きっとこの一週間、彼女の心のなかで感情が荒れ狂っていたのだろうから、そう答えた気持ちはよくわかった。キャスの答えはルーシーがおそれていたものではなかったけれど、それでもやはり不安は残る。これから彼女の婚約者になるかもしれない男性とキスをしてしまったことは、話したほうがいいのだろうか？　それでキャスの意思は揺らぐだろうか？　もしそうなら、話すのはキャスにとっていいことだろうか？　身分のことだけを考えれば、デレクはとびきりの結婚相手だ。もしキャスがほんとうに彼に好意を持っているとか、これから持てると思っているなら、ルーシーが彼とキスをしたと明かすのはただの自己満足でしかないのではないだろうか。キスは二度。彼女もデレクも、最初のキスに意味はないし、もう二度とないことだと合意していた。少なくとも、ふたりがしらふだったときはそういう話だった。二度目のときは……あんなのは数に入らないでしょう？　昨夜、部屋の窓から飛びこんできたときのことなんて？　デレクは酔っ払っていて、手のけがをだれかに手当てしてもらいたかっただけ。そして彼女が手当てをした。まあ、もう一度キスしてしまったけれど、あれはたぶんどうかしていたのだ。あのキスはすばらしかったけれど。それは認めざるを得ない。

頭がズキズキしている。ああ、自分は世界一ひどい友人だ。最悪、最低。こんな状況はひどすぎる。言い訳の余地なし。そこへきて、バークレイ卿。数年ぶりのまともな求婚者――になるかもしれない人。ここで関係をとぎれさせてしまうなんて、そんなばかな話はないだろう。バークレイ卿と会って、人柄をもっと知って、合うかどうか確めてみるべきでしょう？

ジェーンと話がしたかった。ジェーンはいつでも判断力がある。いつも正しい。かならず答えを出してくれる。そうよ、ジェーンよ。ジェーンはどこにいるの？

ルーシーは勢いよく振り返った。ジェーンを探し、どこか隅に引っ張っていって罪をすべて告白するのだ。ところが振り返った瞬間、鉢合わせしたのは……デレクだった。

「ルーシー？」彼はルーシーのひじに手を添えて支えた。「だいじょうぶか？」

ルーシーは彼を見ることができなかった。視線はずっと室内履きに注がれている。

「ええ、だいじょうぶよ」

「まるで幽霊でも見たような顔だぞ」彼の声にはよどみがない。

ルーシーは室内履きを見つめたまま咳払いをした。「いえ、ほんとうにだいじょうぶ」

「ほんとうか？」彼女が思いきって顔を上げる。いつものあの落ち着きをなくさせるような視線が彼女を見すえていた。まるで内側まで見透かされているような気分になる。

「そうよ、どうして？」

彼は眉をひそめ、妙な目で彼女を見つめた。「どうしてかな。どこか……ちがうから」

ルーシーは肩をいからせた。すぐに自分を立て直し、落ち着かなければならない。彼はどうやら昨夜のキスを覚えていないらしかった。そのほうがいい。あきらかに。でも、もしルーシーの態度がおかしいとデレクにわかってしまったのなら、子どものころからルーシーを知るキャスには五分以内に動揺を見破られてしまうだろう。ちょっと混乱しているだけ。頭痛のせいでおかしくなっているだけ。すぐによくなるわ。

「ルーシー」デレクがつづけた。「きみに話がある」

彼女は息を詰めた。「な……なにかしら?」

「きみに謝罪したいんだ」

つかの間ルーシーは目を閉じたが、そのあとは彼のシャツの前に視線を据えた。

「なんの謝罪?」

「昨夜のふるまいを」デレクはあたりに目をやり、だれにも聞かれていないことを確かめた。だれも近くにはいなかった。

ルーシーはぎくりとした。「昨夜のこと……ぜんぶ覚えているの?」

「いや、ほとんど覚えてはいないんだが。だから、もしなにか謝罪しなければならないことがあるのなら――」

ルーシーは肩の力を抜き、安堵《あんど》の息をついた。「いえ、ないわ、そんなこと。なにも謝罪することはないの」

「いや、ある。まったくどうかしていた、無責任だった。もう二度とないと約束するから」

「手の具合はどう？」なんとか話題を変えようと、ルーシーは尋ねた。

デレクは湿布薬の巻かれた手を見おろした。「きみの手当てのおかげで、ずいぶんよくなったよ」

ルーシーは笑顔になったものの、視線をそらした。昨夜ちらりと見えた彼のむきだしのおなかや、彼を黙らせようとしたときに手のひらに感じた熱い唇のことしか頭に浮かんでこないのは、どうして？　もちろん実際に唇を合わせた口づけは言うまでもないけれど。ルーシーはごくりとつばを飲みこんだ。

大きく息を吸い、思いきってもう一度彼の顔を見た。「訊いてもいいかしら、デレク？」

クリスチャンネームを使った彼女に、デレクは笑みを浮かべた。「もちろん」

「最後に……」またごくりとつばを飲む。「最後にあなたがジュリアンと会ったとき、彼は……彼は長くないとあなたは思った？　彼はほんとうに死にそうだったの？」

デレクは深刻な面持ちになった。両手を腰に当てて息を吐き、記憶をたぐろうとするかのように窓の外を見つめた。「重傷だったよ、ルーシー。かなりの重傷だ」

ルーシーはかすかにうなずいた。「それじゃあ、彼は死ぬと思ってる?」

つらいひとことと。「ああ《イエス》」

ルーシーはよろめくように一歩後ずさった。少しでも彼から遠くへ。デレクが手を伸ばしたが、彼女はその手をかわした。「もう行かないと」そうつぶやいてスカートを持ちあげ、向きを変えた。駆けださないようにするので精いっぱいだった。

これで決まった。ジュリアンはまだ生きているとしても、やがて逝く。キャスには、かならず彼女を守ると誓ったハンサムな貴族との安定した未来がなくてはならない。ギャレットは怒るかもしれないけれど、たとえギャレットがどんなにすてきな青年であろうと、伯爵にしかなれない。公爵とは格がちがう。

バークレイ卿は完璧にすばらしい。ハンサムで、格好よくて、ルーシーにまた会いたがってくれている。彼はルーシーの親友を追いかけていないし、死にそうな男と約束したから結婚すると決心してもいない。ややこしいことがなくていいじゃないの。

それでもジェーンにはやはり話をしておこう。真実を告白して、すべてを認めて、この後ろめたさを払拭するのだ。そしてキャスがほんとうにデレクを受けいれられるように、どうやって彼女の背中を押すかをジェーンと考えよう。

すでにルーシーにはわかっていた。いますぐ自分はデレクへの気持ちを捨て、彼とキャスの仲をしっかり取り持たなければならないと。

29

いったいジェーンはどこにいるの？　この三十分、レディ・ホッピントンの屋敷じゅうを探しているのに見つからない。彼女が行きそうなところはすべて探した。図書室、子ども部屋、彼女が腰を落ち着けて本が読めそうな小さな空間もすべて。どうやらジェーンに告白するのは簡単ではなさそうだ。さらに悪いことに、ギャレットの姿もどこにも見当たらない。

そして後ろめたさのせいか、今夜のルーシーはキャスを避けてしまっていた。友だちの顔を見て、自分がどれほどおそろしいことをしているかを知るなんて、耐えられなかった。

レディ・ホッピントンの屋敷の廊下の角を曲がった彼女は、はたと足を止めた。大きな飾り棚の後ろに、デレクが立っていた。

しかも彼はひとりではなかった。

ルーシーはその場で凍りついた。女性の声が聞こえてくる。「ほんとうにすみませんでした、公爵閣下。ずっとひどい態度を取ってしまって」

ルーシーは目を閉じた。キャスの声だ。キャスとデレクがふたりきりで話をしている。そしていまいましいことに、ルーシーの足はどうしても動こうとしなかった。離れようとしなかった。立ち聞きなどしてはいけないのに——とくにこの会話は——それでも足が動かない。ルーシーは壁に背をつけて息をこらし、ひとことも聞きもらすまいと耳をそばだてた。

「ルーシーがあなたに説明してくれたと聞きました。わたしが……ジュリアンを愛していること」デレクの揺るぎなく力強い声がつづいた。

「はい」キャスの声がつづいた。

「ずっと彼が好きだったんです。でも、彼がいとこのペネロペのものだということはわかっています。だから、もし彼が……」キャスの声がとぎれ、ルーシーは友だちの心中を思って胸が締めつけられた。

デレクの低い声がつづいた。「レディ・カサンドラ、こんなことを言ってお気持ちが楽になるかどうかはわかりませんが、スウィフト大尉は……あなたをとても大切に思っています」

　キャスは笑っているように聞こえた。「ええ。わたしも同じです。彼が軍に入ってから、毎日、彼に手紙を書いたんです」

「あなたの手紙をとても楽しみにしていると話してくれましたよ」

　ルーシーの目に涙があふれた。こんなことを聞かされて、キャスはどんなにつらいだろう。

「ありがとうございます、閣下、教えてくださって」キャスがつぶやく。

「当然です」デレクが答える。

「あなたに正直にお話ししなければならないことがあります」キャスが言った。

　ルーシーは息を詰めた。正直に話さなければならないこと？　なに？　いったいなにを話そうとしているの？

　キャスの声は小さかった。「初めてお目にかかったとき、わたしはあなたがこわかったんです。とても」

「こわがらせてしまったのなら申し訳ない」デレクは言った。

「いえ、いいえ、あなたのせいじゃありません。あなたがどうこうというわけではないんです。ただ……その……」

　ばかみたいにハンサムなのよ。思わずルーシーは考え、それから愚かな自分がいやになった。

「複雑な話なんです」キャスはそれで締めくくった。

「わかります」デレクが答える。

「わたしはただ、あなたのことはもうこわくないとお伝えしたかっただけです、閣下」キャスは言った。「あなたがジュリアンのお友だちだと知ったときから。だってジュリアンのお友だちはみんな、わたしのお友だちでもありますもの」

「そう言っていただけてほっとしました、レディ・カサンドラ。あなたには必要なだけの時間を差しあげたいと思っています。ですが、ゆくゆくは、もう少しお互いのことをよく知りたいと思っていただけたらうれしい」

「ありがとうございます、公爵閣下」キャスが返事する。「まだお気持ちに変わりがなければ、求婚してくださってもかまいません。もちろん、わたしの準備ができたときにですが」

デレクは黙っている。

ルーシーは顔をそむけ、のどがふさがれそうな苦しさを飲みくだした。

30

今回のコリンからの手紙は、前回より短かった。なんとか入手したらしい少し汚れのついた羊皮紙に、あわてて書きつけた様子だった。とても厳しい現場にいるにちがいない。

アダムが見つかった。けがはしているけど命はある。国に連れて帰ります。レイフとスウィフドンは見つからず。フランス軍につかまった模様。アダムはどうにか逃げだしてきたらしい。デレク、状況は厳しいと思う。

デレクは手のひらをデスクにたたきつけた。くそっ、なんてことだ。スウィフト家は葬式がふたつになるかもしれない。スウィフトの母親や女きょうだいのダフネに、なんと言えばいい？　神よ。人生でもっとも困難な会話になるだろう。スウィフトの婚約者ペネロペはさほど気にもしていないようだが、ルイーザ・スウィフトとダフネは打ちのめされるだろう。

アダムは生きていた。それがせめてもの慰めだった。スウィフト家にとってあまりにも過酷な状況であることを考えると、その知らせを喜ぶのは気が引けるが……。もちろんレイフのこともある。親族であるレイフも見つけだして知らせなければならない。あいつは血気盛んで無鉄砲だったが、デレクが知るなかでもとくに勇敢な青年だ。ウェリントンと陸軍省は家族に使者を送ろうとしているようだが、デレクはそれを止めようと思っていた。彼が自分で行くつもりだった。ルイーザとダフネ、そしてキャベンディッシュ家には、自分の口から伝えなければならない。名前も知らぬ陸軍省の使者から事務的に伝えられるなど、あってはならないことだ。

アダムは無事だった。デレクは目を閉じてもう一度つぶやいた。少なくとも彼の母親は、三人の息子たちが生きていることを知って胸をなでおろすだろう。デレクが戦地におもむくときも、それはそれは心配していた。おまけにアダムとコリンまでが陸軍に勤務したいと言いだしたときには、母は取り乱した。しかし成人した息子たちが自分でやると決めたことは止められないと、母もわかっていた。あとはもう息子たちのためにただ祈り、なにか知らせが届くのをひたすら待っているだけだ。今回もすぐに知らせてやらなくては。コリンが送ってよこした書状の様子では、実家のブライトンにいる母親にまで手紙を書く余裕はなかっただろう。ほんとうは母をロンドンに呼びよせていっしょに暮らしたいのだが、息子たちの運命が決するまではどうしてもあの海沿いの町にいたいと言われたのだ。しかしこれでようやくロンドンに移らせ、公爵の母にふさわしい暮らしをしてもらえるだろう。そう思うと、少しは気持ちが楽になった。

デレクはうなじをかいてうめいた。いまのところ、レディ・カサンドラへの求婚を再開するくらいしかすることがない。そして、その部分での進展は喜ぶべきところではあるのだが……。昨夜、彼女はデレクからの求婚をありがたく思うと言った。ようやくだ。これこそ彼が心待ちにしていたことだった。それなのに達成感を感じられないのは、なぜなのだろう？

31

「ルーシー、お願い、わたしのために引き受けて」キャスはベッドの中央に盛りあげた枕の山に背中をあずけていた。

「だめよ、だめ、だめ。できないわ。公爵とわたしが顔を合わせたらどうなるか、知ってるでしょう？　わたしたちはまるで水と油よ。小間使いを行かせるほうがずっとましだわ」

キャスはハンカチをぎゅっと握りしめた。「でも、わたしの具合が悪いことを知らせるのに小間使いでは力不足よ。また彼を避けようとして仮病を使っているんだと思われてしまうわ。あなたが行ったほうがずっと信じてもらえるでしょう」

ルーシーはキャスの哀れな姿を見た。目は充血し、鼻水も出ている。ハンカチを握りしめ、しょっちゅうくしゃみをしている。キャスは病気だった。一目瞭然だ。無理もない。かわいそうなキャスは何日もひどい心痛で苦しんでいるのだから。親友のためならルーシーはなんでもしてあげたかった。スープを運んであげる。本を読んであげる。熱を測ってあげる。そばにいてあげる。でも、アップヒル・ドライブにあるデレクの住まいを訪ね、キャスは体の具合が悪くて今日は彼に会えないと伝えることまでは、できそうになかった。

まずルーシーはデレクの前では自分がどうなるかわからないし、それに――おそらくこちらのほうがより重要だけれど――デレクは彼女の言うことを信じないのではないだろうか。これまでを考えてみても――いくら情熱的なキスを交わした相手とはいえ――レディ・カサンドラが彼に会いたがっていないという話を伝えるのに、ルーシーほど適さない人間はいないだろう。とにかくこんなこと、まるきりばかげている。

「彼に手紙を書けばいいわ」ルーシーはキャスに懇願した。「ちゃんと書けるわよ」

「わたしの手紙なんてひどいものよ」キャスが答える。「あなたのほうがずっとうまく伝えられるわ、わかってるくせに」

「あなたの手紙はひどくなんかないわよ、キャス。ジュリアンにはもう何年も毎日のように書いているじゃない」

キャスはハンカチを握った手をさっと振った。「それは話がべつよ、相手がジュリアンだもの。ジュリアンにはなんでも言えるの。公爵さまはいまでも少しこわいんだもの」

ルーシーは鼻を鳴らした。「そこがよくわからないわ」

「ああ、ルーシー、お願いだから頼まれて。あなたはとても口が立つでしょう」キャスがすがるように言う。

ルーシーは深く息をついた。「立ちすぎるのも考えものよ。なにかを連絡するだけなら、わたしも小間使いもたいしてちがわないでしょうに」

「お願いよ、ね、ルーシー？」キャスがまつげをぱちぱちさせる。

「キャス、だめよ。ジェーンに頼めないかしら？」

キャスは声をたてて笑い、それで咳《せ》きこんでしまった。咳が収まると彼女は言った。

「ジェーンなら本に夢中になって、公爵さまのお宅を素通りしてしまうんじゃないかしら」

「じゃあ、ギャレットは？」ルーシーはなおも訴える。

「それはちょっと変よ。公爵さまと知りあいなのはあなたなんだから、ルーシー。彼はあなたが好きだし」

ルーシーは息をのんだ。「なにをばかなこと。わたしのことなんか好きなはずがないわ。それに知りあいといっても、それはわたしがあなたの問題に長々と首を突っこんでいただけのことで。もうわたしはいっさい手を引いたほうがいい頃合いなのよ。それに、バークレイ卿が今日の午後に訪問される予定なの」

キャスが仔犬《こいぬ》のように無垢《むく》な目を向ける。「それまでまだ何時間もあるでしょう？お願いよ、ルーシー。わたしのために」

結局、キャスにノーとは言えないルーシーなのだった。まず、あまりかたくなに断っていたら、不審に思われるにちがいない。それにルーシーも、もう一度デレクに会いたいという気持ちに抗《あらが》いきれなかった。でもキャスの伝言係になるのはつらい。それにデレクは、ルーシーが嘘《うそ》をついていると思うだろう。それはまちがいない。

ルーシーはボンネット帽のリボンをあごの下で結び、手袋をはめ、従僕を伴って出かけた。通りに出て角を曲がり、四本向こうの通りにあるデレクの住まいへ――。彼女は目を閉じて祈りの言葉をつぶやいた。彼は外出中かもしれない。そうだったらとてもありがたいのだけど。

とうとうデレクの住まいに到着すると、従僕がドアをノックした。ルーシーは胸を張り、咳払いをした。偉そうな執事に訪問の理由を説明したら、できるだけ早くおいとましよう。

ドアが勢いよく開いた。

「クラリントン公爵閣下にお目にかかりたく、レディ・ルーシー・アプトンがまいりました」従僕が告げる。

「公爵閣下への伝言があります」ルーシーが言い添える。「伝えていただければ――」

「少々お待ちください」執事が歌うように言った。思ったとおりだ。やたらと偉そうな執事。主人にそっくり。

執事はルーシーを玄関ホールに通した。従僕は外で待つ。ルーシーはホールを見まわした。質素だが趣味のいい内装だ。

王室の宮殿で国王に仕えてでもいるかのように、執事は取り澄ました顔で廊下を歩いていった。ルーシーは身じろぎした。できるだけ早く戻ってきて、今日はどなたのご訪問もお受けしませんと言ってくれないだろうか。

そんな幸運は訪れなかった。

二分後に戻ってきた執事はルーシーのペリースを受けとり、それから数歩のところにある客間へ彼女を案内した。「公爵閣下はすぐにまいります」また節をつけて言う。

ルーシーはなんとか笑みを返した。ああ、やっぱり公爵閣下は出てきて、その存在で彼女を拷問にかけるつもりなんだわ。それに相手が彼女だとわかっているからには、きっと待たされるのだろう。いや、玄関先で彼女の訪問を従僕が呼ばわったときから、きっとぐずぐずと時間をかけているにちがいない。

ルーシーは客間をひとめぐりし、こまごまとした調度品やテーブルに置かれた装飾用の像にふれてみた。デレクはこの家をだれから借りたのかしら？　持ち主はわからないが立派な屋敷だ。じつに公爵にふさわしい。彼はここを買うつもりなのかしら？　ここに住むの？　そのうち自分は、クラリントン公爵夫人となった親友のキャスの客人としてこの屋敷を訪れるの？　そう思うと、言いようのない鬱々とした気分になった。

背後のドアが開いて振り返ると、そこにデレクが立っていた。ライトグレーの上着、よく糊のきいた白いクラヴァット、そしてとびきり上等な生地を使った黒のズボン。広くたくましい肩を上着が包んでいて、ルーシーは一瞬、震えた。どうしてこの人はこんなにもすてきなの？　ほんとうにずるい。

「レディ・ルーシー」デレクはおじぎをした。「寒いのかな？」

ルーシーもひざを折った。「え？　いえ……わたしは……」

「それで、こうして来てくれたのはどういった用件で？」彼はつづけた。

ルーシーはあごを上げた。この気乗りのしない訪問を、できるだけすみやかに片づけよう。「キャスのために来たの」

「ほう？　ご存じのとおり、彼女とは昨夜、話をしたよ。わたしからの求婚を喜んでくれると言っていたが」

ルーシーは言いよどんだ。「ええ。それは……知っているわ」

「早くも気が変わったと言うんじゃないだろうな？」デレクが薄ら笑いを浮かべる。

ルーシーは視線を床に落とした。「いいえ……そんなことは。彼女は体調が悪いので、今日はわたしが代わりにうかがって、遠乗りに行けないことを伝えてほしいと頼まれたの」

彼が目を細める。「体調が悪い？」

「ええ、ほんとうよ」ああ、こんなことを言っても信じてくれないのはわかっているのに。「あなたが求愛をつづけてくれるのは歓迎だけれど、ひどい鼻風邪を引いてしまって――」

デレクは片方の眉をくいっと上げた。「どうにも信じがたいのはどうしてかな――ええと、なんだっけ――ぼくが求愛をつづけるのは歓迎する、だったか？」

ルーシーはつかの間、目を閉じた。とてつもなくやりにくい。「彼女だってがんばっているのよ。ジュリアンのけがを知らされて心労がたまって、まいっているんだと思うわ。体調が悪くなったっておかしくない。わたしもとても心配しているの」

「それで、きみを伝言係によこしたと言うのか？」

「ええ、そうよ。小間使いでは力不足だろうからって」

彼の口もとがぴくりと動いた。「ああ、それは正しいな。きみが強力なのは有名だから」

ルーシーは目をすがめて彼をにらんだ。彼に腹が立ってきた。彼女をからかっているうえ、キャスの病気を疑うなんて。「信じられなければ、キャスを訪問してご自分の目で確かめたら？」

「必要ない」デレクは言った。「彼女には時間を差しあげると言ったから、それはたがえないつもりだ。もし彼女に時間が必要で、病気だと言うのなら――」

ルーシーは奥歯を嚙みしめた。「ほんとうに病気なの！」

デレクがなだめるように片手を上げる。「まあまあ、ルーシー。今日はけんかはよそう」

「どうしてそんなに思いあがっていて、偉そうなの……わたしがほんとうのことを言っているって、ほんの一瞬でも考えないの？　わたしがいつ嘘をついたの？　キャスはつらい思いをしながらもあなたのことまで気遣っているのに、あなたはいつまでもそんな――」

デレクは片手を腰に当てた。「彼女がぼくに会いたくない理由など、どうでもいいんじゃないのか？」

「なんですって？　彼女が病気でもどうでもいい？」ルーシーは彼から離れ、腕を組んだ。あごに力を入れる。「わけがわからないわ。あなたはキャスに恋い焦がれているようにも見えないのに、いくらジュリアンにすすめられたからって、なにがなんでも求婚して結婚するだなんて」

「だから言っただろう。死にかけている友に約束したと。その約束を守っているだけだ」

「どんなことになっても？」ルーシーはぴしゃりと言い返した。「キャスの幸せと健康がどうなっても？」

「きみにわかってもらおうとは思っていない。スウィフト大尉から彼女を頼むと言われたんだ。ぼくは結婚しなければならない。子どももほしい。なにがわからない？　レディ・カサンドラに愛されていないことは承知している。ぼくも彼女を愛していないが、そのうち互いに容認できるようになるだろう」

ルーシーは彼ののどを絞めあげてやりたくなった。「容認？　なんて言い草なの。あなたには心がないんだわ。キャスには愛する人と結ばれてほしいの。幸せになって、情熱を交わして」最後の言葉が口から飛びだしたとたん、ルーシーは口を手で覆った。こんなことを言うつもりじゃなかったのに。

デレクの眉がつりあがった。「情熱？」

ルーシーはうつむいて足もとに目をやった。自分を蹴りあげてやりたい。けれど言ってしまったことはもう取り戻せない。口に当てた手をはずして顔を上げた。「そうよ。男女が心から愛しあい、尊敬しあうときに生まれるものよ」

デレクの声がかすれた。「その情熱とやらのせいで、話がややこしくなるんだがな、マイ・レディ」

彼女はデレクに近づき、すぐ近くで止まった。強い瞳でにらみつける。「あなたは厄介者よ。キャスにとって厄介者だわ。まだあなたと縁を切らないなんて信じられないけれど、でも、あなたにそんな資格はないわ。冷たくて心がないんだから。あなたには感情がないのよ」

デレクがルーシーの二の腕をつかんだ。「情熱も？」

彼女は顔をそむけた。そうよと言いたいのに、急に唇が乾いた気がして言えなかった。

「そんなことはない」デレクは彼女を抱きよせ、口づけた。

32

デレクの唇が重なったとき、ルーシーは怒りに燃えていた。しかし抱きよせられたとたん、怒りは手に負えない欲望へと変わった。なんて人。大きらい。ひどすぎる。そう思っても、重ねられた熱い唇は執拗にうごめいているし、彼の舌で頭がおかしくなりそうだ。

「こういう情熱か？」デレクが彼女の頰に熱くささやきかける。

「そうよ」ルーシーはうなるように返し、彼に負けない激しさでもう一度唇を重ねた。

デレクは彼女を抱きあげ、長い脚で近くの長椅子に移動すると、そこに彼女をおろしてすぐに覆いかぶさった。両手で彼女の髪をまさぐり、彼女の頰、耳、首にキスしていく。

ルーシーの思考は止まってしまった。こんなことをしていい理由なんてどこにもないのに、もうどうでもよくなっていた。彼を押し返すことも、抗う言葉を口にすることさえもできない。ああ、これよ。この情熱。これがいったいなんであろうと、どうやって生まれたものであろうと、いまは手放せない。これなしにはいられない。

あとのことはあとで心配すればいい。

「ちくしょう。どうしてきみといるとこんなにおかしくなるんだ？」デレクは彼女の髪に口を押し当ててささやき、彼女の耳に顔をすりよせた。ルーシーは気が遠くなりそうだった。

「わたしだって、どうしてこんなにわめきたい気分になるの？」

彼の唇がルーシーの胸もとへとおりていった。手はドレスの背中のボタンを次々とはずしていく。ドレスがゆるむと、彼は手早く布地とコルセットを引きさげた。そして熱い唇で肌にふれた。ルーシーは背をそらしてあえぎ、のどの奥で泣くような声をたてた。こんな感じは初めてだった。これが情熱なのね。このままずっとつづいてほしい。彼が胸の先端に軽く歯をたてる。

「いまはちがう理由できみに声をあげさせたい」デレクはそうつぶやくと、もう一方の胸の先端を口にふくんだ。頭では彼を引き剝がしたいと思っているのに、ルーシーは彼の髪に手をからめ、抱きしめた。これが情熱だ。わけもわからず、魂が焼けつきそうになるもの。世の恋人たちが経験しているもの。ふと、どこからかそんな考えがルーシーの頭に浮かんだ。それがわかるくらいには世間を見聞きしていた。ぎりぎりのところで容認しあう男女が交わすような、ひかえめで慎み深いキスとはちがう。掟《おきて》を破ってでも、手に入れずにはいられないもの。どれほど厳しい掟でも。どんな重大な結果を招いても。

ルーシーの脚のあいだに、彼の腰が深く入りこんでいた。腰をぐっと押しつけられて、ルーシーはうめいた。組み敷かれた体が熱くてとろけそう。ふたりの体のあいだに手を入れ、ズボンの上から彼を感じてみる。熱くて、固くて、彼女を求めている。

「あなたなんか好きじゃないのに」ルーシーは言葉を絞りだしながらも、彼のものをさすっていた。

デレクが目を閉じ、歯を食いしばる。苦しげな声をもらし、まるで彼女の手の動きで屈辱的な痛みを感じているかのような顔をしていた。

「ぼくもきみなど好きじゃない」デレクが声を絞りだす。「だがきみの問題は、ぼくが好きではないことではなく、ぼくがきみの大切なバークレイ卿ではないことなんじゃないのか？」彼が目を開けた。エメラルドグリーンの瞳がルーシーの魂まで覗きこんでくる。

それはちがうとはっきり言えた。今度は本心から。デレクはバークレイ卿ではないけれど、いまはバークレイ卿がどんな顔だったのか思いだすのもむずかしかった。デレクはゆっくりと彼女の両手を引きあげ、片手で楽に彼女の頭上に留めつけてしまった。

「わたしのことがどれほどきらいか教えてくれるつもりなのかしら、閣下？」ルーシーがささやく。

「いや。いまは、どれほどどきみが好きかを教えたい」

やろうと思えば彼に抵抗して手を離すこともできたけれど、わざとらしくなるだろうし、やっても無駄だろう。彼とルーシーでは、体格も、力の強さも、たくましさも比べものにならない。だから彼女はあごを上げ、彼にのどもとをさらした。そこに彼が口づけ、そっと噛む。ほんとうは大声をあげてやめてと言うべきなのに、彼にこうして組み敷かれていると体がとろけそうになる。なんてこと。この偉そうな人には、なにもかもお見通しなのかしら。

彼のもう一方の手がスカートの裾に伸び、布地をたくしあげた。えっ、なに、なんのためにそんなことを？　ルーシーは彼の意図が知りたくて焦った。びくりと体が震えた。焼けそうなほど熱い彼の手が、絹の長靴下の上から彼女の脚をなであげ、やがてむきだしの太ももまで行きついた。彼はルーシーの足首をつかんで自分の腰にまわさせ、秘めやかな場所同士をさらに密着させた。ルーシーはうめいて背をしならせ、うずく胸を彼の固い胸に押しつけた。デレクはまた彼女の胸に唇を寄せ、同時に空いたほうの手でゆっくりと、容赦なく、彼女の脚のあいだを愛撫《あいぶ》した。ルーシーの体がびくりとわななく。手を振りほどこうとして身をよじったけれど、彼が手を放してやめてしまうのがとてつもなくこわくもあった。と、彼の唇がまた彼女の唇と激しくぶつかった。

ルーシーは唇を引き剝がした。「なにをしてるの？」ざらざらした彼の頰にささやきかける。

彼は射るような瞳で見つめた。「きみがほしくてたまらないものをあげているだけだ」そのとき彼の指が大切な部分を探り当て、ルーシーの口が思わず開いた。はっと息をのみ、顔を横に伏せる。

彼の指がするりとなかへ入ってくると、ルーシーの太ももに力がこもって息があがった。目をぎゅっと閉じて甘い声をもらす。

「そうだ」デレクが彼女の耳に熱い吐息を吹きこんだ。

彼の親指がルーシーの脚のあいだにある快楽のつぼみをとらえ、ゆっくりと出し入れする指の動きに合わせて愛撫されると、ルーシーの全身から力が抜けた。暴れることも抗うこともできず、ただ脚をいっそう広げて、全身を貫くすさまじい感覚をただ受けいれるだけ。まるで綿密に調律された楽器になって奏でられているかのよう。抵抗する気も起きない。

デレクの唇がまた胸に戻り、やわらかな肌に当たる少し伸びたひげのざらついた感触にルーシーはわななないた。

さらに彼はつづけた。荒々しくルーシーの胸の先端を攻めたてる舌。ゆっくりと出し入れされる指。もっとも敏感な場所を巧みになぞる親指。ルーシーの体がまたわななく。全身に力が入り、彼の耳もとで激しい息遣いをくり返す。もっとも秘めやかな場所にこみあげはじめたものをどうすることもできない。やがてそれはらせんのように広がり、強くなり、彼女の全身を震わせた。思わず目を閉じる。彼の腕のなかで、手の力がだらりと抜けた。たったいま、彼はルーシーがこれまで経験したことのないようなすばらしいものを与えてくれたのだ。彼女が望んだとおりに。

「きみはキスもうまいんだな」デレクはささやきながら、唇をふれあわせてにやりと笑った。

33

ルーシーはベッドで仰向けになり、顔に枕を押しつけた。なにもかもジェーンのせいよ。いえ、やっぱりジェーンのせいなんかじゃない。でも、昨日か一昨日にでもジェーンと話ができていたら、こんな申し開きのできないいまのような状況には陥らなかった。クラリントン公爵とキス？　しかも激しく？　彼の自宅で？　真っ昼間から？　あり得ない。でも現実なのだ。しかも……それ以上のことまで……もっとずっと先のことまでしてしまった。ふたりのあいだに起こったことを言い表すのに、ルーシーにはその表現しか思いつかなかった。そのことを思いだすだけで熱くなって、じれったくなる。口もとがゆるむのを抑えられない。

ルーシーは枕を脇に投げだし、両手で顔をこすってうめいた。天井を見つめる。どうすればいいのだろう？　世界で最悪の友だちになっただけでなく、罪悪感で死にそうだ。そうとしか言いようがない。あのときはとんでもなく気まずかったけれど、なんとか服を直し、ろくに挨拶もせずにデレクの客間からそそくさと出てくるしかなかった。お互いほとんど言葉も交わさなかった。謝罪もなし。あのちょっとした幕間《まくあい》の出来事のせいで、キャスへの求婚になにか影響が出るかどうかの話もなし。キャスの名前さえ出なかったから、まだよかった。あんなこと、なにをどうしたって正当化できるはずがないし、話しあったところでどうにかなるものではない。

外に出ると、彼女が公爵と長椅子でからみあっているあいだ、辛抱強く待っていた気の毒な従僕がいた。乱れた服のことも髪のことも、さいわい彼はなにも言わなかった。めちゃくちゃになった髪を押さえつけるようにボンネット帽をかぶり、従僕を従えて走るような勢いで通りを歩き、できるだけ早く帰ってきた。それはもう何時間も前のことだったけれど、いまだに彼女は自室にこもって悔やんでいた。いえ、これは後悔なの？　それとも、ちょっと悪さの過ぎる甘美な思い出にすぎないの？

いったいキャスにどう説明すればいいのだろう？　そう、説明しなければならない。〝ああ、大切なキャス、ちょっと待って。あなたに求婚してる人がいるでしょう？　あのハンサムな公爵さま。そう、彼よ。少し前にたまたま彼と、口にできないようないけないことをしてしまったの。じゃあ、結婚おめでとう、お幸せにね！〟って？　もう笑い話にもならない。ばかげている。まちがっている。キャスがデレクに対して深い思いを抱いていない、あるいはなんとも思っていないことがわかっていようと、彼とルーシーのあいだにあったことは許されない。いけないこと、だめなこと、悪いこと。ああ、どうしてキャスの言うことを聞いてデレクの家に行くことを承知してしまったのだろう？　わかっていたのに。ほんとうにわかっていたのに。それに、なにがあってもジェーンを連れていくべきだった。最後にはやってはいけないことをし、言ってはいけないことを言うとわかっていながら、ひとりで意気揚々と彼の家に向かってしまった。そして見事、そのとおりのことをしてしまったのだ。

ジェーンはどこにいるんだろう？　どうすればいいか、ジェーンに教えてもらわなくちゃ。ルーシーはまた枕を顔に押し当ててうめいた。

ルーシーが帰ってから、デレクは最優先でバースのボクシングクラブの住所を調べ、すぐにそこへ向かった。そしていま、ひと試合やっている最中だったが、まったく手応えのない相手だった。正直なところ、相手がバークレイのつもりで一撃一撃を食らわせている。しかし強烈なこぶしを打ちこんでいるというのに、ルーシー・アプトンと過ごした午後のひとときの記憶を消すことはできなかった。

いったいどうしてああなった？　デレクの判断力は筋金入りだったはずだ。それを誇りにしていた。そうなるように生きてきた。それがあるからこそ、いまも生きているのだ。判断力、決断力のおかげで文字どおり命拾いしたことは一度ではない。父親の声が頭のなかで響いた。〝男は決断力だ。すばやく、正確に決断しろ。迷うな〟

また一撃。

デレクは、レディ・カサンドラを妻にすると決断した。いささか内向的で、友人に代わりにしゃべってもらうというのはあまり好ましい性質ではないが、美しいし、やさしい。なにより、しっかりした奥方になるだろう。少しくらい内向的なのは、彼女が彼に慣れてくればなんとかなるのではないだろうか。

彼女がスウィフトに恋していたって、かまわないじゃないか。大陸からスウィフトが戻る見込みがないのは厳然たる事実だし、たとえ奇跡が起きて戻ってきたとしても、彼はレディ・カサンドラに求婚することはできない。それに、愛などというものは存在しない。レディ・カサンドラがスウィフトを愛していると思っているのは、彼女が世慣れていない証拠だ。だが、その点はまあどうでもいいことだ。愛は問題ではない。もちろん貞淑な妻ではあってほしいし、実らなかった恋がずっと彼女のなかで息づくこともわかっている。だがレディ・カサンドラがデレクを裏切ることはないだろう。もしスウィフトが生きながらえて彼女のいとこと結婚しても、スウィフトもまた不名誉で不実な行動をとることはないだろう。友人として、彼のことをそれくらいはわかっている。デレクはただ、レディ・カサンドラから求婚をつづける許可を取りつけ、彼の立場から物事を考えてもらいたかっただけだ。デレクと彼女はすばらしい夫婦になる。子どもも強くて健康な子ができるだろう。そしてたいていの社交界の夫婦と同じように、それぞれが自分の生活を送り、やりたいことをする。彼としてはそれでまったく問題なかった。彼自身の両親はそういうのとはまったくちがう結婚生活を送ったのだろうが、デレクはもう新しい世界の住人となったのだ。この世界では、からみあう情熱というものがなくても結婚はうまくいく。

情熱。デレクはまた一発、目の前の気の毒な男に打ちこんだ。こいつはもう少し左パンチをうまく使わないとだめだな。この試合が終わったらそう教えてやることにしよう。

今日の午後、彼はこともあろうに借りた家の客間で、ルーシー・アプトンを相手にその情熱とやらを実感した。なんてことだ。女性にあれほどの熱いものを感じたのは……最初で最後かもしれない。そのことにデレクは腹が立った。なぜだ？　それは……彼女といると自分で自分が手に負えなくなる気がするからだ。自制がきかなくなったことなど彼にはなかった。事実、どんなときでも完璧に自分を律していることを誇りに思っていた。だがルーシー・アプトンといると、その自制がなくなったように感じるのだ。なにか目に見えない力に凌駕《りょうが》されたかのようだった。彼女から手を離すことができなかった。いまいましいことに、それがなぜなのかはわかっていた。

ルーシーが相手だと理性が飛ぶ。彼女は負けずぎらいで、強くて、主導権を握りたがる。自分にありあまるほど自信があって、引きさがらない。デレクを前にして退かない人間に、デレクは会ったことがなかった。百戦錬磨の将軍でも彼にはおそれをなしたというのに、なぜかルーシー・アプトンはちっとも彼をこわがらない。彼はルーシーの噂を以前から耳にしていた。〝スズメバチの舌〟だとは聞いていた。スズメバチとはよく言ったものだ。すでに一度ならずも彼は刺されている。しかしデレクの場合、ほかの貴族のお仲間のようにそれで彼女から離れたいと思うことはなく、むしろ火に飛びこんでいく蛾《が》のように彼女に引きよせられるのだ。くやしいことだが、実際、彼女とやりあうのを楽しみにしている自分がいる。そしてその理由はひとつではない。なにより、なぜ彼女はあんなに美しくなければならないんだ？　とにかく手強くて挑みがいがある。あれほど奮い立たせられる女性には会ったことがない。そこが魅力的でたまらない。

ふたたびデレクの放った一撃が、相手の男にまともに入った。くそっ。もう決断はくだしたはずなんだ。挑みがいなどなくていい。平穏に過ごしたいんだ。もう一発。平穏に。また一発。もう争いごとはいやだ。四発目。もう戦いはうんざりだ。ルーシー・アプトンといっしょにいれば、一瞬の平安もない。彼女にはいまいましいバークレイ卿がいるじゃないか。なのになぜ、こんなにも彼女を求めてしまうんだ？

目の前にいる男はいまや血だらけで、負けを認めていた。こいつがバークレイでなくて残念だ。デレクは彼の鼻を折ってしまったことを深くわびた。大失敗だった。けがをさせるつもりなどなかったのに。それなのに、彼の頭はルーシー・アプトンでいっぱいだった。ちくしょう。

デレクは持ち物をまとめてクラブを出た。自分のタウンハウスまで歩いて戻ることにした。レディ・カサンドラのことはどうすればいいだろう？ 求婚はつづけることになっている。スウィフトに約束したのだから。しかし今日の午後ルーシーとあんなことをしておきながらレディ・カサンドラに求婚するとは、いったいどんな悪党だ？ 彼はみっちり訓練を受けた軍人だ。ルーシーの前で自制心をなくしたなどという言い訳は通用しない。しかし彼女が返してきた情熱は――そのことを考えただけで、デレクはまた固くなってしまった。

くそっ。いったいどうすればいい？ こんなことはつづけていけない。それだけは確かだ。

どうやらレディ・カサンドラはほんとうに病気のようだ。いまではそれを疑ってはいなかった。彼女に病気でいてほしいとは思わないが、おかげで少し時間の猶予ができた。考える時間、次の行動を決める時間が。ふたりのレディ、両方ともを、いったいどうすればいいのか？

34

その日の午後遅く、ジェーンとルーシーはキャスの部屋でベッド脇の椅子に座っていた。ジェーンは病気の友人にウルストンクラフト女史の本を読み聞かせ、ルーシーのほうは刺繍をするふりをしていた。実際は布に針を刺しては糸を抜いて戻すことをくり返しているだけだったが。何度も何度も、同じところを十数回は刺している。はあ、こんなことをしてもなんにもならないのに。後ろめたさが重くのしかかり、刺繍などしていられる心境ではなかった。ジェーンが読みあげる声もぜんぜん耳に入ってこない。

あんなことがあって、デレクはいまどうしているのだろう。彼女になにを言うつもりだろう。キャスになんて言うつもりだろう。これからいったいどうなるの？　ああ、あんなことをしてしまって、みじめでしかたがない。

「ルーシー、バークレイ卿はいらしたの？」ジェーンが読みあげるのをやめて本を閉じると、キャスがちゃめっけのある目つきで尋ねた。

ルーシーはおそるおそる刺繡から顔を上げた。バークレイ卿。午後にデレクと会ってから、彼のことなど思いだしもしなかった。バークレイ卿は数年ぶりにあらわれたまともな求愛者だというのに、自分はほかの男性とふしだらな女のようなことをしてしまった。これはもう窮地に陥ったとしか言いようがない。

「えっ？　ええ、ええ、来たわ。二度」彼女はキャスに答えた。

「それでどうなったの？」キャスが訊く。「ここにずっと座っているのに、一度も話に出ないなんて」

「そうよ、どうなったの？」ジェーンも身を乗りだす。

「えっ、昨日はお茶を飲んで、それで……ええと……よかった《ナイス》わ」

ジェーンが舌を出した。「うえっ。よかった《ナイス》ですって」

「そうよ」ルーシーはなおも言った。

キャスが鼻にしわを寄せた。「〝よかった《ナイス》〟って言われると、なぜかあまりよく《ナイス》なかったように聞こえるのだけど」

「彼はほんとうにいい人《ナイス》よ」ルーシーはつけ足した。だが、なんの役にも立たないだろう。このふたりはルーシーのことをそれはもうよく知っている。ほんとうのことを言えば、訪問があった二回ともバークレイ卿とはふたことみこと言葉を交わしただけだった。自分に言いたいことがなかったのか、彼のほうに言いたいことがなかったのかはわからない。しかしふたりとも静かにお茶を飲み、ときどき笑みを交わしただけ。それだけだ。〝ナイス〟という表現でも言いすぎかもしれない。しかもバークレイ卿が客間にいるあいだ、ルーシーの心はずっとデレクのことにうつろっていた。まったくもってよろしくなかった。

「ほら、またそれ」ジェーンが頭を振る。「ナイスって」

キャスは大きく息を吸った。「もう一度会ってみたらどうかしら。次はもう少しいい感じになるかどうか確かめてみるの。それで思いだしたけれど、まだ聞いていなかったわね、ルーシー。わたしが病気だって伝えたとき、公爵さまはなんておっしゃったの？」

ルーシーはびくりとして針で指を刺してしまった。「いたっ」指先をくわえ、少し吸ってから話す。「なに？　話したじゃないの」

キャスは弱々しく頭を振った。「お大事にと言われたことは聞いたけれど、わたしが病気だとあなたが言ったときに彼が信じたかどうかは聞いていないわ」

ルーシーは背筋を伸ばし、いまいましい刺繍をひざの上に置いた。「あら、信じたと思うわ」

ジェーンがおかしな顔をしてみせる。ルーシーはまだジェーンと話ができていなかった。早く話がしたくてたまらない。さっきふたりでキャスの部屋に入ったとき、どこかの時点でふたりだけで話がしたいとこっそり告げたのだ。ジェーンはうなずいてくれた。

キャスの顔が少し明るくなった。「あなたの言うことを信じてくれたの？」

ルーシーはうなずいた。ジェーンの探るような視線を感じつつ、そうすることしかできなかった。

「また彼とけんかしたの、ルーシー？」キャスがため息をつく。

ルーシーは床にめりこんでしまいたくなった。キャスに合わせる顔がない。刺繍の丸い枠をじっと見つめることしかできない。「いいえ。わたしは、わたしたちは……今日は礼儀正しくしていたわ」ああ、雷に打たれるわ。わたしはふしだらな女。しかも嘘つき。

「それはよかったわ、ルーシー」キャスがつづける。「だって、わたしが病気のあいだ、あなたには彼のお相手をしてもらいたいと思っているんだから」

ルーシーは弾かれたように頭を上げた。目を大きく見開く。「わたしが彼のお相手を？　どういうこと？」

ジェーンはにやついた口もとを、ウルストンクラフトの本で隠していた。

ルーシーがジェーンを指さす。「どうしてジェーンじゃだめなの？」

ジェーンは口もとから本をさげた。「わたしをあてにしないで。彼とこれまでやりとりしてきたのはあなたでしょう。いまさらべつの女を投入して、彼を混乱させるわけにはいかないわ」

キャスは枕にもたれてハンカチで鼻をかんだ。「ルーシー、彼はあなたに慣れているもの」

ルーシーはむせそうになった。ええ、そのとおりね。

「わたしに会うのと同じくらいの回数、あなたにも会っているわよね」キャスがつづける。

うっ、じつを言えば、わたしとのほうが少し多く会っているわ。

「あなたたちは、厳密には友人というわけではないかもしれないけれど、わたしの状況を知らせてくれる存在として公爵さまはあなたに感謝しているんじゃないかしら。ピクニックに行きましょうって話もしていたのよ。遺跡を見たり、そういうことをしようって」

ルーシーは刺繍の枠を指でたたいた。「ぜんぶあなたができるわよ、キャス。元気になればすぐに」

キャスはふせっていたせいで乱れた髪をなでつけた。「体調を崩してしまってほんとうに運が悪かったわ。ものすごく申し訳なくて」

申し訳ない？　ルーシーはつばを飲みこんだ。申し訳ない気持ちならいやというほどわかっている。

「あなたがなにに申し訳ないって言うの、キャス？」

キャスは頭を振った。「いままで公爵さまに取ってきた態度よ。ほんとうに失礼だったわ」

ルーシーは椅子から身を乗りだし、目をこすった。「いいえ、失礼だったのはわたしよ」

「でもそれは、わたしが頼んだからでしょう」キャスはかわいらしくハンカチで鼻をかんだ。

「そんなことはどうでもいいの、キャス。いまはあなたが会うつもりになってくれて、彼は喜んでいるはずよ」ルーシーが返す。

「でも、もう興味をなくしているんじゃないかと心配だわ」キャスが言う。「あまりに長いあいだ病気になっていたら、ほかの人に求婚しようと思うかも」

「そんなことになったとしたら、彼はあなたにふさわしくなかったってことよ」ジェーンが言い添えた。「ほら、メアリ・ウルストンクラフト女史も言ってるわ。〝女性は、男性が男らしさと考える小さな気遣いを男性から受けることによって、意図的に辱められている——男性は自分の優位性を保つことで、じつは女性を見くだしているのだ〟って」

ルーシーもうなずいた。「そのとおりね。ジェーンの言うとおりよ。さっさと見限ったほうがいいわ」

「わかった、わかったわ」キャスは言った。「でも、これまでがこれまでだったから、あなたが彼のお相手をしてくれたほうがわたしも気持ちがずっと楽になるの、ルーシー。だからお願い。それにバークレイ卿だって、ちょっとくらい競争相手がいると思わせたほうがいいんじゃない？」

ルーシーはすがるようにジェーンを見やった。こんなこと、引き受けるわけにはいかない。また公爵に惹かれてしまうかもしれない状況に身を置くなんて。そうよ、誘惑に負けずにいられるの？

ジェーンは肩をすくめた。「引き受けたほうがいいわよ、ルース。あなたがうんと言うまで、キャスは引きさがらないような気がするわ」

「ええ」キャスがにっこり笑って同意した。「そのとおりよ」

ルーシーは情けない声をもらしそうになった。「わかったわ、キャス。あなたの代わりに公爵さまに会いに行くわ」

35

デレクは書斎で帳簿を見ていた。公爵の叙勲の一部として下賜された土地の収支は、めちゃくちゃだった。まったく数字のことがわかっていない人間がこれまで管理していたのではないだろうか。管財人はすでに解雇し、新たな事務弁護士を雇って手伝わせることにしたものの、自分でもひとつ残らず数字を見ておくことにした。まったく貴族というやつは、自分のこともろくに管理できないのか。前の所有者は、よくわからないうちに土地を奪われたようだ。それでも貴族というのは自分に関わる数字を自分で見ようとは思わないらしい。デレクは自分の目で確かめ、すべてを正常な状態に戻してから、自分以外の人間に帳簿をさわらせるつもりだった。

ドアにノックがあり、彼は顔を上げた。「入れ」

相変わらず背筋をしゃんと伸ばしたヒューが、そこに立っていた。「公爵閣下、お客さまでございます」

客？　ルーシーか？　それはなさそうに思えたが、また彼女をこの家に迎え入れると思うと、それだけで急にブリーチズが窮屈になってもぞもぞと身動きしてしまう。

「だれだ、ヒュー？」

「バークレイ卿です、閣下。少しお時間をちょうだいしたいとのことです」

デレクは帳簿に羽根ペンを投げだし、椅子にもたれて頭の後ろで手を組んだ。バークレイ？　どういうことだ？　まったく意味がわからない。「彼はひとりか、ヒュー？」

「はい、閣下」

「通せ」

デレクは目を細めて向かいの壁をにらんだ。いったいバークレイがなんの用だ？

ヒューがくだんの男を連れて、ものの一分で戻ってきた。書斎に彼を通すと、執事はドアを引いて閉めた。

バークレイはデレクにおじぎをした。「公爵閣下、会っていただきありがとうございます」

「どうぞ、なかへ。かけてくれたまえ」

バークレイはデレクのデスクまで進み、その前にあるふたつの大きな革椅子のひとつに腰をおろした。「ありがとうございます、閣下」

デレクは立ちあがってサイドボードにゆっくり近づくと、グラスにブランデーをついだ。「一杯いかがかな、バークレイ？」

「いえ、けっこうです、閣下。ワインを少々たしなむ以上の酒はやらないので」

それを聞いて、デレクはサイドボードの前で眉を片方つりあげた。「わたしはブランデーをいただいてもいいかな？」

「ええ、もちろん」

よかった。きっと飲まないと聞いていられない話だろうから。デレクはサイドボードからグラスを取ると、バークレイにはワインをついで渡し、自分はデスクの後ろにまわって腰をおろした。「さて、バークレイ。どんな用件があってここへ？」

バークレイ卿はワインのグラスを脇に置き、椅子の端に座り直して握った手をデスクについた。「あ……あなたに……お……お願いがあります、閣下」

デレクは酒をひと口ふくんだ。「お願い？」

「ええ、閣下。レディ・ルーシー・アプトンに……関係することです」

デレクは鼻から深く息を吸った。「レディ・ルーシー？　彼女のことで？」

「ええ、閣下」バークレイはクラヴァットをまっすぐにした。「ぼくは……その……

レディ・ルーシーにきゅ……求婚をしたいと思っています」

デレクは目を細めた。いったいなにを言いたいんだ？「つづけて」

「ぼ……ぼくは……正式に求婚したいと……思っています、閣下。それで……お力をお借りしたいのです。よろしければ」

デレクはひと息にグラスの残りを飲み干した。「ルーシーに求婚するのにぼくの力を借りたい？」ああっ、くそっ、いま失敗したんじゃないか？バークレイの前で彼女を〝ルーシー〟と呼んではいけなかったのでは？

「そ……そうです、公爵閣下」

デレクは青年をじっと見た。バークレイは話すのが少し不得手なようだ。ここまでやってきて助力を乞うのもたいへんだったにちがいない。

「きみに力を貸すとして、具体的にどうすればいいんだろうか？」デレクは尋ねた。

「レディ・ルーシーは、あな……あなたの頭のよさに……惹かれているようでした、閣下」

デレクは眉をひそめた。「そうなのか？」

「は……はい、閣下。彼女からそ……そんな話を聞いたのは……一度ではありません。あなたと……丁々、発止、やりあったって……」

デレクは眉を片方つりあげた。「彼女がそんなことを?」

「はい、こ……公爵閣下」

公爵閣下と呼ぶのをやめさせなければ。聞くに堪えない。

「その話だけでは、ぼくがどうして力になれるのかわからないな、バークレイ」

バークレイ卿は手をひざに戻し、うつむいて手を見つめた。「で、ですから……公爵閣下、ぼくに言えないことを……言えるように……していただきたいんです。レディ・ルーシーに……手紙を書いてほしいんです。ぼくが書いたことにして」

36

翌朝、デレクは深呼吸をしてから、アプトン家のタウンハウスの玄関ドアをノックした。バークレイと会ったときのことがずっと頭に残っていた。結局、彼を助けてやることにした。あの哀れな青年が気の毒になったか。たまたま虫の居所がよかったか。あるいは、ほかの男がルーシーに求婚するのを応援すれば、いつもいつも頭から離れることのない彼女の姿が消えてくれると思ったか。

もしルーシーがバークレイと結婚すれば、陥ってしまったこのややこしいめちゃくちゃな状態が自然と解消し、みんなが幸せになるのではないだろうか。少なくともデレクは自分にそう言い聞かせながら、いつの間にかバークレイに承諾の返事をしていた。そして羊皮紙を一枚取り、バークレイが言いたいこととして話した内容をもとに覚え書きを書いた。バークレイはオックスフォード大出身かもしれないが、どうやら目当てのレディに求愛する段になると、気のきいた文章のひとつも出てこないらしい。

かわいそうなやつだ。

頼みを引き受けた理由はなんにせよ、デレクはバークレイが待っているあいだに手紙を書き終えて渡してやった。そのあいだじゅう、自分をののしりつづけていた。そしていま、ここに立つ彼は、レディ・カサンドラのための花束を持ち、これからドアをノックして自分の求婚を再開しようとしている。

コン、コン、コン。

ドアが勢いよく開いた。アプトン家の執事が彼を客間に通す。デレクは執事に花を渡し、病にふせっているレディ・カサンドラの部屋に飾ってほしいと告げた。

いちばん近い客間に通されたデレクはうろうろと歩きまわり、返事の書きつけを待っていた。見舞いに花を持ってくるというのはよかったのだろう？　レディは花が好きなんだよな？　彼の母親は、たまに父親から花束を贈られるといつも明るく笑っていたのだが。

そのときルーシーが軽やかに入ってきた。手にした手紙を熱心に読みつつ、満面の笑みを浮かべている。

ふと顔を上げた彼女が跳びあがった。「デレ……公爵閣下？」手紙を取り落とす。あわてて身をかがめ、床に散らばった手紙を拾おうとしたので、デレクも近づいて手伝った。

手紙のうちの一枚を拾いあげると、予想どおり、バークレイに書いてやった手紙だった。ふむ。これで彼女は笑顔になるのか。なかなか興味深い。花よりもいいということか？

手紙の残りをルーシーが拾い集め、デレクも拾った一枚を渡してやった。「なにかおじゃまをしてしまいましたか？」いままで聞いたこともないような震えた声で、彼女が言った。

「いや、なにも。階上《うえ》にいらっしゃるレディ・カサンドラに花を贈って――」

そのときちょうど執事が戻り、折りたたまれて銀の盆に乗った白い紙をデレクに差しだした。「レディ・カサンドラからでございます」執事が歌うように言った。

デレクは盆から手紙を取り、広げて読んだ。そのあいだに執事は辞去する。

「キャスはなんて？」ルーシーは自分がもらった手紙を胸に抱き、なんともそそられる様子で唇を噛んでいた。

「花がきれいだということと、今日はいっしょに行けなくて申し訳ないということが書いてある。ピクニックの予定だったんだ」

「まあ、そうなの。それはほんとうに残念ね」ルーシーはまた手紙に顔をうずめ、向きを変えて出ていこうとしたが、次のデレクの言葉で足を止めた。

「それから、自分の病気が治るまで、きみにぼくの相手を務めてもらえるよう頼んだと書いてあるぞ」

ルーシーは凍りついた。ゆっくりと振り返り、手紙を持ったほうの手をおろす。

「ええ、そうね。そのとおりよ。そう言ってたわ」

デレクは小ばかにしたような笑みを浮かべた。「きみも承諾したと書いてある。まあ、信じがたいと言わざるを得ないが」

ルーシーは目を合わせられなかった。「わたしは、キャスのためならなんでもするわ」

「ぼくとピクニックに行くというようなことでも？」

ルーシーは目をしばたたき、空いたほうの手で自分を指した。「あなた、わたしを連れてピクニックに行きたいの？」

デレクは背中で手を組み、ブーツを履いた両足を少し広げてしっかりと立った。

「弁当も用意してバスケットに詰めてきたんだ。無駄にするのはもったいない」

ルーシーはうなずいた。「わたし、少しおなかがすいたわ」

デレクがにやりと笑った。「じゃあ、どうする？」

その言葉に痛みを感じたかのように、ルーシーは少しつらそうな顔をした。「わかったわ、閣下。あなたとピクニックに行きます」

ピクニックの弁当を広げることにしたのは、ロイヤル・クレセントのすぐ南にある庭園近くだった。街の向こうに丘陵地が連なり、夏の花の甘いにおいがふんわり漂っていて、牧歌的な場所だ。公爵のお供についてきたふたりの従僕がさっと毛布を広げ、弁当を出して、甘口の赤ワインをグラスにふたつつぐと、ふたりのじゃまにならないようじゅうぶんな距離を取って離れた。

ルーシーは大きく息をついた。客間では少しぎこちない始まりだったけれど、今日は驚くほど気詰まりではなかった。やましいことなどなにもなかったかのようだ。ただ……目を閉じると、デレクが自分に覆いかぶさって彼女が経験したことのないものを感じさせられているところが思い浮かんだ。ルーシーは頭を振った。あんなことを思いだしてもしかたがない。なにもなかったかのようにふるまわなければ。

結局、彼と出かけることになってしまった。でもピクニックなら外だし、安全だろう。街なかの丘の上で、みだらな行為をくり返すようなことにはならないはず。キャスの代理を務めるくらい、なんでもないことだ。

「いっしょに出かけてくれてありがとう」デレクがワインをひと口飲み、後ろに片手をついてくつろぎながら言った。若々しく、とてもチャーミングに見える。ルーシーは手を伸ばして、彼の額にかかった黒髪を払ってあげたくなった。

彼の言葉に思わず笑みが浮かんだ。今日の彼はやさしくて、とても気遣ってくれる。なんだか彼らしくない。どうしてだろう？「こちらこそ誘ってくださってありがとうございました。いまの言葉、これまでにあなたから言われたことのなかでもいちばん感じがよかったわ」

デレクは声をあげて笑った。「同感だな。きみのその言葉も、いままでのなかでいちばん感じがいいぞ」

ルーシーは目の前の毛布の上に、パン、果物、チーズの皿をせっせと並べていった。デレクが咳払いをする。「さっき客間に入ってきたとき、きみは手紙を読んでいたようだったが」

ルーシーは満面の笑みを浮かべた。「ええ、ええ、そうなの」

「楽しい手紙だったのか？」

顔を上げたルーシーは鼻にしわを寄せた。彼はなにを気にしているのかしら？　手紙はバークレイ卿からで、ルーシーがいままで受けとったもののなかでも最高にすばらしくて、やさしさと思いやりにあふれ、おもしろくて気のきいた手紙だった。それとない気遣いがあり、仰々しくなく、甘ったるくもない。バークレイ卿に期待していたとおりの文章だった。いっしょにいると楽しいと書いてくれて、話題も幅広く、どれもこれも楽しく読めた。きっとバークレイ卿は会話よりも手紙の人なのだ。書くことが好きなのだろう。そうよ、知性のある人なのよ。デレクにはそんなものはまったくないだろうけど。「ええ、とても楽しかったわ」

「だれから?」

ルーシーはにっこり笑ってみせた。「あなたには関係ありません」

デレクはもうひと口ゆっくりとワインを飲んだ。「そうだな……バークレイか?」

ルーシーの目が大きく見開かれた。「どうして——まあ、そうよ、バークレイ卿からよ」デレクがクリスチャンにやきもちを焼くのなら——ああ、バークレイ卿のクリスチャンネームを考えるだけで小さな震えが走る——彼がどんなに関心を寄せてくれているか教えてあげてもいいかも。そう、かなりの関心よ。

「バークレイが手紙を書いてる姿なんぞ想像できないがな」デレクはワインのグラスを置き、身を乗りだしてぶどうをひと粒口に放りこんだ。

ルーシーは両手を腰に当てた。「ろくに知りもしないくせに。彼の手紙はすばらしかったわ」

「すばらしかった？」ハンサムな顔が皮肉にゆがむ。

その表情をルーシーは消し去ってやりたかった。「ええ、そうよ。きっととてもよい教育を受けているのね。ユーモアもあるし、頭がよくて、気がきいてて」

「気がきいてる？」デレクの眉がつりあがった。「頭がいいうえに気がきいてる？」

ルーシーはうなずいた。「ええ、とっても気がきいてるの」

「ぜひその手紙を読ませてほしいね」デレクがもうひと粒ぶどうを口に放りこむ。

「それはだめよ」ルーシーはパンのかたまりからふた切れスライスし、一枚を自分の皿に、もう一枚をデレクの皿に乗せた。

デレクは悪びれない顔で笑った。「気をつけろよ、ルーシー。今度こそきみの毒舌におそれをなして逃げられないように」

ルーシーは目を細めて彼をにらんだ。「バークレイ卿の前ではしっかり口を閉じているからだいじょうぶよ、公爵閣下。うまくやれていないのは、あなたとのほうだわ」

「まったくね」

あら、そう言ってウインクするだけなの？

「しかたがないでしょう」ルーシーは言った。「わたしは言うことがときどき……いえ、いつもぶしつけになってしまうから。生まれたときから困りものなの。いえ、少なくとも、幼いころからかしら」

デレクは鋭いグリーンの瞳をすがめた。「どうして幼いころから？　なにがあった？」

「どうでもいいことよ」ルーシーは頭を振り、黒いぶどうの房に手を伸ばした。

「知りたいな」デレクがやさしく言う。

そのやさしい言い方のなにかが、ルーシーに答えたい気持ちを起こさせた。ぶどうをひと粒口に入れると、噛んで飲みこんだ。「子どものころ……兄が亡くなったの」

デレクの瞳に、驚きの光が一瞬ひらめいた。「そうか」彼女をじっと見つめる目はそらさない。「ハイドパークに乗馬に行った日、きみが亡くしたと言っていたのは、そのお兄さんのことか？」

ルーシーはうなずいた。

「お兄さんになにがあった？」デレクが真剣な口調で尋ねる。

ルーシーは顔をそむけた。少し落ち着かない。生まれて初めて、だれかがほんとうに――まともに、真剣に――話を聞いてくれているような気がした。デレクの表情も、彼女だけにじっと意識を向けてくれているところも、そしてこういうむずかしい質問をしてくれるところも誠意が感じられる。これまでは、だれもほんとうには気にかけてくれなかった。だから、少しうろたえてしまう。

ルーシーは大きく息を吸った。この話はだれにもしたことがなかった。いや、ギャレットとキャスとジェーンはもちろん知っているけれど、そのほかにはだれにも一度も話していない。「わたしたちはふたりとも熱を出したの。何カ月も治らなかったわ。そしてラルフは亡くなり、わたしは生き残った」

デレクは重々しくうなずいた。「そうか」またぼそりと言う。

ルーシーはワインをひと口飲んだ。「そう、死んではいけないほうが死んだの。少なくともわたしの両親にとっては」

デレクは小声で悪態をつき、彼女と目を合わせた。「そんなはずはないだろう」

ルーシーは目を合わせていられず、顔をそむけた。「いいのよ。両親が兄に生きていてほしかったことはわかってるの。できるものなら、わたしも兄と代わってあげたかったわ」

「きみはいくつだったんだ?」デレクはまだ真剣なまなざしで彼女を見つめている。本気で気になっているかのように、彼女の返事に耳をかたむけている。

ルーシーはつばを飲みこんで答えた。「七つよ」

デレクはすっと手を伸ばし、ルーシーの手に軽くふれた。「そんなに小さいときに、それほど重たい気持ちを背負いこんだのか」

彼女はゆっくり、おずおずと手を引いた。「どうしようもなかったの」

デレクはよくわかるとでも言うような、前にも見たことのある強いまなざしを向けた。「ご両親はきみにつらく当たったのか?」

ルーシーは冷めた笑みを返した。「いいえ。ある意味、そうしてくれたほうがまだよかったわ。そのほうがまだ耐えられたと思うの。でも両親はただわたしを無視した。いないものとして扱った。あのときから、子どもなんてまったくいないかのように」

「そんなひどいことを」デレクは小声で言った。「子どもを無視するのは最悪の虐待行為だ」

ルーシーはひゅっと息を吸いこんだ。だれかがそんなことを言ってくれたのは生まれて初めてだった。兄が亡くなってからの両親の仕打ちはひどいんじゃないかと、心のなかではずっと感じていたけれど、実際にそう言ってくれる人は――この世に命ある存在は――まったくいなかった。だから、心が軽くなったような気がした。ようやく解放されたかのような。ルーシーは弱々しい笑みを見せた。「そんなふうに言ってくれてありがとう」

「ほんとうだ。ほんとうのことじゃないか。きみがそんな目にあったとは気の毒だった。きみの子ども時代がどんなにつらいものだったか、想像できないくらいだ」

ルーシーは肩をすくめた。「無視された子どもがやるようなことをやったわ。なんとしても両親の気を引きたくて、あらゆることをしたの。勇気や気概があることを証明するようなふるまいをして、彼らが失ってしまった息子の代わりになろうとしたのね」

彼は眉根を引き絞った。「いったいどんなことをしたんだ?」

「男の子相手に決闘を申しこんだり、馬を乗りまわしたり。釣りに、射撃、果てはイートン校に入れるかと父に訊いたわ」ルーシーがチーズをかじる。

デレクは笑いを噛み殺した。「まさか」

彼女がため息をつく。「それが、ほんとうなの」

彼はひざを立ててそこに手首を置いた。「それで、きみのお父上はなんて?」

「家庭教師を呼びつけて、すぐにわたしを書斎からつまみだせと言ったわ」またひと口チーズをかじる。

デレクは頭を振った。「そしてきみは、率直すぎる大人になったのか」

「ええ。お手本にできる女性はまわりにほとんどいなかったから。母は完全にわたしをいないものとしていたし、おばはなんでもやりたいことをさせてくれたし、家庭教師には放置されていたもの。わたしは自分を男の子にすることにどっぷりはまって、このうえなくぶしつけな人間になってしまった」

「レディ・カサンドラとはどうやって親しくなった？」デレクは本気で知りたそうな顔だった。

キャスのことを訊かれて、ルーシーはどうして彼とここにいるのかを思いだした。デレクは自分の恋人ではない。キャスのものなのだ。それを忘れてはいけない。ルーシーは後ろに体を倒し、毛布の下のやわらかな草を感じながら両手をついて体を支え、息を吐いた。「キャスはまるで天使よ。田舎の領地が隣り同士だったの。わたしが馬に乗って出かけていって、いっしょに遊んだわ。同じ年ごろの女の子でわたしを悪《あ》しざまに言わず、わたしの作法や身だしなみを下品だと思わないでいてくれたのはキャスだけだった」

デレクはにやりと笑った。「彼女の母上はどういう反応を？」

ルーシーは軽く鼻を鳴らした。「残念ながら、キャスのお母さまは昔からわたしをまったくよく思ってくださらなかった。じつを言うと、お隣りに出かけていったのは、最初はオーウェンに遊んでもらおうと思ったからなの」

「オーウェン？」

「キャスのお兄さまよ」

「それで、彼は遊んでくれたのか？」

「いいえ。彼はいつもとてもやさしかったけれど、レディ・モアランドから息子に近づくなと言われてしまって」

「娘のほうには？」

「キャスはわたしをひと目見て、もう少しレディらしくしてあげられると思ったんじゃないかしら。とても仲良くなったわ。キャスは相手がだれであっても、その人のいいところに目を向けるの。とくにわたしにはそう。わたしがいつもひどい状態だったから。ほかの令嬢のお母さまがたなんて、自分の娘がわたしとつきあうことすら許さなかったわ。でもキャスは、ずっとわたしに誠意を尽くしてくれた」

「だからきみも彼女に誠意を尽くすと？」

ルーシーは息をぐっとのんだ。「ええ、いつだって」

デレクはうなずいた。「なるほど。それでぼくが彼女に近づくようになったとき、あんなに猛烈にじゃまをしたのか」

ルーシーは背筋を伸ばし、指先で毛布の端をなぞった。「ええ、そうよ。わたしはキャスが大好きなの。前にも言ったように、彼女のためならなんでもするわ」

デレクはひざに置いた手首をはずした。「きみのもうひとりの友人は？　ジェーンといったか？」

ルーシーは明るい笑顔に変わった。「ジェーンはもう少しあとになって、われらが楽しい仲間に加わったの。彼女もわたしみたいに社交界でつまはじきにされていたから、社交界デビューの舞踏会で意気投合したのよ」

デレクは眉を両方ともつりあげた。「つまはじき？」

ルーシーはため息をついた。「そう。あまり知られていないけれど、わたしは王妃さまに謁見したとき、つまみだされてしまったの」

デレクの両眉がぐっと上がる。「そうなのか？」

「ええ。おとなしくはにかみ笑いやこびへつらいをしなかったから。ばかみたいに手のこんだ髪型から飾りの羽根を引っこ抜いて、王妃さまの足もとの床に投げつけちゃって」

「おいおい、まさか」驚いた顔をしてみせていても、それが大きくゆるんでいるのは隠せない。

「いいえ、やっちゃったの。それ以降、母はわたしが社交の場に出るときはいっさい関わらないと言って、自分は田舎に引っこんでわたしをおばのメアリに押しつけたのよ」

「で、ジェーンも王妃の謁見の間からつまみだされたのか？」

「いいえ、まさか。ジェーンは教えられたとおりにこなしたわ。ただ、あとになって、ジェーンから、すてきだったわよなんて言われたの。彼女はだれかの奥方になるより、研究や勉強がしたいのよ」

「そしてレディ・カサンドラは、そんなきみたちをありのままに受けいれてくれたんだな？」

ルーシーはもうひとつチーズのかけらを口に放りこんでうなずいた。「無条件でね。だからわたしたちふたりとも、彼女のことでは一生懸命なの。キャスはほんとうにだれとでも仲良くできる子よ。血筋も作法も非の打ち所がないわ。どんな人にも好かれるし。それでも彼女は、わたしたちふたりといっしょにいることを選んでくれた。だから彼女が大好きなの」

「それは理解できるな」デレクは答えた。「誠意を尽くすというのはなにより大事なことだからね」

ルーシーは目をそらして街並みの向こうにうねる丘陵地を眺めた。「だからあなたはそこまでキャスに求婚することにこだわっているの？　ジュリアンに約束をしたから、彼に誠意を尽くすため？」

デレクはうなずいた。「そうだ。スウィフトは彼女が打ち捨てられるのではないかと、それは心を悩ませていた。彼女がいまだにだれの求婚も受けていないことを知っていたから」

ルーシーはほうっと息をついた。「それがどうしてなのか、ジュリアンにはわからなかったのかしら？」

デレクは肩をすくめた。「わかっていたとしても、ぼくにそれらしいことを言ったことはない。だがスウィフトは高潔な男だ。ほかに誓いを立てた相手がいるなら、レディ・カサンドラを思う気持ちがあってもその誓いを守り抜くだろう」

ルーシーはうなずいた。「そうすることが立派とされるんでしょうけれど、ものすごく哀しいことだと思うわ」

「なぜ？」

「だって、もしジュリアンもキャスを愛しているのだったら？　ふたりこそがいっしょになるべきなのだとしたら？　キャスのいとこのペネロペにはわたしも会ったことがあるけれど、あの子の頭は空っぽよ。ジュリアンのことよりも、安っぽい装飾品やおしゃれに興味を持っていたわ。残りの人生をだれと過ごすことになるかより、花嫁道具を用意することを心配してる。ジュリアンが死にそうだってキャスに手紙を書いてきたときも、彼の命が長くないかもしれないってことより、新たに花婿を探さなきゃならないかもしれないことに途方に暮れていたもの」

デレクは厳しい顔でうなずいた。「そうだとしても、スウィフトはもう心を決めたんだ」

ルーシーは腕組みをした。「それで、だったらもう決定は覆らないということ?」

「そうだ」

その返事にも驚いたが、声の強さにはもっと驚いた。この人は、決心をひるがえさないことをほんとうに大切にしているのだ。

ルーシーは肩をすくめた。「まあ、わたしとしては、ジュリアンが生き延びてイングランドに戻ってきて、キャスと結ばれることを祈るわ」

そう聞いてデレクは微笑んだ。「ほう、ルーシー、きみにも少しロマンティックなところがあるんだな」

彼女はぶどうをひとつ口に放りこんで笑った。「しかたないの。わたしは愚かなことがきらいなんだもの。幼いころに親がいいと思ったというだけで、愛してもいない、大切にも思っていない相手と結婚するなんて、愚かとしか思えないわ」

デレクは空を指さした。「ああ、だが社交界の連中とはそういうものじゃないのか？」

「ええ、そうよ。でも、それではいけないと思うの。結婚という結婚が愛にもとづくわけでないことはわかっているわ。でも、昔の約束と握手だけで決まっていいものでもないと思うの。とくにジュリアンとキャスがいっしょになることで、ほんとうに幸せになれるかもしれないのだったら」

デレクは毛布に両ひじをついた。「きみの知る範囲で、スウィフトがレディ・カサンドラに思いを寄せていると思うようなことはあったか？」

ルーシーは毛布を見つめた。「いいえ、ないと思うわ」

「それなら、あらぬ期待を抱きすぎてるんじゃないかな」

彼女は足のそばに生えている草を引き抜いた。「そうかもしれない。あるいは、友だちのことだからいいように願っているだけなのかも」頭を振る。「いずれにしろ、ジュリアンは戻ってきそうもないんだから、どうでもいいことよね。キャスのことを思うと胸がつぶれそうだけど」

デレクがいかめしくうなずいた。「スウィフトはいいやつだっ……いや、いいやつなんだ」

ルーシーも暗い顔でうなずく。さっきみたいなたわいのない会話に戻そうと、咳払いをして言うべきことを探した。「ピクニックに連れてきてくださってありがとうございました、閣下。キャスの具合が悪くてわたしでがまんしていただいて、申し訳なかったわ」

デレクはぶどうを口に入れた。「きみといるのも悪くないよ」

37

「また手紙？」翌朝、ギャレットが〈朝食の間〉にぶらぶらと入ってきた。今朝はジェーンの姿がどこにもないが、キャスはまだ体調が戻らずベッドにいる。おばのメアリはたいていもっと早い時間に朝食をとるので、ルーシーはひとりで食べていた。でも今朝はひとりでも気にならなかった。バークレイ卿から、またまたすばらしい手紙が届いたのだ。

「そうよ」ルーシーはうれしそうにうなずいた。

ギャレットはサイドボードに行き、ハムと卵とチーズとトーストを皿に盛った。それからルーシーの隣りの席につく。「ああ、若人の恋。すばらしきかな」

ルーシーは彼の肩をはたいた。「やめてよ。恋なんかじゃないわ」

「そうなのか？」

「そうよ。まだ会ったばかりだもの。まあ、とてもよさそうな人だけど。それに彼の手紙ときたら――」そこでため息をつく。「すごいのよ」

ギャレットは眉をひそめた。「正直、バークレイがそういうやつだとは知らなかったな。大学時代もそんなに文章がうまいわけではなかったぞ」

「信じられないわ」ルーシーはとくにお気に入りの箇所を読み直して答えた。「ここを読むから聞いて――」口を開けたとたん、ギャレットはフォークを置いて両耳をふさいだ。「やめろ、やめろ。親しい友人がじつのいとこに書いた恋文なんて聞きたくない。そんな拷問はやめてくれ」

ルーシーは声をあげて笑い、手紙を脇に置いた。「わかったわ。でも、あえて言うなら、文章はとてもうまいわよ」

ギャレットは肩をすくめた。「そういうことにしておくよ。でも、手紙を送ってくるわりに訪ねてこないのは変じゃないかな」

ルーシーはティーカップからひと口飲んだ。「べつに、ぜんぜん。彼はきっといとこの結婚式で忙しいのよ。それにここだけの話だけど、手紙のほうが彼は自分の言いたいことがうまく伝えられるみたい」

「ああ、その点は信じられるな」ギャレットは卵にかぶりついた。

「ほんとうにすごいのよ。ここに来たときはお互いにふたこともしゃべらなかったのに。手紙となると、まるでまったくべつの世界が彼のなかに広がっているみたいで、ほんとうの自分を表現できているのよね」

「なんだかちょっとロマンティックすぎるなあ。とにかくぼくは食べるよ」

ルーシーはまた笑った。「もう。わたしたちを引きあわせたのはあなたでしょう？　このすてきな出会いをくれたあなたには感謝しなくちゃね」

ギャレットは眉をぴくぴくさせた。「ただの出会い以上になってる気がするけど。出会いといえば、カサンドラの相手の公爵と、このあいだ出かけたらしいね」

ルーシーは肩をすくめて手紙を横に置いた。「キャスが行けなかったからよ。でも正直言って、感じがよくてびっくりしたけど」

また彼の眉が動く。「感じがいい？　それは驚きだな」

ルーシーがもうひと口飲む。「でしょう？」

「今日はなにか予定があるのか？」ギャレットが尋ねた。

「ええ。その公爵さまが二時半にここへ来るんですって」

38

「それで今日は、キャスとなにをするご予定だったのかしら?」その日の午後、タウンハウスにやってきたデレクに、ルーシーは気取った笑みを浮かべて尋ねた。

デレクは笑みを返し、彼女の手の上に身をかがめた。「遺跡を見に行きたいと思っていたんだ。ローマ浴場の遺跡を」

ルーシーは客間の長椅子に腰かけていた。デレクの姿を見たとたん、もうキャスの身代わりになるのはやめようと思っていた気持ちは露と消えた。彼と出かけて、なにか悪いことがあるかしら? 彼はキャスのことがもっと知りたいのでしょう? それを手助けしてあげられるんじゃないの?

まあ、悪いことがないわけではない。ここ数日デレクとあちこちまわっているものだから、バークレイ卿とはまったく会えていなかった。そう、事態は後退していた。困ったことに。しかももっと悪いことに、もうすぐバークレイ卿はロンドンへ戻ることになっていて、その後は秋から冬にかけて田舎の領地で過ごすという。そうすると、かなり長いあいだ会えなくなる。そういう葛藤のあれこれがルーシーの頭のなかを駆けめぐった。いまや、つねに後ろめたさを感じているように思う。それでもなお、目の前にいるハンサムな公爵を見あげた彼女は、こう言ってしまっていた。「ローマ浴場の遺跡を？　まあ、それはぜひ行きたいわ」

デレクは仰々しくおじぎをして腕を差しだした。「どうやらレディ・カサンドラは、まだ風邪でふせっておられるようだね」

「そうなの、かわいそうに」ルーシーが答える。やはり後ろめたい。じつを言うと、今日はキャスの様子を見に行ってもいなかった。たぶんまだ風邪は治っていないだろうと――いえ、そうであってほしいと――思いながら。そうすればもう少し、この人といっしょにいられるから。ああ、わたしはなんてひどい人間なんだろう。

デレクはルーシーに微笑んだ。「では、ぜひとも行こうじゃないか」

ふたりが客間から出たとき、ちょうどギャレットが通りかかった。「こんにちは、クラリントン」ルーシーに眉をくいっと上げてみせ、公爵にはうなずく。

「これはアプトン」デレクはギャレットのほうに首を少しかたむけた。

「キャスのお見舞いですか？」ギャレットが訊く。

「そうだ。まだ回復されていないようだから、レディ・ルーシーにおつきあいいただいてローマ浴場遺跡へ行こうかと」

立派なことに、ギャレットはまったく表情を変えなかった。「ああ、そうですか。楽しんできてください」

ルーシーはいとこに向かって鼻にしわを寄せたものの、そのままデレクと玄関ホールを進んだ。

「あ、ルーシー」ふたりが玄関ドアに着こうというとき、ギャレットが呼びかけた。

ルーシーが振り返る。「なに？」

「バークレイが、ここを発《た》つ前にもう一度会いたいと言ってたよ」

ルーシーはうつむいて足もとを見つめた。後ろめたくて胸が痛い、痛い。「そう。それは……よかったわ」

ギャレットは妙な顔をして、立ち去った。

デレクは眉根を寄せていたが、ルーシーがボンネット帽と外套を受けとるのを手伝い、外までエスコートして馬車に乗せた。乗りこんだルーシーは感嘆の息をもらしそうになった。深いワイン色のベルベットと磨きあげられた真鍮《しんちゅう》でしつらえられた、粋な内装。公爵にふさわしい馬車だった。次にこれに乗るときは、たぶんクラリントン公爵夫人となったキャスの友人として、なのだろう……。

従僕と馬丁を伴い、馬車は泥道をローマ浴場遺跡へと音をたてて走った。堂々たる石造りの建物の前で止まると、デレクはルーシーに手を貸して馬車から降ろした。彼の手がふれたとき腕に走った衝撃を、ルーシーは必死で感じないようにした。この人はキャスのものなのだから——そう自分に言い聞かせる彼女の腰にデレクは手を添え、遺跡へといざなった。

ふたりは大きな建物に入った。ゴシック様式の高いアーチ型の天井と石造りの構造を前に、ルーシーは口をぽかんと開け、三百六十度ぐるりとまわって全体を見渡した。

「ここは初めてなのか？」すっかり魅了されている彼女の様子にデレクが尋ねる。

「いいえ、来たことはあるわ。何度か」ルーシーが答える。「でも、いつ来ても感動してしまうの」

なぜかその言葉にデレクの頬がほころんだ。

「ぼくは初めてなんだ」彼は上を見あげ、同じようにひとまわりした。「どこから見るのがいいのかな？」

ルーシーは両手を打ち鳴らさんばかりの勢いで言った。「浴槽！　大浴槽よ」

「浴槽？」

彼女は手で合図した。「ついてきて」

デレクは彼女について廊下を進み、銅のようなにおいのする湿っぽく暗いトンネルを通っていった。やがてひんやりとした薄暗い大きな空間が広がると、その中央に緑色の湯だまりがあった。

「ほら」ルーシーが湯のほうに手を振る。

その湯だまりの縁まで、ふたりいっしょに近づいた。

「こういうものだとは思わなかったな」デレクが言った。周囲は陰になって薄暗く、湯だまりに反射する光が輪となって輝いていた。きらめいたそばから水面の動きによって輪が消えては、また生まれていく。

ルーシーは大きく息を吸った。手袋をはずしてしゃがみ、湯の表面を指先でなぞった。「ここの存在は、長いことだれにも知られていなかったの。いったいどれくらいのあいだ発見されずにいたのか考えると、感動するわ」

デレクはポケットに両手を入れた。「そうだな、何百年ものあいだということになるな」

ルーシーは立ちあがり、少しあごを上げて彼を見た。「硬貨を持っているかしら？」

「硬貨？　なぜ？」

にこりと彼女が笑う。「硬貨を浴槽に投げいれると、願いがかなうと言われてるの」

「そうなのか？」デレクの表情は半信半疑としか言いようがなかった。

「ええ。でも願いごとは人に言ってはいけないのよ。言ったらかなわなくなるんですって」

デレクは口をすぼめた。「きみはそれを信じているのか？」

ルーシーが肩をすくめる。「運命にはすなおに従ったほうがいいでしょ？」

彼は上着の内ポケットから小袋を取りだし、硬貨を一枚出した。それを彼女に差しだす。「どうぞ、マイ・レディ」

「ご親切にどうもありがとう」ルーシーは彼の手のあたたかさには気づかないふりをしながら硬貨を受けとった。硬貨をぎゅっと握りしめ、目を閉じて、願いごとをつぶやいた。〝キャスとジュリアンとデレクとバークレイ卿のことが、すべてよいようにうまくいきますように。あっ、そしてわたしのことと、ジェーンとギャレットのことも〟これじゃお願いしすぎかしら？　でも、もうしちゃったし。ルーシーは硬貨を投げいれ、小さな金属が水面をくぐっていくのを見つめていた。硬貨の消えたところから波紋が広がっていく。

ルーシーはデレクのほうを向いた。「さあ、次はあなたの番よ」

「ぼくは硬貨をとっておくよ」彼は小袋を上着のポケットに戻した。

ルーシーが腕を組む。「信じてないのね、公爵閣下?」

「まさか、その逆だ。ぼくはいろんなことを信じているぞ、マイ・レディ。たとえば、健全な意思決定をすれば、湯だまりに硬貨を投げいれるよりいい結果が生まれることとか」彼のまなざしで、ルーシーはこの静まり返った場所にふたりきりだということを思いだした。従僕と馬丁は外の馬車のそばで待っている。

ルーシーは乱れた髪を耳にかけ、話題を変えようとした。「温泉にはほんとうに治癒効果があると思う?」

デレクは微笑み、ポケットに両手を戻した。「わからないな。だが、試してみるのは悪くないんじゃないか。温泉に浸かって湯治をするそうじゃないか」

ルーシーはごくりとつばを飲んでうなずいた。頭のなかでうっかり想像してしまったのだ。温泉に入って服がぬれて貼りついている自分と、いっしょに入っているデレク。彼が彼女のうなじに唇を寄せ、両手は彼女の太ももにかかって……。

「古代ローマ人というのはすごいものだな」彼の言葉で、ルーシーは横道にそれた思考から引き戻された。彼女はのどに手を当てて頭を振った。「そ……そうね」それだけ絞りだしたものの、まだ彼の裸体が頭のなかを占めていた。

「大学では、古代ローマ人の戦術を研究したよ」デレクが言い添えた。

ルーシーの頭が跳ねあがった。「あなた、大学へ行ったの？」口にしていいかどうかを考える間もなく、言葉が口から飛びだしていた。ああ、なんてこと、自分を蹴りあげてやりたい。こんな質問をするなんて失礼にもほどがある。そのうえ質問をしたときの口調がひどかったのは言うまでもない。まるでそんなことはあり得ないとでも言わんばかりの……。一瞬、浴槽に飛びこんで隠れてしまおうかとさえ思った。まあ、そんなことはばかばかしすぎるし、服もだめになってしまう。でも、デレクは飛びこんで助けてくれるかも。それはなかなかそそられるわ。

「ぼくが大学へ行ったと聞いて、そんなに驚いたのか？」心を奪われる彼の唇には微笑みらしきものが浮かんでいた。

「ち、ちがうわ、ちがう。そんなまさか」そうは言っても、口に出してしまった言葉は取り消せない。もごもご言って否定しても無駄だった。

デレクは片眉を上げ、ちょっとうろたえすぎだぞと無言で伝えた。「歴史書や過去の軍隊からは多くのことが学べるからね。ぼくは軍人としての教育だけ受けたわけじゃない。あらゆる偉人の教えも学んだよ。シャルル・マーニュ、ハドリアヌス、チンギス・ハーン」

ルーシーはまばたきもせず浴槽を見つめていた。ゆっくりとうなずく。彼がただ無骨なだけの軍人で、紳士ではないと思いこんでいたのは早とちりもいいところだった。彼に申し訳ないことだ。彼のことを、自分はほんとうにはなにも知らないのだ。生まれながらの貴族ではないという身分でしか、彼を判断していなかった。ルーシーはつばを飲み、浴場の茶色っぽい石の床を見つめることしかできなかった。ただでさえ後ろめたさを感じる毎日なのに、今日はまた新たな罪悪感を覚えることになってしまった。

「キャスも来ればよかったのにね」やおらルーシーは口にした。なぜか、キャスを話題に戻さなければならないような気がした。

たちまちデレクの額にしわが刻まれた。「レディ・カサンドラはこういうところに来て喜んだと思うかい？」古代ローマ建造物の壁や湯だまりを手で示す。

「遺跡で？」ルーシーが鼻にしわを寄せる。「そうでもないでしょうね。キャスは歴史や書物より絵画やピアノのほうが好きだから。こういうものが好きなのはジェーンとわたしだわ」

「それなら、次はそのジェーンも連れてくることにしよう」にっこり笑ってデレクは言った。

ルーシーは目をそらした。〝次〟なんてあるの？　次のことを考えるなんて変じゃないかしら？「ジェーンとメアリおばさまは、もうこの遺跡には来ていると思うわ。まあ、ジェーンはまた来たいと思っているでしょうけれど。彼女はなんでもできるだけたくさん学びたいと考えているの」

デレクはブーツで音をたてて砂を踏みしめながら、浴槽の縁近くをぐるりとまわった。「彼女とアプトンはつきあっているのか？」

ルーシーはつんのめりそうになった。石造りの壁に笑い声がこだまする。「ギャレットとジェーンが？　あのふたりはいつもけんかばかりしてるのよ。まあ、ほとんどが見かけだけだと思うけれど。なんと言うか、あのふたりは口げんかが楽しくて、ずっとそのままの関係がつづいているのよね。わたしがジェーンを劇場に連れていって、そこでギャレットに会わせたのが始まりだったのだけれど。そのときに観たお芝居について意見が食いちがって、それ以来、ずっと口げんかがつづいているというわけ」

ルーシーのほうを向いたデレクの口もとが、またほころんでいた。「芝居はなんだったんだ？」

「『空騒ぎ』よ」

今度はデレクの笑い声が遺跡に響いた。「皮肉なものだ」

ルーシーも笑いそうになるのをこらえる。「そうでしょう？」

「互いにけんかばかりなら、どうして今回ここまでいっしょに来たんだろう？」

ルーシーは肩をすくめた。「ジェーンはギャレットにそういう方面の教養が必要だっていうふりをするのが好きで、ギャレットのほうはジェーンを知ったかぶりの学問かぶれだとからかうのが好きなのよ。あのふたりはそういうものなの。ほんとうは楽しんでいるのよね。どちらもぜったいにそれを認めないけど」

「それからレディ・カサンドラとスウィフトだが。ふたりとも、互いに思いあっているような言動はなかったときみは言ったな？」

「わたしの知るかぎりではね。キャスは子どものころからジュリアンを知っているの。彼は彼女のいとこの遠縁よ。ペネロペの両親とジュリアンの両親は、互いの子ども同士の縁組をずっと考えていたそうなの。キャスは思春期に彼にあこがれたまま、大人になったのね。その後ジュリアンが軍に入って、キャスはかれこれ……七年くらいは会っていないんじゃないかしら。毎日、彼に手紙を書いていたわ。ペネロペよりずっとひんぱんにね」

「ああ、スウィフトから手紙のことは聞いたよ。おかげで彼は戦場でも正気を保っていられたんだろう」

ルーシーはデレクの顔を探るように見た。「ジュリアンは、キャスに深い思いを抱いていると言ったことはないの？」

デレクはブーツで石の床をこすった。「この数日、何度もそのことを考えていたんだ。しかし、レディ・カサンドラがもうすぐ結婚する相手のいとこで、いい友人だという以上のことは、ほのめかしたこともなかったと思う。もし彼がレディ・カサンドラを愛しているように思ったなら、ぼくは彼女と結婚する約束などしなかったよ」

ルーシーは顔をそむけた。「彼が死にそうになっていても？」

「その場合は、かなり気まずいことになっていただろうな」デレクは言った。

「でもいまは……もう義務だと思ってる？」

デレクはうなずいた。

ルーシーはのどが詰まりそうになったのを飲みくだし、手の指を組みあわせた。

「キャスはものすごく彼を心配しているわ。おそれおののいている。彼が重傷を負ったと聞いて、最悪の不安が的中してしまったのね」

デレクは浴槽の脇にある大きな石に片足を乗せた。「ぼくも彼についていてやりたかった――」声がかすれそうになる。「最期まで」

ルーシーは深刻な顔でうなずいた。デレクの前まで行き、彼の袖に手をかけた。

「あなたはきっと、彼のためにできることはすべてしてあげたのでしょうね」

デレクがこぶしを握りしめた。「ぼくにできることはなにもないと医者に言われたよ。そんなとき、ただちにロンドンに帰還して陸軍省に経過報告を行えという命令がくだったんだ」

「あなたが現地に残れないことは、ジュリアンもわかっていたでしょう」

デレクの表情が険しくなり、小さく悪態をついた。「戦争は地獄だ」

ルーシーは唇を噛んで彼の袖を放した。沈黙がおりる。浴槽はただ静かに湯をたたえ、ふたりが交わした言葉も消えた。彼女は、おそらく自分もデレクも考えたくないことを言わなければならなかった。「デレク、キャスの病気がよくなったら、わたしたちはどうなるの?」

デレクは無言でふたたび小袋を取りだし、硬貨を一枚出して、湯だまりに投げこんだ。

ルーシーが目をしばたたく。「なにをお願いしたの?」

「それは言えないよ、ルーシー。言ったらかなわなくなる」

39

翌日、ふたりはバースをぐるりと囲んでいる丘陵地まで遠乗りに出かけた。馬丁がふたり付き添い、デレクはルーシーのための馬も用意してきた。茶と白の模様の入った若い牝馬《ひんば》で、デリラという名前だった。

ルーシーは馬の首をなで、台所から失敬してきたリンゴをやった。ふたりの口からキャスの名前が出ることはなかった。キャスが元気になるようにと、デレクもルーシーと同じくらい心配しているのだろうか？　ルーシーは友人として最低なままだった。今朝はキャスがどんな具合か、様子を見てくることさえしなかったのだから。

クリスチャンからはまた手紙が届いていて、やはり知性あふれるチャーミングなものだった。しかしクリスチャンは訪問するより手紙を送ってくるほうが多いとギャレットが指摘して以来、ルーシーはその考えにとらわれてしまった。毎朝手紙を送ってくるくせに、どうして最初の手紙を受けとる前の訪問から一度も姿を見せないのだろう？　手紙のなかではとても表現豊かで雄弁なのに、顔を合わせるとなぜ痛々しいほど内向的でおとなしいの？

ルーシーは頭を振った。こんなことだから、これほど長いあいだ売れ残っているんじゃないの。だれに対してもなんでも疑問を持ってしまい、欠点が見つかろうものなら相手を遠ざけてしまう自分。ときには理由もないのに突っぱねたことさえあった。でも、最終的には夫を見つけなければならないのだ。家庭と子どもがほしいし……愛だって……そこまで求めてはいけないかもしれないけれど。子どもがいればとりあえずかまわない。でも、子どものためにはまず夫が必要だ。そろそろ真剣に、脈がありそうな立派な紳士を見つけておつきあいすることを考えなければならない時期が来たのだ。クリスチャンと出会えたのはほんとうに幸運なことなのだ。とにかく彼を追いやるようなことだけはしてはいけない。

クリスチャンが会いに来ないのは、双方にとっていいことなのかもしれなかった。うっかりとんでもないことを言ってしまう可能性が低くなる。それに、彼の手紙はものすごく楽しい。それなのに最悪のことばかり予想してしまう自分は、なんてひねくれているんだろう。あきらかに好意を示してくれている、ハンサムで理想的な子爵に求愛されているのに、どうしてそれを受けいれて楽しくやれないの？

実際のルーシーは、ハンサムで尊大な物言いの公爵とばかり会っていた。彼が相手だとカッカしてしまうし、それに――コホン――いかがわしいような、いかがわしくないようなこともしてしまった。あのことは、クリスチャンからの手紙を読んでいるときでさえ忘れることができない……。そのとき、デレクの声でルーシーははっとわれに返った。

「早駆け競争をしに行こうかと思っていたんだが」例のぞくりとするような笑みを浮かべてデレクが言った。

「早駆け競争？」

「そう。きみは早駆けはやるかい、ミス・アプトン？」

「もちろんよ」ルーシーは笑顔で返した。ミス・アプトンと呼ばれることにずいぶん慣れてきている。そう、気にならないくらいに。

「だろうと思った」デレクが言う。「子どものころ男の子になりたかった若い女性というのは、早駆け競争をするものなんだ」

「ただやるだけじゃなくて、勝つかもしれないわよ、閣下」ルーシーは声をたてて笑った。

「いや、それはないいな」デレクがウインクする。

彼にそんなふうに見られるといつもなのだけれど、ルーシーは胃のあたりがおかしな跳ね方をした。そして早駆けのことで彼と言いあうのは、キャスの結婚のことで言いあうよりもずっと楽しかった。彼と競争するなんて、なんて楽しいの！　彼は容赦なんかしないし、遠慮もしない。こんなふうに彼女を扱ってくれる男性に会ったのは、いつ以来だろう？　もちろんギャレットはいつも彼女を対等な相手として扱ってくれるけれど、ギャレットは彼女が生まれたときから知っている身内だ。だから彼女に敢然と立ち向かい、挑戦し、からかい、しかも彼女を怒らせることもまったくおそれない男性はデレクが初めてだった。おそれないどころか、楽しみにしているようにすら思える。そして喜んでくれている。彼のそういうところに、ルーシーは惹かれていた。

ふたりはゆったりと馬を走らせて街を抜け、周囲の丘陵地へ向かった。そして早駆け競争をするのにうってつけの、距離があって開けた場所を見つけた。

「ハンデをつけたほうがいいかな、ミス・アプトン？」デレクが声を張りあげた。

ルーシーが挑発的な視線を投げ返す。「レディ・ルーシーよ、閣下。ハンデは必要ないわ。でも、もし*あなた*に必要だということだったら、ぜひどうぞ」

デレクは頭を振った。ハンサムな顔はまだ笑ったままだ。「あの最初の木がスタート地点でいいかな？　ゴールは草地の端。あの納屋の近くということで？」デレクが指さし、ルーシーはそちらを振り返った。

彼女がうなずく。「いいわ。あれだけ距離があれば、思う存分あなたを負かすことができるわね」

デレクは声をあげて笑い、そろってスタートした。ルーシーはデリラの横腹に鞭《むち》を入れ、馬の首にかぶさるように体を倒した。もっと速く、速く、速く、とデリラにささやく。「勝ったらバケツいっぱいリンゴをあげるわよ、デリラ」ルーシーは満面の笑みで約束し、公爵とともに馬を駆った。

スタートした瞬間から、デレクは振り返らなかった。ルーシーと彼女の馬が隣りに並んでくると、顔に一瞬くやしさをにじませて体をさらに倒し、馬の横腹に鞭を入れた。これは真剣勝負なのだということを、彼はわかっているようだった。笑顔なのは変わらない。

ふたりはひた走った。木を越え、草原を駆け抜け、丘を駆けあがり、少しかたむいた小さな赤い納屋に向かって。

デレクに遅れること数馬身、ルーシーは馬に覆いかぶさった。競っているあいだは、敵に自分が勝てると思わせておくことが上策だ。しかし最後の直線で彼女はふたたびデリラの横腹に鞭を入れ、馬はいっきに加速した。

抜かれたとわかった瞬間、デレクは弾かれたように頭を上げた。すぐさま体を低くし、去勢馬の手綱をゆるめる。「ハイヨー、ハイッ」

ルーシーは息を乱しながら声をあげて笑った。髪からピンが何本か抜け、ほどけた髪が目にかかる。デレクの顔を見ようと振り返った彼女は、目にかかる髪を払った。「嘘っ！」声をあげた瞬間、デレクの乗った大きな馬がグンと迫って追い抜かれた。ふたりが納屋を通りすぎるのとほぼ同時だった。

「勝ったぞ！」デレクが叫ぶ。

ルーシーは笑うのを止められなかった。「ずるいわ！」息を切らし、おなかに手を当てて笑う。

「ずるくない」

「そうね。でもわたしは往生際が悪いの、閣下」ルーシーの笑いは止まらなかった。「負けたなんて信じられないわ」

デレクも笑っていた。馬の向きを変えて彼女と向きあうと、目が合った。ふたりとも息を乱し、笑っている。ルーシーは急に髪が気になり、ほどけた髪に手をやって帽子に押しこもうとした。

「これほど僅差まで追いつめられたのは久しぶりだ」デレクが言った。「とても楽しいレースをありがとう」

ルーシーはなんとか髪を耳にかけたり帽子に押しこんだりして、うなずいた。「心配しないで、デリラ」馬に小声で話しかけて首をたたいてやる。「バケツいっぱいのリンゴはちゃんとあげるから」

ふたりは馬をのんびり歩かせてから止め、馬を降りた。馬丁が追いつくと、デレクは馬を連れていくよう合図した。手綱をつかんだ馬丁は全力疾走しおえた馬を引いて、ふたりとは反対の方向へ離れていった。

「少し歩かないか？」デレクがルーシーを誘った。

ルーシーは胃のあたりがひっくり返ったような気がしたが、うなずいた。「ええ、いいわ」

デレクは帽子を取り、納屋を通りすぎて草原に伸びる小道を歩いていった。風がまたルーシーの髪をなぶる。彼女は手袋をはめた手でボンネット帽を押さえなければならなかった。

「きみは馬の扱いがすばらしくうまいな、マイ・レディ」

ルーシーは笑った。「もし父と会うことがあったら、そう言ってもらえないかしら？　それでも父は信じないかもしれないけれど。父からは馬にまたがって乗るなと言われているし、村の外で開かれる障害物競走にも出させてもらえないの」

「そうなのか？」

「まあ、実際は出てしまうけれどね。父が知らないだけ。もちろん、お許しがあるに越したことはないわ」ルーシーは相変わらずにっこり笑った。

デレクもにやりと笑い返した。「きみが父親に反抗していると聞いても、まったく驚かないのはなぜかな」

「少しでもわたしを知っている人ならだれも驚かないわ」ルーシーは答えた。「とりわけ父は。それでもやっぱりわたしの行動にはあきれるでしょうけど」

「きみがどんなにすばらしかったか、ちゃんと話すよ」デレクが言った。

思わずルーシーは足を止めそうになった。どういうつもりでそんなことを言うの？ほんとうに、いつか彼女の父親に会うつもりがあるの？　それを思うと、少しめまいがした。

デレクは倒れた木をまたいで道を進んだ。ルーシーにも手を貸して木を越えさせる。

「きみの父上は、きみのいとことうまくいっているのか？」

「ギャレットと？　なんとか耐えているというところかしら。いつかギャレットが自分の土地と称号を受け継ぐという事実はあきらめたようだけど、〝うまくいっている〟

とは言えないわ」

デレクはうなずいた。「だが、きみはいとこと仲がいいと？」

「ギャレットはわたしをからかうのが好きなのよ。いつまでもいとこのところに居候する年増《としま》の行き遅れになるぞ、ってね。そしてわたしのほうも、あなたをがまんしてくれるレディなんかぜったいに見つからないんだから、あなたの家を切り盛りする行き遅れが必要でしょ、って彼をからかうの」

デレクが一瞬、まじめな顔になった。「きみは結婚しないつもりなのか？」

ルーシーはぎくりとした。どうして急にこんな結婚の話になってしまうの？　彼女は頭を振った。「あら、キャスが夫を探してくれるって言ってるわ。そういう約束なの」いたたまれずに目をそらす。「でもじつを言うと、そうね、結婚しないかもしれないわ。まだ――」咳払いをする。「――わたしをこわがらない人が見つからないから」話題を変えなければならない。いますぐに。あまりにも深刻で個人的すぎる話になってしまった。

「バークレイはどうなったんだ？」デレクが低い声で尋ねる。

ずっとおそれていた質問をされてしまった。「彼がなにか？」

ふたりはヤナギの木をくぐり、ルーシーは木の幹に足をつけた。デレクがこの話をやめてくれないかと万一の可能性に賭ける。しかしそんな幸運は起こらなかった。

「てっきり、きみたちふたりは――」

「わたしのことはもういいわ」ルーシーはさえぎって頭を振った。「ねえ、あなたはどうやって中将になったの？　まだそんなに若いのに」

その言葉にデレクは微笑んだ。「そんなに若いって？　百歳になったような気がすることもあるんだが」

「見た目はぜったいに百歳には見えないわよ」いけない、どうしてこんなことを言ってしまうの？　ルーシーは顔を赤らめてそむけた。ああもう、完璧すぎる。このわたしが赤くなるなんて。彼のせいで頬を染める女になってしまうなんて。

デレクはそれを聞いてにやりとした。「それはどうも、ミス・アプトン」

思わずルーシーはたわむれるように彼の腕をはたいたが、はっとして手を引っこめた。筋肉のたくましさが伝わってきた。彼女の部屋の窓まで木を登ったときに見えた、あの引きしまった腹部が目の前に浮かぶ。また彼女は頭を振った。「ふざけないで。ほんとうに、どうやって中将にまでなったの？」

デレクは顔をこすり、つかの間それについて考えているかのように草原に目をやった。「ぼくは軍人の家に生まれ育ったんだ」

ルーシーはクリーム色のスカートを持ちあげて、木の根元に沿って歩いた。「そうなの？」

「ああ、父も軍人だった。革命のときに戦った」

彼女が目を丸くして顔を上げる。「将軍だったの？」

デレクは両手をポケットに入れて首を振った。「いや、そういうわけじゃない。そこまでは出世しなかったよ」

「でも、あなたはしたわ。すごい出世を」

彼は頭をそらして木の枝々を見あげた。「ぼくは赤ん坊のころから軍人となるべく教育を受けた。鍛錬を始めさせられたのは三つのときだった」

ルーシーは足を止め、スカートからも手を離した。彼に向き直る。「まさか、冗談でしょう」

「いや、残念ながら冗談じゃない」彼がにこりと笑うと、ルーシーの心臓が跳ねた。

「どうしてそんなに早くから？」ルーシーはふたたび歩きはじめた。彼の顔を見ているよりもそのほうがずっと安全だ。

デレクは遠い目をして、ふたたび草原に目をやった。「ぼくが生まれたそのときから、父はぼくを立派な軍人にするつもりだった。そのために万全の準備をすると決心

「あなたもそう望んでいたの?」

彼はブーツの先で草を蹴った。「ぼくの頭にはそれしかなかったよ、ルーシー」彼女の名前を呼んだやさしい口調に、ルーシーは息が止まりそうになった。「選択の余地はなかったと?」

デレクは肩をすくめた。「うちは特権階級じゃなかったからね。将来の選択肢はほぼなかった。軍に入るのが最善に思えた」

ルーシーは唇を噛んだ。「そうね、あきらかにあなたは軍人としてすばらしいもの」

また彼が肩をすくめる。「生まれたときからなにかのために鍛錬すれば、うまくもなるさ」

「そんなことはないわ。持って生まれた資質もあったのよ」

「そうかもしれないが」

「ごきょうだいはいるの?」

「弟がふたり」

「そのおふたりも軍人に?」

「ああ、そうだ」

ルーシーは鼻にしわを寄せたが、深くは追及しなかった。「あなたのお母さまにとっては、息子がみな戦場に出ていくのを見送るのはおつらかったでしょうね」

「そうだな」デレクはヤナギの長い枝を彼女のために避けてやり、ルーシーは先に草原に入って、もと来た道に出た。

ルーシーは両手の指をからませ、足もとを見ながら歩いた。「あなたのお父さまは、さぞかしあなたを誇らしく思っていらっしゃるでしょうね」

弱々しい笑みが彼の唇に浮かんだ。「父はもういない」

ルーシーがのどもとに手を当てる。「えっ、それはごめんなさい」

「いいんだ。もう数年になる。昇進したことは知っていたよ。だが中将や、公爵になったことは知らずに逝ってしまった」デレクは乾いた笑い声をたてた。

ルーシーは歩みを止めて彼に向き直った。「誇らしく思っていらっしゃるわ、デレク。ぜったいに」

ふたりの視線がからみあった。強く、確かな視線が。

先に目をそらしたのはデレクだった。「いいや、父が生きていたなら、それくらい当然だとしか言わなかったさ」

ルーシーはのどがふさがるような気がして、ごくりとつばを飲みこんだ。「とても厳しいかただったのね」

彼が大きく息をつく。「あれは想像もつかないだろうな」

「厳しい以上？」思いきってルーシーが尋ねる。

「父の口癖は〝決断しろ〟だった。とにかくぼくに決断させようとした」

〝英断の公爵〟。彼の異名がルーシーの頭をよぎり、彼女は眉根を寄せた。「どういうこと？」

デレクは姿勢を正し、彼女を見おろすようにして、すごみを持たせた声で言った。

「〝男はつねに、決断力がなければならない〟」

ルーシーはまじまじと彼を見つめた。世の父親というものは息子に決断を迫るものなのかと思うと、がぜん興味が湧いてきた。もし兄のラルフが生きていたら、父も兄に同じことを望んだのだろうか？「あなたのお父さまは、あなたに決断力をつけさせるためになにをなさったの？」

デレクは頭を振った。「そんなことはどうでもいい。うまくいった、とだけ言っておくよ」

彼女は足を止め、彼の袖に手をかけて、じっと彼の目を見つめた。「ほんとうに知りたいの」

デレクは大きく鼻から息を吐き、帽子を取って髪をかきあげた。「わかった。だが、警告はしたからな」

彼女はうなずき、またつばを飲んだ。

デレクはべつの木に肩でもたれ、長々と深い息をついた。「ぼくが六歳のころ、父に泳ぎを教わった。泳げるようになったとき、父はぼくのお気に入りのものをふたつ持ちだした」

ルーシーはうかがうように彼を見た。「どういうもの？」

「ひとつは気に入っていたおもちゃ。ブリキの兵隊だ。覚えているかぎり、そのときまでずっと持っていた。どこへ行くにもいっしょだった」

ルーシーはのどに手を当てた。急に寒気がしてきた。「もうひとつは？」

「生後八週間の仔犬だ」

ルーシーは息をのんだ。「お父さまはどうなさったの？」

デレクは頭を振った。ブーツを見つめ、片方のつま先で地面を削る。「なにをするんだろうと見ていたら、父はいきなりそのふたつを川に投げこんだ。ひとつを投げこんですぐ、数ヤード離れた場所にもうひとつを」

ルーシーがのどをつかむ。「そんな」

「父はそのふたつを、別々の方向に投げたんだ。〝選べ〟」デレクは声を張りあげた。

「〝決めろ！　いますぐに！〟」

「あなたはどうしたの？」ルーシーがこぶしの手の甲を噛む。

「自分にできる唯一のことをしたよ。仔犬を選んだ。川に飛びこんで、溺れそうな仔犬を助けた」

ルーシーののどは嗚咽で詰まった。「それで、おもちゃの兵隊は？」

「沈んだ。それ以来、見ていない。沈んだ場所に何度ももぐって探しはしたけどね。見つからなかった」

ルーシーはいっそうきつくこぶしを握りしめた。「なんてひどいことを」

デレクが肩をすくめる。「かもしれないが、父は決断することの大切さを教えてくれた。ほかにもいろいろな鍛錬や試練があったが、あれほど忘れられない決断はなかったな。父のやり方はどうあれ、それ以来、ぼくは一瞬も迷わなくなった」

ルーシーは息をのんだ。だからデレクはこれほどにキャスをあきらめないのだ。もう決心しているから。これですべて納得がいった。

彼女は一歩、彼に近づいた。ほんとうにすぐそばまで。「そうして〝英断の公爵〟になったのね」静かに言う。

デレクはうなずいた「そうだ。そのとおりだ」

ルーシーは彼を見あげてまばたきした。なんてハンサムなんだろう。なんてハンサムで、強い男《ひと》。気に入りのおもちゃと飼い犬のどちらかを選ばなければならなかった子どもを思って、胸が締めつけられた。

彼女のボンネット帽から飛びだしてしまったひと房の黒髪を、デレクはそっとつまんだ。「どんなに自分がきれいか、きみは知っているか?」

ルーシーは鋭く息をのんだが、彼から目をそらすことはできなかった。「わたしはきれいじゃないわ。きれいなのはキャスよ」

「いいや、きれいだ。とても」デレクが手の甲をそっと彼女の頬骨にすべらせる。

ルーシーの体が震えた。

「それに、きみの瞳は……」

「変?」ルーシーが彼の言葉を引きとった。

「稀有と言おうとしたんだ。神秘的だ」

彼女はふふっと笑った。「そんなふうに言ってもらえるとうれしいわ。以前、わたしの母に、あなたの娘は魔女だって言った人もいたのよ」

「なんと非常識な」デレクのあごに力が入った。「きみのいる前で言ったのか?」

「いいえ、でも母からそう聞かされたの」

デレクは小さく悪態をついた。「どうしてきみにそんなことを聞かせるんだ」

「両親はきっと……男の子じゃないわたしを責めていたのね」

デレクはなにも言わなかった。ただ、こぶしでもう一度ルーシーの頬をなで、かさついた親指で彼女の耳の輪郭をなぞった。「きみが男でなくてよかった」

ルーシーは、はっと息をのんだ。

彼が身をかがめた。彼女のほうに。ルーシーが息を詰める。彼はキスしようとしている。キスしてほしい。ああ、どうか。彼女は顔を上にかたむけて目を閉じた。

「くそっ、ルーシー。ぼくはどんなことでも迷ってはいけないんだ」

彼女が目を開け、まばたきしながら彼を見つめる。

「だから、どんなにきみがほしくてもどうしてもそれを認めることはできない」

うつむいたルーシーの目に、やわらかな緑の草が飛びこんできた。自然と涙が湧いてくる。勘違いだった。彼はキスなんかしようとしていなかった。

彼女にできるのは、目をそらすことだけだった。

40

クリスチャンはルーシーと向きあい、背筋をぴんと伸ばして長椅子に腰かけていた。お茶は飲むものの、ひとこともしゃべらない。実際、訪問してから彼はまったくしゃべっていなかった。なんともがっかりだ。すてきな手紙をあんなにもらって、彼女も返事を書いたのに。いまではふたりの関係はちがったものになったことはまちがいないと思っていたのに。おかしくないかしら？　あんなに気のきいた言葉を交わして、いろいろ話をして、意見や冗談も交わしたのに。

ルーシーは注意深く彼を見ながら、彼が口火を切って手紙どおりの切れ者になるのをいまかいまかと待ちかまえていた。時間の問題よね？　そうよね？　もう少しお茶が飲みたいのかもしれない。デレクとちがって、クリスチャンはお茶を飲む。たっぷりと。

ハンサムなのはまちがいなかった。それは確かだ。ハンサムと言っても、デレクと比べると〝麗しい〟タイプのハンサムだ。デレクは男らしくてたくましく、クリスチャンはどちらかといえば天使の彫像みたい。ああ、どうしてデレクと比べているの？　どうしてデレクのことなど考えてしまうの？

デレク。昨日、デレクは彼女にキスをしなかった。それでよかったのだ。そう自分に言い聞かせつづけていれば、いつかはそう思えるようになるだろう。キャスの体調もよくなるはずだ。キャスとデレクはようやく結婚に向けたおつきあいが始められる。ルーシーも自分のおつきあいに真剣に取り組まなければならない……クリスチャンとのおつきあいに。彼女はクリスチャンを見やった。彼は空っぽになったティーカップの向こうでいまだににこにこしているだけだった。

もう限界。彼が会話を始めないのなら、彼女から話そう。ルーシーは咳払いをした。

「前回のお手紙で書いていらした東インド会社の状況は、とても興味深いと思いました。わたしもつねづね同じことを考えていたんです。でも、もちろんあなたは貴族院に関わっていらっしゃるから、わたしよりずっとたくさんのことをご存じでしょう」

一瞬おののいたような目をしたクリスチャンは、またティーカップを眺めだした。

「そ……そうですね」彼が言ったのはそれだけだった。

ルーシーは眉根を寄せた。どうにもやりづらい。「議長は次にどのような決定をされると思いますか？　東インド会社について」尋ねるようにまばたきをする。

クリスチャンは震える手で隣りのサイドテーブルにカップを置き、ベストのポケットからハンカチを取りだした。額をぬぐい、大きく息をつく。「わ……わかりません」

ルーシーの眉間にしわができる。もうひと口お茶を飲んだ。どうも彼は緊張しているみたい。もしかしたら、議会や東インド会社の話はしたくないのかも。だって退屈な話題かもしれないものね？　それならそれでかまわないわ。じつは、今日はほかにも目標があるのだ。

それは……クリスチャンにキスをしてもらうこと。

じつを言うと、ルーシーのキスの相手はこれまでデレク・ハントしかいなかった。まあ、社交界デビューした年に、やたらとべたべたさわってきて彼女の唇の位置もまともにとらえられなかった――ましてや、すてきに舌を使うことなんてできなかった何人かは数に入れていないけれど。そう、ほんとうの意味で彼女にキスしたのは、デレクだけだ。いつまでもそんな状況のままでいるわけにはいかない。クリスチャンときちんとおつきあいをするのなら、あのキスの件はどこかに追いやって、公爵のことは記憶から消してしまったほうがいい。早ければ早いほどいい。

ルーシーはカップを横に置くと立ちあがり、長椅子まで行って、大胆にもクリスチャンのすぐ隣りに腰をおろした。ふれあってこそいないけれど、すぐ近くだ。もしここにキャスが入ってきたら、悲鳴をあげられそうなくらい。もしジェーンだったら、拍手しそう。

「なにをお話ししましょうか、閣下？」ルーシーは彼のほうに顔を向けて、少し体も倒した。キスしやすいように。

クリスチャンはブリーチズに両手をこすりつけ、大きく息を吐いた。彼女のほうを見ようともしない。どうして？「あ……わ……わかりません」

また同じ台詞。返事がいつもいっしょじゃないこと？うっかりしていたら、うまく話ができない人だと思ってしまいそう。だって、あきらかにつっかえているもの。

ルーシーはもう少し近づいた。クリスチャンはハンカチを握り、汗びっしょりになった眉をぬぐった。「こ……ここは……暑くないですか？」

ええ、暑いわ。だから？だってあなたにキスしようとしてるのよ。そんなことも言わなきゃならないの？

「あ……あの……さ……散歩でも？」今度はハンカチを上唇に押しあてる。

ルーシーは天井を見あげて唇を噛んだ。そうなのね。どうやらそんなことも言わなきゃならないのね。彼女はさらに身を寄せてささやいた。「キスしていただきたかったのだけど」

クリスチャンはおおいにほっとした表情を浮かべ、大きく息をついた。「て……てっきり、あなたは話がし……したいのだと思っていました」

おかしなことを言うのねと思うひまもなく、クリスチャンに抱きよせられた。すぐに唇がぶつかってくる。デレクと同じように、大胆なキス。デレクと同じように舌も使って。そしてデレクと同じように、クリスチャンのキスも確かにちゃんとしていた。なにひとつおかしなところはなかった。だからルーシーは、まったくもってわけがわからず途方に暮れてしまった。だって――しばらくして彼に離されたとき、まったくなにも……感じていなかったから。まるで彫像とキスしたみたいだった。

なんてこと。これはおかしい。どうしようもなくおかしいのでは?

41

ルーシーはじっとり汗をかいた手のひらをスカートにこすりつけ、言うことを頭のなかで十回はおさらいしていた。いま言わなければ二度と言えないだろう。「キャス、あなたに話さなければならないことがあるの」

キャスはベッドの上で上掛けにすっぽり包まれ、鼻の頭を赤くして手にハンカチを握りしめていた。顔を上げて友人を見ると、真剣な顔でうなずいた。「わたしもあなたに言わなければならないことがあるの、ルーシー」

ルーシーは首を振った。「どうかわたしに先に話をさせて」朝からずっと考えていたのだ。デレクとのあいだに起こったことを、キャスに話さなければならないと。もう潮時だった。穢《けが》れた罪の意識にさいなまれ、押しつぶされそうで、もう耐えられなかった。キャスに真実を話さなければいけない。そうすれば、病気のキャスの代わりをもはやつづけられないことも納得してくれるだろう。デレクにはもう会ってはならない。そうするのがいちばんいい。だれにとっても。キャスならわかってくれるわよね？　それとも怒るかしら？　純粋で、やさしくて、人当たりのいいキャスに怒鳴られるなんて、想像もつかない。そんな光景はルーシーの頭ではまったく像を結ばなかった。それでも、どんなことにも最初というものはある。結果がどうなろうと、友だちに真実を告げなければならないのだ。今日。いますぐに。

キャスはうなずいた。「わかったわ、ルーシー。先にどうぞ」

ルーシーはのどの詰まりをのみくだし、キャスのベッドの前でうろうろした。「デレクのことなの」

「わたしが話したいのも公爵さまのことよ」キャスは答え、かわいらしくハンカチで鼻をかんだ。

ルーシーは足を止め、眉をひそめた。「彼のこと？」

キャスは枕にもたれた。「まあ、とくに公爵さまのことというわけではないけれど、ジュリアンが彼について言っていたことよ」

ルーシーはキャスの顔を探るように見た。自分が言おうとしていたことはまるきりどこかに飛んでいってしまった。ジュリアンがデレクについてなにか言っていたですって？　そんなことがあるの？　「どういうこと？」

「ああ、ルーシー」キャスは哀しげな笑みを浮かべた。「今朝、ジュリアンから手紙を受けとったの。たぶん、最後になる手紙を」上掛けの下から涙の跡がついた便箋を取りだし、胸に押し当てる。

ルーシーの瞳が大きく見開かれた。手紙に向かって手を振る。「いつ届いたの？」

「今朝よ。彼はまだ生きているの、ルーシー。生きているのよ」キャスの顔がくもった。「少なくとも、いまのところは」

ルーシーは身を乗りだして手紙を見た。「なんて書いてあったの？」

キャスの声は小さすぎて、ほとんど聞きとれないほどだった。「さようなら、って」

ルーシーは手の甲を嚙んだ。涙があふれて頰を流れ落ちる。「そんな、キャス」

キャスが、ぐっとつばを飲みこんだ。嗚咽をこらえようとしてもこらえきれないのがルーシーにはわかった。「でも、それだけじゃなかったの」キャスがつづけて言った。

ルーシーは友の手をつかんだ。「ほかにはなんて？」

キャスが大きく息をのむ。「公爵さまと結婚しろって」

ルーシーの心臓がぎゅっと締めつけられた。目を固く閉じる。「そ……そうなの？」

キャスはうなずいた。「ええ。公爵さまはわたしに似合いだし、立派な人だって。

これ以上のご縁はないって」

胃のあたりがかき乱されるようで、ルーシーは手でおなかを押さえた。吐きそうだ。ぜったいに吐いてしまう。彼女は深呼吸をした。「あなたが彼に書いた手紙のことは？　ジュリアンはなにか言ってた？」

キャスはうつむき、爪の先で上掛けを引っかいた。「いいえ」

ルーシーが顔をしかめる。「どういうことかしら。無視したってこと？」

そのときキャスの頰を涙が伝いはじめた。「そんなことはもうどうでもいいことだわ。彼はもう逝ってしまう。そして公爵さまにわたしのことを頼んだ。ああ、ルーシー、頭のなかがぐちゃぐちゃよ。もうどうすればいいのかわからないわ」

ルーシーは息もできなかった。ひざに手を置いて、肺に出入りする空気の動きに意識を集中するしかなかった。「ジュリアンの言うとおりよ。デレクはほんとうに頼りになる人だと思うわ。彼と結婚すべきよ」

42

今回は従僕をお供に連れていかなかった。それは非常識な行動であり、見つかったら評判を落とすことになるだろうがルーシーは気にしなかった。ボンネット帽と手袋は身につけたが、ペリースをはおるにはあたたかすぎる。まるで走るような勢いで、彼女はデレクの家に向かった。到着すると、執事が玄関ドアを開けてくれるまでのいつ終わるとも知れない時間を、息をこらして待つ。やたらと気取った執事のことを、彼女は頭のなかでひそかに〝おすましさん〟と呼んでいた。本名はヒュー。

〝おすましヒュー〟は彼女を青い客間に通し、公爵閣下はすぐにまいりますと言い置いた。彼女がひとりなのを見てとったとき、すでにヒューは片方の眉をつりあげていたが、ルーシーは気にするどころではなかった。

客間を行ったり来たりし、デレクが部屋に入ってきたときに言うことを何度も何度も頭のなかでおさらいする。

長く待たされることはなかった。

ドアが開いてデレクがゆったりと入ってきた。相変わらずハンサムだ。目にするだけでひざがくずおれそうになる。

ルーシーを見たとたん、デレクは眉をひそめた。「ルーシー、どうした？」わかるのかしら？　彼女が少し震え、肩まで揺れているのを見てわかったの？　とにかく早くすませてしまわなければならない。

彼女は背を向けた。涙があふれてくる。彼には涙を見られたくない。「ここに来たのは……」

彼が近づくのがわかった。

ルーシーは胸を張って言葉を絞りだした。「今朝、キャスのところにジュリアンから手紙が届いたわ」

「スウィフトから？　まだ生きているんだな」デレクはほうっと息を吐いた。声に安堵がはっきりとあらわれていた。「容態について、なにか？」

ルーシーがもう一度大きく息を吸う。深呼吸すればなんとかなる――そう自分に言い聞かせる。「回復はしていないと思うわ。でも、手紙に書いてあったのはそういうことではなかったの」

デレクは彼女の右側に立った。目の端から彼の姿が見える。石鹸と、ぴりっとしたなにかが混じったような、いつしかなじんだ彼のすてきな香りがした。

「なにが書いてあった？」デレクが訊く。

ルーシーはつばを飲み、前にあるマントルピースに手をかけた。「手紙のなかで、ジュリアンはキャスに別れを告げていたわ。お別れの言葉と、あなたと結婚しろということと、彼女をあなたに頼んだということを」

デレクは小さく悪態をついた。

「あなたと結婚することを自分に約束してほしいと書いてあったそうよ」ルーシーは締めくくったが、もう息も絶え絶えだった。

もう一度デレクは悪態をついた。「それでレディ・カサンドラはなんと言っていた？」

「混乱していたわ。どうすればいいかわからないって」

「無理もない」デレクは言い、ルーシーから離れた。髪をかきあげながら、また悪態をつく。「これはすべてぼくの責任だ」

「デレク、わたしは……」彼女の声がしぼんだ。ああ、こんなことをどうやって彼に言えばいいの？

彼はきびすを返し、彼女のほうに二歩近づいて彼女の肩をつかみ、自分のほうを向かせた。「なんだ、ルーシー？　いったいどうした？」

彼女はあごを上げて真正面から彼の目を見た。「わたしはキャスに、あなたと結婚するよう言ったの」

ルーシーが帰ったあと、デレクは壁にこぶしで大穴を空けてしまいそうになった。目の前にフランス野郎でもいれば、たたきのめしてやれるのに。銃剣で突き刺し、眉間に銃弾を撃ちこんでやるのに。

こんなのは拷問だ。そうとしか言いようがない。スウィフトとの約束でこれほど苦しめられているとは。虫の息だった友の肩を抱いて、約束したのだ。誓ったのだ。国に帰り、レディ・カサンドラが受けいれてくれたなら彼女と結婚すると。そしていま彼女は……受けいれる気持ちになっているようだ。スウィフトが生きているのなら、約束を撤回することも考えていた。しかし、もう。これではっきりしてしまった。スウィフトは戻ってこない。それで約束を反故にするようなことになれば、自分はいったいどんな不実な人間になりさがってしまうのか。とくにいまはもうスウィフトからの手紙がレディ・カサンドラに届き、デレクが彼女と結婚する約束をしたことがスウィフトからもはっきりと語られたのだから。何年もスウィフトへの思いを胸に秘めていた女性を突き放したと知らせずに、友をあの世に送りだすことが本気でできるのか？　そんなことをしたら、デレクは自分で自分が許せないだろう。

しかし、ルーシーがいる。気も狂わんばかりの心地にさせられるルーシー。どうにもふれずにはいられないルーシー。ほかの女性の腕のなかでは知り得なかった激情をかきたてるルーシー。彼女はデレクと対等な存在。一歩も退かない相手。だからこそ、これほどどうしようもなく彼女に惹かれるのだろう。レディ・カサンドラならば理想どおりの従順な妻になるだろう。おだやかで、理解のある妻に。しかしルーシーとではいつまでたっても落ち着かず、はらはら、むらむらのしどおしだろう。しかしもはや彼女にふれて、あのなめらかなやわらかさを知ったいまとなっては、もう忘れられない。もう引き返せない。どうすればいい？　ふたりのあいだになにもなかったふりを、永遠につづけるのか？　これから一生、妻の親友とのつきあいのなかで、全身全霊で彼女を求めていることをごまかして生きていくのか？　そんなことができるだろうか？　もしレディ・カサンドラと結婚したなら、ぜったいに彼女を裏切ることはないと思う。そしてルーシーもまた、友人を裏切ることはないだろう。しかしいま、すべてがまだどっちつかずの状態では、拷問以外の何物でもない。

今週はコリンからもう一通、短い手紙が届いていた。スウィフドンとレイフに関しては新たな情報がなにもないということだった。コリンとアダムはもうロンドンへ戻る帰路についている。それだけだ。

いまデレクにできることは、バースからなんの役にも立たない手紙を何通も、陸軍省と、母親と、そしていまいましいバークレイに書くことだけだった。バークレイへのあのくそいまいましい手紙は、もう書くのをやめなければならない。最初は楽しかった。たわいもない遊びのようなものだった。とにかくデレクはそう思っていた。しかし気がつくと、困ったことになっていたのは自分だった。毎日ここに座ってルーシーに手紙を書き、自分の感情をつづる。いつの間にか——といっても早い段階でだったが——手紙を書くのはバークレイの代わりではなく、自分自身になっていた。バークレイのことなどすっかり頭から消えていた。あれらの手紙に書いたことはすべて、デレクがルーシーに言いたいことだった。しかも、なにひとつ嘘偽りのない言葉だ。

いまいましいことに、あれですべてがうまくいってしまったらしい。昨日バークレイがのんきな顔で、手紙のおかげでキスをもらえたと言いに来た。書斎から放りだしてやりたい気分だったが、デレクはじっと耐えて座り、ルーシーがいかに彼の手紙を喜んだか、そして子爵にキスするまでに至ったかという拷問のような話を子爵から聞かされた。そんなことを話しに来るとは、バークレイのやつは悪党じゃないのか？　まあ、彼をかばってやるとするならば、バークレイは自分が求婚しようとしている女性に手紙を書いている男に、どんな立ち位置で接すればいいのか、もはやわからないのだろう。

デレクがこぶしをあまりに強くデスクにたたきつけたので、紙と羽根ペンとインク瓶が飛びあがった。くそったれ。いったいどうすればいいんだ？　こんなめちゃくちゃな状態から、どう抜けだせばいいというのだろう？

〝なにも決まらんのか。優柔不断なやつめ〟父親の声が頭のなかにこだまして離れない。決定をくだせない男など、この世でいちばん情けないものだ。幼いころからそう父親に教えこまれた。たたきこまれた。そしてデレクは学習したはずなのだ。相当な犠牲を払って。どんなときでも決断をくだせる男に成長した。戦場で部下を率いているときも、人生のどんな場面でも。しかしいま、ただぼんやりと壁を見つめ、ルーシーとレディ・カサンドラと親友との約束のことばかり考えている。これほど心を決めかねたことはいまだかつてなかった。

そして、そんな自分にどうしようもなく腹が立っていた。

43

いた。やっと見つけた！　ジェーンはギャレット宅の裏庭にある石のベンチに腰かけ、もちろん本を読みながら、茶色の巻き毛を無意識に指に巻きつけていた。

「ちょっと——いえ、一時間くらいかかるかもしれないけれど、話できる？」ルーシーはベンチに突進して隣りに座った。

ジェーンは顔を上げ、すばやく本を閉じた。「もちろんよ、ルース。もっと早くに聞いてあげられなくてごめんなさい。いったいどうしたの？」めがねをくいっと上げる。

「わたしとキャスとデレクのことなの」ルーシーは両手に顔を伏せた。「ああ、ジェーン。なにもかもめちゃくちゃにしちゃったのよ」

ジェーンは本をベンチに置き、ルーシーに腕をまわした。「心配しないで。いっしょに考えましょ。なにがあったか話して」

「あなたも知ってるとおり、最初はクラリントン公爵のことなんかきらいだったの」

ルーシーは咳払いをした。「デレクは……」

ジェーンが眉を片方つりあげる。「なるほど、いまは彼をデレクと呼んでいるわけね」

「話はまだまだこれからなの。最後まで話をさせて」

「ええ、もちろん」

「最初は彼のことなんかきらいだったんだけど、そんなときにキスをされて、それでもっときらいになったの。でもまたキスをされて、それから、あの、ほかのことも。そしてキャスが病気になってからはいっしょに出かけて……それで……それで……彼のことが好きになってしまったみたいなの」

ジェーンはさすがと言おうか、とくに衝撃を受けたようでもなかった。「はっきりさせましょ。さっき〝ほかのことも〟って言ったけれど、それは、ただちに結婚しなくちゃならないような種類のこと？」

ルーシーは頭上に広がる枝を見あげ、鳥になって飛んでいけたらどんなにいいかと思った。「そうでもないわ。でも、母親に詳しく説明したいようなことでもない、とだけ言っておくわ」

ジェーンは同情するようにうなずいた。「まあ、そういうものよね」

「ああ、ジェイニー、どうすればいいの？」ルーシーはまた両手に顔を伏せた。

ジェーンはベンチの縁を指先で軽くたたいた。「この際、はっきり言うわ、ルース。とてもまずい状況ね。確かにとんでもなくまずい状況だわ。でも、どうにもならないわけじゃない。だってルーシー、キャスはほんとうは公爵にとくべつ関心があるわけじゃないでしょう。そういうふりをして――」

ルーシーが顔をゆがめた。「ちょっと待って。まだ話のつづきがあるの」

ジェーンの眉がつりあがった。「まだあるの？」

「ええ」ルーシーがうなずく。「キャスはデレクとおつきあいしてみることにしたの。それに今日、ジュリアンから手紙が届いて、そこには別れの言葉と、彼と結婚しろということが書いてあったのよ」

「ジュリアンと結婚するの？」

「ちがうわ、デレクとよ」

「ええっ？」

「でしょう？」ルーシーは長々と息を吐いた。「ジュリアンはキャスに、デレクと結婚すると約束してほしいって書いていたのよ」

「あらあら」ジェーンはひとつ間を置いた。「それで、バークレイ卿はどうなったの？　彼の名前がちっとも話に出てこないけど」

「ああ、彼ともキスしたわ」

「なんですって？」

「そう、したのよ」

「それでどうだった？」

「えっと……よかったわ《ナイス》」ルーシーはむっつりと返事をした。「ああ、ジェイニー。この状況を打開する方法があるって言って。この状況を軌道修正する方法はあるって」

　ジェーンは立ちあがり、ベンチの前で行ったり来たりした。「まず第一に、公爵はキャスに求婚するつもりだというのに、どうしてあなたにキスなんてしたのかしら？」

　ルーシーはうなずいた。「そうなの、そこは考えなくちゃならないわ。最初のときはなんとも予想外の出来事だったから、お互いになかったことにしようということで意見は一致したの。でも二度目は……」ああ、自分でも顔が真っ赤になっているのがわかる。「もう少し自覚があったというか、意思があったというか――」

ジェーンは両耳をふさいだ。「詳しいことは話さなくていいわ」

「だいじょうぶ。そんなことを話そうとしたわけじゃないから。とにかく、キャスが病気になってからおかしなことになってきて、彼もそれ以来キャスに会っていなくて。だからたぶん彼もわたしと同じくらい、どうしていいかわからないのよ」

ジェーンは耳から手をはずした。「ほんとうにめちゃくちゃな状況みたいね。ギャレットには話した？」

「ギャレットには話せないわ。だってキスしちゃったのよ！　それに……ほかのことも」

ジェーンはうなずいた。「わかるわ。彼はあなたのいとこだものね」また行ったり来たりしはじめる。「あなたはどうしたいの？」

ルーシーはまばたきした。「どういうこと？」

ジェーンが笑う。「簡単な質問よ、ルーシー。あなたの望みはなに？」

「そんなことはどうでもいいでしょう？　キャスとデレクは結婚することになってるんだから」

ジェーンは足を止め、腰に両手を当ててルーシーと向きあった。「それじゃあ答えになってないわ」歌うような声で言う。

ルーシーは両手をもみあわせた。「わたしには、デレクといっしょになることさえも考えられないわ。キャスを裏切っているような気持ちになるもの。すでにやってしまったことだけでも、世界で最低の友だちだわ」

「ううん、それはちがうわ。あなたはただの人間だってこと。それに、ひかえめに言っても複雑な状況だったもの。キャスが公爵のことを好きかどうか、まだあいまいよ。あなただって、混乱したって責められるようなことじゃない。でも彼があなたにキスしたことで、話がますます複雑になっているのは確かだけど。しかも一度じゃないんでしょう？　それに、その、ほかのことも」

ルーシーは額に手のひらを打ちつけた。「ああ、ジェーン、どうすればいいの？」

「バークレイ卿のことは……ナイス以外になにも思わないのは、確かなの？」

ルーシーはため息をついてうなずいた。「ええ。彼はすばらしい手紙を書いてくれたけれど、実際に会うと話すことがなにもないの。すごく気まずいわ。わたしにおそれをなしているみたいで」

「キスのことは？」

ルーシーはぎゅっと目を閉じた。「クリスチャンとキスしているあいだ、デレクのことしか考えられなかったわ」

「まあ、それはもう決定的ね」ジェーンは身をかがめてルーシーの肩をつかんだ。「とても賢い人から教えてもらった助言を、あなたにも教えてあげる」

ルーシーは顔を上げ、期待をこめて友人を見た。「ええ」

ジェーンはまたルーシーの隣りに腰をおろし、友の手を握った。「自分の心に正直になって従えば、けっして悪いようにはならないわ」

ルーシーは鼻にしわを寄せた。「ウルストンクラフト女史の言葉？」

ジェーンは憤慨したような顔を見せた。「ちがうわ、おばかさんね、あなたのよ」

「わたし？」ルーシーが目をしばたたく。

「そう。あなたがいつもジュリアンのことでキャスに言ってた言葉よ。何年も言いつづけてきたじゃないの」

「そうだった？」

「覚えてないの？」

ルーシーは首を振った。「ほかの人に助言するのはすごく簡単なのに、どうして自分のこととなるとこんなにむずかしいのかしら？」

ジェーンは声をあげて笑った。「あら、いい質問ね」

ルーシーは大きく息を吸った。「まあいいわ。自分がしなきゃいけないことがわかった気がするわ」

「なに？」ジェーンはベンチに座ったままルーシーのほうに身を乗りだした。

「ぜんぶ片づいたらすぐに教えるわ」ルーシーは立ちあがり、ジェーンの本を取って彼女に渡した。

ジェーンは空いたほうの手を腰に当てた。「ずるいわよ。わたしはすばらしい助言をしてあげたのに、あなたはなにをするか教えてくれないの？」

「いまのはわたしの助言だったと思うけど」ルーシーが笑いながら言う。

「そういう問題じゃないでしょ」ジェーンは鼻をつんと上げてまた本を広げた。

「ありがとう、ジェーン、いろいろと」

「いいのよ。さあ、もう行って、やることをやってちょうだい。そしてそれがなんなのか、できるだけ早く教えてよね」ジェーンは友ににっこり笑った。

ルーシーは急いで庭を出て家のなかに入り、自分の部屋に上がった。デスクに駆けよると、羽根ペンと羊皮紙を一枚取りだし、さっと手紙を書きつけた。にじみ止めの粉を振り、封蠟をし、従僕を呼んでデレクの住所へ届けるよう言いつけた。

あとはデレクが手紙の内容に耳を貸してくれることを祈るだけだ。

44

ルーシーは左右を見てだれにも見られていないことを確かめると、白い格子垣をくぐってロイヤル・クレセント近くの目立たない庭に入った。こぢんまりとしたそこはバラのような香りと、刈られたばかりの草のようなにおいがした。彼女はおなかに手を当て、詰めていた息を吐きだした。デレクはまだ来ていないようだ。もしかしたら来ないかもしれない。ほかに人影はない。二時にここで会ってほしいと手紙には書いた。その時刻をすでに少しまわっている。もしかしたら彼は在宅しておらず、手紙を受けとっていないのかも。それはいいことなのか、悪いことなのか。

彼女は指の先を噛みながら草の上を行ったり来たりし、この数日間のことをひとつ残らず思い起こしていた。軌道修正しなければならないわ。どうしても。ジェーンは自分の気持ちにすなおになればいいと言ったけれど、いままで自分がしていた助言を聞いた瞬間、ルーシーは真実を悟った。自分の心に従うよりも大事なことが、この世にはあることを。しかもたくさん。たとえば友情とか、礼節とか、正しいことをするとか。まさしくこれがそれなのだ。親友が正しい結婚をできるようにしてあげること。それこそが正しいこと。まちがいない。自分の愚かな心に従ったばかりに、ばかげたことをしでかして物事をややこしくしてしまったなんて。でも、これからそれを正すのだ。

「ごきげんよう」低い男性の声が響いた。

ルーシーが身をひるがえす。

リョウブの茂みの近くの暗がりに、デレクが立っていた。明るいグレーの上着に黒のズボン、黒のブーツに真っ白なクラヴァット。いつものとおり夢みたいにすてきだった。

ルーシーはつばを飲んだ。「来てくれてありがとう」

「あんな逢引《あいびき》きの誘いを突っぱねられるわけがないだろう？〝ひと気のない庭でお待ちしています〟なんて」デレクの口もとがわずかにゆるんでいた。彼女のほうに近づく。

ルーシーはためらいがちに笑みを返した。「だって……だれもいないところで話がしたかったから」

彼はうなずいた。真剣な面持ちに変わる。「手紙を書いてくれてよかった、ルーシー。ぼくも話したいことがあったんだ」

彼女はゆっくりと息を吐いた。「先に話をさせてもらっていいかしら」

「いや、先にぼくが」

その言葉で思わず口角が上がりそうになり、ルーシーは唇を引き結んだ。いつもわたしたちはこうよね。どちらも頑固で。「いいわ」

デレクは背中で手を組み、胸を張った。「今日、スウィフトに手紙を書こうと思っているんだ。そして、やっぱりレディ・カサンドラとは結婚できないと伝えようと思っている」

ルーシーの唇から小さなあえぎ声がもれた。彼に駆けより、両の手のひらを大きく広げる。「デレク、なにを言ってるかよく考えて。そんなことしちゃだめよ」

「いや、そうはいかない」彼は手で顔をぬぐうようにこすった。

ルーシーはあごを上げて彼のグリーンの瞳をじっと見つめた。まわりの草の緑を映して明るく輝いている。「でも、彼に約束したんでしょう？　キャスにも約束したんでしょう？」

デレクはきびすを返した。「それは前のことだ。いまでは事情がちがう」

ルーシーは激しく頭を振った。「だめよ、そんなことはさせられないわ」

「どんなことだろうと、きみの指図を受けるいわれはない」

ルーシーは手をおろして彼から離れ、彼を説得できそうな言葉を必死に探した。

「ねえ、考えてみて、デレク。ことによると、もうジュリアンは亡くなっているかもしれないわ。あなたの手紙が届くことはないかもしれない」

デレクは厳しい顔でうなずいた。「それは承知の上だ」

ルーシーはこぶしに歯を立てながら、足早に庭の出入り口へと急いだ。「だめよ、そんなことはまちがっているわ。そんなことはさせられない。あなたといっしょにはなれないの。そんなふうに親友を裏切ることはできないわ。そしてあなたも、あなたの親友を裏切っちゃだめ。わたしはそれを言いに来たのよ。こんなことはもうやめなくちゃ。わたしたちのあいだに起こったことはすべて忘れるの。明日にはわたしたちはみなロンドンに戻るわ。もう終わるのよ」

デレクは彼女についていこうとしたが、彼女は後ずさって距離を置いた。「くそっ、ルーシー。きみの言っていることはおかしい。レディ・カサンドラもスウィフトも、彼はもし生きながらえたらの話だが、理解してくれるさ」

ルーシーは首を振ることをやめられなかった。なにもかも悪い夢のように思える。

激しく首を振れば、目を覚ますことができるんじゃないだろうか。「でもキャスはだれと結婚するの？　ジュリアンといっしょになれなくて、あなたともいっしょになれなかったら」

「ほかにも相手はいる」デレクはあっさりと言った。

ルーシーがまた行ったり来たりを始めた。「でもキャスにだって面倒を見てくれる人が必要なのは、わたしと同じくらいあなたもわかっているでしょう。彼女を慈しんで、大切にしてくれる人が必要なの。ジュリアンは彼女のためにあなたを選んだのよ。キャスにとってはそのことがすべてなの」

デレクはうなだれた。「ぼくにはできない、ルーシー」

「できなくても、やって」叫びに近い声。

「やらない」彼も知らず声を張りあげる。

ルーシーの全身が、哀しみと怒りと困惑で震えていた。両手をきつく握りあわせる。どうすればわかってもらえるの？　理解させることができるの？　彼女は声を抑えて小声で話した。「あなたがそう決めるのなら、それでいいわ。でも、わたしは手に入らないわよ」

デレクはこぶしを握り、鼻梁《びりょう》に当てた。「考えてもみろ、ルーシー。ぼくがレディ・カサンドラと結婚したらどうなる？　きみとしょっちゅう会うんだぞ？　そんなのは苦しいじゃないか。それともきみは、友人の結婚のために友情を失ってもいいというのか？」

ルーシーはぎゅっと目を閉じた。泣いてはいけない。泣くものですか。「なんとかなるわ。友人になるの。なにもなかったことにすればいい。それがむずかしいのなら、そうね、あなたたちとはもう会わないことにするわ。キャスの人生や幸せになる可能性を壊す原因になりたくないもの」

「だから、ぼくにはできないと言っている。レディ・カサンドラと結婚してきみの友人でありつづけることなどできない」

ルーシーの肩がさがった。「それならそれでいいわ」

「どういうことだ？」

「もう二度と会わないということよ」

きびすを返したデレクは、荒々しい目をしていた。「バークレイのせいか？　ちくしょう」

「なんですって？　ちがうわ！」

デレクのあごがぴくりと動いた。「くそっ、ルーシー。もうこんなことはやめてくれ」

ルーシーは庭から逃げだした。出入り口の格子垣のところで止まり、懸命に涙をこらえて振り返った。空を仰ぐ。「こうするしかないのよ、デレク。もう二度とあなたには会わないわ。これきりよ。どうかきちんとして、キャスと結婚して」

45

デレクがロンドンに戻ってちょうど二十四時間後、弟たちが帰国した。ルーシーとレディ・カサンドラのことが解決しないままバースを離れてしまったが、そのことをゆっくり考えるひまもなかった。ルーシーはおじけづいていた。しかも、自分は正しいことをしているというまちがった思いこみを持っていた。くそっ、もしほんとうにあれがバークレイのせいだったなら、あの子爵をぶちのめして――。

「ハントご兄弟がお着きです」ヒューが告げ、デレクははっとした。顔を上げると、コリンが憔悴したアダムに付き添って書斎のドアを入ってくるところだった。ふたりはソファにどさりと身を投げだした。

デレクはサイドボードに行き、ふたりに強い酒をついだ。「おまえたちはくたびれ果てているだろう。すぐヒューに部屋を用意させる。疲れがとれるまでうちでゆっくりしていけ」

「陸軍省に行かなきゃならないんだ」コリンが言った。

デレクはふたつのグラスにたっぷりとブランデーをついだ。「いや、それは明日でいい。それくらい大目に見てくれるさ」

アダムは黙っている。手にグラスをひとつずつ持って振り向いたデレクは、いちばん下の弟をよくよく観察した。まだうっすらと残る目のまわりのあざと顔の鬱血を見れば、なにがあったかだいたい想像はつく。息子たちが帰ってきたと聞いたら、すぐにでも母親が駆けつけるだろう。弟の受けた苦痛がわからなくなる程度には、早く治ってくれるといいのだが。

兄の考えていることがアダムにはわかったのだろう。彼は切れた唇に笑みを浮かべてこう言った。「顔の傷のせいでへこんだ自尊心より、折れた肋骨のほうがずっと痛いよ」

デレクは大またでソファまで行き、弟たちにそれぞれグラスを渡した。デレクはオーク材の頑丈なデスクにもたれて両手を天板につくと、ブーツを履いた足首を交差させた。「アダム――」

アダムはぐいっと酒をあおり、髪をかき乱して頭をソファの背にあずけ、目を閉じた。「なにも言うな、デレク」

デレクは眉を片方つりあげた。「聞く前からぼくの言うことがわかっているとは、おもしろいな」

それを聞いてコリンが微笑み、長々と酒をあおった。

アダムはデレクをちらりと見あげた。「行かなきゃよかったのにって言おうとしたんだろう。わざわざ危険に飛びこんで、任務の遂行を危うくして、と。でも、ぼくは――」

「行かなきゃよかったというのは、まさしくそのとおりだ」デレクが答えた。

「そんなこと言ったって、ぼくにやれることだってあったんだ」動いた拍子に胴体に痛みが走り、アダムはうめいた。あきらかに折れた肋骨はまだ治っていない。

デレクは足首をほどいてまっすぐに立ち、きつく腕を組んだ。「詳しい話を聞こうか」

コリンも自分の椅子で身じろぎし、弟をじっと見た。

アダムは大きく息を吸った。「ぼくらはシャルルロワで野営していた。交代で見張りに立った」

「だれの番だったんだ？」デレクが尋ねた。

アダムが目を細める。「ぼくの番だったと思ってるんだろう？」

「そんなことは言っていない」とデレクが言う。

「じつはスウィフドンの番だった。きっと彼は寝ちまったんだろうな。実際のところはわからないけど。目を覚ましたら、頭に銃を突きつけられていた」アダムはうわの空であごをなでた。

「それでスウィフドンとレイフは？」デレクが訊く。

「ぼくらは手を後ろで縛られて、歩かされた」

「ちょっと待て。それで、おまえはなにも知らないだろうから、スウィフドンとレイフのふたりに尋問しようということになったんだな？」

アダムはまた長々と酒をあおった。「くそっ、デレク。いい気になるなよ」

「当たってたか？」デレクが強い口調で訊く。

「最後まで聞いてやってよ」コリンが割って入った。

デレクが短くうなずく。

「やつらはスウィフドンとレイフを連れていった。そしてふたりを何時間、何日と尋問した。いったんレイフがぼくのいるテントに戻されたとき、すきを見て逃げろと言われたんだ」

デレクは息をのんだ。

「逃げるところを見つかったら殺されるって言ったんだけど」アダムが遠い目になる。

「レイフはなんと言った？」デレクが訊く。

今度はアダムが息をのんだ。「〝もうぼくらは死んでるも同然だ〟って」

デレクは鼻から鋭く息を吸った。「それで、おまえは逃げられたのか？」

アダムはまだ虚ろな目でうなずいた。「ああ、次の日にね。暗くなるまで待った。用を足すのに手の縄を解かれたとき、気分が悪いって言ったんだ。そうしたら、いついつもより少し長めにひとりになる時間ができたから、森に向かって全力疾走した」

デレクはゆっくりと息を吐いた。「そして、逃げおおせた」

「そう。いまだにどうして成功したのかわからないけど。ぼくが逃げてもあまり気にしてなかったんじゃないかと思う」

デレクはソファ前のじゅうたんの上を行ったり来たりした。「おまえを使者代わりにしたかったんじゃないだろうか。そうしないと、スウィフドンとレイフが連れ去られたことが確実にわれわれに伝わらない」

「それはぼくからも言ったよ」コリンが口をはさんだ。

アダムが暗い顔でうなずいた。「うん、そうなんだと思う」

「それで、スウィフドンとレイフのその後はわからないのか？」デレクが尋ねた。

アダムは奥歯を食いしばった。「ああ。次の日に北のほうまで行ってみたら、そこでブライトンからの大隊に出くわした。それでオーステンデの司令部に連れていってもらったんだ」

「そこでぼくがアダムを見つけたというわけ」コリンが言った。

「デレク、ぼくの任務はマーカム将軍が――」

「マーカムはばか野郎だ」デレクが歯ぎしりをした。「この件がウェリントンの耳に入ったらすぐに――」

「将軍に報告する必要はないじゃないか」アダムは床を見つめて静かに言い、グラスをもてあそんだ。

「あるに決まっているだろうが」デレクがすかさず言い返す。

「そうかな？」コリンが言う。

デレクは足を止めた。注意深くコリンを見やる。「くたびれただろう。たっぷり食事をとって熱い風呂に入らないとな。すぐに両方とも部屋まで運ばせる。この件はまた朝に話すことにしよう」

アダムはどこかほっとしたような顔で前のテーブルにグラスを置くと、立ちあがって書斎のドアに歩いていった。

「部屋にはヒューが案内する」

アダムはうなずいた。

「おまえが生きて帰ってくれてほんとうにうれしいよ、アダム」デレクは部屋を出ていく末の弟に、口に出して伝えた。

コリンが立ちあがってグラスの残りを飲み干し、脇に置いた。「ぼくもあいつが生きて帰ってくれてほんとうにうれしい」

デレクはうなずいた。「スウィフドンとレイフのこと、ほかにはなにもわからなかったのか？」

コリンはつらそうな顔でうつむいた。「ああ、なにも」

デレクはこぶしを握り、近くの壁に手をついた。「ウェリントンと話をしてくる。今度はだめだとは言わせない。あそこに戻るぞ。彼らを見つけるんだ」

46

九月のロンドンは、涼しくなり、日も短くなった。そろそろ人々が田舎に移るころだ。しかしルーシーは田舎がきらいだった。土地そのものではなく、そこにいる人間が。どんなに広くても両親と同じ屋敷にこもるのは、とても楽しい時間の過ごし方とは言えない。キャスとギャレットが近くに住んでいてくれてよかった。

ルーシーは客間の窓についた雨粒の行方を目で追った。デレクとはバースを離れてから会っていないし、話もしていない。友人の訪問も、外出しているとか気が向かないとか言ってすべて断っていた。毎日〈タイムズ〉の社交欄を見て、デレクとキャスの結婚式を知らせる告知が載っていないか探した。まだ出てはいなかったけれど、時間の問題なのは確かだ。日が経つにつれて、その知らせをいつ目にするかと神経が張り詰めていった。

新聞に出ていないものはほかにもあった。ジュリアン・スウィフト大尉がブリユッセルで亡くなったという知らせだ。たんに新聞に載らなかっただけなのだろうか？　いまごろキャスは嘆き哀しんでいるの？――そして悪い友人であるルーシーは、哀しみに暮れるキャスを無視してしまっているということ？　今回の件では、少し時間と距離を置いたほうがいいと決めていたけれど、大切な人をみんな傷つけてしまっている気がする。

そのとき、ジェーンがあわただしく客間に入ってきた。腰に両手を当てて本も持っていないのを見れば、大事な用件らしいことはわかった。

「今日はどういう口実を持ちだすのか知らないけど、今夜こそいっしょに劇場に来てもらいますからね」ジェーンは宣言し、かわいらしい鼻からめがねが飛びそうになるほど激しく頭を振った。しかし、さっとめがねを直して元どおりにすると、腕を組んでルーシーを険しい顔でにらんだ。

「行きたくないの」なんとも貧弱な言い訳だったが、いまのルーシーにはそれくらいしか言えなかった。

ジェーンがうんざりしたように見つめる。「それでもいいから」

「だめなの、ジェーン。だって、もし……」〝もしデレクに会ったらどうすればいいの？〟とは言えなかった。そんなことを言うのはおかしいし、言ってもしかたのないことだし、事情も説明したくない。「劇場には行かないわ。それだけよ」ルーシーは決然とうなずいた。

「演目は『空騒ぎ』なのよ」歌うようにジェーンは言った。「わたしの大のお気に入り」

ルーシーはひるんだ。『空騒ぎ』だなんてひどい。彼女にとっても大のお気に入りなのに。それはジェーンも知っている。知っているからこそ、その情報を武器にして、ここまで誘いに来たのだろう。

「それに、アプトンとバークレイ卿もいっしょに行ってくれることになったの」ジェーンは言い添え、長椅子に腰をおろして手袋をはずした。「ねえ、スコーンはある？」

ルーシーはごくりとのどを鳴らした。「バークレイ卿？」

「ええ」

「来るの？」

「そうよ。まだ何日かロンドンにいるんですって。とてもあなたに会いたがっているわ」

ルーシーは両手をもみあわせた。「そうなの？」

「ええ」

ルーシーは尻込みした。「バースから帰ってきたあとは手紙も来てないのに、ちょっとびっくりだわ。きちんと挨拶もせずに帰ってきてしまったもの」

「それでもなんでも、またあなたに会いたいってかなりの意欲を見せてたわ。きっとあなたがしてあげたキスのせいよ」ジェーンは笑って言った。「ほら、ルース、わたしがアプトンと協力してまであなたを引っ張りだそうとしてるんだから、真剣なのよ」

「ところでギャレットはどこにいるの？　もうずっと姿を見てないけれど。わたしに気づかれないようにあなたたちが協力するなんて、いったいどうやったの？」

「アプトンがうちに来たのよ。うちの両親のタウンハウスでいろいろ話しあったの。バークレイ卿も招いてね。あの人、あなたにぞっこんみたいよ。こんなにずっと家にこもってるなんて、わけがわからないわ」

ルーシーはあごに力を入れた。「次に会ったら、ギャレットをこてんぱんにしてやらなきゃ」

「あら、だめよ。あなたはかわいらしくしてなさい。少なくともバークレイ卿の前ではね」ジェーンがまた笑った。「さあ、お茶を持ってこさせて。スコーンが食べたくてしようがないわ」

「スコーンなんていらない」

ジェーンは人をすくみあがらせそうなこわい顔でルーシーをにらんだ。「そんなわけないでしょ」

ルーシーは頭を振り、ベルを鳴らしてお茶の用意を言いつけた。スコーンが食べたいとなったら、ジェーンはけっして後には退かないのだ。「あなたとギャレットもまた『空騒ぎ』に行くの？　目も当てられないことになるわよ」

ジェーンは片手を振りあげた。「ええ、そのとおり！　だから真剣な話なのよ。ほんとうに。あなたのためでもなきゃ、またアプトンとお芝居に行くなんてことはしないんだから。腹が立つほどわからずやのあなたのいとこと『空騒ぎ』を見に行くなんて、あなたのためでしかないのよ」

「アプトンじゃなくギャレットって言えばいいのに。もうそれくらいつきあいは長いでしょう？」

ジェーンは目をくるりとまわした。「そんなことをして、あいつを喜ばせてやるもんですか」

振り返って友だちを見たルーシーの顔は、あくまで険しく決然としていた。「ジェイニー、あなたの骨折りはありがたいと思うわ、心から。でもこの世でなにが起ころうと、今夜わたしがこの家から外に出ることはないから」

ミス・ジェーン・ラウンズは、いざとなったら融通のきかない暴君以外の何者でもないのね――とルーシーはぼんやり考えながら、『空騒ぎ』の上演が終わったロイヤル・シェイクスピア・カンパニーの前に立っていた。お芝居は全員がとても楽しんだ。これほど心から笑ったのはいつぶりか、ルーシーには思いだせないくらいだ。まあ、ジェーンの言うとおり、家から引っ張りだされてよかったのかもしれない。ルーシーはデレクのことを注意深く避けながら、キャスとジュリアンについてジェーンにいろいろな質問をしてみた。けれどジェーンもまた注意深く質問をはぐらかし、キャスがどうしているかを知りたかったら、そんな意気地のないことをしていないで自分でキャスのところに聞きに行きなさいと言った。

もちろんルーシーにそんなことをするつもりはなかったけれど、ジェーンからほとんどなにも聞きだせなかった割には、その夜は楽しくすごせた。

クリスチャンに再会できたのも楽しかった。相変わらずハンサムで、よく気のつく人。デレクのように胃のあたりがひっくり返るような気がしなくたって、かまわないじゃない？　だって胃がひっくり返るなんて大げさすぎる。そんなのは落ち着かなくなるだけ。吐き気がするのとなんら変わらない。そう、そんなばかげたことは起きなくたっていいのよ。無理なく落ち着いているほうがずっといいじゃないの。あきらかに消化にもいいし。国でいちばん話のおもしろい人でなくたって、それがなんだというの？

クリスチャンはとてもがんばってくれた。わたしに笑いかけ、わたしの体調や両親のことやバースでのことをつっかえながらも質問してくれた。それに答えるわたしがデレクのことを思いだしたのは、少しだけだった。そう、どこに行ったか、なにをしたか、だれとそれをしたか、クリスチャンに尋ねられたときに、少しだけ。確かに少し意識が散漫になってしまったけれど。でもわたしからもクリスチャンに、彼のバース滞在やロンドン滞在、そしてこれからノーサンブリアに戻る予定について尋ねた。胃のあたりが跳ねるようなドキドキ感はなかったけれど、それでもとても楽しかった。

「あのふたり、あんなにずっと自分の気持ちに気がつかないなんてどういうことだろう」みなで劇場をあとにしているとき、クリスチャンが芝居の感想を口にした。

「友人たちにだまされていたからでしょうね」ジェーンが言った。「でもほんと、おもしろかったわ」

「ふん、荒唐無稽だったね」ギャレットが片手を振りあげた。「ベネディックみたいに頭のいいやつがだまされていることに気づかないなんて、真実味がなさすぎる」

ジェーンも手を振りあげた。「あら、ベアトリスはどうなのよ？」

「正直、ふたりとも気づかなきゃおかしいよ」うんざりしたという顔でギャレットは答えた。

「ああいうのがドタバタ劇ってものなのよ、アプトン」ジェーンがぴしゃりと言い返し、そしてまるで子どもに話しかけるかのようにゆっくりと言った。「あれはね、歴史のお勉強をするためのものじゃないの。笑って楽しむためのものなのよ」

「意味がわからないな。ばかげてる」ギャレットが答える。

「ばかげてるののどこが悪いの？」ジェーンがかわいらしく尋ねた。

いま彼らは劇場の前まで出て列に並び、馬車がまわされるのを待っていた。

ルーシーは友人たちに向かって目をしばたたいた。「無神経な指摘をするつもりじゃないんだけど、あなたたちふたり、五年前もまったく同じことを言いあってなかったかしら？」

ジェーンとギャレットは互いにけんか腰で顔を見合わせた。

ギャレットが肩をすくめる。「そうかもね」

「そうね、それで五年経ってもまだまちがってるんだから、驚いちゃうわよ」ジェーンは腕を組んでそっぽを向いた。

「ぼくがまちがってるだって？」ギャレットが口を開く。「そっちのほうが大まちがいもいいところだね。それに――」

「あっ、馬車が来たわ」ルーシーがさえぎり、そちらを指さした。そのときふと、馬車を待つべつの列に目がいった。

はっと息をのむ。

「ルーシー？　だいじょうぶ？　急に顔色が悪くなって」ジェーンがルーシーの視線を追った。その先にはキャスとデレクと、ふたりに付き添っているキャスの母親がいた。彼らも馬車を待っているようだ。

「あら、ルース、見て。キャスと公爵さまよ。ご挨拶に行きましょうよ」ジェーンはルーシーを引っ張っていこうとしたが、ルーシーは手を引っこめた。

「いいえ、だめ。行けないわ」

ルーシーは後ずさった。それでもデレクから目が離せず、心のどこかで振り向いて自分を見てほしいと望んでしまう。息ができない。まるで心臓を万力で絞めあげられているようだ。デレクは、キャスと結婚したくないと言っていた。結婚はできない、しない、と。そんな彼にルーシーは、結婚しなくてはならないと言ったのだ。キャスとの友情を失うことになっても、彼女に幸せな結婚をしてほしいと。それなのに新聞に告知が載らずにいるうちに、ルーシーの胸の内にはいけない願望が忍びいっていた。やはりデレクは本気で言っていたのかもしれない。キャスと結婚するつもりはなくて、ほんとうにできない、しないのかもしれないと……。

でもいまここに、明白な証拠が突きつけられている。目の前で馬車を待つ列に並んでいる。キャスとデレクはおつきあいしているのだ。ほんとうに。確かにこうなってほしいとは言ったけれど、とても受けいれられそうになかった。いまはまだ。もしかしたら、いつまでも無理かもしれない。とにかくいまはまだそんなに強くはなれない。ああ、どうしてジェーンの説得に負けてお芝居なんか見に来てしまったのだろう。

ルーシーはあわてて身をひるがえし、クリスチャンを突き飛ばす勢いで停まったばかりの馬車に乗りこもうとした。「すぐに出してほしいの」子爵の天使のような青い瞳を見あげて彼女は懇願した。

クリスチャンがうなずく。「もちろんだよ、いますぐに」ぱちんと指を鳴らし、馬車付きの従僕を呼んで用意をさせる。クリスチャン自身はルーシーが乗りこむのを手伝った。すぐにジェーンとギャレットもつづき、間を置かずに馬車は出発して、ぬかるんだ通りをガラガラと走りだした。

デレクはレディ・カサンドラと彼女の母親が馬車に乗るのに手を貸しながらも、心のなかではバークレイがルーシーの背中に手を添えている場面が何度もよみがえっていた。ぐっと歯を食いしばる。バークレイのやつを八つ裂きにしてやりたい。

今夜レディ・カサンドラと劇場に出向いたのは、ルーシーのことがなんでもいいから知りたかったからだった。しかしレディ・カサンドラは驚くほど友人のことに関しては口が固かった。ルーシーのことについて尋ねようとすると、ルーシーとはバースから戻って以来、話をしていないという残念な事実を告げられるばかりだった。

「会いに行こうとしたり手紙を書いたりしても、体調がすぐれないとかほかの理由で断られてしまって。いったいどうしたのかわからないんです。ずっと心配しているんです、閣下」レディ・カサンドラはそう言っていた。

しかしレディ・カサンドラの母親は、たとえ彼がルーシーのことばかり尋ねていても、娘と公爵に付き添って劇場へ行くのは大歓迎のようだった。

「ああ、公爵閣下。カサンドラもわたくしも、こんなに楽しく過ごしたのは初めてですわ」

デレクはぎくりとした。今夜レディ・カサンドラを劇場へ誘ったのはまちがいだったかもしれない。レディ・モアランドはまるでラム酒の配給を前にした兵士のような目をして、公爵が娘に求婚するのももうすぐだと過度な期待を寄せているのがはっきりとわかった。まあ、しかたがない。今夜レディ・カサンドラを誘った自分がいけなかったのだ。しかしそれ以外にルーシーのことを知る手だてがなかった。彼女にはあんなにもはっきりと、もう会わないと言われたのだから。

フランスのウェリントン将軍からの返事はまだ届いておらず、スウィフドンとレイフの捜索で大陸へ戻れるかどうかはわからない。だからデレクは、ルーシーの問題にもう一度全力で向きあうことにしたのだ。その日の午後レディ・カサンドラを訪問したのは、そういう心づもりだったからにほかならない。しかしレディ・モアランドが手ずからお茶の盆を運んできて会話に加わると、ルーシーのことはまったく訊けなくなった。代わりに、退屈極まりない天気やそのほか社交的に許されるせまい範囲の話題でおしゃべりしたあと、レディ・モアランドに今夜の予定を訊かれた。芝居を見に行く予定だと答えると、彼女は誘ってほしいという欲求丸出しで、彼めがけて長椅子を飛び越さんばかりの勢いを見せた。

「まあ、カサンドラもわたくしもシェイクスピアの喜劇は大好きなんです、閣下。うちの執事は彼と縁続きらしいんですのよ。もうずっと劇場にうかがいたくてうずうずしておりました。さぞや楽しいことでしょうね」

デレクは息を吐き、甘んじて運命を受けいれた。数週間前、レディ・カサンドラのバース行きを聞かされたときに失礼をしたことを思いだしたのだ。自分も同じようにバースへ押しかけたのだから、芝居に押しかけるくらい旅行先にまでやってくるよりはずっとましだろう。母と娘のご婦人ふたりを伴って観劇するというのは、夜の過ごし方としては悪くないものだし。

そう思ったのがまちがいだった。少なくとも最後のくだりは見込みちがいだった。レディ・モアランドは夜のあいだじゅう、いかに娘によい結婚をしてほしいかをあからさまに伝えてきた。レディ・カサンドラのほうはかわいそうに、スウィフトの名前を数えきれないほど持ちだしていたが。最初から最後まで、とにかく気まずかった。

さらに悪いことに、ルーシーのことはなにひとつわからなかった。

ルーシー。

今夜彼に気づいたルーシーは、蒼白《そうはく》になって顔をそむけた。デレクは馬車のなかで、握りしめたこぶしをベルベットのクッションにめりこませた。バークレイのやつもいたな。デレクは怒りで目の前が真っ白になった気がした。こともあろうに、どうしてバークレイなんかといっしょにいるんだ？　バークレイだぞ？　まあ、バークレイは彼女のいとこのギャレットと友人ということだったが、子爵がルーシーにふれているところなど見るに堪えなかった。耐えられないどころか、怒り心頭に発した。バークレイは、デレク以外にも手紙を代筆してくれる気の毒な男を見つけたのだろうか？

デレクはこぶしを握った手を馬車の窓に押しつけた。うやむやになったままのルーシーとの関係のすべてが、自分をいらだたせる。まず、彼がようやく状況を正すためにやらなければならないことを決意したというのに、彼女は協力を拒んだ。そして彼にレディ・カサンドラと結婚しろと言った。だが彼にはレディ・カサンドラと結婚することなどできない。それがなぜルーシーにはわからないんだ？　そして次に、ルーシーは彼になんの相談もなく、一方的にふたりの今後を決めてしまった。そんなに簡単なものではないだろう？　彼の腕に抱かれていたとき、彼女だってなにかを感じていたはずだ。それは確かだ。それをばっさりと切り捨てていけるわけがない。ルーシーはおじけづいていた。自分の感情がこわくなり、彼から逃げだし、あきらかに芽吹いたふたりの関係を、レディ・カサンドラを口実になかったことにしようとしている。くそっ。なんてずるいんだ。

どうして彼女はバークレイといっしょにいたのだろう？　結婚する気はない、結婚などしないと言っていたのに。彼がバークレイのことを訊こうとしたときにも、彼女は急に話題を変えてしまった。バークレイを利用して、デレクのことを忘れようとしているのだろうか？　バークレイなど、自分ひとりでは手紙も書けない、情けない愚か者なのに。次にあの子爵に会ったら、神に誓ってぶちのめしてやる。

47

翌日の午後、自室のドアがものすごい勢いで開いてルーシーはびっくりし、目をしばたたいた。彼女はデスクについて毎週の約束事になっている母親への手紙を書いていた。わたしは元気です——母にはどうでもいいことだろうけど——付き添いの世話も万全です——これもどうでもいいだろうけど——将来の伴侶を得られそうな気配はまだまったくありません——これもまあ、どうでもいいことだろう。それでもルーシーは手紙を欠かさなかった。いつの日か、母が少しでも関心を見せてくれるかもしれないから。

大きな音をたてて壁にドアがぶつかり、ルーシーは羽根ペンを取り落として顔を上げた。

「いたわね!」キャスが両手を腰に当ててドア口に立っていた。金髪の美女が怒っている姿がなんとも勇ましい。

ルーシーはデスクから立ちあがりかけた。「どうして……どうしたの、キャス？ここでなにをしてるの？」

キャスは大きく息を乱し、おなかを両手で押さえた。「あなたは気分がすぐれないって、相変わらず執事は言おうとしたけれど、ここまで駆けあがってきてやったわ。かわいそうに、彼もあとを追ってきて。わたしってなかなか足が速かったのね。知らなかった」キャスは誇らしげにあごを上げた。

それが合図だったかのように、執事がちょうどドア口に姿をあらわした。同じように息を乱し、すまなさそうな顔でルーシーを見る。「マイ・レディ、たいへん申し訳ありません……」

「いいのよ、ミルヘイヴン」ルーシーは言った。「レディ・カサンドラが一枚上手だったわね」

キャスはにこやかな勝利の笑みを執事に向けた。ミルヘイヴンはふたりにおじぎをして部屋を出ていった。

「次に来たときは、またわたしと競争しようとするんじゃないかしら」キャスは軽やかに部屋の奥へと進んで手袋をはずし、窓辺の椅子に腰をおろした。「でもシェイクスピエールだったら追いつかれていたでしょうね」

その言葉にはルーシーも笑わずにいられなかった。「そうね、わたしもシェイクスピエールとは競争しないわ。いくらけしかけられたとしてもね。でも、わたしとつきあってるせいであなたまでお行儀が悪くなったんじゃないかしら、キャス。執事を出し抜くなんて。どちらかといえば、わたしのやりそうなことだわ」

キャスはデスクにたたきつけるように手袋を置き、そこに両ひじをついた。まだ息は整っていない。「執事から逃げる話はもういいわ。この三週間、わたしを避けていたことは認めるの？」

ルーシーはぎくりとして羽根ペンをもてあそんでいたが、意を決して友人を見た。「ええ。ひどい態度をとって悪かったわ。許してくれる？　言い訳のしようもないけれど」

キャスはにこりとした。「謝ってくれてありがとう。いいわ、許してあげる。でも、あなたに知らせたいことがあって、キツネ狩りみたいに捕まえに来なきゃならなくなったの」

ルーシーは眉をひそめた。「知らせたいこと？」

「ええ」キャスの口調からはなにも予想はできなかった。

ルーシーの心臓がのどもとまで跳ねたような気がした。羽根ペンを握った手に、一定のリズムで力が入ったり抜けたりする。「あなたとデレクが婚約したのね？」口にしてみると、思っていたほど心は痛まなかった。心が麻痺《まひ》しているのだ。ルーシーは顔を上げてキャスの顔を見た。

キャスがかぶりを振る。「なんですって？　ちがうわ」

ルーシーは目を見開いた。「ちがうの？」

「ええ」

「それが知らせたいことじゃなければ、いったい――」ルーシーは頬に両手を押しつけた。「ああ、そんな。キャス、まさか。ジュリアンのことなの？　ひどい友人になっているあいだに彼が亡くなったのなら、わたしは自分が許せないわ。わたしはただ――」

「いいえ、ちがうの、ジュリアンは死んでいないわ」

ルーシーは目を閉じ、胸をなでおろして大きく息をついた。「ああ、よかった。彼から手紙が来たのかしら？　どんな様子だった？」

「じつは、わたしの知らせはジュリアンのことだけじゃなく、公爵さまのこともあるのよ」キャスの口もとにうっすらと笑みが浮かんだ。ジュリアンの名を口にしていて笑みが浮かぶということは……。

ルーシーはキャスの手をつかみ、ぎゅっと握った。「なんなの、キャス？　教えて」

キャスは笑いをこらえることができなかった。「彼が帰ってくるのよ、ルーシー！

ジュリアンが帰ってくるの！」

デスクから腰を浮かしかけていたルーシーは、キャスの前にひざをついて彼女の両手を握った。「ああ、キャス、なんてすばらしいお知らせなの。ジュリアンは回復したのね？」

うれし涙がキャスの目に光っていた。「ええ。二週間ほど前から持ち直して、ブリュッセルのお医者さまによれば、順調に快方に向かっているそうよ」

ルーシーの目にも涙があふれた。「あなたがどんなにうれしいか想像できないくらいよ。ほんとうにすばらしいお知らせだわ」

「ええ、そうでしょう？　ほんとうにうれしいわ、ルーシー。彼に会うのが待ちきれないの」

ルーシーの心にさっと影が差した。「でもペネロペのことは？　彼はやっぱりペネロペと結婚するつもりなの？」

キャスがうなずく。「なにも変わりはないわ。でも、公爵さまもそうなのよってことが言いたかったの」

ルーシーは背筋を伸ばして友人の手を離した。デレクのことはなにも聞きたくない。また椅子に腰かける。「わたしは――」

「公爵さまとはすべておしまいにしたということを伝えたくて来たのよ。彼とは結婚できないって、ご本人に伝えたの」

ルーシーが目をしばたたく。「そうなの？」

「ええ、そうよ」

「いつ？」

「じつは、わたしたちがバースを発つ前に。彼の名誉のために言うと、これ以上ないというくらい快く受けとめてくださったわ。そしてロンドンに戻ってきてからは、彼に会ったのは昨日が初めてよ」

ルーシーの口がぽかんと開いた。「ほんとうに？」

キャスはここしばらくルーシーが聞いたこともないような幸せそうな声でつづけた。

「公爵さまとは昨夜、お母さま連れでお芝居を見に行ったわ。とても楽しかったけれど、いいことを教えてあげましょうか？」うっすらとした笑みが戻ってくる。

ルーシーはごくりとつばを飲んだ。「なに？」

「彼がお母さまとわたしをお芝居に誘ったのは、ただあなたのことが訊きたかったからだと思うの」

ルーシーは、自分の唇もほころんでいくのが抑えられなかった。「そんなの嘘よ。バースから帰って以来、連絡のひとつもないのよ」

「向こうであなたたちふたりのあいだになにがあったの？」キャスは慎重に尋ねた。

ルーシーが唇を嚙む。なんて説明しにくい質問かしら。

「なにかしたの？　それともなにか言った？　もう彼には二度と会わないなんて思わせるようなことを？」キャスがせっつく。

ルーシーはうなずいた。「ええ、そういうことをしてしまったわ。でも、そんなことはどうでもいいの。教えてちょうだい。どうして？　どうしてジュリアンがペネロペと結婚するのは変わりないのに、デレクとのご縁を切ってしまったの？」

キャスはルーシーの手をぽんぽんとたたいた。「ねえ、ルーシー、わたしがジュリアンを愛するのと同じような愛を見つける権利は、だれにだってあると思うの。わたしが彼と結ばれることができないからって、公爵さままで自分の愛する人を見つけてはいけないってことはないでしょう？　公爵さまはわたしを愛していないし、わたしも彼を愛していないわ。お互いにそのことがわかってもいる。彼にだって、いっしょになってほんとうに幸せになれる人を見つける資格があるの」

ルーシーの心臓はあやうく飛びだしそうになった。「でも、あなたはどうするの?」

キャスはスカートをなでつけたが、口もとはまだかすかにほころんでいた。「ペネロペとジュリアンが結婚したことに慣れる時間がしばらくは必要だと思うけれど。でもきっと、いつかわたしを愛してくれる人が見つかると思うわ。わたしがいなければ生きていけないと言ってくれる人が。もしくは、修道院に逃げこむか」彼女はくすくす笑った。「とにかく少し時間が必要だわ」

キャスはきっぱりとうなずいたが、ルーシーには納得できなかった。今度は彼女が友だちの手をたたいた。「あなたはとても強いわ。そんな決心をして、ペネロペとジュリアンの結婚に向きあえるなんて。でもわたしには、やっぱりまだなにか方法が――」

「いいえ」キャスはルーシーが聞いたことのないようなしっかりとした声で言った。「もうちょっかいはだめよ。わたしのいとこの婚約を壊すようなことはしないわ。ジュリアンが回復して、もう一度会えるというだけでわたしは幸せなの。ほかのことはどうでもいいの」青い瞳がまた涙で光る。

ルーシーは大きく息をついた。「わかった。もうなりゆきにまかせるわ。とりあえずはね」最後のひとことにキャスが反論する間もなくつづける。「ジュリアンが帰ってくるのはほんとうにすばらしいことだけれど、あなたが書いた手紙はどうなったの？　彼はなにか言ってきた？　彼の気持ちになにか変化があると思う？」

キャスは深く息を吸って、まっすぐにルーシーと目を合わせた。「手紙は送っていないの」

ルーシーはまるで八つの子どもになって、リンゴの木から落ちたような気がした。自分の体から空気がすっかりなくなってしまったような……。一瞬、体がしびれて動けない。「送っていない？」

「ええ、そう」

ルーシーは頭を振った。「どうしてなの？　あなたが手紙を書いているのは見たわ。にじみ止めの粉を振っているところも、蠟を熱して封をするところも」

「そうね。ぜんぶやったわね。でも出さなかったの、ルーシー」キャスはうつむいて自分の手を見た。「――出せなかったのよ。それでよかったんだと、いまならわかるわ」

「それでよかった」ルーシーがくり返す。

「そうよ。あなたが言ってくれたんでしょう、なんでも人の言いなりになるんじゃなくて自分の力で決めるのよって。あの手紙を出さなくて、わたしはほっとしているの」

ルーシーはふたたび友の手をつかみ、その手に額を当てた。「しつこく手紙を出せとせっついて、ごめんなさい。あのときはそうするのがいいと思ったの。それも許してくれる？」

キャスはルーシーの手を握りしめた。「そうするのがいいと思ってくれたのは当然のことだわ。そんなあなたが大好きよ、ルーシー。ほんとうに心から。許すようなことなんかなにもないわ」

ルーシーの手から自分の手を引き、キャスは両手を打ち鳴らした。「さあ。どうにもならないことで落ちこんでいてもしかたがないわ。もっとうんと楽しいことを話しましょう」

ルーシーは目を丸くしてキャスを見つめた。「ジュリアンが帰ってくる以上のことがあるの？」

「そうね、わたしに関わることではないかも」キャスはまたうっすらと笑みを浮かべている。

「じゃあ、なに？」

「昨夜、公爵さまが母とわたしを連れて観劇にいらしたとき、話していたのはあなたのことばかりだったわ」

ルーシーは五つ数えた。いまこそけじめをつけるときだった。「あなたに話さなきゃならないことがあるの、キャス」

彼女はにっこり笑った。「公爵さまが好きでたまらないってこと?」

ルーシーはまじまじとキャスを見つめた。キャスの表情はおだやかなことこのうえない。「どうしてわかったの?」

「あら、ルース、そんなのずっと前からわかりきっていたことじゃないの」

ルーシーの指先が、知らず口もとへと上がった。「ずっと前から? そうなの?」

「ええ。ジェイニーとわたしはずっと、あなたが認めるのを待っていたのよ」

ルーシーは額にぱちんと手を当てた。「そうだったの?」

「決まってるでしょう。わたしたちがバースへ行ったときから、あなたと公爵さまのほうがわたしと公爵さまよりずっとお似合いだってことはわかってたわ。白状すると、チェンバース家の舞踏会からずっと、あなたたちができるだけふたりでいられるようにと思って、実際よりもずっと頼りなく見せていたのよ」

「チェンバース家の舞踏会から!」ルーシーの口はOの字にぽかんと開いた。「でもレディ・ホッピントンのベネチア式朝食のときは? あなたはデレクに、求愛してもかまわないって言っていたじゃないの」

キャスは首を振った。「してくださいってはっきり言ったわけじゃないわ。あれは、あなたと公爵さまを近づけておくための一種の方便のつもりだったの。もしあのとき彼にもうやめてほしいと言ったら、彼はやめていたでしょう。そうしたら、あなたたちふたりは二度と会わなくなっていたでしょうから」

ルーシーは友だちの手を取ってぎゅっと握りしめた。「わたしのためにしてくれたの?」

「あなたのためならなんだってするわ、ルーシー」キャスはつづけた。「確かにジュリアンから手紙をもらったときは、戸惑ったし動揺もしたわ。ジュリアンがそれほどわたしと公爵さまの結婚を望んでいたなんて知らなかったから」

「わかるわ、キャス」

キャスはうなずいた。「でも、もしジュリアンがここにいて、あなたたちふたりを見ることができたら、こうするのがいちばんいいってわかったはずよ。彼だって友人には幸せになってほしいでしょうから。わたしがあなたに幸せになってほしいと思うのと同じように」

「ああ、キャス、あなたってなんてすてきなの。あなたを友だちと呼べるなんて、こんなに誇らしいことはないわ」ルーシーは言った。

「わたしもまったく同じ気持ちよ」キャスがにっこり笑って答える。

ルーシーはため息をついた。「ほかのみんなになんて言えばいいのかしら？　ギャレットは知ってるの？」

キャスは首を振った。「あなたと公爵さまのこと？　知らないと思うわ」

「でも、あなたとジェイニーは知ってたのよね？」

「当然でしょう。でなきゃ、風邪を引いたふりまでして、あなたに彼に会いに行くようお願いすると思う？　彼がわたしに求愛しようとしているあいだ、ずっとあんな弱虫のおばかさんのふりをしていたこともよ。いいえ、わたしは確かにおばかさんだけれど、弱虫ではないと思いたいわ」

ルーシーの口がぽかんと開いた。「あなたはおばかさんじゃないわ、キャス」両手を腰に当てる。「風邪を引いていたのも仮病だったの？」

「ええ、そうよ。鼻の頭に頬紅を塗ってくれたのはジェイニーだけれど、くしゃみの演技をしたのはわたしよ。名演技だったでしょう？　でも正直に言うとね、あなたが毎日来てくれたときにずっとベッドに入っていなくちゃならなかったのはけっこうつらかったわ」

ルーシーが鼻を鳴らす。「信じられない。あなたは嘘をつくのがきらいなのに」

「あら、とびきりの理由があってついていたわけだもの。だから、ジェイニーはあなたに見つからないように逃げていたのよ。あなたとふたりきりになって話をしなきゃならなくなったら、きっとあなたから質問攻めにあって、お芝居していることを見破られると思ったんですって」

ルーシーは頭を振った。「あなたたちったら……。なにかを企んでいることに気づくべきだったわ。あなたが自分のことを弱虫だと言っていたのを聞いていたんだし。でも、デレクの求愛を断るためにわたしの力がほんとうに必要なんだって、思ってしまったのよ」

キャスは笑顔を返した。「あなたはとても頑固だもの、ルーシー。わたしのほうから少し刺激しないと、どんなに彼とあなたがお似合いか、あなたはまったく気づかなかったでしょうからね」

ルーシーは頭を振った。「信じられない。ジェイニーはこのことを知ってたの？」

キャスがうなずく。「わたしたちを許してもらえるかしら？」

ルーシーはにんまり笑いながら横目で見た。「できると思うわ」

「もしほんとうにあなたが公爵さまを好きなのだったら、うれしいわ」キャスは身を寄せて、内緒話をするかのようにささやいた。「それで、あなたがどうすればいいかわかっている?」

「いいえ、どうするの?」

「彼のところに行って、あなたの気持ちを伝えるの」

ルーシーはぎょっとした。「そんなことをするのはどうかしら。彼がどう受けとめるかわからないわ」

「どうして?」

ルーシーは額をこすった。「バースにいたとき、わたしはデレクにあなたと結婚してって言ったの。二度と彼には会いたくないとも」

「なんですって? そんなめちゃくちゃなこと」キャスが声をたてて笑った。「もしわたしと彼が結婚したら、あなただって彼とまた会うじゃないの」

ルーシーは頭を振った。「ちゃんと頭が働いていなかったんだわ。彼と距離を置かなければってことばかり考えていて。彼はあなたの相手なのに、彼への気持ちがふくらんでいくのが後ろめたかったの。あなたたちが結婚して幸せになるためなら、あなたとの友情を犠牲にしてもいいって彼に言ったわ」

キャスの手がデスクにかかった。「まあ、ルーシー。そんなばかな話は聞いたことがないわ。だからわたしに会わないようにしていたの？　いちばん大切なお友だちを失うような結婚をして、どうして幸せになれるの？」

ふたりはデスクをはさんで互いに身を乗りだし、涙を流して抱きあった。「大好きよ、キャス」

「わたしも大好きよ、ルース」

ようやく体を離したふたりは、ハンカチで涙をぬぐった。目のまわりも押さえると、ようやくルーシーは満面の笑みを浮かべた。「あのね、あなたが言ってくれたとおりのことをしようと思うの。デレクに気持ちを伝えるわ」

キャスが真顔になる。「ちょっと待って、ルーシー。その前にもうひとつ、あなたに言わなくちゃならないことがあるの」

ルーシーは友だちの顔を探るように見た。「なに？」

「お母さまは、まだ公爵さまがわたしに求婚すると思いこんでいるみたいなの。お母さまとお父さまがそのことを話していたから、期待しないでとは言ったのだけれどね。結婚はしないと公爵さまに伝えたと言っても、認めてくれなくて」

ルーシーは眉をひそめた。「認めてくれない？」

「どうやらあなたのメアリおばさまが母に手紙で、バースで公爵さまがお嬢さまに求婚したそうですね、おめでとうございますと書いたらしくて」

ルーシーは動揺した。「まあ、そんな」

キャスも唇を噛む。「そうなの。それで公爵さまが母とわたしを昨夜お芝居に連れていってくださったものだから、よけいにわたしに求婚するんだと思いこんでしまって。両親があきらめないんじゃないかと思うと不安なの。オーウェンに手紙まで書いたのよ」

ルーシーは立ちあがって窓辺に行き、外を見た。「あなたのお母さまはどうすると思う？」

「わからないわ。でも、公爵さまには注意をしておいたほうがいいと思うの。心の準備もないままに、父がいきなり話をしに行ったりしたら困るわ」

ルーシーは爪を噛んで振り返り、友人を見た。「あなたのお父さまは話をしに行くと思う？」

キャスが頭を振る。「わからないわ。公爵さまに手紙は書いたけれど」レティキュールから封筒を取りだし、ルーシーのデスクに置いた。「今朝、小間使いに届けさせようと思ったの。ほかにはできることが思いつかなくて。両親ともう一度話をしてみるくらいしか」

ルーシーは腕を組みつつ、無理にでも笑みを浮かべた。起きないかもしれないことを思い悩んでもしかたがない。そうでしょう？　「そうならないことを祈りましょう」

キャスも笑みを返した。「そうね。そうしましょう」

ルーシーは封筒を取った。意味ありげに微笑む。「ねえ、もしよかったら、今夜わたしにこの手紙をデレクのところへ持っていかせてちょうだい」

48

いとこの馬車から降りるとルーシーは競うかのように石の歩道を進み、ロンドンのデレクの住まいの表階段を一段飛ばしで駆けあがった。ドアをノックしたあと、待ちきれずに両手をドアにかけたまま、いまいましい執事が開けてくれるのを待った。

「閣下はご在宅かしら?」

「はい、マイ・レディ、おられますが――」

ルーシーは招かれるのも待たずに飛びこんだ。キャスとデレクが会っていなかったこと、キャスが彼に結婚できないと告げたこと、ふたりは実際に婚約してはいなかったことを聞いたとたん、一刻も早く彼のもとへ行きたくてたまらなくなった。もう夜も遅い時間だった。ギャレットとおばのメアリが部屋に引きあげるのを待ってから、こっそりと家を抜けだした。馬丁たちに袖の下を渡して馬車を用意させ、いとこには黙っておくよう口止めしてきた。公爵の住まいに到着したのは人の家を訪問するような時刻をとっくに過ぎたころだったけれど、そんなことはどうでもよかった。

「彼はどこ？」執事が面倒なことを言いませんように。いまの心理状態では、ナイフで戦いをくり広げることも辞さないわよ——しかも勝つ自信だってある。実際にナイフなんて持っていないけれど、そういう問題じゃないんだから。

〝おすましヒュー〟は見くだした態度で彼女を見た。「閣下はもう自室でおやすみでございます。お名刺をいただきまして——」

「待てないわ！」ルーシーは迷うことなく階段へ足を向けた。自室でやすんでいるですって？　それはおあつらえ向きだわ。ああ、今年いちばんの醜聞になるだろうけれど、ヒューにどう思われたってかまわない。階段を駆けあがり、必死の形相でいくつか部屋のドアを開けたけれど、どれもちがっていた。そしてとうとう、廊下の端の部屋までやってきた。

ノブを両手でつかみ、勢いよくドアを開ける。デレクが部屋の奥にあるベッドに腰かけていた。ダークグリーンのシルクのガウンの前がほぼ開いてたくましい胸が覗き、髪の乱れ方に胸がきゅんとする。手には本。読書中の彼は銀縁めがねをかけていて、いっそうハンサムに見えた。ひげは今朝剃《そ》ったきりなのだろう、肌に影をつくっている無精ひげに、ルーシーは気が遠くなりそうだった。彼の姿を認めるや足を止め、肩で息をする。ものすごい勢いで通り抜けたドアは、大きな音をたてて反対側の壁にぶつかった。

デレクの眉がたちまち弧を描いた。「どうした、これはまた予想外のことが起こったな」

ルーシーはゆっくりとドアを戻し、閉めて鍵をかけ、努めて静かに彼のそばまで歩いていった。「わたしは少し予想外のことをする傾向があるの、閣下」

くっきりと形のよい彼の唇に笑みが浮かんだ。「そうだな。それで、ぼくの部屋をお訪ねとはいったいどういう風の吹きまわしだ、ミス・アプトン?」

ルーシーは唇を引き結んでゆるまないようにしなければならなかった。ミス・アプトン。この呼ばれ方がなつかしい。彼女は大きく息を吸った。「もうキャスに求婚していなかったこと、どうして話してくれなかったの?」

デレクは枕にもたれ、めがねをはずして隣りのテーブルに置いた。「まずひとつは、レディ・カサンドラから聞くだろうと思ったから。そしてもうひとつは、この前ぼくらが話をしたとき、ぼくとは関わりたくないとはっきり言われたから」

ルーシーは彼の太もものあたりにかかっている毛布をなでた。「あなたと関わりたくなかったのは、あなたがキャスに求婚していると思ったからよ」

彼がうめく。「きみが、キャスに求婚しろと言ったんだろう。彼女と結婚しろと言ったのはきみだ、ぼくの記憶が正しければ」

ルーシーは彼の手に軽くふれた。「ジュリアンとキャスがそれを望んでいると思ったのよ」

デレクは少し首をかしげた。ゆがんだ笑みが口もとに浮かんでいる。「スウィフトとレディ・カサンドラの望みが大事だと言うのか？　それに、バークレイとはどうなった？」

「クリスチャンのことなんかどうでもいいわ」

「昨夜の劇場では、そんなふうには見えなかったぞ」

ルーシーは肩をすくめた。「あんなのはなんでもないわ。彼とは会話も成立しないんだもの」

「ああ、そうだろうな。あの男もどうなるか不安だったんだろう、ほかの男に手紙を代筆してもらうくらいだから」

彼女がひたと彼の目を見すえる。「どういうこと？」

「きみのいとしいバークレイ卿の手紙を書いた男だ、以後お見知りおきを」座ったまま、デレクは前かがみになっておじぎをするまねをした。

ルーシーの口がぽかんと開いた。「あの手紙を書いたのはあなたなの？」

「そうだ。そして、きみはバークレイにキスをした」

ルーシーは口をつぐんだ。「キスしたかもしれないけれど、あのときずっと考えていたのはあなたのことだったわ」それを聞いて彼の表情がやわらいだのを、彼女は気づかずつづけた。「どうしてそんなことをしたの？　ほかの人になりすますなんて？」

彼はなに食わぬ顔で目をしばたたいた。「どこかのだれかさんも生け垣の後ろに隠れたり、他人になりすましてバルコニーから話したりしていたと思うが？　ほぼおあいこじゃないかな、ぼくの《マイ・ラブ》ルーシー？」

〝マイ・ラブ〟という言葉にルーシーの動きが止まり、彼を見つめる。やがて彼女は笑いだした。笑って、笑って、とうとう涙が頬を流れていった。まったく、こんなのってばかばかしすぎる。「ねえ、デレク。まるでドタバタ喜劇のお芝居に入りこんでしまったみたいじゃない？」

彼も声をあげて盛大に笑った。そして笑いがやむころ、静かになったふたりは相手の表情を探るように顔を見合わせ、はにかんだ。

ルーシーは額にかかった巻き毛を払い、気まずさをどうにかしようと言葉を探した。

「ジュリアンが回復したことは聞いたかしら？　もうすぐ帰国するんですってね」

彼の指先がルーシーの手をかすめ、熱が波のように彼女の全身を洗っていく。「ああ、大陸から帰ってきたばかりの弟たちが教えてくれたよ。そんな知らせが聞けて、これ以上うれしいことはない。うれしい理由はひとつだけじゃないし」

「どんな理由があるの？」ルーシーが尋ねる。

デレクは手を伸ばしてむきだしの彼女の腕をなでた。彼女の体が震える。「スウィフトが帰国したらすぐに、レディ・カサンドラから徹底的に断られたことを話そうと思っているんだ。そうしたら、いまいましいほど手に入れたい女性との結婚に向けて邁進《まいしん》できる」

〝いまいましい〟などと言われても、ルーシーは口もとがゆるむのを抑えられなかった。目を丸くして尋ねる。「それってわたしのこと？」

「そうだ、きみだ」デレクは指を曲げ、近くに来いというしぐさをした。

ルーシーが身を乗りだす。

また指が曲げられる。「もっと」

彼女はもう少し近づいた。

「もっとだ」彼の甘い声。

「どれくらい？」もはや息が彼の顔にかかるほど近くにいる。

「キスができるくらい」デレクが熱くささやいた。

ルーシーの唇は、彼の唇にふれるかふれないかのところにあった。「こんなふうにね」そっとつぶやき、唇をかすめさせる。

そして、唇がまた重なった。一度。二度。やがてデレクは彼女を引きよせ、やわらかな胸を自分の裸の胸と合わせた。彼の熱い唇が彼女の唇を開き、舌が差しこまれる。まるで電撃のように、ルーシーは体の芯まで揺さぶられた。快感が血管を駆けめぐる。これからふたりは愛を交わすのだ。ここで、デレクの寝室で、今夜。こうなるのをどれほど待ち望んでいたことか。

デレクはさっさと本を押しやり、ルーシーを自分の上に乗せた。「一刻も早くきみをぼくのものにしたい」彼女の唇にささやきかける。ふたりの唇が、また合わさった。熱く、燃えるようなキス。ああ、彼の高価な羽毛布団の上で、もみくちゃの欲望のかたまりになってしまいそう。

彼の唇に唇をからめとられ、形を変えられ、支配されていく。いくら重ねても満足できない。ルーシーは彼の激しい唇の動きに舌を差しだして応え、まだガウンに包まれたままの彼のたくましい肩を両手でさすった。もう離さないとでも言うような彼の力強い手がすばやく彼女の手袋をはぎとり、つづいてドレスの背中のボタンをはずしはじめた。やがてルーシーはシュミーズとコルセットだけになったが、肩で息をしながらも唇は彼から離せずにいた。彼となら、きっとこんなふうになるだろうと思っていた。熱くて、止めようもない激情。ふたりが互いに主導権を握ろうとする。しかしすぐにルーシーは気づいた。ベッドのなかでは完全にデレクにリードされるということを。欲望の震えがルーシーの全身を駆けあがった。わたしは彼のものになる。そんな思いが体を駆け抜け――彼の巧みな手にルーシーは降伏した。デレクが彼女をきつく抱きよせて上にかぶさった。ルーシーの息が荒くなる。デレクみたいにハンサムですてきな人とこんなことをするなんて――どんな無謀な想像をも、はるかに超えるものだった。

デレクが伸びあがってまた口づけた。一度、二度。ルーシーは彼を抱きよせようとしたが、彼は彼女の頭の両側にひじをついて体を支えた。「ちょっと待ってくれ、マイ・ラブ」彼がベッドの端へごろりと転がり、ベッドを降りてマントルピースまで行ってろうそくを消した。部屋が暗がりに包まれる。ベッドのそばに残った一本のろうそくで、まだ彼の体の輪郭はぼんやりとわかった。ルーシーは微笑んだ。きっと彼女の慎みのためにこうしてくれたのだろう。彼女は指先を唇に当てた。身につけているものをひとつ残らずデレクに取り払われると思うと少し恥ずかしいけれど、本音を言えば、一糸まとわぬ彼の裸身を見たいという気持ちのほうがずっと強くて、そのためにはろうそくが消えたのは惜しかった。でも、まあ、彼の体を知る時間はこれから一生つづくのだ。ルーシーは息をのんだ。一生。そう、わたしたちは結婚するのよ。

デレクはすぐにベッドに戻ってくると、ガウンを脱いで床に放り投げた。その見事な肉体を、ルーシーは盗み見た。直線と、引きしまった筋肉のみで造りあげられた体。肩と、ウエスト近くに傷跡がある。そして……ああ、もう少し下のほうでちらりと見えたものからすると、彼にはじつにすばらしい持ち物があるようだ。デレクが流れるような動きで、すみやかに彼女に覆いかぶさった。たちまちコルセットがはずされる。

デレクは片ひじをついて体を支え、シュミーズの襟ぐりの縁を指先でなぞった。その手がわずかに震えている。自制心が決壊寸前になっているのだろう、それが感じられてルーシーはうれしかった。ふだんは冷静沈着で鉄壁の自制心を誇っている人だけに、楽しくてしかたがない。

「どんなにこれを引きちぎりたいと思っているか、わかるかな?」かすれた声でデレクが尋ねた。

ルーシーの体がぞくりと震えた。「どのくらい?」

彼は歯を食いしばった。「もう、めちゃくちゃにしたいくらいだ」

ルーシーが彼の耳にキスをすると、彼の体に震えが走る。「してみたら?」

「あおらないでくれ」彼の声はまだ少し揺れていた。

「なにも問題はないでしょう?」

デレクは鼻と鼻同士を軽くふれあわせ、さらにそこにキスを落とした。「そうしたら帰るときになにを着ていくんだ?」

「ドレスは破れていないもの」ルーシーは彼の首に抱きつき、深いキスをした。

そのキスにしばらく没頭したあと、デレクはようやく言った。「未来のクラリントン公爵夫人にひどい醜聞があってほしくはない」唇をふれあわせながら、にんまりと笑う。

「そんなの、もう手遅れよ」今度は彼の鼻の頭にキスを返した。「それになにが問題なの、相手はだんなさまなのに」

「いいね、その響き」デレクが彼女の耳にすりよる。

「いいことを思いついたわ」ルーシーが言った。

デレクは彼女の首にキスをしてうめき、彼女のシュミーズを指さした。「この布を一刻も早く取ってしまうことにつながる思いつきならいいんだが」

「半分はそうよ」ルーシーは甘えるように答えた。彼から体を離し、身をよじるようにしてベッドを降りると、立ちあがってくるりと彼のほうを向く。デレクは色を深めた瞳でじっと彼女を見つめていた。「なにをしている?」

「シュミーズを脱ぐの。あなたは見ていて」

グリーンの瞳に炎が燃えあがった。

ルーシーは大きく息を吸った。いったいわたしはどうしてしまったの? 浮ついたいたずらな気分のせい? 自分がなにをしているのかわからない。ただ彼に喜んでほしいということしか頭になかった。そうよ、彼を喜ばせて、少しからかうの。でも彼の目の表情を見れば、彼もこの思いつきを気に入ってくれたみたい。しかもとっても。

一刻も早くと彼は言った。でもルーシーはまったく逆のことを考えていた。

彼女は両手でシュミーズをつかみ、ひざの上まで引きあげることから始めた。「どうするのがいいかしら?」と尋ねてみる。「頭から抜くか、腰から落とすか?」まるでじらすように布地が太ももの付け根のあたりでわだかまっている。わざとそこで留めているのだ。

デレクは自分の顔をひとなでした。「勘弁してくれ」

ルーシーはむきだしのなめらかな腰が少し見えるところまで布を上げたところで、またおろした。デレクがうめく。「気が変わったのか?」

彼女はわざと純情ぶってにっこりと笑った。「まだ決めていないの」

身をかがめて両手をマットレスにつき、シュミーズの生地を誘うように押しあげている胸を見せつける。デレクの視線はそこに釘付けだった。ルーシーは片方の袖に手をかけて肩をなでた。「こうするほうがいいかしら」

指先でゆっくりと袖を肩の上にすべらせていく。デレクが目を閉じてまたうめいたが、今度は短かった。「きみのやろうとしていることはとてもいいんだが」

ルーシーは上体を起こし、もう片方の袖もそろりそろりと肩にすべらせていった。それから両腕を抜いたが、襟もとは手で押さえて胸が隠れるようにした。

デレクがまた顔をひとなでする。「ぼくはワーテルローでは生き残ったが、これで死んでしまいそうだ」

ルーシーは人さし指を彼に向けて振った。「あらあら、公爵閣下。辛抱して」

片手でリボンをほどき、足を抜いてシュミーズを脱いだものの、布地をさっと押さえて前を隠した。胸を覆った布地が脚のあいだで焦らすように揺れている。色っぽい表情をしてみせると、彼の目に欲望が燃えあがるのが誇らしくてうれしい。

「もうがまんできない」彼はうめくとルーシーの手をつかみ、ぐっと力強く引いてもろともベッドに倒れこんだ。そして両手でシュミーズをつかみ、破れるのもかまわず引きちぎるように彼女の手からもぎ取った。床に放り投げ、くしゃくしゃと山になるにまかせる。ルーシーの唇からもれた荒い吐息を、デレクは自分の唇で感じ取った。

「新しいのを買ってやる。百枚でも買ってやる。いまはとにかくきみだ」

ルーシーは彼の首に抱きついた。「お好きなように、閣下」

デレクは片ひじをついて体を起こし、なんのじゃまもないルーシーの熟れた肉体を眺めた。丸くふっくらとした胸。両方ともを手で包み、重さを感じて感触を楽しむ。すんなりとした細い腰。完璧なまろやかさを持った太もも。脚はなめらかで長い。

「ああ、なんてすてきなんだ」デレクは彼女の耳もとに息を吹きこんだ。

「あなたもよ」そう言う彼女の唇に、またデレクの唇がおりてくる。

唇を重ねたまま、デレクは微笑んだ。そこでふと動きを止め、体を起こして彼女の魂まで見透かすようにじっと見つめた。「きみの瞳。そんな瞳は見たことがない。大好きだ」

「これのせいでいつも人とはちがうって気にさせられたわ。わたしは好きじゃなかった」

「確かにきみは人とはちがう。だが、そこがきみの瞳のすばらしいところなんだ。きみと同じだ。きみを映す鏡だ。きみは人と同じじゃないし、その瞳はきみの気分によって色が変わる。知ってたか？」

ルーシーは首を振った。「いいえ」

「うれしい気分のときは、明るくなるんだ」

「じゃあ、怒っているときは？」笑顔でルーシーが訊く。

「深みを増して、荒れ模様になる」

「荒れ模様？」

「いや、荒れ模様というのはちがうかな」

「どういうときがいちばん好き？」

デレクがまたキスをする。「いまみたいなときだ」

「どういうとき？」聞こえないほどの声。

「ぼくをじっと見あげているとき。美しくて、光り輝いている」

ルーシーは彼の首にまわした腕に力をこめて、口づけた。

デレクが体を引き、ふたたび彼女の目を覗きこむ。こわがったり、哀しんだりしていないだろうかと目の奥を探る。「ルーシー、きみは一度も……」

彼女は目をしばたたいた。これは、経験がないのかと訊いているのよね？「ええ、一度も」

デレクは半ばほっとしたような、半ばつらそうな表情を浮かべた。首にまわった彼女の手を片方はずさせて、こぶしにキスをした。「きみに痛い思いはさせたくないんだ」

ルーシーは指先で彼の黒い眉をなぞった。「あなたとなら痛い思いなんかしないわ」

デレクがまた口づけ、舌をからめて彼女の下腹部に炎をかきたてた。ルーシーに考えられるのは、脚のあいだのその秘めやかな場所にふれてほしいということだけ。そこが彼のためにうずいている。

「きみがよくなるようにしよう」デレクは約束し、上掛けの下に頭をもぐりこませて彼女の裸体を下へたどっていった。まずは胸で止まり、片方の胸を手でもみしだきながら、もう片方のやわらかいピンク色の先端に唇をつけた。唇でやさしく引っ張り、敏感な部分に軽く歯をすべらせる。

ルーシーはなすすべもなかった。ベッドから背中が浮いた。彼のしていることがなんであっても、終わらせてほしくない。彼女はデレクの黒髪に指をからめ、きつく自分に抱きよせた。「デレク」

もう片方の胸の先端を、彼の指がつまむ。短く切った爪がそこをこすった。その悩ましい感覚と、まだ唇で引っ張られているほうの胸から伝わるめくるめくような快感が入り乱れ、ルーシーの口からあえぎ声がもれた。「デレク」黒髪に指をからませたまま、もう一度名前を呼ばずにはいられない。

彼の吐息が敏感な胸に熱かった。「このままきみをいかせることだってできるぞ？」ルーシーは彼を求めることだけで精いっぱいだった。どういうことなのかよくわからなかったけれど、どうしても知りたくて小声で確かめた。「ん……ん……ぜったいに？」

デレクは敏感な胸の先端を甘噛みした。「挑発するな」

「だって、あなたを挑発するのは大好きなんだもの」ルーシーが息を詰めてのけぞる。

おなかの上でデレクが笑ったのがわかった。「二十の方法できみを気持ちよくさせることにしよう。どうだ？ まずは最高の方法から」

ルーシーは震えた。ひげの伸びかけた肌がやわらかなおなかの肌にこすれて、びくりとする。ああ、彼はどこに向かおうとしているの？

「このままでもいかせられるんだが……」彼はくり返しながら、親指と人さし指で乳首をいじめつづけた。「でも、もっといいことをしよう」

なにがもっといいことなのかと考える間もなく、デレクの熱い息が太ももの付け根にかかった。ああ、そんな。彼はまさか……ああ、やっぱり！ 彼の舌先が、ルーシーの脚のあいだのくぼみにもぐりこんだ。ぞくりとして全身が緊張し、小刻みに震えだす。彼の両手が下にまわって彼女の腰を抱え、意のままにしっかりと支えた。

彼女の脚から力が抜けた瞬間が、デレクにはわかった。三度ほど深く舌を使ったあとだった。彼も自分の腰を無意識のうちにマットレスにこすりつけ、彼女に入っているかのように動かしていた。彼女がほしくてたまらない。こんなにも欲求を覚えたのはいつだったか、思いだせないくらいだ。だが、ルーシーにとってはこれが初めてなのだ。ベッドの外では手に負えなくて彼をからかったりあおったり苦しめたりする彼女だが、それでもまだなにも知らない無垢な体だ。こちらの欲望のままに奪って終わりというわけにはいかない。彼女にとって忘れられない経験にしなければ。なにしろ、また彼女に戻ってきてほしいのだから……。そんなことを考えた自分に、デレクはひとり口もとをゆるめた。

彼女のやわらかなピンク色の縁を舌でなぞる。そしていちばん敏感な一点を、舌先で刺激した。ルーシーの腰が跳ねてベッドから落ちそうになる。しかし彼の唇はそれを追いかけてつかまえ、逃すことはなかった。いまやデレクは彼女の手首をつかみ、彼女の手を腰の両側に留めつけていた。彼女はそれを振りほどこうとしたが、力強い彼の手はそれを許さない。「楽にして」魅惑の巻き毛にそっとささやく。

「わたしもあなたにさわりたいわ」ルーシーはうめくように言い、もう一度、手首を振りほどこうとした。

「いまさわられたら暴発してしまう」

ルーシーが唇を噛んでまた身を震わせる。「暴発するところを見たいわ」

あたたかな太ももの肌に唇をつけたまま、彼は笑った。「きみが先だ」彼の舌がくぼみに戻り、熱くぬれた場所を容赦なくなぶった。一度、二度と、快感の小さな芯に舌をひらめかせる。こうすれば、連れていきたいところへ彼女を連れていけるはずだ。彼女の胸が上掛けの下で上下し、敏感になった先端がやわらかなリネンにこすれている。彼女の肌にふれるものすべてが刺激になり、いまあらゆる快感が集中している脚のあいだにその刺激も届いていく。彼女の腰に力が入った。ルーシーは脚で彼の頭を軽く締めつけながらも、狂おしい舌使いに合わせて無意識に腰を動かしていた。彼の唇は何度もひらめきつづけ、ルーシーの足が丸まってマットレスから浮く。彼女の腰がびくんとわなないた瞬間、いちばん強烈な快感が全身を貫いた。破裂するような感覚が駆け抜けてルーシーは鋭い声をあげ、身を震わせるばかり。熱い欲望と驚きの波が、満ち足りた体に渦を描いて抜けていった。

ルーシーの体が震えているあいだ、デレクはずっと抱きしめてやっていた。それから涙をぬぐってやり、汗にぬれて額にかかった髪を後ろに払ってやった。鼻と鼻をくっつけ、口と口で熱烈なキスをした。「どうだった?」うっとりしたルーシーの目を覗きこむ。

美しい顔に大きな笑みが広がった。「こんな感覚を味わったのは初めてだわ」彼女のなめらかな肩にキスをする。「それはよかった」

ルーシーが冗談めかして彼の肩をたたいた。まだ息が落ち着かず肩が上下している。「まじめに言ってるのよ、デレク。あんなふうになるなんて知らなかったわ。あなたにあんなことができると知っていれば……初めて会った夜に口げんかなんかしていないで、キスしていたのに」

デレクは、ははっと笑った。「いや、それはなかったな」

「ほんとうよ」ルーシーは手で額をぬぐった。「とにかくすごかったわ」

デレクが顔いっぱいに笑みを広げてにやりと笑う。

ルーシーが目を丸くした。「あら、いけない。自信過剰なあなたにまた自信を持たせちゃったわね」

「なんだって? 愛の営みをがんばったのに、その栄誉に浴することもできないのか?」

彼女は唇を噛んだ。早くもほかに気になることができていた。「デレク、その……あなたも同じことをしてほしい？」少し恥ずかしそうに尋ねたあと、上掛けにもぐって目だけ出してまばたきをしてみせる。

デレクは肩をすくめた。「おやおや、ルーシー。いまきみにそんなことをさせたら、とても最後まで耐えていられないよ。いつかはしてほしいけどね。でも今夜は、とにかくきみにとって特別な夜にしたいんだ」

彼がルーシーの上にかぶさると、彼女は首に抱きついた。「わたしをあなたのものにしてほしいわ、デレク。あらゆる意味で」

デレクはもう一度、深く口づけた。彼女の脚のあいだにひざを割りいれ、太ももの付け根に熱いものをすべりこませて彼女のあたたかくうるおった場所を探っていく。彼女のまぶたに、頰骨に、耳に、首に、キスを落とした。「すまない、マイ・ラブ」そうつぶやいた次の瞬間、彼はルーシーのなかにするりと入って深々と身を沈めていた。

ルーシーは小さく息をのんだものの、ぴりっとした痛みはすぐに消えた。デレクのつらそうな顔のほうが、体の痛みよりずっと心に刺さった。「そんな顔をしないで」そう言って彼の頰にキスをする。

「痛かったか?」彼の息が荒い。

「だいじょうぶよ」

なぜかデレクには、彼女が大騒ぎしないだろうということがわかっていた。舌鋒は鋭いかもしれないが、彼女は正直で、率直で、気取らないところがある。そういうところが彼は大好きなのだ。

デレクはルーシーの鼻の頭にキスをした。「愛している」吐息混じりに言うと、確かな律動でゆっくりと動きはじめた。ルーシーもう一度最初に戻ったかのようにうるおってきて、彼がほしくなっていく。

「愛している」しばらくして彼女の耳にささやきながらなかで弾けたデレクは、満ち足りた幸せな気分で彼女の上に倒れこんだ。

「わたしも愛しているわ、デレク」ルーシーもそっと彼の耳にささやき返した。

49

ルーシーは寝返りを打ち、隣りで眠るすてきな男性を早朝の光のなかで見つめた。じつを言うと、彼をもっとよく見たくて忍び足でカーテンを開けに行き、小走りでベッドに戻って上掛けの下にすべりこんだのだ。だれも見ていないとはいえ、やはり裸でうろつくのは気が引けたから……。でもデレクなら、裸でも堂々としていられそうだった。まるでギリシア神話の美青年《アドニス》みたい。一日じゅうでも見ていられそう。

彼が頭の上に両腕を伸ばし、眠ったまま彼女のほうに寝返りを打った。ルーシーはじっくりと彼を見つめた。彼女はいま、デレクについて新しいことやすばらしいことをひとつひとつ発見している最中だった。ベッドのなかでは夢のように最高だという事実は発見済み。ほかにはたとえば、黒髪の毛先に少しだけくせがあることに初めて気づいた。ルーシーは枕に頭をうずめて彼を眺めた。完璧にまっすぐな鼻、官能的な唇、たくましくて引きしまった肩は筋肉がすごい……。右肩の傷跡をよく見てみる。

あきらかに歴戦の証だ。

この人は戦争を生き抜いたのだ。どこからか、そんな思いがルーシーの心に湧いてきた。平凡な家庭に生まれ、非凡な人間になった人。そう、まさしく彼は非凡だ。非凡なハンサム。ルーシーはゆるんだ口もとを手で隠し、それから彼の腹部に沿って生えている毛を指先でなぞった。

彼は本来、貴族階級には属さない人だと考えたところもあった。でもいまは、彼こそが高貴な人だと思っている。この人は地獄のような戦争を生き抜き、隊を率いて勝利した。それこそが高貴なること。高貴のなかの高貴。上流階級の家に生まれたということ以外、非凡なことをなにもしていないぬるま湯に浸かった社交界の人たちより、ずっと貴いわ。

昨夜デレクは、ルーシーを愛していると言ってくれた。彼女の奥深くに入りこみ、それまで感じたことのないものを感じさせてくれながら、そう言ってくれた。あれはほんとうに、ほんとうなのだろうか？　この非凡な人が、ほんとうにわたしなんかを愛してくれているのかしら？　そんな考えをふつうに受けとめられるようになるのに、どれくらいかかるだろう。ルーシーも彼を愛していると告げた。そう、愛している。ほんとうに。デレクのすべてを。友人への誠意。あきらめない強さ。無礼な彼女をユーモアで受けとめる余裕。ハンサムな容貌と、軍人としての武勇伝。そして言うまでもなく、ベッドのなかでの技量。ルーシーは深く息を吸って、いたずらっぽい笑みを浮かべた。

そのときデレクがもう少し体をこちらに向け、輝かしい瞳を片方開けた。「おはよう」

「おはよう」ルーシーは答え、彼の隣りにまたすりよった。

デレクは彼女のウエストに腕をまわして抱きよせた。ルーシーはそのままぐるりと回転して彼に背を向けた。そこの空間にぴったりと体が収まり、彼に抱きすくめられる。

「よく眠れたか？」デレクが訊いた。

彼女はあやうくむせそうになった。「コホン、お互いにあまり眠っていないでしょう？」

「ふむ、そうだな」彼はルーシーの後頭部にキスをした。「いったい何時だろう」

ルーシーがため息をつく。「夜が明けて少ししたころよ」

「きみの評判にはもう傷がついてしまっただろうな。それなら、朝のうちからベッドを出る意味はない。朝食もここに持ってこさせよう」

ルーシーが半身を返して彼を見た。「だめよ！　このままここにいて召使いに食事を運ばせるなんて」

ゆっくりと、デレクが色っぽい笑みを浮かべる。「そうかな？」

「そうかな、ですって？　あなたの家を夜遅くひとりで訪ねて、まだ出てきていないなんて、それだけでも今年いちばんの醜聞になっているにちがいないわ」

彼はルーシーの頬にかかった髪を直してやり、顔をなでた。「うちの召使いは、未来のクラリントン公爵夫人の評判を落とすようなまねはしないさ」

ルーシーははたと動きを止めた。未来のクラリントン公爵夫人ですって？　とてつもない想像――でもほんとうなのだ。彼女はにんまり笑った。「少しおなかがすいたわ」

デレクは声をたてて笑い、ごろりと彼女の上に乗りあがって思いきりキスをした。

「きれいだよ」

「それは前にも言ってくれたけれど、あまり信じられないわ」

彼が真顔になる。「ルーシー、いったいなにを言いだすんだ？」

「わたしはキャスじゃないもの。彼女は……完璧よ。だからちょっと、わたしじゃ……」うまく言えず、ばつが悪くなって声がしぼんでいった。なにが言いたかったの？　将来もあなたに愛していてもらえるかどうか自信がないということ？　あなたの気にさわることをしてしまったら、愛は冷めるのかしら？　兄のラルフが死んだあと、両親の愛が冷めたように？

デレクは彼女の魂まで見通していた。「確かにレディ・カサンドラはきれいだが、きみが劣るわけじゃない。きみは息をするのも忘れるほどきれいだぞ。初めてきみに会った夜にそう思ったんだ」

ルーシーは目を丸くした。「チェンバース家の舞踏会で？」

「そうだ」

彼女は信じられないというような顔をした。「そんなの嘘よ」

「いや、嘘じゃない。こんな美女にこれほど徹底的にきらわれているとは、なんてついてないんだと思ったんだぞ」

ルーシーの笑みが消えた。「きらってなんかいなかったわ、デレク。ほんとうよ。わたしはキャスを助けたかっただけなの」

デレクはうなずいて彼女の頰にキスをした。「わかってる」

ルーシーは頰を染めて咳払いをした。体の向きを変えて、彼の胴に抱きつく。「二十の方法でわたしを気持ちよくさせるとかなんとか言ってなかったかしら？」

デレクはにやりといたずらっぽい笑みを浮かべた。「ああ、そうだった。まだあと十九あったな」

ルーシーは声をあげて笑い、筋張った彼の首筋を甘嚙みした。「では、ぜひさっそく始めましょう、公爵閣下」

50

その朝遅く、ルーシーは自分の衣装だんすの前に立って両手を腰に当て、たんすの中身を見つめていた。新しいクラリントン公爵夫人として、どのドレスならだいじょうぶで、どれは処分しなきゃならないのかしら？　ああ、キャスに助けてもらわなくちゃならないわ。ルーシーはファッションのことはよくわからないし、それはジェーンも同じだった。ジェーンは一度ならず言っていた。もしも看過できない宗教的な戯言《たわごと》さえなかったら、簡素な服でいられてヒラヒラの派手な服を買わなくてすむ修道女になるのに、と。

ありがたいことにルーシーは今朝早く、ギャレットとメアリおばに気づかれることなく家に戻ってくることができた。ドレス選びをあきらめてキャスを探しに行こうかと思ったそのとき、ドアに鋭いノックがあった。

「だれ？」ルーシーが声をかける。

「わたしよ」キャスのやさしい声が返ってきた。ルーシーはドアに駆けよって開けた。なんて絶好のタイミング。「入って、入って。いまちょうど――」

ルーシーは、はたと口をつぐんだ。廊下に立つキャスは顔面蒼白で、両手をもみあわせていた。「ああ、ルーシー、早く来てちょうだい」

ルーシーの心臓がのどもとまで跳びあがった。「どうしたの、キャス?」

「父と母が、求婚を迫るために公爵さまのタウンハウスに行ってしまったの」ダムの水が決壊したかのようにキャスの口から言葉がほとばしった。

ルーシーの手がのどもとに上がる。「そんな」

「そうなの」キャスがうなずき、金髪の巻き毛がこめかみで揺れた。「もうひどいのよ。屈辱だわ。わたしたちが行って説明しないと、お父さまは公爵さまから無理やり求婚を取りつけてしまうわ。そんなのがまんできない。だからいっしょに来て、ルーシー。手伝ってもらわなきゃ」

ルーシーはすばやくうなずき、廊下の先を示した。「もちろんよ、行きましょう」

ふたりは階下に駆けおり、ルーシーは一瞬でペリースをはおってボンネット帽をかぶった。そしてキャスが乗ってきた馬車にふたりで乗りこみ、出発した。

デレクの家のドアをしつこくたたいていると、ヒューの一本調子の声が応えた。

「はい？」

「いますぐに閣下とお話ししたいんです」ルーシーが言った。

ありがたいことに、執事はルーシーに一度も会ったことがないかのような態度をとった。「ただいま閣下はすでにべつのお客さまをお迎えしております」

「わかっています！」キャスはルーシーも舌を巻くほどの勢いで大きな男の横をすりぬけた。

ヒューはふたりのことを、まるで残飯を漁りに台所へ押しかけていく町のわんぱく小僧を見るような目で見ていた。あきらかに不本意なのだろうが、客間に通してくれた。そこではモアランド卿夫妻がすでに公爵と話をしていた。ルーシーとキャスが飛びこんでいったが、先に部屋にいた人々はだれも気づかないようだ。

デレクはマントルピースの横に立ち、石の仮面をかぶったかのような無表情でそこに手をかけていた。

レディ・モアランドは鼻をつんと上げ、長椅子に腰かけている。モアランド卿は高級じゅうたんを早足に突っきりながら公爵に食ってかかっていた。「娘がこのように傲慢な仕打ちを受けるのはがまんなりませんぞ」

冷静にも冷静すみやかにし

デレクのあごがぴくりと引きつった。「もう少し冷静にお考えに——」

モアランド卿は襟を引っ張った。「わたしは冷静だ、クラリントン。冷静にも冷静を重ねたからこそ、わが娘が求婚されるのをじっくり待っていたのだ。すみやかにしかるべき処遇を要求する」

「そうですわ。わたくしたちは、近々求婚があるものと確信しておりましたから」レディ・モアランドはハンカチで眉を押さえた。

「まあまあ、落ち着いて話しあえばきっと……」デレクがつづける。

「落ち着いていられる時間は終わったのだ」キャスの父親は叫ばんばかりに声を張りあげた。

キャスは深呼吸をして一歩前に出た。「お母さま、お父さま、わたしのためによかれと思ってくださっているのはわかりますが、たいへんなまちがいをしていらっしゃるわ」

モアランド卿夫妻は振り返って娘を凝視した。「おまえはもう黙っていなさい、カサンドラ。おまえは何週間も頭がまともに働いていないのよ」母親が言った。

キャスは懇願するように片手を上げた。「お母さま、お願い。わたしは公爵さまとは結婚しません」

彼女の父親が、頬の肉が揺れるほどの力で奥歯を嚙みしめた。「なにを言っているか自分でわかっているのか、おまえは」

キャスもあごを上げた。「ええ、わかっているわ。彼との結婚はお断りすると言っているんです」

「おまえは彼と結婚するのよ、それでめでたしめでたしなの」母親が言い募った。「スウィフト大尉は、帰国したらおまえのいとこと結婚するのよ。あらぬ望みは抱かないことね。それに彼は次男坊だわ。爵位は継げないのだから」

その最後の言葉にデレクの眉はつりあがった。

キャスはあごを上げた。「あらぬ望みなど抱いていないわ、お母さま。ほんとうよ。でも、だからと言って、べつの男性を愛のない結婚に引きずりこんで彼の人生を台無しにしてもいいということにはならないでしょう?」

「愛のない結婚だなんて、だれが言いました?」母親がぴしゃりと言った。「そのうちお互いへの気持ちを育てていけばよいのです」

キャスは笑みを浮かべ、分厚いじゅうたんを突っ切って母親のもとへ行くと、母親の頬にふれた。「ああ、お母さま。わたしのためを思ってくださるのはわかっているわ。ほんとうに。でも公爵さまはルーシーに夢中でいらっしゃるの。だから彼を責めることはできないわ」くだんのふたりのほうを向いて、あたたかな笑顔を送った。ルーシーは笑みを返し、デレクもうなずいて手を背中で握りあわせ、しっかりと両足で立った。

「ルーシーですって！」レディ・モアランドが悲痛な叫びをあげた。「社交界でも随一の壁の花なのに」

ルーシーは鼻にしわを寄せ、口を手でふさいだ。ジェーンのほうが大輪の壁の花ですと指摘しそうになったものの、いまはそんな場合ではないと思い直した。

キャスの父親が革手袋を太ももにぴしゃりと当てた。キャスを指さす。「だれを愛していようとかまわん。公爵はおまえに気を持たせたのだから、真の紳士であるならば潔くおまえと結婚するものだ」

〝紳士〟という言葉が強調されていたのは、だれの耳にもあきらかだった。彼はデレクの高潔さを問題視しているのだ。デレクはこぶしをきつく握りしめた。

レディ・モアランドが長椅子から勢いよく立ちあがった。「どうなのですか、クラリントン、これでもまだ娘との結婚を拒否なさるの？」

デレクはうなずいた。「彼女のほうもぼくと結婚するつもりがないのであれば、マイ・レディ。そのとおりです」

キャスもうなずいた。「お母さま、わたしもいつか結婚するときは、公爵さまがルーシーを愛しているのと同じくらい、わたしを愛してくださるかたと結婚したいわ」

レディ・モアランドの顔色が、赤紫色のまだらに染まる。「ルーシー？　ルーシー・アプトンが公爵夫人になるなど許しません！」

デレクは奥歯を噛みしめた。「失礼をするまいとこらえてきたが、レディ・モアランド、もうお引き取り願おう。これ以上、未来の妻を軽んじられるのはがまんならない」

ルーシーは小さく息をのんだ。デレクがわたしをかばってくれた。これまでそんなことをしてくれた人はだれもいなかった。キャスが母親の手を引く。「帰りましょう、お母さま。後悔なさることを口にする前に」

キャスの父親が革手袋をはめる手つきはひどく乱暴で、破れてしまいそうだった。ものすごい勢いでドアに行って開け、妻が来るのを振り返って待つ。

レディ・モアランドは荒っぽくレティキュールをつかみ、オレンジ色のシルクをひらめかせてデレクとルーシーに向きあった。ふたりはともに暖炉のそばに立っていた。

「よく覚えていらっしゃい、クラリントン」レディ・モアランドは怒りで煮えくり返っていた。「カサンドラとは結婚しないかもしれないけれど、ルーシー・アプトンのような人間ともぜったいに結婚できませんよ。わたくしみずから王妃さまにお会いして、この茶番劇についてご進言申しあげるわ。あなたの叙爵の条件は存じあげてますのよ。妻となる人間を王妃さまご自身がお認めにならなければならないのですってね。でも、そんなことはけっして起こり得ないわ」

ルーシーは息をのんで顔をそむけた。デレクはまだあごをひくつかせながらも、レディ・モアランドにうなずいた。「お好きなようになさるといい、マイ・レディ。ぼくもそうします」

二分後、モンロー家の三人はデレクのタウンハウスから辞去した。キャスはルーシーと抱擁を交わし、デレクには挨拶をし、ふたりに励ましの言葉をかけていった。モアランド卿夫妻は娘を連れ、あきらめたように足早に部屋を出て外の馬車に向かった。ただその前にレディ・モアランドは立ち止まり、煮えたぎるような目でしばらくルーシーをにらんでいったが。

彼らの背後でドアが閉まると、ルーシーはソファに腰を沈ませた。震えながら両手に顔を伏せる。デレクは彼女のそばまで行って、隣りに座った。ぎゅっと彼女を抱きよせる。「口先だけの脅しだ。怒りにまかせただけさ」

ルーシーは体を引いて、彼を見た。「いいえ、デレク、そんなことはないわ。王妃さまは……わたしをお認めにはならないわ、ぜったいに。どうしていままで考えが及ばなかったのかしら。ぜったいに無理よ」

デレクの顔にものすごい形相がよぎった。「どういうことだ？」

「王妃さまはぜったいによしと言わないわ。わかるの」

「レディ・モアランドが注進に行くとは限らないじゃないか。ただのはったりかもしれない」

ルーシーは頭を振った。「臣下の公爵が結婚して、気がつかないわけがないでしょう？」

「王妃がどう思おうとかまわない。特別許可証をもらって、だれも意義を申し立てないうちに結婚すればいい」

彼女はデレクの袖に手をかけた。「レディ・モアランドの言っていたことはほんとうなの？　あなたの叙爵は、妻となる人間を王妃さまが認めるのが条件なの？」

デレクが小声で悪態をつく。「そうだ」

ルーシーはきつく目を閉じた。「わたしはぜったいに認めてもらえないわ」

「そんなのはおかしい。きみは伯爵令嬢だろう」

「親に疎まれて、社交界デビューで失態をおかした伯爵令嬢ではね。わたしが何年も結婚できずにいたのには、いろいろと理由があるのよ、デレク」

彼は両手で髪をかきあげた。「きみがデビューしたのは五年前か。だが、ぼくらはもう――」

ルーシーは彼と目を合わせることができず顔をそむけた。「あなたがだれにも言わないことはわかっているわ。それから、ヒューにも黙っているように釘を刺しておかないと」

「おい、ルーシー、もちろんぼくはだれにも言わないし、ヒューだってひとことでももらすようなことがあればクビにして――」

ルーシーの頭が弾かれたように上がった。「あなたは社交界の人たちがどういうものか、わたしほどはわかっていないのよ、デレク」

「社交界のやつらなぞ、どうでもいい」彼はうなった。

ルーシーが彼の顔を探るように見る。「どうでもいいなんて言っても、爵位を取りあげられるとなったらどうするの？」

彼はルーシーの二の腕をつかんでじっと目を見つめ、歯を食いしばったまま言葉を絞りだした。「そんなことにはならない。イエスと言うんだ。結婚してくれ、ルーシー」

ルーシーは彼の手を振りほどいて一瞬たたずんだが、すぐにドアに向かった。冷たい真鍮のノブに手をかけ、黒いドアを見つめる。「イエスとは言えないわ、デレク。あなたが苦労して得たものをなにもかも失わせてしまうかもしれないと思ったら。わたしの答えはノーよ」

51

シャーロット王妃からの召喚状。いまいましい高級な羊皮紙を見つめ、〝なくなれ〟と何度祈ってみても、それはデスクの端にひっそりとあってルーシーを悩ませていた。

摂政王太子《プリンス・リージェント》の母である王妃こそ、五年前にうら若きルーシーの不幸の元凶となった人だった。ルーシーとルーシーの母親は初めての謁見のために必要とされる、ヒラヒラの華美な装いを用意した。時代遅れの巨大な輪骨入りスカート、羽根のついた頭飾り、これでもかとリボンがついたつまずきそうなハイヒールのブーツ。そして母と娘は宮殿に馳せ参じ、王妃の謁見の間に初お目見えした。ルーシーの記憶では、兄のラルフが死ぬ前の時期を含め、母がルーシーにわずかながらも関心を見せていた時期だったと思う。当のルーシーもがんばった。ほんとうに精いっぱいのことをした。でも母は、ルーシーに本来の彼女とはちがう人間のふりをさせようとした。そう、キャスのような人間のふりを……そして、また失敗した。彼女は息子にはなれない。そして娘としても、期待に応えられなかった。

その日、母と娘は宮殿におもむいたが、ルーシーのおかしなふるまいが王妃の不興を買い、王女たちには嘲笑されて、追いだされただけだった。あれほどその場を辞去するのがうれしかったことはなかった。唯一の救いは、もう二度とあそこへ戻る必要がないということだった。

ところが今回、その王妃に呼びだされてしまった。

どうやらレディ・モアランドは捨て台詞のとおり、もっとも新しい公爵の結婚に王妃の関心を引くことに成功したようだ。デレクの授爵は条件付きのため、国王夫妻の許可がおりなければ結婚することはできない。あり得ないと思えるだろうが、それが現実なのだ。どうしても国王と王妃の許可がいる。それなのにデレクは社交界でもっとも不適格な花嫁候補を選んでしまった――つまり、ルーシーを。

生まれてこのかたルーシーは、今回ほど自分にもっと品位と礼儀があって、しかるべき言動をとれたらと思ったことはなかった。しかしすでに王妃にはきらわれている。もし王妃がルーシーのことを覚えていたら――というか、覚えていないはずがない。初めて訪れた謁見の間で醜聞を巻き起こした娘。すぐに感情が高ぶって、王妃にまともに敬意も払えなかった娘。いまいましい娘。そう、それが彼女。レディ・ルーシー・アプトンはいまいましい娘なのだ。

それにルーシーは、すでに最大級の過ちをおかしてしまっていた。デレクと一夜をともにしたときには、レディ・モアランドが彼女の結婚に横槍を入れてくるなんて考えもしていなかった。けれど、どうやらキャスの母親は夢破れた打撃が大きすぎて、なにがなんでも報復しようと思ったらしい。

キャスは母親からルーシーと縁を切るよう言われたにもかかわらず、こっそりルーシーのところへ知らせに来てくれた。キャスは泣きながら、母親の行動にはほんとうにあきれているし申し訳ないと言っていた。「説得しようとしたのだけれど、ルーシー。耳を貸してくれないの」

結局、だれにもなにもできることはないようだった。レディ・モアランドは宮廷でも顔が広いらしく、とにかく王妃と話ができるように策を弄した。娘を無理やり公爵と結婚させることはできなくても、当の公爵が不相応な相手と結婚するのをぶちこわすことはできる。そしていま、ルーシーのデスクには王妃からの召喚状が乗っているというわけだ。その小さな紙は、ルーシーがいかにレディらしくなく、いまもこれからもずっと値打ちのない人間だということを無言で責めたてているかのようだった。

その召喚状を暖炉に投げこもうと決心したそのとき、キャスとジェーンが優雅に客間へ入ってきた。

「手伝いに来たわよ。計画は練ったわ」ジェーンが腰に両手を当てて宣言した。その目はすでに、大好きなスコーンが乗っている盆はどこかと探している。

「計画？」ルーシーは思わずくり返して友人たちを見た。「計画なんてあるの？」

「もちろん、なくちゃだめでしょ」ジェーンはルーシーの隣りにあった紫檀《したん》の椅子に腰かけた。「なにもしないでこんな状況が自然に解決するわけないでしょう？」

ルーシーの顔がくもった。「こんな状況って？」

キャスがデスクまで行き、召喚状を手に取った。「思ったとおりだわ。王妃さまに呼ばれたのね」

ルーシーが目をしばたたく。「そんなことがどうして――」

キャスは肩をすくめた。「少し調べてみたの。公爵が結婚相手を決めると、その花嫁候補は王妃から正式に召喚されることになっているみたいね」

ルーシーはくるりと目をまわした。「王妃さまがわざわざ会う時間をつくってくださるなんて、光栄に思わなきゃならないんでしょうね」

キャスが足をとん、と鳴らした。「ほら、それよ。お手伝いをするとすれば、あなたのそういう態度を変えるところから始めないとね」

「公爵さまには話したの？」ジェーンはお茶の盆を見つけ、スコーンを口に入れていた。

ルーシーがため息をつく。「いいえ。そんなことをしてもなんにもならないでしょう？　王妃さまがわたしを認めてくれるはずがないもの。ああ、キャス、あなたの縁談を壊しておきながら、こんなことになるなんて。あなたとデレクなら幸せになれたかもしれないのに」

キャスはルーシーの袖をはたいた。「あなたったら完全におかしくなってしまったの？　わたしたちじゃあ悲惨なことになっていたわよ。わかっているくせに。そして言うまでもなく、彼はまたあなたにぞっこんになり、あなたも彼に夢中になるのよ」

「彼の状況も話してあげて」ジェーンがうながした。

キャスはまたルーシーに向き直った。「ああ、そうだったわ。公爵さまも同じような召喚状を受けとったらしいの」

ルーシーが眉をひそめた。「王妃さまから？」

キャスは首を振った。「いいえ、プリンス・リージェントよ」

「デレクはプリンス・リージェントが大きらいなのよ」ルーシーが言う。

「そんなことはどうでもいいの。プリンス・リージェントの承認をいただくには、説得力が必要よ。だからこそわたしたちは計画のお手伝いをしにここに来たんだから」

ルーシーはふたりの友人をそれぞれ見やった。「さっきから計画、計画って。いったいわたしになにをさせようというの?」

ジェーンは皿を脇に置き、ナプキンで口をぬぐった。「ひと芝居打つのよ、もちろん。ふつうのお芝居といっしょよ」

ルーシーは片手を振りあげた。「お芝居? いったいなにを言ってるの?」

キャスが大きく息を吸った。「ルーシー、よく聞いて。あなたは宮廷に行って、おしとやかにして、きちんとふるまうの――なにより、静かにしていること」

ルーシーは友だちに目を細めた。「そんなことができると思っているかのような口ぶりだけど?」

「もちろんできるわよ、ルース」ジェーンも加わった。「女優になったつもりでやればいいの」

キャスがうなずく。「冗談で言っているわけじゃないのよ、ルーシー。あなたは話しかけられたときだけ話すの。視線はかならずうつむき加減にして、改心した立派なレディになりきるの。王妃さまに、あなたは変わったんだと信じさせるのよ。あの――コホン――五年前の残念な出来事を起こしたあなたとは変わったんだって」

ルーシーはうめいた。「それがわたしにとってはどんなにむずかしいことか、わかってるの？」

ジェーンがにんまり笑った。「もちろんよ。だからこうして手伝いに来たんじゃないの」

キャスは身を寄せてルーシーの肩をぎゅっとつかんだ。「やらなくちゃだめよ、ルーシー……公爵さまのために」

「デレクはこのことを知ってるの？」

ジェーンとキャスは不安げに顔を見合わせた。「まだよ。ちょっと様子を見てから――」

「彼にいい知らせを届けようって？」ルーシーが代わりに言った。

ルーシーはまた交互にふたりを見た。「わかったわ。それで具体的にどうすればいいの？」

キャスの笑みが大きくなった。「わたしたちであなたをレディに変えるわ。宮廷向けのレディに」

ルーシーが激しくかぶりを振った。「えっ、だめよ。前にも母が同じことをしたけど――」

「お言葉を返すようだけど」キャスが咳払いをし、決意に光る目を向けた。「あなたのお母さまとわたしはちがうわ」

ルーシーの視線がジェーンに飛んだが、彼女は肩をすくめた。「わたしを見ないでよ。わたしは応援でここにいるだけなんだから。こんなレディのお仕事は、全面的にキャスの専門分野よ」

ルーシーは情けない声をもらした。こんなこと、できるだろうか？　デレクのために？　自信はないけれどやるしかない。彼女は深く息を吸い、ゆっくりと吐きだした。そして手を伸ばし、友人ふたりの手を握りしめた。「ぜひともがんばらないとね。その計画とやらに取りかかりましょう」

52

一週間後、バッキンガム宮殿に到着しようとしているルーシーは、この二十三年間の人生であり得なかったほど一分のすきもなく礼儀作法と――ほかに言いようがないので〝乙女らしさ〟と表現しておくが――を仕込まれていた。〝レディであるため〟のキャスの知識は、それはもう膨大なものだった。類を見ないと言っていい。たとえば紳士の冗談にどう笑って答えるのが正しいなんて、だれが知っているだろう？　歩く速さがちょうどよいかどうかを知る方法や、泥道を歩くときにどうスカートを持ちあげたらいいか。王室の人間にそれぞれどう呼びかけるのが正しいのか。もちろんルーシーもそういうことを以前聞いてはいただろうが、五年前には露ほども注意を払っていなかった。注意どころか、退屈で気がそれてばかりだった。しかしいま、デレクとの将来がかかっているとなると、ばからしく思える礼儀作法でもまるで社交界デビューを間近にひかえた熱意満々の野心あふれる若い令嬢のように学んでいった。

そういった決まりごとを、うんざりするほどくり返し学び、頭にたたきこみ、厳しい熱血指導者となったキャスの監督のもと、数えきれないほどの予行演習を行った。ジェーンは観客役と、おもに冷やかし。そしてギャレットは、ダンスの相手など紳士が必要とされる場面で加わってくれた。

けれどもなにより意外だったのは、ルーシー自身、楽しいと思えるときがあったことだった。いつもデレクのことが頭にあったせいかもしれない。こういうことをデレクといっしょにする、彼と同じ時間を過ごすのだと考えていた。彼との未来のためなら、どんなこともたいしたことじゃないと思えた。そして訓練が終わりに近づくころには、レディの心得の習得をこんなに長いあいだ毛ぎらいしていなければ、もしかして楽しめていたのじゃないだろうかとさえ思うようになっていた。

しかしそれでも謁見の間の堂々たるドアに近づくと、ルーシーの胃はもんどり打った。どれだけキャスが時間をかけて教えてくれても、ほんとうにまともなレディとしての心得がしっかり身についているかどうか不安だった。レモンの艶出し油のにおいがして、前にここへ来たときのことが思いだされた。ごくりとつばを飲む。今回は少なくとも母はついてきていないから、母の前で恥をかくことはない。母には手紙を書き、それとなく王妃に謁見することは伝えたものの、公爵と婚約するかもしれないということは断固として伏せた。いい結果が出なかったときのことを考えて、無駄に母の期待をあおるようなことはしないほうがいいと考えたのだ。もちろん、ルーシーが説明する間もないうちに、噂が先に届いてしまうかもしれないけれど、それくらいの危険は承知の上だ。少なくともおばのメアリは、すべてが終わってどんなものであれ結果が出るまでは、口をつぐんでおくと約束してくれた。メアリはどんなときでも、いつも母よりルーシーの味方になってくれる。

王室付きの仕着せをまとったふたりのハンサムな従僕が、謁見の間の堂々たるドアを引き開けた。ルーシーは鼻から息を吸い、ゆっくり玉座へと足を踏みだした。大理石の床に足音が響く。近づけば近づくほど、五年前の光景が事細かによみがえってきた。王妃の両脇には王女たちが並んで椅子に腰かけ、壁際には召使いたちがうっとりとした表情でひかえ、順番待ちのレディやほかの出席者たちもそこかしこに散らばって笑いさざめいて――えっ、ちょっと待って、笑っている者などひとりもいない。みな黙っている。静まり返って、ルーシーが近づくのを見ている。

ルーシーは左右の足を交互に一歩ずつ前に出すことに集中した。宮廷用の正装ではバランスを取ることが大事なのよ、とキャスは言っていた。五年前はスカートに輪骨の入ったドレスで転びそうになったが、今回はしっかり攻略して慣れることができた。

それだけでも小さな勝利と言えるだろう。

まわりを見まわしてみる。おばのメアリにはここまで付き添ってきてもらったし、キャスも約束どおり来てくれていた。母親に頼みこんで出席させてもらうと言っていたのだ。レディ・モアランドがそれを承知したのは、キャスのほうが公爵夫人としてどれほどふさわしいかを実際に王妃に見てもらえると期待してのことだろうけれど、それでも友人が同じ場所にいてくれるのはありがたかった。

キャスとメアリが励ますようににっこり笑ったちょうどそのとき、ルーシーは王妃の玉座から数歩のところで止まった。

「レディ・ルーシー・アプトンでございます、陛下」立派な仕着せをまとった召使いがのたまった。

王妃は上からルーシーを見おろした。頭のてっぺんからつま先まで、じっくりと目を走らせる。王女たちも同じことをしているのはまちがいなかった。ルーシーのほうは、とても彼女たちを見ることなどできない。

「レディ・ルーシー」王妃が歌うように言った。

ルーシーの息が止まった。記憶が正しければ、ここがもっともたいへんな部分のひとつだ。謁見の間で輪骨の入ったスカートでおじぎをすると、一度腰を折ったら姿勢を戻すことができなくなる場合があるのだ。しかしキャスといっしょに、肋骨が折れるのではないかと思うくらい練習した。準備はしてきた。ごくり。うまくいきますように。

流れるような動作で腰を曲げながら、どうか前につんのめって顔から倒れたりしませんようにとルーシーは祈った。「陛下」

「おもてを上げなさい」少しして王妃が言った。

ルーシーはゆっくりと、慎重に、体を起こしていった。とんでもなくたいへんな部分がひとつ終わった。まだあといくつあるの？

王妃はひざの上で手を組み、強いまなざしをルーシーに向けた。「レディ・モアランドから、あなたはクラリントンの妻としていかがなものかという疑問を耳にしています」

ルーシーは床に視線を据えたままだった。ああ、レディ・モアランドときたら。彼女の頬を張るか、せめて罵倒してやりたいような気持ちになった。どうしてあんなに不愉快な女《ひと》から、キャスみたいに愛らしくてすばらしい娘が生まれたのだろう。ルーシーは頭を振った。集中しなくちゃ。おしとやかに。おしとやかに。おしとやかに。

「さようでございますか、陛下」

「そなたもそう思いますか？」王妃の声が少し甲高くなった。

「いいえ、陛下」おしとやかにふるまうためには適当にごまかすことも必要なのかもしれないが、ルーシーにはとにかくできなかった。ぎょっとするキャスの息遣いが聞こえたような気がした。

「なるほど」王妃が手を出すと、従僕が羊皮紙を持って駆けよった。またべつの従僕も駆けより、金色のめがねを王妃に差しだす。王妃はそれをかけ、羊皮紙を広げた。

「これによると、そなたは馬を乗りまわすようですね」

ルーシーはごくりとつばを飲みこんだ。なんてこと、一覧表をつくってあるの？これじゃあうまくいきっこない。「はい、陛下」

「子どものころには狩りと釣りを覚えたと？」

床に視線を据えたままルーシーはうなずいた。「はい、陛下」

「馬の湿布薬もつくるとな？」

ルーシーが息をのむ。「猟犬用も、ときには人間用もこしらえます、陛下」

「男子に決闘を申しこんだこともあると？」またまた王妃の声が甲高くうわずった。

「はい、陛下」

「ふむ」

ルーシーの眉に汗が伝った。ああ、これはまずいわ。とってもまずい。

「そなた」そこで王妃が言葉を切り、ルーシーは思いきって顔を上げた。王妃がいったんめがねをはずして目をこすり、また立派な鼻にかけ直す。「イートン校に入りたいと父君に願いでたことがあると書いてあるが?」王妃は片眉をつりあげ、王女たちを見やった。「なにかのまちがいですか?」

「いいえ、事実です、陛下」ルーシーは答えた。もうおしまいだ。キャスが失神してどさりと倒れる音がしないだろうか。

ルーシーの告白に、王女たちは忍び笑いをもらした。ルーシーがぎくりとする。五年前もああいう声が聞こえていた。いまも脳に刻みこまれている声だ。

王妃は目を細めてルーシーを見た。ルーシーも王妃を見つめ返した。この女性には十五人も子どもがいて、ご乱心の夫もいる。常軌を逸した言動ならそれなりに見聞きしていると思うのだけど。それなのに、まるで異世界の生き物でも見るような目でルーシーを見ている。

「まわって見せなさい、レディ・ルーシー」王妃が命じた。

ルーシーは奥歯を噛みしめながら、言われたとおりにした。

「そなたは毒舌ということですが?」次に王妃はそう言った。

おしとやかに。おしとやかに。「それも事実です、陛下」

王妃がめがねをはずし、従僕が駆けよって受けとった。「では、本日はわたくしのためにそれをひかえていると?」

「そのとおりです!」少しばかり口調が強すぎたかも。

王女たちがまたくすくす笑う。ルーシーは床にめりこんでしまいたくなった。

「なるほど」王妃が歌うように言う。「レディ・モアランドによると、そなたはおじぎをするときにとんでもない失態を演じたとあるが」

謁見の間に入って初めて、ルーシーは肩の力を抜くことができた。ああ、ありがたい。王妃ご自身はあのときのことを覚えていらっしゃらないのだ。

「そ……そうだったかもしれません、陛下」

「したのですか、しなかったのですか? レディ・ルーシー?」

頭のなかでキャスの声が聞こえる。〝しなかったと言いなさい。しなかったと!〟

ルーシーは大きく息を吸った。「はい、とんでもない失態をおかしました、陛下。いまはとても後悔しております」

王妃の眉がまたつりあがった。「当時も後悔していたのですか?」

ルーシーは胸を張り、あごを上げた。これでおしまい。最後の決定打。「いいえ、陛下。後悔しているのはいまだけでございます。クラリントン公爵との結婚を認めていただけるかどうか、あなたさまのご決定に関わるかもしれませんので」

部屋にどよめきが走った。すべての眼《まなこ》が王妃に注がれている。さあ、王妃はなんと答えるのか？

視界の隅でルーシーが盗み見ると、キャスはおばのメアリの隣りに立ってせわしなく自分をあおいでいた。メアリのほうは、しかめ面が顔に永遠に焼きついてしまったかのようだ。そしてレディ・モアランドは腕を組み、満足げに気取った笑みを浮かべていた。勝ったと思っているのだろう。

ルーシーはスカートを持ちあげた。キャスからきつく言い渡されていた。王妃から退出の命令が出たら、すぐに後ずさりして御前から辞去すること。玉座に背を向けてはならない。ルーシーの辞去は、史上最低に無様なものになるだろう。

「もうひとつ、そなたに尋ねたいことがあります、レディ・ルーシー」王妃が言った。

ルーシーはつばを飲みこんだ。「はい、陛下」

「そなたはなぜ、クラリントン公爵と結婚したいのですか？」

ルーシーは深く息を吸った。「じつを申しますと、陛下、わたしは彼が公爵であることを残念に思っています。彼と結婚したいのは、彼がわたしの知るなかで最高の男性だからです。彼はだれよりも誠実で、愛情深くて、やさしいかたです。わたしは彼を愛しています、陛下。彼のためならなんでもします。たとえば今日、このようにばかげたドレスを着て、ばかげた鳥の羽根を頭につけて、命の危険までありそうなコルセットを締めてここに来て、おあいそ笑いをして、甲高い声で話して、お行儀よくふるまって。それもこれも、残りの人生を彼といっしょに過ごすためです」

もうおしまいだ。気の毒に、王女たちは声も出ないようだった。高貴な口がみないっせいにぽかんと開いてしまっている。

ルーシーは部屋にさっと視線を走らせた。キャスの母親は歓喜に両手をこすりあわせんばかりだった。いっぽうキャスは顔面蒼白で、いまにも失神しそうで――そうすればみんながそちらに気を取られて、ルーシーはそれほど多くの人に見られずここから後ずさりして出ていけるかもしれない。失神して、キャス、さあ失神して。

王妃は目を細めてルーシーを眺めながら、華麗な椅子のひじ掛けに指を打ちつけていた。「思いだしましたよ、レディ・ルーシー。そなたは確か、礼儀のために窮屈な服を着せられて不愉快だ、足が痛くてかなわないと言って靴を脱ぎましたね？」

ルーシーは目を閉じた。ああ、そうです、それはわたし。もうどうしようもない。

彼女はうなだれた。「はい、陛下」

「それから髪の羽根飾りを抜きとり、母親にこんな会はまだ終わらないのと尋ねましたね」

ルーシーはずきずき痛みはじめた頭を指先二本で押さえた。「はい、陛下」

王妃がわずかに身を乗りだした。「確か、きょうだいはいなかったのではありませんか？」

意外な質問だった。「はい、陛下。兄のラルフは九つで亡くなりました」

王妃が王女のほうを見やる。「姉妹がいないという状況が、おまえたちには想像がつくかしら？」

王女たちの憐れむようなつぶやきが謁見の間を満たした。これほどの権勢を誇る一族に、そんな想像がはたらくわけがない。

王妃はふたたび上からルーシーを見おろした。「そなたの口からクラリントンに伝えるがよい、ルーシーの妻となることを許されたと」

ルーシーの心臓が止まった。いま失神する人間がいるとすれば、それは彼女自身だろう。「聞きまちがいではございませんか、陛下？　いまあなたさまは――」

王妃はうなずいた。「そなたは家柄もよい。反対する理由は見つからぬ。そなたたちは双方とも少しばかり型破りなところがあるようだから、理想的な組みあわせでしょう。この世界では真実の愛というものはなかなか見つからぬことでもあるし」

王女たちがそろってため息をついた。

次にルーシーの耳に聞こえてきた金切り声はきっと自分のものだったのだろうが、わざわざ確かめようとも思わなかった。「ありがとうございます、陛下。ほんとうにありがとうございます」ルーシーは後ずさりを始めた。ああ、なんて長いの。ようやくなかほどまでさがったところで向きを変え、スカートを持ちあげると、つんのめる勢いで駆けだした。

レディ・モアランドの激しい抗議が部屋に響きわたっていた。ルーシーはキャスと一瞬目が合った。キャスの口は大きくOの字に開いていた。

「ルーシー、走っているわよ」キャスが声をかける。よくないことだから直して、という響きが声にこもっていた。

「わかってるわ」ルーシーが答える。

「じゃあ、どうして」心配そうにキャスが言う。「どこへ行くの?」

ルーシーは足を止めることなく、頭の羽根飾りをはぎとって放り投げた。「勇気を出しに行くの!」

53

ルーシーはかなり苦労してヒューを丸めこみ、その夜、彼のあるじがどこにいるかを聞きだした。どうやらデレクは午後いっぱいクラブにいて、いったん帰ってきて着替えるとすぐに晩餐会へ出かけたようだ。

プリンス・リージェントの晩餐会に。

ルーシーはため息をついた。一日に二回も王室の人間に会いに行くなんて。でもあの人のためならなんだってするわ。

〈カールトン・ハウス〉の前にギャレットの馬車が停まったとき、ルーシーは緊張で震えていた。

「ほんとうについていかなくてだいじょうぶかい?」ギャレットが尋ねた。いとこはほんとうにやさしい。いっしょに行こうかと、ずっと言ってくれていた。

「これはわたしが自分でやらなくちゃならないことなの」

「そうか。でもここで待っているからね」

ルーシーはうなずいた。応援がついている。ありがたい。

王室付きの執事は彼女を上から下までじろじろ見たが、彼女の名前がほんとうにレディ・ルーシー・アプトンであり、クラリントン公爵に話があるということは信じてくれたようだった。ほどなくして彼女は晩餐会に通された。

プリンス・リージェントの晩餐会の悪評については耳にしたことがあるが、もちろんルーシーが招待されたことはなかった。現実は想像を超えるものだった。

巨大なテーブルに最高級の食器、リネン、クリスタルが配置されていた。テーブルの上には大きな皿に盛られた肉、チーズ、菓子、プディング、野菜、鳥肉料理、焼き物、グレービーソースが並ぶ。あらゆる種類のワインにチョコレート。視線を移すたびに新しく目を引かれるものがある。プリンスその人は、華麗な飾りつけのまんなかにいた。きらびやかなレディがふたり、プリンスの両隣りについている。そのうちのひとりの隣りがデレクだった。

彼をずっと視界に収めたまま、ルーシーは部屋の中央まで進んでいった。デレクが彼女を認めたのがわかった。彼の目がルーシーに釘付けになり、周囲の人と話をするのもやめている。

ルーシーは震える脚で進みつづけた。テーブルをはさんでデレクの向かい側で止まり、はっきりとした揺るぎない声で呼んだ。「公爵さま」

すべての会話がやんだ。カトラリーの音、笑い声、音楽も。まったき静けさが部屋を包み、すべての視線が彼女に注がれた。

「そなたはだれだ？」プリンス・リージェントが尋ね、ワインをがぶりと飲んだ。

ルーシーはデレクから目を離さずに答えた。「レディ・ルーシー・アプトンでございます」ひと呼吸。「クラリントン公爵に会うためにまいりました」

プリンス・リージェントはカップを置き、ぷっくりした唇をナプキンでぬぐった。「ああ、そなたの未来の奥方か、クラリントン？」

デレクのあごに力が入ったが、その目はルーシーから離れなかった。「わかりません、陛下。先日、求婚したときにはノーと言われました」

「どなたかカードをお持ちですか？」ルーシーが全体に呼びかけた。

プリンス・リージェントは冷笑した。「わたしがカードを持っているかだと？ それは当然、冗談なのだろうな」そう言って両手を打ち鳴らすと、たちまち従僕がカードを持ってあらわれた。彼がルーシーにカードを渡す。

デレクは彼女を注意深く見た。「ルーシー、なにをするつもりだ？」

彼女はさらに歩を進め、デレクの前に立った。カードを彼に差しだす。「一枚引いてください、公爵閣下。一枚だけ」

デレクが息をのむ。「なんのために？」

「おっしゃるとおり、あなたが求婚してくださったときに、わたしはノーと申しました。でも、今夜、それを変えるため、やり直すためにここにまいりました」

「どういうことだ？」デレクのまぶたがさがって半目になる。

「カードの数字と同じだけ、求婚に〝ノー〟と答えるよりもよい返事を披露してごらんにいれます」

「ルーシー、べつにそんなことを――」

「引いてください」やるせない声で彼女がつぶやく。

デレクはカードに視線を落とした。一枚引いて、裏返す。

「クラブの十だ」プリンス・リージェントが言い、肉付きのいい小さな手を喜々としてもみあわせた。

ルーシーは会場にいる全員に聞こえるように声を大きくした。今日、社交界の人々の前で恥をさらすのなら、とことん大々的にやってやろう。

「〝イエス。なぜなら、あなたは戦争を生き抜いて戻られたから〟」ルーシーは始めた。

デレクが片手を上げて彼女を止めようとする。「やめ――」

しかしルーシーはさらに声を大きくした。「〝イエス。なぜなら、あなたはすてきな手紙をたくさん書いてくださったから〟」

デレクの視線は彼女に釘付けだ。

「〝イエス。なぜなら、あなたはけっして引きさがらないから〟」

デレクの表情がやわらいだ。

「〝イエス。なぜなら、あなたは木を殴ったから〟」

プリンス・リージェントがワインを吹きそうになった。「木を殴ったって、クラリントン？」

「訊かないでください」デレクはうなった。

涙がルーシーの頬を伝った。「〝イエス。なぜなら、あなたは仔犬を選んだから〟」

「訊くのはやめておく」プリンス・リージェントは優美な眉を片方つりあげた。

「〝イエス。なぜなら、あなたはわたしに言葉の決闘を申しこんで、勝ったから〟」

デレクの口角が片方わずかに上がり、笑みらしきものを浮かべる。

「〝イエス。なぜなら、あなたはお茶がきらいだから〟」

「わたしもだ」プリンス・リージェントがワインをあおる。

「〝イエス。なぜなら、あなたは友人に誠実だから〟」

「八つめだ！」テーブルの向こうの端からだれかが叫んだ。

ルーシーは手の甲で涙をぬぐった。「〝イエス。なぜなら、あなたは決定をくつがえすことを知ったから〟」

「九つ！」べつの声が上がる。

「〝イエス。なぜなら、わたしはあなたをどうしようもなく愛していて、あなたがいなくては生きていけないから〟」

デレクはナプキンをテーブルに放りだし、椅子を押しやって立ちあがった。「ルーシー、待て」

「いいえ。前にわたしたちが賭けをしたときは、ずっとあなたがしゃべったでしょう？　今度はわたしの番よ」

彼はポケットからハンカチを出して彼女に渡した。「きみはもうしゃべらなくていい。きみが〝公爵さま〟と言ったあたりから、すでにぼくはきみのものだった」

その言葉に、自然とルーシーの顔がほころんだ。

「ぼくは本気で求婚したんだぞ」デレクがつづける。「王妃にきみが認められなくてもかまわない。こちらのプリンス・リージェントに認められなくてもだ。必要なら、爵位は放棄する」

プリンス・リージェントは目を大きく見開いたが、そのまま楽しそうにワインをぐびぐび飲んだ。

ルーシーは目もとの涙をぬぐい、微笑みながらデレクに流し目を送った。「その必要はないわ、公爵閣下」

デレクが眉をひそめる。「なんだって？」

「王妃さまからは祝福をいただきました」

「わたしからも祝福しよう。あきらかにそうするのがふさわしいではないか」プリンス・リージェントがしゃっくりをしながらつけ足した。「これはとんでもなくロマンティックだ」

デレクはテーブルを跳び越し、ルーシーを抱きあげてくるりとまわった。「ほんとうに？」

「ほんとうよ」ルーシーが涙ながらに笑う。

「ほんとうだ」プリンス・リージェントも加わった。

デレクは片方のひざをついた。「結婚してくれますか？」

ルーシーもひざをつき、彼に抱きついた。「イエス。イエス、イエスよ！」

プリンス・リージェントはふんぞり返り、コルトン侯爵をひじでこづいた。「『じゃじゃ馬ならし』を地で行っているな。今夜の晩餐会は、久しぶりによい退屈しのぎができた。そう思わぬか？」

デレクは立ちあがり、ルーシーをきつく抱きしめた。「さあ、マイ・ラブ、結婚の特別許可証をもらいに行こう。きみを早く花嫁にしたくて待ちきれないよ」

54

　二十分後、ふたりはデレクのタウンハウスにいた。プリンス・リージェントと晩餐会に出席している高貴なかたがたには手早く挨拶し、あわただしく辞去して、ギャレットとも晩餐会の会場で別れた。彼は眉をくいっと上げて「近々、結婚式があるといいいな」と言っただけで、馬車を自宅にまわすよう命じたのだった。あきらかに、今回の件の関係者はだれもが事情をよく心得ていたということだ。

　ありがたいことに、〝おすましヒュー〟はすでにやすんでいた。玄関ホールに入って外套を脱いだ瞬間、デレクはルーシーをいちばん近い客間に引っ張りこんだ。

「寝室に行ったほうがいいんじゃない？」笑みの浮かんだ唇を震わせながらルーシーは尋ねた。

「だめだ。待てない。いますぐにきみがほしい。バースからこっち、ずっときみを客間で抱くことを考えていたんだから」

デレクは後ろ手にドアを閉めて鍵をかけ、情欲渦巻く瞳をルーシーに向けた。大またで彼女に近づき、唇を奪ってうなじに手をまわすと、唇の動きに合わせてなでさすった。ルーシーの唇から荒い息が彼の唇に移ってくる。

調度品を倒しても気にも留めず、デレクは彼女を壁際に連れていき、痛い思いをさせるほどではなくとも荒々しく彼女を壁に押しつけた。「ぼくのために脚を開いてくれ」彼が要求する。「いますぐに」

熱く強烈な欲望がルーシーを襲った。彼に言われたとおりにする。デレクは彼女を持ちあげて壁に押しつけ、ズボンの前のボタンを片手で器用にまさぐった。そして彼女のスカートをたくしあげ、腰の上までシュミーズも上げて、迷いのない確かなひと突きで彼女のなかに入った。

ルーシーの頭がびくりと横に動いて壁に当たる。口は開き、胸は重たくなって熱を持っている。彼女はうめいた。こんな感覚は初めてだった。たったこれだけの短い時間で、彼を受けいれられる状態になるなんて。彼の手にふれられたとたん、熱くなって、ぬれて、うずいた。デレクは目を閉じて歯を食いしばっている。「きみは、どうして、こんなに、いいんだ」腰を突きあげるごとに言葉がとぎれる。

ルーシーの頭はがくがくと揺れた。「あなたもよ」

このまま最後までいくのだとルーシーは思っていた。このままあのすばらしい感覚が訪れて、まるで熱い波にさらわれたみたいな気持ちにさせられるのだろうと。しかしデレクは体を離して彼女をおろした。ルーシーは泣いてせがみたくなった。力の入らない足で木の床に立つと、片手を彼の肩に置いて体を支える。心臓が胸をたたいているのではないかと思うような荒い息は、まだ収まらない。

デレクはくるりと彼女の向きを変えさせ、手早くドレスのボタンをはずした。すぐに彼女の足もとにドレスの布地がふわりとたまる。そして一瞬、彼の体温が離れると、彼は詰め物をした踏み段式の腰かけを持ってきた。「ここにひざをついて」彼が命じた。

たちまち熱とせつなさがルーシーの手足に広がった。彼女は背を向けて壁に向かい、シュミーズ姿でやわらかな腰かけにひざをついた。そして目の前にある窓枠をつかむ。もう暗いから当然ではあるけれど、それでもカーテンが引いてあったのはありがたかった。デレクは彼女のコルセットをはずし、頭から抜いてやって放りだした。さらに結いあげた髪から手早くピンを抜きとる。やみくもに抜いていくので何本か髪が引っ張られ、少し痛みが走ったが、彼女は気にも留めなかった。ほどけたつややかな黒髪が肩にかかり、デレクはその髪を背中にまで散らしてやった。「すてきだ」と彼女の耳にささやく。

背後から衣擦《きぬず》れの音がして、今度は彼がズボンを脱いでいるのだとルーシーにもわかった。「脚を開いて」もう一度デレクが命じる。彼女は従った。「もっとだ」ルーシーはひざとひざのあいだをさらに広げた。ぞくぞくとした感覚に体を貫かれる。

そのときデレクが後ろに来て、彼女のシュミーズを腰の上までたくしあげ、彼女のやわらかい部分をまさぐった。ルーシーは腰かけの上に身をかがめ、窓枠にしがみつく。もううるおいすぎて待ちきれない。固いものがなめらかに、確かなひと突きですべりこんできた。ルーシーは思わず声をもらした。デレクもうめく。「くそっ。ひと晩じゅうこんなことばかり考えていた。いくらきみを抱いても抱き足りない」まだ彼は動いていなかったが、ルーシーはもはや彼のなすがままだった。腰を揺すりたかったけれど、彼の大きくて力強い手でウエストを抱えられて自由に動けない。

デレクはルーシーの上からかがみこむように体を倒し、彼女の耳たぶを甘噛みした。「きみがほしい、ルーシー」ぐっと腰を突きだす。「きみがほしい」もう一度。

ルーシーはあえいだ。顔を横に向ける。彼にキスがしたい、彼の唇を感じたい。背をそらして彼の首に腕をまわすと、胸を突きだす格好になった。彼の両手が伸びてきて胸をなでられ、敏感な先端を弾かれて、ルーシーがまたあえぐ。「きみはぼくのものだ」デレクがうめいた。また激しいひと突き。「ぼくのものだ」ルーシーは彼をつかもうと、両腕を頭の後ろに伸ばして手をかけた。「わたしはあなたのものよ」うめくような声で彼の言葉をくり返す。

「こんなことは望んでいなかったのに」デレクは彼女の耳に吹きこんだ。「女性を愛して、体のとりこになるなんて」

ルーシーの体が震えた。「わたしのとりこなの?」

また深く突かれ、ルーシーは目を閉じてあえいだ。デレクが前にまわした手を動かし、彼女の脚のあいだにあるつぼみを軽くさする。さらに彼女のうなじをそっと噛む。ルーシーは悲鳴にも似た声をあげた。彼の指でおかしくなる。くるくるとやさしく、何度もさすられて、もうのぼり詰めそうになって……そこで止められた。

「いや!」ほしくてほしくてたまらない場所から彼の手が遠ざかり、ルーシーは追いすがった。泣いて懇願しそうだった。

デレクは体を離し、ルーシーも腰かけから体を起こさせた。身をかがめて彼女のシュミーズを引きあげ、頭から脱がせる。それを部屋の隅に放り投げると、まるで値がつけられない絵画であるかのように彼女の裸身を見つめた。「とてもきれいだ」彼がささやく。「ものすごくきれいだ」

ルーシーは目の奥がじんと熱くなるのを感じた。

デレクは彼女をやさしくやすやすと抱えあげて、ソファに連れていった。丁寧な手つきでうやうやしく彼女を横たえる。「ルーシー」彼はささやきながら、熱く大きな体で彼女に覆いかぶさった。「愛している」

いま一度、デレクは力強く確かな動きで腰を突きあげ、ルーシーの体をソファから浮かせてしならせた。身をかがめて胸の先端を吸い、もてあそんでかわいがる。そしてもうひと突き。「きみがほしい」さらにひと突き。「めちゃ、くちゃ、に、したい」

ルーシーはもうなにも考えられなかった。彼の黒髪に指をからめ、激しい口づけで赤くつやめく唇も閉じることができない。最初に彼が入ってきたときはほんの少し痛みもあったけれど、もはやそんなものはとっくに消え、彼にかきたてられた圧倒的な感覚で全身が燃えあがっていた。何度も何度も彼が入ってくる。おまけに熱くぬれた口で胸の先端を刺激されて、あえぐことしかできなかった。あともう少し、ほんの少しのところまで彼女は高められていた。彼もそれはわかっている。

しかしデレクは意地悪くにやりと笑うと、体を引いた。「だめ！」ルーシーは叫んで手を伸ばし、脚も彼の背中に巻きつけて引き戻そうとした。けれど彼はいたずらな手を彼女の脚の付け根へと向かわせ、熱い指を彼女のなかへすべりこませた。ルーシーの頭がクッションの上でのけぞる。「わたしを殺すつもりなの？」

「まさか、マイ・ラブ。ぼくはただ、きみが味わったことのない快感を知ってほしいだけだ」

「それならもうわかったわ」ルーシーが息も絶え絶えに言う。

「いや、まだだ」意地悪く言うなり、デレクはすぐに指をなかに戻した。黒い頭がまた彼女の胸に戻り、歯を使って容赦なく先端をいたぶる。一度、また一度と、指と歯の動きが連動する。何度も出し入れしながら、どうしようもなく感じる胸にも口で快感を送りつづけていく。やがて彼の親指が、彼女の脚のあいだにある最高の一点をとらえた。円を描くようにそこをさすりながら、ふくらんでうずく胸の先端をひときわ強く吸った。

「ああっ、だめ、デレク」絶頂の波にさらわれ、ルーシーはこらえることもできずに悲鳴をあげた。すかさずデレクは彼女の上にかぶさり、絶頂を迎えてうねるなかへと自身を収めた。一度、二度、三度と腰を入れ、熱くうるんだ彼女がからみついてくるのを歯を食いしばって耐える。そうして、それまで味わったことがないほどの激しさで解き放たれて弾けた。

ふたりは客間をこっそり抜けだした。デレクは元どおり衣服を身につけて、召使いがいないかと気を配る。ルーシーはシュミーズだけかぶって小さく祈った。だれにも見つからずに階段を上がって長い廊下を進み、無事にデレクの部屋までたどりつけますように……。けれど本音を言えば、そんなことはどうでもよかった。彼女の心にあるのはこの人——愛する人のことだけ——彼がどんな気持ちにさせてくれるか。彼をどんな気持ちにしてあげたいか。ふたりが出会い、これから結婚するのだという驚嘆の事実。そう、ふたりは結婚する。いまだにルーシーには信じられなかった。頭のなかで何度くり返しても、なんだかつくりものめいた気がして、まるでなんの意味もない言葉のように思える。それでもやっぱりくり返してしまうのだけれど。

ふたりは無事にデレクの部屋にたどりついた。デレクはすばやく後ろ手でドアに鍵をかけ、ルーシーを抱きあげてベッドに運び、そっとおろした。ルーシーはひざ立ちになって頭からシュミーズを脱ぐ。デレクのほうもさっさと衣服をもう一度すべて脱ぎ捨て、やがてふたりはベッドの上を転がってくすくす笑い、声をあげて笑い、キスをして、それから心をこめて愛を交わした。

「いくらきみを抱いても抱き足りないよ」終わったあと、デレクはルーシーの髪にささやきを吹きこんだ。

ルーシーは上半身を起こして枕にもたれ、シーツを引きあげて両脇にはさんだ。デレクが彼女の隣りに収まる。

「ねえ、教えて、英断の公爵さま。わたしを愛してるって自覚したのはいつ？」

デレクは頭の後ろを両手で抱えて天井を見つめ、ハンサムな顔でにやりと笑った。

「そうだな、ほかの男がきみにふれると思うと、そいつを八つ裂きにしてやりたくなったときあたりかな」

ルーシーが目を丸くする。「そうなの？」

「ああ、劇場できみが馬車に乗るのにバークレイが手を貸しているのを見たとき、あいつを殺してやりたいと思ったんだ」

ルーシーは頭を振った。「木を殴ったときと同じように？」

「そうだ」と彼はうなった。「まさしく木を殴ったあのときと同じだ」

ルーシーが声をたてて笑う。「つまり、人を殺しかねない気持ちから愛を自覚したの？」

デレクは向きを変えて片ひじをつき、彼女を見つめた。彼女の巻き毛をひと房、耳にかけてやる。「自覚したのは、もしレディ・カサンドラと結婚しても、彼女がほかにだれとつきあおうがかまわないと思ったことを思いだしたからだ」

「そうなの？」

「ああ」

ルーシーの目に涙があふれた。「あなたがわたしを愛してくれるなんて、ほんとうにすごいことだとしか思えないわ」

デレクは指先で彼女の頬骨をなぞった。「どうしてそんなふうに思うんだ？」

彼女は上掛けを首まで引っ張りあげた。「だって、あなたはキャスを手に入れることができたのよ。キャスはあんなに完璧で、きれいで、落ち着いていて。おしとやかでやさしくて、失礼なことも意地悪なことも人を怒らせるようなこともけっして言わないわ。でもわたしは？　おかしなところばかり。目の色は左右でちがうし、髪はくせが強すぎて手に負えないし、鼻をかんだらガチョウみたいな音がするし」

「ガチョウ？」

「ええ。でもキャスが鼻をかんだらどんなだか、知ってる？　ぜんぜんわからないでしょうね」

デレクは彼女を抱きよせた。「ぼくはね、失礼で意地悪で人を怒らせるようなレディが好みらしい」にこりと笑いかける。「きみに出会うまで、きみみたいにぼくに立ち向かって挑戦してくる女性はもちろん、男にも会ったことがなかった。なんとも新鮮な体験だったと言うしかないな」

ルーシーは彼の胸に頬を寄せて微笑んだ。「そうなの?」

「ああ。きみの瞳は稀有なものだし、髪は美しいし、鼻をかんだってガチョウじゃないさ。たとえそうでも、ぼくは気にしない。昨今はしとやかな女性がいいという価値観がはびこりすぎている」

その言葉にルーシーの口もとはゆるんだ。「そうかしら?」

デレクはうなずいた。「そうだとも」

「わたしの母にもそう言ってくれる?」

彼はルーシーを抱きしめてキスをした。「もちろんだ」

「わたしもあなたみたいな人には会ったことがないわ、デレク。わたしの知ってる男性は、わたしが口を開くとだれもがすぐにおそれをなして逃げたもの。あなたのように立ち向かってきてはくれなかったわ」

デレクは半ば本気で笑い、半ば鼻で笑った。「そうか。きみは長いこと、自分に向かってきてくれる人間を待っていたんだな」

ルーシーが息をつく。「つまり、わたしたちはお似合いだったというわけね」

にやりとデレクは笑った。「まったく同感だ」

ふたりはしばらくそのまま抱きあっていたが、ルーシーは思いきって口を開いた。

「デレク?」

「なんだ、マイ・ラブ?」

彼女は彼の裸の胸を指先で下になぞった。「わたしたちが結婚したら、ひとつ残念なことがあるわ」

デレクが眉をひそめる。「それは?」

ルーシーはため息をついた。「もうあなたにミス・アプトンと呼んでもらえないことよ」

彼はルーシーを抱きよせた。「そうだな。でも今度は閣下夫人と呼べるぞ。クラリントン公爵夫人。わが奥方」

ルーシーは彼の首に抱きついてキスをした。「最後のがいちばんすてきだわ」

55

結婚式の日。プリンス・リージェントの力添えでデレクとルーシーは大主教から特別許可証を得ていた。いろいろあったが公爵になるのもいいものだなと、デレクは軽口をたたいていた。式は短くてあっという間だったが、キャスもギャレットもジェーンもみんな出席してくれた。しかも、とてもすてきなデレクの母親と、おばのメアリと、ラウンズ夫妻も。さらにはデレクの弟たちまで。ふたりとも長兄に負けないくらいのハンサムだった。キャスのためにモンロー夫妻も招待したけれど、夫妻は出席しないことに決めたようだった。彼らにとってルーシーは、公爵夫人であろうとなかろうと、しばらくのあいだ歓迎されざる人物なのだろう。それはまちがいない。おそらくふたりは、〝公爵〟が自分たちの手をすり抜けていくのを目にしたくないのだ。とくにキャスにこれといった求婚もないいまは。

「あなたがオールドミスになったたってわたしのせいではありませんよ、ってお母さまに言われたわ」とキャスは教えてくれた。

さらに、ルーシーが招待した意外な人物とは――。

「わたくしの娘があそこに！　クラリントン公爵夫人よ！」

ルーシーは顔を上げた。彼女の母親がデレクのタウンハウスの玄関ホールに立っていた。

急ぎルーシーがしたためた手紙を受けとるや、彼女の両親は新郎新婦を祝うためロンドンに駆けつけた。ふたりからの祝福は過剰と思えるものだった。事実、ふたりは公爵夫人となる娘の輝かしい未来に、これ以上ないほど喜んでいた。今朝はふたりともが式に列席し、にこやかにルーシーに微笑みかけていた。

ルーシーの母親は、手袋をはめた両手を娘に伸ばした。ルーシーはそちらに行って母親に引きよせられるまま抱擁を受けたものの、眉をひそめずにはいられなかった。

「お母さま？」これがほんとうに、娘のことにはいっさい関わろうとしてこなかった女性なのだろうか。いまや母はこのロンドンにいて、これから王妃と晩餐をともにするかのように着飾り、これまで娘と最高の関係を築いてきたかのようにふるまっている。

「あなたの新しいだんなさまに紹介してくれないの？」母親が尋ねる。

ルーシーはうなずいた。「お父さまはどこに?」

「馬車の差配をしている者と外でなにか話しているわ。なんのことかはよくわからないけれど」

そこへデレクが悠然と歩いてきた。

「お母さま、クラリントン公爵デレク・ハントです」

ルーシーの母は完璧なおじぎを披露した。「公爵閣下」

デレクは義理の母の手の上に身をかがめた。「レディ・アプブリッジ、お目にかかれて光栄です」

「いいえ、こちらこそこのような栄誉にあずかりうれしゅうございます、閣下」

ちょうどそのとき、ルーシーの父親がいつになくうれしそうな顔をしてせわしなくやってきた。「かわいいおまえ」娘に駆けよると、まるでこれまでずっとそうしてきた仲であるかのようにルーシーを抱きしめた。

「おはようございます、お父さま」ルーシーは様変わりした両親の態度にまだ戸惑っていた。

そこへギャレットがぶらぶらとやってきた。「セオドアおじうえ。フレデリカおばうえ」しかし夫妻はギャレットなどいないかのように虚ろな表情を返すのみだ。そんな態度に公爵が目を細めているのに気づき、ようやく気に食わない甥《おい》にしぶしぶ挨拶したのがルーシーの目にはあきらかだった。「ギャレット……会えてうれしいよ」彼女の父親がなんとかそれだけ口にする。

母親のほうは、精いっぱいのへりくだった口調で「ギャレット」と言っただけだった。

ギャレットは顔が笑いそうになるのを見るからにこらえていた。「いつもお世話になってます」心にもないことを言っているのがうっすらとわかる口調で返す。

ギャレットはデレクと握手を交わし、ルーシーの両親の相手はデレクにまかせてルーシーのほうを向いた。「とてもいいお式だったよ」

ルーシーは目に涙を浮かべていとこを抱きしめた。「ありがとう、ギャレット」

「なんのお礼？」

「あなたはわたしがオールドミスになると思っていたんでしょうに、それでもわたしのためにいろいろやってくれたこと」

ギャレットは頭をのけぞらせて笑った。「きみから解放されたいがために、クラリントンに金を払ったのかもしれないぞ？」そう言ってルーシーにおじぎをした。「閣下夫人、きみはもうほんとうに公爵夫人なんだね。第一代クラリントン公爵夫人だ。

バークレイのやつはもちろんがっかりしてるけど、すぐに立ち直るさ。もうノーサンブリアに戻ってる」

「バークレイ卿にはくれぐれもよろしく伝えてね」そう言うと、ルーシーは身を寄せてささやいた。「ねえ、これであなたにもキャスを手に入れる機会がめぐってきたわよ」

ギャレットが額にしわを寄せて顔をしかめ、なにか言おうと口を開きかけたところで、ジェーンとキャスがふたりのほうにやってきた。デレクとルーシーの両親は、デレクの母親とラウンズ夫妻のところに行って歓談している。

ジェーンがルーシーを抱きしめた。「足かせをつけられたあなたにうらやましいとは言えないけれど、お式は悪くなかったわよ」

キャスは涙ぐんでいた。「ああ、ルーシー、とってもすてきだったわ。ほんとうによかった、うれしいわ。あなたが公爵夫人だなんて。現実の、ほんものの公爵夫人よ」

ルーシーは笑った。「そうね、降って湧いたような公爵夫人だけれど、それでも公爵夫人にはちがいないわ」

「おそろしく毒舌でがさつな公爵夫人だけどね」ギャレットがつけ足す。

「まあね」ルーシーも否定はしなかった。

「そのうち年を取って、ターバンを巻いて若い子たちを片めがねで観察しているあなたはものすごくこわいでしょうね、ルーシー」ジェーンが言った。「まあ、わたしもたいていいっしょにいてまったく同じことをしているんでしょうけど。極めて沈着冷静に、とは言っておくわ」

ルーシーがまた声をあげて笑った。「そのときを楽しみにしているわ」

そのときルーシーの耳に、デレクが彼女の両親に話しているのが聞こえた。「ルーシーの乗馬の腕前はすばらしいですね」彼女の父親に向けた言葉だ。「昨今は、ひかえめがよいと言われすぎだと思いますよ」これは母親に向けたもの。その言葉に対する母の反応が、ルーシーには目に見えるようだった。彼女の両親と話しおわったデレクは、妻のいる小さな友だちの輪に近寄ってきて妻の腰を抱いた。身をかがめて妻の肩にキスを落とす。ジェーンとキャスは、ほうっと息をもらした。

「スウィフトも帰国して出席してくれていたら、今日という日がいっそう完璧になったんだが」デレクはルーシーに言った。彼は大陸で行方のわからなくなっているほかのふたりの友人のことも彼女に伝えていたが、せっかくの晴れやかな日に詳しいことまでは話していなかった。

ルーシーは微笑んでデレクの手を軽くたたいた。「彼はもうすぐ帰ってくるわ、わたしのデレク《マイ・ラブ》」そう言ってキャスを見やる。彼女は会話に加わっていなかった。少しべつの方向に顔を向け、手袋を引っ張っている姿が心境を物語っている。「キャス、だいじょうぶ？」

キャスはうなずき、ハンカチで涙をぬぐった。

「ねえ、どうしたの？」

「いいえ、なにも。ただ……ほんとうにあなたのことがうれしいの、ルーシー。嘘じゃないのよ。あなたが恋をして結婚したなんて。夢がかなったわね」

ルーシーは友の肩に腕をまわし、きつく抱きしめた。「だいじょうぶよ、あなただってまったく同じようになれるはずだわ。かならずそうなるって、わたしは信じてる」

キャスはうなずいた。

ジェーンがふたりのそばにやってくると、三人はほかの人々から離れて固まった。

「ねえ、ルーシー。わたしたち、キャスを助けようって言っていろいろやったわよね」

「そうしているうちにキャスもわたしを助けてくれたのよね。キャスのおかげで愛する人が見つかったわ。あなたが約束してくれたとおりにね、キャス」

キャスはルーシーににこりと笑った。「あら、ルーシー、あなたと公爵さまがお似合いなのは一目瞭然だったもの」

ジェーンがうなずき、女友だちふたりの肩に腕をまわした。「さて、並々ならぬわたしたちの才能を、次はなにに使いましょうか、レディたち？」

「次はあなたよ、ジェイニー」キャスが明るく笑った。「あなたの結婚については、ルーシーがあなたのお母さまに働きかけて、あなたを放っておくようにしてくれるわ」

三人は、ルーシーとジェーンそれぞれの両親が歓談しているほうに目をやった。

「最高」ジェーンが言う。「だったら、うちの両親にルーシーのご両親と話をするのをやめさせてちょうだい。おふたりの娘は思いがけず公爵と結婚しちゃったのよ？　そのことをうるさく聞かされつづけるに決まってるわ。いままでだったらルースを指さして、〝ほら、彼女も壁の花じゃないの〟って言えたのに」

ルーシーは笑った。「心配しないで、ジェイニー。わたしがかならずどうにかしてあげる。助けてあげるから」

「男の人じゃなくてレディが助けてくれるっていうのがいいわよね。それが本来の姿よ」ジェーンは決然とうなずいた。「メアリ・ウルストンクラフト女史も喜んでくださるでしょう」

キャスが声をあげて笑った。「ジェイニーを結婚市場から未来永劫《えいごう》、退場させる方法を考えなくちゃね」

ルーシーもうなずく。「そうね」

「ええ、大賛成よ」ジェーンも言った。「でもね、キャス、なんとなく、次にわたしたちが力を合わせて助けるのはあなたのような気がするんだけど？」

キャスは目をしばたたいた。「どういうこと？　このところ、わたしは修道院に入ろうかと思っているのよ」

「わたしも修道女の簡素な服装はうらやましいと思うけれど……」ジェーンがつづけた。「でもね、ほら。ジュリアンが帰ってくるじゃない」

「まあ、だめよ。そういうのはもうあきらめたの。ジュリアンとペネロペの幸せを祈るだけにするわ」

「それで、身も世もなく彼を想いつづけるの？」ジェーンが訊く。

キャスは肩をすくめた。「その点は自分ではどうしようもないもの」

ルーシーとジェーンはキャスの肩をぽんぽんとたたいた。

そのときデレクがやってきて、妻ひとりを部屋の隅に連れていくと、そこで彼女の指に立派な指輪をはめた。ルーシーがそこに目を落とす。宝石《いし》が三つ並んだ指輪。中央には大きな四角いダイヤモンド、その隣りに小さめの四角いサファイヤ、もう一方の隣りには対になるような四角いエメラルド。

ルーシーは息をのんだ。「これは？」

「きみへの贈り物だ。今朝、きみのためにぼくが選んだ。きみの美しい瞳に似ているだろう？」

ルーシーは背伸びをして夫の首に抱きつき、口づけた。「ああ、デレク、愛しているわ。ほんとうにありがとう」手を伸ばしてうれしそうに指輪を眺める。

「どういたしまして、マイ・ラブ。願わくはそれに免じて、すぐにヨーロッパ大陸へ向けて出発しなければならないぼくを許してくれるとうれしいんだが」

ルーシーは眉をひそめた。「大陸へ？」

「そうだ。戦争がらみで、まだ片づいていないことが少々あってね」

心臓を恐怖でわしづかみにされる。「危険はないのでしょうね、デレク？」

「ああ、だいじょうぶだ」

彼女の肩が少しさがった。「それなら、少しのあいだはあなたがいなくてもがまんするわ。公爵夫人になるお勉強もきっと忙しいでしょうし」

デレクは妻を引きよせて耳打ちした。「いいことを教えてあげようか?」

ルーシーは夫の顔を見あげた。「ええ。なに?」

「バースの大浴場であの硬貨を投げいれたときにぼくが願ったのは、このことだったんだ」

ルーシーの顔に大きな笑みが広がり、夫の肩をじゃれるようにたたいた。「願いごとは人に言っちゃだめなのよ」

デレクは妻の手をつかんで引きよせ、手の甲にキスをした。「いいんだ、もう願いはかなったから」

訳者あとがき

ヴァレリー・ボウマンの〈The Playful Brides〉シリーズより、第一作の『この愛は心に秘めて』をお届けします。(これまで同著者の邦訳は、デビュー作となる〈秘密の花嫁(Secret Brides)〉シリーズの第一作『淑女が教える初夜の秘密』がオークラ出版より出版されています)

ヴァレリー・ボウマンは七人姉妹の末っ子だそうです。女きょうだいばかり七人! 想像するだけでにぎやかそうですね。家にはお姉さんたちが読むヒストリカルロマンス小説が大量にあったうえ、大学では英語と英文学を専攻し、同時に歴史も学んだとのことで、彼女がこうしてヒストリカルロマンスを書くようになったのはごく自然なことだったのかもしれません。

じつはこの〈The Playful Brides〉シリーズはすでに八作目まで上梓されているのですが、それぞれのお話を書くにあたって、インスパイアされた(インスピレーションを得た）作品が存在するようです。本書の場合は、エドモン・ロスタンの戯曲『シラノ・ド・ベルジュラック』。十七世紀のフランスに実在した剣豪作家を主人公としたお話で、初演は一八九七年。細かい内容は割愛しますが、主人公シラノは学問・詩・剣・音楽などに秀でた多才な男性だったにもかかわらず、とんでもなく見てくれの悪い男だったため、ひそかに恋い焦がれるロクサーヌに思いを告げられません。しかし、同じくロクサーヌに思いを寄せる美男子のクリスチャンとロクサーヌが相愛であることを知ったシラノは、美男子ではあっても文才のない口べたなクリスチャンのために手紙を代筆してやるのです。さらに手紙を書くだけでなく、バルコニー越しにロクサーヌと会話をするときの身代わりになってやったりもします。

それと同じようなことが本書でも起こります。口達者でこれまで求愛者の紳士たちをやりこめつづけてきたヒロイン、ルーシーは、とても内気な親友カサンドラ（キャス）のために、代わりに求婚相手を断ってあげようと画策します。キャスにはほかに思いを寄せる男性がいることを知っていたからです。しかしキャスの求婚相手、軍人のデレクは、訳あって、ぜったいにキャスと結婚すると決意していました。ワーテルローの戦いで武勲をあげて公爵となった英雄デレクは、いったん決めたことをひるがえすことのない〝英断の公爵〟であり、一歩も引くことがありません。

果たして、勝つのはルーシーか、デレクか？　キャスへの求婚をめぐって激しく対立するルーシーとデレクですが、なぜかふたりは互いが気になってしかたがありません。互いの容姿にひと目で心を奪われたのはもちろん、ルーシーはデレクの強さとたくましさに惹かれ、デレクはルーシーの率直さと負けん気に惹かれます。結ばれるべきではないふたりが惹かれあってしまったとき、いったいどうなるのか？　どうするのが最善の道なのか？　舌鋒鋭いルーシーと、そんな彼女の攻撃を見事に受けて立つデレクのやりとりが読みどころです。

この第一作では、今後のヒロインやヒーローになりそうな人物が続々登場します。なかでもルーシーの親友であるキャスとジェーン、ルーシーのいとこのギャレットの四人組の友情には、ロマンスと同じくらい引きこまれるものがありました。ルーシーは紳士が尻込みするほど口が立つため二十三歳まで売れ残っていますが、できれば情熱的な結婚をしたいと願っているロマンチストでもあります。キャスは美人でやさしくてひかえめで、だれからも好かれる淑女のなかの淑女だけれど、ひとりの男性を思いつづける芯の強い女性。ジェーンは頭がよくて学問好きで、めがねをかけていつも本を手放さず、結婚など永遠にしたくないと逃げまわっている才女。ルーシーのいとこで幼馴染のギャレットは、友だち思いでやさしくて男らしくて、頼りがいがありそうです。ジェーンとギャレットは一見仲が悪いのですが、言いあいを楽しんでいるようなところもあって……？　四人が互いを思いやって行動し、とくに女三人は一致団結して、それぞれの望むとおりの幸せを手に入れよう、手に入れさせてあげよう、と奮闘します。

デレクの側にも、今後活躍してくれそうな仲のいい弟がふたりいますし、大陸での対ナポレオン戦争で深手を負ったり行方不明になったりしている面々もいて、今後どう関わってくるのか非常に楽しみです。

それから、『シラノ・ド・ベルジュラック』以外にも、作中で出てきた作品について少し補足説明を。

ウィリアム・ウィッチャリーの『田舎女房（*The Country Wife*）』は、一六七五年にイギリスで初演された王政復古期喜劇の代表作で、やはり手紙でほかの人間になりすますくだりが出てきます。お話の内容は、ホーナーという男が性的不能を装って世間の夫たちを油断させ、まんまと女性たちに近づいて次々に関係を持っていくというトンデモな話なのですが、当時はなかなか人気があったようです。本書のなかで才女のジェーンが「あんなにきわどくはないけれど」と言っているように、人間の性的側面を赤裸々に風刺したものであったとか。
そしてもうひとつ、ルーシーもジェーンも大のお気に入りだというシェイクスピアの『空騒ぎ』。こちらはジェーンとギャレットが反発しあう原因になった芝居ということで、三作目のインスパイア元作品となっています。

最後に、王妃シャーロットと摂政王太子《プリンス・リージェント》について少し。リージェンシー・ロマンスは人気ですのでご存じの読者も多いかと思いますが、シャーロット王妃とはジョージ三世の妃で、九男六女、計十五人もの子どもがいました。プリンス・リージェントはそのうちの長男、のちのジョージ四世のことで、本書の時代には父王ジョージ三世が精神疾患を患っていたために摂政の地位に就いています。かなりの放蕩者で、国がナポレオンと戦っているのに贅沢三昧だったとか。とはいえ、本書ではふたりともなかなか粋な計らいをしていますね。

まるで戯曲のようにテンポよく、喜劇のように愉快な雰囲気に包まれ、人間味たっぷりでほろりとさせられるところもふんだんに散りばめられた、なんとも味わい深い物語、お楽しみいただけると幸いです。

二〇一七年　十二月

ザ・ミステリ・コレクション

この愛《あい》は心《こころ》に秘《ひ》めて

著者　ヴァレリー・ボウマン
訳者　山田香里《やまだかおり》

発行所　株式会社 二見書房
東京都千代田区神田三崎町2-18-11
電話　03(3515)2311 [営業]
03(3515)2313 [編集]
振替　00170-4-2639

印刷　株式会社 堀内印刷所
製本　株式会社 村上製本所

落丁・乱丁本はお取り替えいたします。
定価は、カバーに表示してあります。

ISBN978-4-576-18006-9
http://www.futami.co.jp/

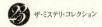

二見文庫 ロマンス・コレクション

始まりはあの夜
リサ・レネー・ジョーンズ
石原まどか［訳］

2015年ロマンティックサスペンス大賞受賞作。過去の事件から身を隠し、正体不明の味方が書いたらしきメモの指図通り行動するエイミーを待ち受けるのは——

危険な夜をかさねて
リサ・レネー・ジョーンズ
石原まどか［訳］

何者かに命を狙われ続けるエイミーに近づいてきたリアム。互いに惹かれ、結ばれたものの、ある会話をきっかけに疑惑が深まり…。ノンストップ・サスペンス第二弾！

危ない恋は一夜だけ
アレクサンドラ・アイヴィー
小林さゆり［訳］

アニーは父が連続殺人の容疑で逮捕され、故郷の町を離れた。十五年後、町に戻ると再び不可解な事件が起き始め、疑いはかつての殺人鬼の娘アニーに向けられるが…

恋の予感に身を焦がして
クリスティン・アシュリー
高里ひろ［訳］
〔ドリームマン シリーズ〕

グエンが出会った〝運命の男〟は謎に満ちていて…。読み出したら止まらないジェットコースターロマンス！ アメリカの超人気作家による〈ドリームマン〉シリーズ第1弾

愛の夜明けを二人で
クリスティン・アシュリー
高里ひろ［訳］
〔ドリームマン シリーズ〕

マーラは隣人のローソン刑事に片思いしているが、マーラの自己評価が2.5なのに対して、彼は10点満点で…。〝アルファメールの女王〟による〈ドリームマン〉シリーズ第2弾

この愛の炎は熱くて
ローラ・ケイ
米山裕子［訳］
〔ハード・インク シリーズ〕

ベッカは行方不明の弟の消息を知るニックを訪ねるが拒絶される。実はベッカの父はかつてニックを裏切った男だった。〈ハード・インク・シリーズ〉開幕！

ゆらめく思いは今夜だけ
ローラ・ケイ
久賀美緒［訳］
〔ハード・インク シリーズ〕

父の残した借金のためにストリップクラブのウエイトレスをしているクリスタル。病気の妹をかかえ、生活の面倒を見てくれる暴力的な恋人にも耐えてきたが……。